KNAUR

Über die Autorin:
Fay Keenan lebt mit ihren zwei Töchtern, ihrem Ehemann Nick und einigen Tieren in der wundervollen Umgebung Somersets im Westen Englands. Wenn Fay sich nicht gerade liebevoll um ihre Kinder kümmert oder an ihrem neuesten Schreibprojekt sitzt, unterrichtet sie an einer weiterführenden Schule Englisch. Sie unternimmt gerne lange Spaziergänge durch die Landschaft Somersets und liebt es, den selbst gemachten Cider der Höfe in ihrer Nachbarschaft zu kosten. Beides war eine Inspiration für das fiktive Städtchen Little Somerby.

FAY KEENAN

DAS KLEINE BISTRO IN LITTLE Somerby

Roman

Aus dem Englischen
von Simone Jakob

KNAUR

Besuchen Sie uns im Internet:
www.knaur.de

Aus Verantwortung für die Umwelt hat sich die Verlagsgruppe Droemer Knaur zu einer nachhaltigen Buchproduktion verpflichtet. Der bewusste Umgang mit unseren Ressourcen, der Schutz unseres Klimas und der Natur gehören zu unseren obersten Unternehmenszielen. Gemeinsam mit unseren Partnern und Lieferanten setzen wir uns für eine klimaneutrale Buchproduktion ein, die den Erwerb von Klimazertifikaten zur Kompensation des CO_2-Ausstoßes einschließt. Weitere Informationen finden Sie unter: www.klimaneutralerverlag.de

FSC www.fsc.org
MIX
Papier aus verantwortungsvollen Quellen
FSC® C083411

Deutsche Erstausgabe März 2021
Knaur Taschenbuch

Redakteurin: Sandra Lode
Covergestaltung: ZERO Werbeagentur, München
Coverabbildung: PixxWerk, München
unter Verwendung mehrerer Motive von shutterstock.com
Illustrationen im Innenteil von Shutterstock
(Tafel: Respiro; Ast: GraphicsRF.com; Blumenranke: Mary Ro)
Satz: Adobe InDesign im Verlag
Druck und Bindung: CPI books GmbH, Leck
ISBN 978-3-426-52343-8

2 4 5 3 1

Für Nick …
der es vielleicht schon die ganze Zeit wusste

1

Von all den Dingen, die man tun kann, dachte Caroline Hemingway, *gehört es sicherlich zu den seltsamsten, der Witwe des eigenen Bruders dabei zuzusehen, wie sie einen anderen Mann heiratet.* Caroline blinzelte in der warmen Frühlingssonne und schaute sich um. Etwa fünfzig Gäste saßen auf den mit weißen Hussen bezogenen Stühlen in der Hauptallee des Apfelgartens von Carter's Cider und warteten auf die Ankunft der Braut. Es war ein perfekter Tag für eine Maihochzeit. Der Himmel war wolkenlos, und die Bäume standen in voller Blüte, was aussah, als würden sie bauschige Kleider in Hellrosa und Weiß tragen – eine natürliche Ehrengarde von Brautjungfern. In der Luft lagen der Duft von frisch gemähtem Gras und der erste Hauch von Geißblatt, das an der Strawberry Line wuchs, der alten Bahntrasse, die an der Cider-Farm vorbeiführte. Darunter mischte sich der süße Duft von Wiesenkerbel. Der Bräutigam, der auch der Geschäftsführer der Cider-Farm war, sah wenn nicht gerade nervös, so doch definitiv angespannt aus, obwohl sein Gesichtsausdruck seiner charismatischen Ausstrahlung keinen Abbruch tat. Wenn man von der rosa Rose in seinem Knopfloch absah, hätte er in seinem dunklen Nadelstreifenanzug auch geradewegs vom Schreibtisch aufgestanden sein können. Neben ihm stand, deutlich entspannter, sein Trauzeuge, der sich ab und zu vorbeugte und ihm etwas zuflüsterte. Caroline fielen sein hellbraunes Haar, sein lockeres Auftreten und sein breites Lächeln auf, während er versuchte, den ernst dreinblickenden Bräutigam aufzuheitern, und sie erkannte am ähnlichen Körperbau, dass es sich um den Bruder des Bräutigams handeln musste, von dem sie schon einiges gehört hatte.

Der Anblick versetzte ihr einen Stich; der entspannte Umgang der beiden erinnerte sie daran, wie nahe sie und ihr eigener Bruder sich gestanden hatten, dessen Witwe nun im Begriff war, einen anderen Mann zu heiraten. Als die ersten Töne des Hochzeitsmarsches erklangen, musste sie die Tränen zurückhalten. *James hätte es verstanden,* dachte sie. *James hätte gewollt, dass Anna glücklich ist.* Sie, Caroline, sollte es ihm gleichtun.

Weil sie sich nicht dazu durchringen konnte, sich umzudrehen und Anna den Gang zwischen den Stuhlreihen entlangschreiten zu sehen, hielt Caroline den Blick weiter auf die beiden Männer gerichtet. Beim Einsetzen der Musik streckte der jüngere Mann die Hand aus und berührte seinen Bruder am Ellbogen, und als der Bräutigam sich umwandte und die Braut erblickte, breitete sich ein strahlendes Lächeln auf seinem Gesicht aus.

Caroline spürte, dass die Braut sich näherte, und schaute sich um. Anna schien vor lauter Glück von innen heraus zu leuchten. Caroline schluckte den Kloß im Hals herunter, als ihre Schwägerin an ihrer Stuhlreihe vorbeiging, mit ihrem Vater Richard an ihrer Seite, der stolz und glücklich aussah, weil er seine Tochter zum Altar führen durfte. Hinter Anna gingen die beiden Brautjungfern, die eine ein hochgewachsener Teenager, die andere eine niedliche Vierjährige, beide im selben Rosaton gekleidet, der zu den Apfelblüten passte.

Annas Blick begegnete Carolines, und sie lächelte sanft, vermutlich weil sie sich bewusst war, wie seltsam die Situation für Caroline sein musste. Dann schritt sie weiter den Gang hinunter, wo ihr Bräutigam, der Trauzeuge und der Hochzeitsredner warteten. Sie hielt inne und übergab ihren Brautstrauß aus Freesien, Rosen und Apfelblüten der älteren Brautjungfer. Caroline beobachtete, wie Anna sich ihrem Bräutigam zuwandte, der anscheinend für einen Moment vergaß, wo sie sich befanden, seiner Braut die Hand auf die Wange legte und sie zärtlich küsste.

»Das macht man erst am Ende, du Dussel«, sagte Jonathan, der Trauzeuge, leise, aber laut genug, dass die versammelten Gäste ihn hören konnten. Die Gemeinde lachte, und Matthew, der Bräutigam, grinste. Carolines Herz machte einen Satz, als er sich hinunterbeugte und Anna etwas ins Ohr flüsterte. Annas Lächeln zeigte deutlich, wie glücklich sie war. Wie sehr die Dinge sich doch für sie gewandelt hatten, dachte Caroline. Wie wunderbar es war, dass sie wieder einen Mann hatte, der sie so sehr liebte. Trotz ihrer widersprüchlichen Gefühle war Caroline auch ein bisschen neidisch. Ihr eigenes Leben war in den letzten Jahren so kompliziert gewesen, dass sie beinahe daran zerbrochen wäre. Aber, dachte sie entschlossen, die Zeit war gekommen, all das hinter sich zu lassen. Es war, als würde sie dadurch, dass sie diese Hochzeit besuchte und Anna so glücklich sah, sich selbst die Erlaubnis geben, die Vergangenheit endgültig hinter sich zu lassen. Nach den Traumata der letzten Jahre war es Zeit für einen Neubeginn. Der Frühling stimmte sie immer hoffnungsvoll, und in dieser wunderschönen Umgebung konnte sie gar nicht anders, als sich optimistisch zu fühlen.

Während der Hochzeitsredner Anna, Matthew und ihre Gäste durch die Zeremonie führte, sah Caroline, wie glücklich sie und die beiden Brautjungfern waren. Meredith, die ältere, war Matthews Tochter, und Ellie, die jüngere, Annas Tochter und Carolines Nichte. Caroline wandte ihre Aufmerksamkeit zwischendurch immer wieder dem Trauzeugen zu. Während er vor der Zeremonie so darauf bedacht gewesen war, seinen Bruder zu beruhigen, betrachtete er nun feierlich das Brautpaar. Er war wirklich attraktiv, stellte sie unwillkürlich fest. Sie wusste, dass es eine Menge Zeit und Gespräche gebraucht hatte, bis die Brüder an diesen Punkt gekommen waren, und dass Anna einen großen Anteil daran gehabt hatte.

Als die Zeremonie beendet war und Anna und Matthew sich erneut küssten, kamen Caroline plötzlich die Tränen. Zum Glück war sie nicht die Einzige. Annas Mutter Julia, die neben ihrem Ehemann in der ersten Reihe saß, betupfte sich die Augen diskret mit einem Taschentuch. Der immer noch breit grinsende Matthew wandte sich an die versammelten Freunde und Familienmitglieder. »In Absprache mit meinem neuen Schwiegervater und zur großen Erleichterung meines Bruders wird es an diesem Nachmittag keine formellen Reden geben«, sagte er und lächelte seine Frau an. »Daher möchte ich diese Gelegenheit nutzen und auch im Namen meiner Frau …« – er legte eine Pause ein, als die Gäste laut jubelten – »… auch im Namen meiner Frau Anna euch allen für euer Kommen danken und euch einladen, mit uns gemeinsam hier im Obstgarten zu essen, zu trinken und zu feiern.« Er legte einen Arm um Anna, und zusammen schritten sie durch die versammelten Gäste.

Als Caroline später bei einem Glas Sekt mit Annas bester Freundin Charlotte plauderte, die sie ein paarmal getroffen hatte, als sie Anna in Hampshire besucht hatte, spürte sie plötzlich, wie zwei kleine Arme um ihre Beine geschlungen wurden. »Hallo, Tante Caroline«, rief Ellie. »Gefällt dir mein Kleid?«

Caroline schaute auf das kleine Mädchen hinunter, dessen blondes Haar sich bereits aus den Schleifen löste. Ellies Kinn zierte ein Schokoladenfleck von den Cupcakes, die sie gegessen hatte. Sie sah ihrem verstorbenen Vater, Carolines älterem Bruder James, so ähnlich, dass es Caroline für einen Moment die Sprache verschlug. Sie riss sich zusammen, lächelte und beugte sich hinunter, um ihre Nichte in die Arme zu schließen.

»Du siehst wunderhübsch aus«, sagte sie und atmete den Duft von kleinem Kind und Schokolade ein. »Hattest du einen schönen Tag?«

»Ja«, sagte Ellie, als Caroline sie losließ. »Mummy hat jetzt einen neuen Mann.«

Caroline lächelte. »Ich weiß. Magst du ihn?"

Ellie legte den Kopf schief und schaute ihre Tante an. »Ja. Er ist sehr groß.«

Caroline lachte. »Das ist er wirklich! Warum stellst du mich ihm nicht mal vor?«

»Okay.« Sie nahm Carolines Hand und zog sie mit sich zu den beiden Frischvermählten, die nicht weit entfernt standen und das Geschehen beobachteten. »Mummy, Matthew, Tante Caroline möchte Hallo sagen.«

Caroline war erst heute Morgen nach Little Somerby gefahren statt schon am Abend zuvor, sodass es die erste Gelegenheit für die beiden Frauen war, ein paar Worte zu wechseln.

»Es ist so schön, dich zu sehen.« Anna umarmte Caroline. Ihr langes, cremefarbenes Kleid mit dem schlichten Spitzensaum und dem v-förmigen Rückenausschnitt bildete einen perfekten Kontrast zu ihrem dunklen Haar und den grünen Augen. Annas gerötete Wangen strahlten mit den Apfelblüten in ihrem Brautstrauß um die Wette. »Ich bin so froh, dass du kommen konntest.«

»Das hätte ich mir doch auf keinen Fall entgehen lassen.« Caroline kämpfte immer noch mit den widersprüchlichen Gefühlen, die der heutige Tag in ihr auslöste, aber als Anna sich Matthew zuwandte, um ihn ihr vorzustellen, sah Caroline die tiefe Freude im Blick ihrer Schwägerin und, was ebenso wichtig war, denselben Ausdruck auf dem Gesicht des Bräutigams.

»Das ist Matthew«, sagte Anna leise.

Er schüttelte Carolines Hand. »Schön, dich endlich kennenzulernen. Anna hat mir viel von dir erzählt.«

»Nicht zu viel, hoffe ich!«

Die drei lachten, und Matthew sagte: »Toll, dass du da bist. Wir freuen uns wirklich.« Dann sah er seine Frau an. »Anna sagte, dass du ein Zimmer im Rose Cottage im Dorf genommen hast. Du bist aber auch herzlich eingeladen, bei uns zu übernachten, wenn du magst.«

Caroline lächelte. »Danke, aber ich dachte, ich erspare euch lieber das Theater, während eurer eigenen Hochzeit einen Gast im Haus beherbergen zu müssen. Und das Rose Cottage hat tolle Rezensionen.«

»Bei Trip Advisor hat es schon seit der Eröffnung fünf Sterne«, sagte Anna. »Aber du kommst doch morgen Abend zum Essen?«

»Gern, danke für die Einladung.«

Als sie das Brautpaar und ihre Nichte anschaute, die mit ihrem neuen Leben so glücklich waren, spürte Caroline, wie sie erneut von Trauer überwältigt wurde. Sie verfluchte den verräterischen Glanz in ihren Augen und schaute über Annas Schulter zur Bar. »Ich geh mir mal ein Glas von dem berühmten Cider holen«, sagte sie, in dem Wissen, dass Anna es verstehen würde.

Gerade als sie sich zum Gehen wandte, rief Matthew: »Jonno, komm doch mal kurz rüber.« Er winkte seinen jüngeren Bruder zu sich.

Jonathan Carter, der gerade auf dem Weg zur provisorischen Bar gewesen war, steuerte nun stattdessen auf seinen Bruder zu. Lächelnd näherte er sich ihnen. »Hi, ich bin Jonathan«, sagte er und streckte Caroline die Hand hin. Ihr fielen sofort die ordentlich geschnittenen Nägel und die eleganten, langen Finger auf. »Freut mich, dich kennenzulernen.«

»Caroline Hemingway. Mich auch.«

»Du bist Annas Schwägerin, oder? Ellies Tante?«

»Stimmt.« Caroline nahm sich einen Moment Zeit, um ihn in Augenschein zu nehmen. Er hatte breite Schultern, wenn auch nicht ganz so breite wie Annas neuer Mann. Aus der Nähe betrachtet wirkte Jonathan wie ein Aquarell, sein Bruder dagegen eher wie ein Ölgemälde. Seine Gesichtszüge ähnelten denen von Matthew, aber Jonathans waren weicher, irgendwie leichter, als würde er mehr zum Lachen neigen als sein aufbrausender älterer Bruder. Caroline gefiel, was sie sah. Der graue Anzug hob seine leichte Sonnenbräune hervor. Unwillkürlich fragte sie sich, wie weit sie wohl bis unter die Kleidung reichte.

»Wirklich schön, dass du kommen konntest«, sagte Jonathan leise. »Das war bestimmt nicht ganz einfach für dich. Darf ich dir einen Drink holen?«

»Ich war selbst gerade auf dem Weg zur Bar«, erwiderte Caroline, die plötzlich das dringende Bedürfnis verspürte, der fast überwältigenden Liebe zwischen Anna und Matthew zu entkommen. »Ich komm einfach mit.«

Jonathan lächelte. »Klingt gut. Ich kann dir zeigen, welcher unserer Cider der beste ist.« Er deutete in Richtung Bar, und Caroline folgte ihm.

Sie unterhielten sich weiter, als sie davongingen. Anna sah ihnen nachdenklich hinterher.

Matthew warf seiner Frau einen Blick zu. »Weshalb lächelst du so?«

Anna lächelte weiter und sah ihn an. »Och, gar nichts.« Sie schob ihre Hand in die von Matthew, die noch an ihrer Taille ruhte. »Du kennst mich doch. Ich beobachte halt gern, was passiert, wenn Menschen neue Bekanntschaften machen.«

»Und wenn ich dich nicht besser kennen würde …« Matthew schüttelte den Kopf. »Aber ich glaube nicht, dass Jonno Hilfe braucht, um neue Bekanntschaften zu machen, wenn die Geschichten stimmen, die Dad mir über die Übernachtungsgäste im Cottage erzählt.«

Anna lachte. »Zieht er immer noch dieselbe alte Masche ab? Und Jack hat nichts dagegen?«

»Machst du Witze? Der hat doch auch eine Schwäche für hübsche Frauen. Und auch wenn er selbst nicht mehr in Bars geht, hat er sicherlich nichts dagegen, wenn Jonathan es tut.«

»Sag bloß, du findest das gut?« Anna runzelte die Stirn. »Du bist doch nicht etwa neidisch?«

Matthew neigte den Kopf und gab seiner Frau einen langen Kuss. »Worauf sollte ich neidisch sein? Ich hab doch dich in meinem Leben«, sagte er leise. Er folgte ihrem Blick und sah zu Caroline und Jonathan hinüber. »Aber wenn die Chance besteht, dass Jonathan mit jemandem so glücklich wird wie ich mit dir … dann bin ich absolut dafür.«

2

»Die beiden sehen echt überglücklich aus«, sagte Caroline, als Jonathan sie zu einem Tapeziertisch begleitete, auf dem verschiedene Sorten von Carter's Cider angerichtet waren. Darunter auch die neueste Kreation, ein leichter Apfelschaumwein. Von den Einheimischen scherzhaft als »Somerset Prosecco« bezeichnet, hatte er sich als überraschend beliebt entpuppt. Jonathan nickte dem Barkeeper zu und ließ sich zwei Gläser geben. Als der Mann ihnen den Rücken zuwandte, um leere Gläser wegzuräumen, zog Jonathan mit einem verschmitzten Blick in Carolines Richtung eine weitere Flasche unter dem Tisch hervor.

»Familienprivileg«, murmelte er. »Und ich brauche auf jeden Fall mehr als nur ein Glas, auch wenn du mit einem vorliebnimmst.«

Caroline lächelte ein wenig unsicher. »Na ja, bevor ich mich schlagen lasse …« Sie folgte ihm zu einem der Picknicktische, der ein wenig abseits stand.

»So glücklich, wie mein Bruder und seine reizende neue Frau zweifellos sind, dachte ich, du könntest vielleicht etwas Gesellschaft brauchen. Zumal du vermutlich nicht allzu viele Gäste kennst«, sagte Jonathan, als er sich am Tisch niederließ.

»Solltest du als Trauzeuge nicht rumgehen und mit den Leuten sprechen?«

»Hochzeiten sind nicht so mein Ding, selbst wenn es die meines Bruders ist. Da sitze ich lieber hier und unterhalte mich mit dir.«

Sein Tonfall war scherzhaft, aber in seinen Augen lag eine Freundlichkeit, die ihn sympathisch machte. Caroline kannte seine Geschichte. Als Anna sie in Surrey besucht hatte, um ihr zu erzählen, dass sie wieder heiraten würde, hatten sie sich natürlich auch über die Familie unterhalten, in die sie einheiratete. Nach einigen Gläsern Wein und mehreren Tränenausbrüchen auf beiden Seiten hatte Anna ihr die verwickelte Geschichte der Brüder erklärt: Der jüngere Bruder Jonathan war mit Tara, der Frau des älteren Bruders Matthew, durchgebrannt. Anna hatte aber auch betont, dass es unter anderem Jonathan zu verdanken war, dass sie und Matthew vor den Altar traten, und dass Jonathan in den letzten Jahren verantwortungsbewusster geworden war. Trotzdem war Caroline von seiner Abneigung gegen Hochzeiten nicht überrascht. Sie nippte an ihrem Cider. »Nicht übel. Nicht ganz Prosecco, aber lecker.«

»Es ist einfach mal was anderes, und weil wir hier nun mal in einem Apfelgarten sitzen, fand Matthew, dass es gut passt.«

»Und vermutlich komplett steuerlich absetzbar«, sagte Caroline schelmisch. Sie hatte die Chance genutzt und sich nach ihrer Ankunft ein wenig umgesehen. Dabei hatte sie festgestellt, dass zur Cider-Farm einige Morgen Land und mehrere Gebäude gehörten. Diese Art von Wohlstand kam nicht nur von ein bisschen Apfelernte.

»Mein Bruder ist ein cleverer Geschäftsmann, aber keine Sorge, er hat auch ein Herz. Und Anna hat dafür gesorgt, dass er sich während des letzten Jahres wieder daran erinnert hat.«

»Es ist lange her, dass ich sie so glücklich gesehen habe«, sagte Caroline, die erneut mit widerstreitenden Gefühlen kämpfte. Sie trank einen großen Schluck aus ihrem Glas, das nun fast leer war. »Was hältst du davon, diese andere Flasche anzubrechen?«

Jonathan grinste und entkorkte sie routiniert. Als er die Gläser auffüllte, fiel Carolines Blick wieder auf seine Hände. Nun, in einiger Entfernung vom Trubel der Feier, begann sie sich allmählich zu entspannen. Doch das konnte natürlich auch am Cider liegen. Sie hatte keine Ahnung, wie stark er war, aber er tat seine Wirkung. Und etwas Abstand zu ihrem Zuhause in Surrey und der Arbeit konnte auch nicht schaden.

»Erzähl mir was über dich«, bat Jonathan. »Da ich schon weiß, was – oder besser gesagt, wer – dich hierhergebracht hat, was gibt's sonst noch über dich zu wissen?«

Caroline lächelte und nippte an ihrem Cider. Sie kannte Männer wie Jonathan; sie besaßen die Gabe, einer Frau das Gefühl zu geben, der einzige Mensch auf der Welt zu sein. Aber Carolines Erfahrung nach konnte ihr Interesse ebenso schnell wieder abflauen. Trotzdem genoss sie seine Gesellschaft und unterhielt sich gern mit ihm. Schließlich kannte sie außer Annas Familie und Charlotte niemanden auf der Feier. »Na ja, du weißt, woher ich Anna kenne und dass ich in Surrey lebe.«

»Und was treibst du so in deiner Ecke des Landes?« Jonathan sprach plötzlich mit sehr übertriebenem Somerset-Akzent, und Caroline musste lachen.

Zum ersten Mal an diesem Tag fühlte sich ihr Lächeln nicht gezwungen an. »Wenn ich nicht gerade kreuz und quer durchs Land tingele, um an Hochzeiten teilzunehmen, was momentan häufiger vorkommt, arbeite ich als Event- und Hospitality-Managerin.«

»Interessant.« Jonathan beugte sich vor. »Machst du das schon länger?«

»Seit meinem Abschluss, na ja, bis auf ein Jahr nach der Uni, da hab ich als Managerin eines kleinen Restaurants in Sizilien gearbeitet. Ansonsten hab ich Events für große Motorsport-Veranstaltungen wie das Goodwood Festival und Brands Hatch Circuit organisiert, aber auch speziellere Events. Für kleine, aber feine Firmen.« Sie nippte an ihrem Cider. »Ich sehe gern, wie etwas Gestalt annimmt, das wir für einen Kunden entwickelt haben, sodass es genau zu seiner Marke passt. Aber da erzähle ich dir nichts Neues, stimmt's?«

»Ich lerne jeden Tag dazu, wenn es um Carter's Cider geht. Und es gibt immer was zu tun.« Jonathan sah sie nachdenklich an. »Aber an diesem herrlichen Nachmittag willst du doch bestimmt nicht nur übers Geschäft reden, oder? Wenn ich an die ganzen Hochzeiten denke, auf denen ich war und bei denen es wie aus Eimern geschüttet hat, finde ich, dass Anna und Matthew echt Glück haben. Ich war auch auf vielen Feiern in Amerika, aber in letzter Zeit dann auch öfter hier in England. Muss am guten Wasser liegen.« Demonstrativ nahm er einen Schluck Cider. »Es sind entweder Hochzeiten oder Taufen. Und ich bin immer der Pate und so.«

»Und du warst selbst nie in Versuchung?«

»Nein. Zumindest nie genug, um eine Frau vor den Altar zu führen. Und da mein Bruder das ja jetzt schon zum zweiten Mal macht, hoffe ich echt, dass der Rest der Familie mich damit in Zukunft nicht mehr behelligt.« Er warf einen kurzen Blick zu seinem Vater hinüber, der etwas entfernt von ihnen stand. Jack Carter unterhielt sich gerade angeregt mit einer von Annas Tanten, die ihn anstrahlte.

»Frauen zu bezirzen liegt also bei euch in der Familie?«, bemerkte Caroline trocken, die Jonathans Blick gefolgt war.

»Ich fühle mich geschmeichelt. Aber hier in der Gegend bin ich eher als Schuft verschrien.«

Anna hatte erklärt, dass das Dorf auf Jonathans Rückkehr im letzten Jahr zu gleichen Teilen mit Freude und Misstrauen reagiert hatte. Für das Familienunternehmen Carter's Cider hatte er sich allerdings als äußerst wertvoll erwiesen, weil er eine lukrative Vertriebsvereinbarung mit amerikanischen Geschäftspartnern ausgehandelt und so für neue Arbeitsplätze in der Gegend gesorgt hatte.

Das hatte seinem Ruf gutgetan, der zuvor sehr unter der Affäre mit Matthews erster Frau Tara gelitten hatte.

»Aber genug von mir.« Jonathan senkte seine Stimme ein wenig. »Was machst du sonst gern, wenn du nicht gerade noblen Prosecco verkostest?«

»Zum Eventmanagement gehört schon ein bisschen mehr«, sagte Caroline pikiert, bevor sie merkte, dass er eher belustigt als zynisch dreinblickte. »Ich wette, ich könnte eurer Marketingabteilung noch das eine oder andere beibringen. Und es ist wohl bei Todesstrafe verboten, hier etwas anderes als Cider zu trinken?« Das leise Summen der Bienen, die sich träge auf die Suche nach Nektar begaben, war trotz der Gespräche der Hochzeitsgäste zu hören, und Caroline wedelte mit der Hand, um eine Hummel zu vertreiben, die sich zu dicht an ihr Glas heranwagte.

»Du bist hier in Somerset, Schätzchen«, sagte Jonathan lächelnd. »Jeder weiß, dass wir uns das Zeug hier sogar über unsere Cornflakes gießen.«

Seine breiten Rs waren vielleicht doch nicht aufgesetzt, dachte Caroline. Sein West-Country-Akzent mochte während der zehn Jahre jenseits des Atlantiks ein wenig abgeschliffen worden sein, doch anscheinend schlich er sich, je länger er in der Heimat weilte, wieder stärker ein.

»Erstaunlich, dass ihr das überlebt.« Der Cider tat seine entspannende Wirkung, und sie fühlte sich leicht wie die in ihrem Glas sprudelnde Flüssigkeit. Die tief stehende Nachmittagssonne tauchte den Garten in weiches Licht und vergoldete das Laub der Bäume. Zu ihrer Linken sah sie Anna und Matthew, immer noch Arm in Arm, die sich mit einigen anderen Gästen unterhielten. Als die Band zu spielen begann, hatte die Feier fast mehr Ähnlichkeit mit einem kleinen Festival als mit einer Hochzeit. Die Musik hatte ebenfalls einen West-Country-Touch: Ein lokaler Nachwuchssänger, den Meredith dazu bewegt hatte, hier aufzutreten, stimmte gerade seinen Hit »Southwest Signpost« an. *Bristols Antwort auf Ed Sheeran,* dachte Caroline, mit einer Stimme, die perfekt zu der heiteren Stimmung hier passte.

Jonathan lehnte sich in seinem Stuhl zurück. »Ich bin echt froh, dass der formelle Teil des Tages vorbei ist. Jetzt kann ich mich in Ruhe betrinken und den schrecklichen Tanzstil meines Brüderleins beobachten.«

»Er ist also auch ein mieser Tänzer? James war immer unglaublich stolz auf seine Moves, und Anna hat es nicht über sich gebracht, ihm zu sagen, wie grottenschlecht er ist.« Beim Gedanken an ihren Bruder musste Caroline schlucken. Manchmal war es von der Freude zur Traurigkeit nur ein kleiner Schritt.

Jonathan schien das zu spüren, und als er seine warme, gebräunte Hand auf dem Tisch über ihre legte, sah sie auf und fand Wärme und Mitgefühl in seinem Blick.

»Schon okay«, sagte er leise. »Es ist doch völlig normal, dass du heute gemischte Gefühle hast.« Er schaute hinüber zu Ellie, die mit Meredith auf der Tanzfläche herumhüpfte.

»Sie ist ihrem Vater so ähnlich«, sagte Caroline mit zittrigem Lächeln. »Er hat mich immer aufgezogen, weil ich klein und rothaarig bin. Ich hab mir immer verkniffen, ihn darauf hinzuweisen, dass ein paar seiner Kinder vielleicht auch mal so aussehen werden.« Sie wischte sich die Augen. »Jetzt werde ich nie wissen, ob ich recht behalten hätte.«

»Ich würde sagen, ein wunderschönes Kastanienbraun statt Rot.« Erneut berührte Jonathan leicht ihre Hand. »Das Leben gibt uns ja meistens dann so richtig eins auf den Deckel, wenn wir es am wenigsten erwarten. Aber ich kann dir versichern, mein Bruder hat Anna wahnsinnig glücklich gemacht. Und sie hat ihm sein Herz zurückgegeben.« Er schüttelte den Kopf. »Ich hätte nie gedacht, ihn mal so zu sehen. Glaub mir, die beiden passen perfekt zusammen. Und Ellie und Meredith sind unzertrennlich.«

Das Gespräch zwischen ihnen plätscherte so leicht dahin wie der Cider, und ehe sie sichs versahen, senkte sich die Dämmerung eines herrlichen Maiabends herab. Caroline stellte fest, dass sie ein bisschen beschwipst war, aber noch nicht so betrunken, dass sie sich nicht mehr im Griff hatte. Und sie fand Jonathan definitiv attraktiv. Nach einigen ausgelassenen Tanzeinlagen, die ihr Herz schneller schlagen ließen, neigte sich die Party dem Ende zu, und Caroline hatte nichts dagegen, dass Jonathan an ihrer Seite blieb, nachdem sie Anna und Matthew eine gute Nacht gewünscht hatte.

»Soll ich dich zu deinem B&B begleiten?«, fragte er. Es war schon spät, und die letzten Gäste hatten sich schweren Herzens verabschiedet.

»Danke, aber ich komme schon zurecht.«

Jonathan lachte. »Es liegt eh auf meinem Heimweg. Little Somerby ist zwar nicht gerade die Bronx, aber ich möchte trotzdem, dass du heil ankommst.«

»Dann gerne. Das wäre sehr nett.«

Es war nur ein kurzer Weg zu ihrer Unterkunft, die nicht weit von der Hauptstraße des kleinen Örtchens entfernt lag. Viele der Hochzeitsgäste gingen zu Fuß nach Hause, was in Anbetracht der Unmengen an Cider, die konsumiert worden waren, wohl auch besser war; einige von ihnen schwankten, während sie unter Straßenlaternen und den Sternen hergingen. Das nächtliche Dorf sah friedlich aus, und der süße Duft des Flieders in den Gärten an der High Street und anderer Blumen in den Töpfen vor den Geschäften lag in der Luft. Zusammen mit Jonathans Aftershave ergab das eine berauschende Mischung. Arm in Arm erreichten sie schon nach kurzer Zeit das malerische Steinhäuschen des Rose Cottage Bed and Breakfast.

»Tja, da wären wir«, sagte Caroline. »Danke für die Begleitung.« Sie lächelte ihn an. Er war ins Licht der viktorianischen Straßenlaterne getaucht, die am Beginn des Weges zur Eingangstür stand, und Caroline verspürte einen plötzlichen Anflug von Verlangen. Bevor sie der Mut verließ, fragte sie: »Soll ich dich noch auf einen Kaffee reinschmuggeln?«

Falls Jonathan überrascht war, ließ er es sich nicht anmerken. »Gern.«

Verheißung lag in der Luft. Es war spät, aber die Nacht war warm, und als die beiden zur Haustür gingen, spürte Caroline, wie Jonathan ihr den Arm um die Taille legte. »Ich möchte nicht, dass du über die Steine stolperst«, flüsterte er ihr zu. Sein Atem kitzelte sie am Hals.

»Wie galant von dir.« Caroline trat näher an ihn heran, als sie die Tür erreichten. »Ich glaub, du willst nur nicht, dass die Leute mitkriegen, wie zuvorkommend du eigentlich bist.«

»Vielleicht. Aber vielleicht steh ich auch einfach nur auf dich und möchte mich vergewissern, dass du gut in deinem Zimmer ankommst.«

Caroline lachte. »Ihr Somerset-Jungs redet nicht um den heißen Brei herum.« Kaffee war so ziemlich das Letzte, was sie beide im Sinn hatten. »Vergessen wir das mit dem Kaffee, und ich nehme dich mit ins Bett?«

»Anna hat erwähnt, dass du sehr direkt bist«, sagte Jonathan leise, »aber ich wollte mir selbst ein Urteil bilden.« Er zog sie noch näher zu sich heran, und sie spürte seine Körperwärme durch die dünnen Schichten seiner Kleidung. Plötzlich wünschte sie sich, dass nichts mehr zwischen ihnen stand.

»Ich hoffe, ich erfülle deine Erwartungen.« Ihre Stimme war rau. »Obwohl ich gestehen muss, dass ich mir noch nicht sicher bin, ob du meine erfüllst.«

»Gib mir eine Chance, dich zu überzeugen.« Sein Tonfall ließ ihren Körper erzittern. Ihr Herz schlug schneller.

»Wir sollten besser machen, dass wir ins Haus kommen, bevor meine Vermieterin runterkommt und dich wegschickt.« Sie kramte ihren Schlüssel hervor.

»Du verlierst keine Zeit, was?«, murmelte Jonathan und zog sie so eng an sich, dass ihre Brüste und ihr Bauch an seinen Körper gepresst wurden. Die Berührung fachte ihr Verlangen an, und in ihrem Unterleib begann es zu pulsieren.

»Wenn ich etwas haben will, bekomme ich es meistens.«

»Daran habe ich keinen Zweifel.« Jonathan beugte sich vor, und Caroline spürte einen köstlichen Schauer der Erregung. Seine Lippen waren nur einen Hauch von ihren entfernt, als er flüsterte: »Also solltest du jetzt besser die Tür aufschließen und mich in dein Zimmer schmuggeln, bevor ich eine Szene mache.«

»Das würdest du dich nicht trauen«, sagte Caroline, die das Gespräch immer aufregender fand.

»Wetten?« Jonathans Stimme war heiser. »Wir wissen doch beide, was wir wollen. Die Frage ist also, warum wir hier immer noch Zeit mit Reden vergeuden. Die Nacht wird nicht jünger.«

»Recht hast du.« Ohne zu zögern, zog sie die Haustürschlüssel hervor und drückte die quietschende Tür so leise wie möglich auf. Sie umklammerte Jonathans Hand und fühlte sich wie ein ungezogenes Schulmädchen, das jeden Moment von der Fluraufsicht erwischt werden kann, während sie ihn durch den dunklen Korridor die Treppe hinauf zu ihrem Zimmer führte.

*

Als Caroline am nächsten Morgen erwachte, war sie nicht überrascht, dass Jonathan bereits fort war. Es störte sie auch nicht. Anna hatte mit der Annahme recht gehabt, dass er ihr Typ war. Er war genau das, was sie in diesem Moment gebraucht hatte, und sie war sich sicher, dass er das genauso sah. Sie wusste, dass Anna die romantische Vorstellung hatte, Caroline könnte von Jonathan genauso hingerissen sein wie Anna von Matthew, aber zu diesem Zeitpunkt in ihrem Leben war das überhaupt nicht das, was sie wollte. Nein, Jonathan war einfach ein toller One-Night-Stand gewesen, und genau das würde er auch bleiben. In Surrey hatte sie im Moment genug um die Ohren. Sie konnte keine weiteren Komplikationen gebrauchen.

Als sie aufstand, stellte sie überrascht fest, dass ein Zettel unter ihrer Tür hindurchgeschoben worden war.

Danke für die tolle Nacht. Sorry, dass ich so früh losmusste,
aber ich wollte deine Vermieterin nicht erschrecken.
Ruf mich an! J x

Darunter stand eine Handynummer. Mit einem schiefen Lächeln warf Caroline den Zettel in den Papierkorb.

3

Alles klar, prima, dann also bis morgen um zehn.« Anna legte den Hörer des Küchentelefons auf. Die Vermietungsfirma der Tische und Stühle von der Hochzeitsfeier hatte angerufen und die Abholung auf den nächsten Tag verschoben. Da die Apfelgärten gerade nicht groß genutzt wurden, war das kein Problem, und Anna hatte zugestimmt. Ihren ersten richtigen Tag als Mrs Carter hatte sie ruhig angehen lassen. Abgesehen von einem einzigen Glas Sekt nach der Trauung hatte sie keinen Alkohol getrunken, aber es war schön, ein bisschen zu faulenzen. Beim zweiten Mal – und dann auch noch mit zwei Kindern – war so eine Hochzeitsfeier doch eine etwas andere Sache, dafür aber nicht weniger schön. Jetzt brach der Abend an, und sie freute sich auf das Essen mit Caroline, die früh am nächsten Morgen zurück nach Surrey fahren wollte. Sie hatte den Tag bei ihnen in der Cowslip Barn verbracht und mit Ellie im Garten gespielt, war aber jetzt kurz zurück ins B&B gegangen, um sich frisch zu machen. Ellie machte sich gerade erschöpft und glücklich fertig fürs Bett. Anna hatte es genossen, sich in Ruhe mit Caroline zu unterhalten, und das Abendessen würde das Sahnehäubchen auf der Hochzeitstorte werden.

Anna war im Vorfeld der Hochzeit so vergesslich geworden, dass sie wusste, wenn sie sich nicht jede Kleinigkeit aufschrieb, würde sie

sie bis zum Schlafengehen vergessen haben. Also notierte sie sich die geänderten Pläne auf dem Block, der auf dem Küchentisch neben den Tulpen lag, die ihre Mutter vor zwei Tagen vorbeigebracht hatte. Für ihre Zerstreutheit gab es natürlich einen guten Grund, und mit Matthew hatte sie bereits darüber gesprochen, als sie sich sicher gewesen war. Sie hatte aber bis nach der Hochzeit warten wollen, um den anderen die guten Neuigkeiten mitzuteilen. Sie hatte keine Lust auf die Sprüche von Freunden und Familie über die vermeintlichen Gründe für die Eheschließung. Sie wusste, dass die zweite Schwangerschaft oft früher sichtbar wurde als die erste, also würde sie es nicht lange geheim halten können. Und Ellie und Meredith würden es so bald wie möglich wissen wollen. Besonders Meredith wäre verletzt, wenn sie über zwei Ecken davon erfahren würde.

Anna war glücklich, eine so gute Beziehung zu ihrer Stieftochter zu haben. Gleich vom ersten Tag an hatten Meredith und sie sich gut verstanden, sogar noch bevor Anna und Matthew sich kennenlernten. Meredith war ihre erste Besucherin in Pippin Cottage gewesen, wenn man von ihrem Hund Sefton absah, der damals mir nichts, dir nichts zur Tür hereingestürmt war, und sie hatten augenblicklich Freundschaft geschlossen. Sie hoffte, Meredith würde sich über die Neuigkeiten freuen. Ellie, die immer unabhängiger wurde und ihre Meinung lautstark vertrat, würde auf jeden Fall begeistert sein, ein Baby im Haus zu haben.

»Alles okay?« Eine Stimme riss sie aus ihren Gedanken. Anna lächelte, als eine Hand sich um ihre Hüfte legte und dann über ihren Bauch strich, wo sich bald eine Rundung abzeichnen würde. Sie lehnte sich zurück und spürte, wie sich eine beruhigend solide breite Brust an ihren Rücken schmiegte.

»Alles gut.« Sie hielt einen Moment inne und genoss die Umarmung, dann drehte sie den Kopf, um Matthew zu küssen.

»Ich dachte, du könntest ein bisschen Hilfe beim Aufräumen gebrauchen.« Er lächelte seine frischgebackene Ehefrau an.

»Oh, das meiste ist erledigt. Wir haben uns ja bewusst gegen eine zu aufwendige Dekoration entschieden, damit es nicht so viel aufzuräumen gibt.«

Matthew grinste. »Ich glaube, im Apfelgarten sind sogar noch ein paar Flaschen Sekt übrig. Nicht dass du davon etwas trinken solltest!«

»Keine Sorge, das hatte ich nicht vor. Hab ich dir schon erzählt, dass ich Caroline zum Abendessen eingeladen habe?«

Wieder küsste er sie. »Ich war doch dabei, als du sie eingeladen hast, Dummerchen.«

Anna lachte. »Ach ja. Tut mir leid, die Schwangerschaftsdemenz hat anscheinend schon eingesetzt, dabei bin ich noch nicht mal in der sechsten Woche.« Sie schüttelte den Kopf. »Das wird in den nächsten siebeneinhalb Monaten bestimmt nicht besser.«

»Wir kommen schon klar.« Matthew lächelte immer noch. »Immerhin hast du keine Morgenübelkeit. Tara hat es damals mit Meredith ziemlich schlimm erwischt, praktisch die ganze Schwangerschaft hindurch.«

»Oje. Bei Ellie hatte ich Glück. Mir war kaum übel, dafür konnte ich während der Schwangerschaft und auch noch etwa anderthalb Jahre danach keinen Kartoffelbrei ausstehen. Ich bin gespannt, ob mich diesmal auch wieder irgendetwas Komisches erwischt?«

»Wird interessant, das herauszufinden.«

Wieder einmal staunte Anna darüber, wie gut sich alles für sie entwickelt hatte. In manchen Nächten lag sie immer noch wach und fragte sich, wie ihr Leben jetzt wohl aussähe, wenn ihr erster Mann James nicht in einer kalten Winternacht von einem Teenager in einem viel zu schnellen Auto überfahren worden wäre. Eines war sicher: Sie war sich jeden Tag bewusst, was für ein Glück sie gehabt hatte. Sie war dankbar für Ellie, dafür, dass sie zurück nach Little Somerby gezogen war und dort den Little Orchard Tea Shop übernommen hatte, und dafür, dass Matthew und Meredith in ihr Leben getreten waren. Matthew sagte oft, dass Anna ihn gerettet habe. Sie wusste aber ohne jeden Zweifel, dass er auch *sie* gerettet hatte.

Gleich darauf unterbrach ein verstohlenes Husten von der Tür Anna und Matthew.

»Sorry, ich wollte nicht stören«, sagte Caroline. »Hätte ich anklopfen sollen?«

Anna lachte. »Red keinen Quatsch. Komm rein.« Sie trat von Matthews Seite. »Möchtest du ein Glas Wein?«

»Gern.« Carolines dunkelrotes Haar war noch feucht vom Duschen und aus dem Gesicht gekämmt, was ihre großen grünen Augen noch besser zur Geltung brachte. Sie war schlanker als Anna, etwa zehn Zentimeter kleiner und besaß die grazile Figur einer Tänzerin. Doch diejenigen, die sie aufgrund ihrer Zartheit unterschätzten, waren oft überrascht, wenn sie die volle Macht ihrer Charakterstärke enthüllte.

Anna warf einen Blick auf den Rayburn-Ofen, in dem der Frühlingslammeintopf schmorte. »Abendessen gibt's gegen sieben.«

»Ich ruf kurz bei Dad an«, sagte Matthew. »Falls du Hilfe brauchst, ich bin im Arbeitszimmer. Ich hab ihn auch zum Essen eingeladen, als wir heute Morgen telefoniert haben, aber er meinte, er sei von gestern noch ziemlich erledigt. Jonno hat gefragt, ob er doch noch vorbeikommen kann, ist das okay für dich?«

»Oh, ich dachte, er hat was vor«, sagte Anna. »Aber er kann gern kommen. Wir haben genug zu essen. Ich geb ihm auch einen Teller für deinen Vater mit.«

»Da wird er sich freuen«, rief Matthew über die Schulter, schon auf dem Weg zum Arbeitszimmer.

Täuschte sie sich, oder war Caroline bei der Erwähnung von Jonathans Namen leicht errötet? Am Vortag auf der Feier hatten sie sich allem Anschein nach ziemlich gut verstanden, auch wenn Caroline heute nichts gesagt hatte, als sie mit Ellie gespielt hatte.

Sie war allerdings notorisch zugeknöpft, was ihr Privatleben anging, deshalb sprach Anna das Thema fürs Erste nicht an. Es war schön, Zeit mit ihrer Schwägerin verbringen und unbefangen über James sprechen zu können.

»Ellie hat sich total gefreut, so viel Zeit mit dir zu haben«, sagte Anna, als sie Caroline ein Glas Rotwein reichte. »Sie hat gefragt, wann du uns wieder besuchen kommst.«

Caroline lächelte. »Wir hatten wirklich viel Spaß zusammen.« Eigentlich war Ellie ihre einzige noch lebende Verwandte, aber auch wenn Anna wieder geheiratet hatte, würde Caroline sie immer als ihre Schwägerin betrachten.

»In einem Jahr um diese Zeit geht sie schon zur Schule.« Anna schenkte sich ein Glas Holunderlimonade aus der Flasche von der Anrichte ein. »Ein bisschen zu viel Alkohol gestern«, sagte sie hastig. Sie flunkerte Caroline nicht gern an, aber unter den gegebenen Umständen war das wohl entschuldbar.

Sie setzten sich an den langen, geschrubbten Küchentisch. »Ich weiß, ich hab das schon eine Million Mal gesagt, aber ich freue mich so, dich wiederzusehen, Caroline. Bei allem, was in den letzten Jahren passiert ist, brauchte ich die Verbindung zu meinem alten Leben und zu meiner Familie. Und ich musste mit eigenen Augen sehen, dass es für dich wirklich okay ist, wie sich mein Leben entwickelt hat.«

»Ach, jetzt hör aber auf!« Carolines Augen füllten sich mit Tränen. »Natürlich ist das okay für mich. Wieso denn auch nicht? Du siehst überglücklich aus, und ich weiß, dass dein neues Leben mit Matthew der Grund dafür ist.« Sie drückte Annas Hand. »James hätte nicht gewollt, dass du für den Rest deines Lebens alleine bleibst, und ich genauso wenig. Und weißt du was? Ich glaube, James hätte deine Wahl gutgeheißen.«

Auch Anna standen Tränen in den Augen. »Das bedeutet mir eine Menge, Caroline.«

»Und ich hab jedes Wort so gemeint.« Caroline lächelte sie zittrig an. »Schenkst du mir jetzt endlich nach, oder muss ich verdursten?«

Anna erwiderte ihr Lächeln und konnte nicht widerstehen, das Geheimnis zu lüften. »Dann trinkst du wohl besser einen für mich mit, denn ich darf auf ärztliche Anweisung keinen Alkohol trinken.«

»Warum?«, fragte Caroline. Dann fiel der Groschen. »Das gibt's ja nicht! Du machst keine halben Sachen, was? Dabei hast du gerade mal einen Tag den Ring an deinem Finger!«

Anna lachte. »Es sind schon ein paar Wochen mehr. Nicht geplant, aber höchst willkommen.« Sie blickte Caroline forschend an. »Geht das für dich in Ordnung?«

»Hör endlich auf, mich ständig zu fragen, ob deine Lebensentscheidungen für mich okay sind«, sagte sie sanft. »Es liegt doch ganz bei dir. So war es immer schon. James ist fort. *Du* brauchst dich nicht zu sorgen, wie ich mich fühle.«

Anna lächelte traurig. »Ich weiß. Es kommt mir nur … seltsam vor.«

»Ich geb zu, es war schon ein bisschen merkwürdig, zuzuschauen, wie du einen anderen heiratest«, sagte Caroline leise. »Aber das Leben geht weiter. Und die Liebe auch. Das Leben ist zu kurz, um sich ständig Sorgen zu machen. Also hör bitte damit auf. Auf der Stelle.«

Anna lächelte. »In Ordnung. Solange ich *dir* eine Frage stellen darf.«

Caroline sah jetzt verschlossener aus. »Kommt ganz drauf an.« Sie hatte ihrer Schwägerin in den vergangenen Jahren eine Menge Dinge verheimlicht, um sie zu schützen, und war deshalb auf der Hut, wenn Anna zu sehr nachbohrte. Wenn sie nur die Hälfte von dem wüsste, was in den Jahren nach James' Tod passiert war, würde Anna sie nie mehr so betrachten wie zuvor. Es gab einige Dinge, die besser nie ans Licht kamen.

»Hast du dich gestern mit Jonathan, äh, gut verstanden?«

Caroline sah sie fragend an, obwohl sie erwog, einfach damit herauszuplatzen. »Wie meinst du das?«

Anna versuchte erfolglos, unschuldig dreinzublicken. »Na ja, als Meredith heute Morgen mit Sefton Gassi gehen war, hat sie Jonathan aus dem B&B schleichen sehen. Sie hat eins und eins zusammengezählt, fürchte ich.«

Caroline hüstelte in ihr Weinglas. »Neuigkeiten sprechen sich hier schnell rum, was? Ach, schon gut. Er hat mich zum B&B begleitet und ist noch auf einen Kaffee hochgekommen.«

Anna zog eine Augenbraue hoch. »Die ganze Nacht?«

»Es war ein ziemlich großer Kaffee«, sagte Caroline, entschlossen, sich nichts aus der Nase ziehen zu lassen. »Wirklich nichts, worüber sich zu spekulieren lohnt.«

»Würd ich nie tun. Ich fand nur, dass ihr euch gestern auf der Party gut verstanden habt, das ist alles.«

»Ich lass mich nicht von dir mit deinem neuen Schwager verkuppeln. Die Mühe kannst du dir sparen.«

»Schon gut. Aber von da, wo ich stand …«

»Hättest du dich nicht besser auf deine eigene Hochzeit konzentrieren sollen als darauf, was Jonathan und ich treiben?«, tadelte Caroline sie und griff nach der Weinflasche.

»Ach, mach dir darum keine Gedanken. Als Mutter und Stiefmutter bin ich eine Meisterin darin, meine Aufmerksamkeit vierzehnfach zu teilen. Und ich kam nicht umhin, zu bemerken …«

»Gib's auf«, sagte Caroline. »Ich werde nicht zum zweiten Mal deine Schwägerin, egal, wie sexy Jonathan ist.«

»Du gibst also zu, dass er sexy ist?«

»Ich bin ja nicht blind.«

»Also mochtest du ihn?«

»Kein Kommentar.«

»Okay, okay, ich halt die Klappe. Fürs Erste. Aber ich muss dir sagen, dass ihm eine feste Beziehung guttun würde. Er hat sich erst kürzlich beschwert, dass er einfach nicht die Richtige findet.«

»Mir hat er erzählt, dass er wieder bei seinem Dad eingezogen ist.«

»Na ja, zumindest für den Moment«, sagte Anna. »Und um ehrlich zu sein, ist das vielleicht auch ganz gut so. Jack glaubt, er wäre fit wie ein Turnschuh, aber sein Herz macht ihm seit Jahren zu schaffen, und so kann Jonathan ihn im Auge behalten.«

»Hmm.« Caroline hob skeptisch eine Augenbraue. »Du glaubst also nicht, er tut das nur, um nicht erwachsen werden zu müssen?«

»Jonathan wird nie erwachsen sein, selbst dann nicht, wenn er seine eigene Hypothek aufgenommen hat«, sagte Matthew, der gerade zurück in die Küche kam und das Ende des Gesprächs aufgeschnappt hatte. »Aber wer weiß? Jetzt, wo er wieder ins Familienunternehmen eingestiegen ist, fängt er vielleicht endlich damit an, sich seinem Alter gemäß zu benehmen.«

»Wessen Alter?« Wie aufs Stichwort kam Jonathan durch die Hintertür in die Küche. Ohne zu zögern, ging er über den Fliesenboden zu Anna und küsste sie auf die Wange. »Hallo, schöne Frau. Ich hoffe, es stört dich nicht, dass ich hier so reinplatze, weil ich plötzlich festgestellt habe, dass ich heute nichts vorhabe.«

»Natürlich nicht. Caroline kennst du ja schon.«

»Ja, klar. Hi.« Jonathan schenkte ihr ein warmherziges Lächeln. Es schien ihn nicht zu verunsichern, sie so schnell wiederzusehen, also war Caroline entschlossen, sich ebenfalls nichts anmerken zu lassen. Von ihrem Platz am Tisch lächelte sie ihm zu.

Anna zog ihre Ofenhandschuhe an, öffnete die Klappe und holte eine große Le-Creuset-Kasserole heraus. Sie nahm den Deckel ab, rührte den Eintopf um, kostete ihn und schob ihn zurück in den Ofen. Dann nahm sie ein paar in Alufolie eingewickelte Knoblauchbaguettes und schob sie ebenfalls in den Ofen.

»Dein Rezept oder das deines Ehemanns?«, fragte Caroline, begierig, das Thema zu wechseln.

Auf dem Weg zurück zu ihrem Stuhl sah Anna Matthew liebevoll an. »Meins. Matthew macht ganz gute Bohnen auf Toast, und man munkelt, dass er sich gelegentlich an Spaghetti bolognese heranwagt, aber ansonsten hat er mit Kochen nicht allzu viel am Hut.« Ihre Augen funkelten. »Du bist ein ziemlich guter Koch, Jonathan, oder?«

»Ganz passabel.« Jonathan schenkte sich ein Glas Wein ein. »Ich komm nicht oft dazu, weil Dad seinen Appetit wohl verloren hat, aber ich bringe ein ganz gutes Boeuf Bourguignon zustande, wenn's sein muss.«

Als sie kurz darauf das Abendessen genossen, vibrierte Matthews Handy, und er warf einen Blick auf das Display. Während er die Nachricht las, wurde seine Miene weicher.

»Meredith ist gut in Cornwall angekommen und schreibt, das Cottage von Flynns Eltern ist ›voll cool‹.« Seine Schultern entspannten sich sichtlich, und, als ob die Nachricht seiner Tochter ihm Erlaubnis dazu gegeben hätte, schenkte er sich und Caroline noch ein Glas Wein und seiner schwangeren Frau Holunderlimonade ein.

»Schön, dass sie gut angekommen ist und Spaß hat«, sagte Anna. Die sechzehnjährige Meredith hatte am Morgen den Zug nach Cornwall genommen und würde nun eine Woche dortbleiben. Anna vermisste sie schon jetzt, aber Flynn O'Connell, der zwei Jahre älter war als Meredith, war ein netter Kerl. Im letzten Jahr war die Beziehung der Carters und der O'Connells ziemlich belastet gewesen, nachdem Flynn mit Meredith auf dem Beifahrersitz einen Autounfall gebaut hatte, wodurch Meredith mit einer schweren Kopfverletzung im Krankenhaus gelandet war. Ihre Genesung und die Tatsache, dass die Unfallermittler feststellten, dass Flynn den Unfall nicht allein verschuldet hatte, hatten viel dazu beigetragen, dass sich die Familien wieder angenähert hatten. Matthew und Anna verstanden sich gut mit Flynns Eltern, die ihnen versichert hatten, dass die Teenager die gesamte Woche über in getrennten Zimmern übernachten würden. Anna war sich nicht sicher, ob sie das glauben sollte, aber sie sagte sich, dass nicht viel schiefgehen konnte, solange aufmerksame Eltern im selben Haus waren.

Nun wandte sie sich wieder Caroline zu. »Vorhin meintest du, dass du in deinem Leben einiges ändern willst, aber durch die ganzen Unterbrechungen von Ellie und die Aufräumarbeiten von gestern hatten wir kaum eine Chance, in Ruhe darüber zu reden.«

Caroline nahm das Weinglas, um Zeit zu gewinnen, während sie ihre Gedanken sammelte. Sie musste sich sehr genau überlegen, wie sie ihre Worte wählen sollte. Zu viele Informationen, und Anna würde sich Sorgen machen; zu wenige, und sie würde misstrauisch werden. »Na ja, jetzt wo du's sagst, ja, das habe ich tatsächlich vor.«

»Woran hast du gedacht?«

»Ich überlege, aus dem Südosten wegzuziehen«, gestand Caroline. »Seit Mum, Dad und James gestorben sind und du hierhergezogen bist, frage ich mich, was mich eigentlich noch in Farnham hält.« Sie schwieg kurz und schaute die Frischvermählten an. »Versteht mich nicht falsch. Ich habe gute Freunde dort, aber es langweilt mich, mir immer ausgefallenere Dinge zu überlegen, um eine Veranstaltung einzigartig und unvergesslich zu machen. Wenn die hundertste Eisskulptur am Ende des Tages vor sich hinschmilzt, ist das irgendwann nicht mehr so spannend.«

»Wo willst du denn hinziehen?«, fragte Anna. »Ich meine, du hast ja keine Bindungen, also kannst du hingehen, wo immer du willst. Vielleicht sogar nach Übersee. Warum nicht zurück nach Italien? Dort hast du doch gern gearbeitet, bevor du deinen jetzigen Job angenommen hast.«

Caroline schüttelte den Kopf. »Ich hab's gern gemacht, und es war toll, in dem Restaurant zu arbeiten.« Sie hatte dort ein Jahr den Servicebereich eines kleinen Restaurants auf Sizilien geleitet, bevor sie ihre Karriere als Eventmanagerin begann. »Aber wenn ich in den letzten Jahren eins gelernt habe, dann dass man Dinge wie Familie nicht als selbstverständlich hinnehmen darf. Ich glaube, es ist Zeit, dass ich mich darum kümmere, was ich noch habe, solange ich es noch kann.«

»Das klingt so, als hättest du schon eine Idee.«

»Um ehrlich zu sein, denke ich schon eine Weile über einen Tapetenwechsel nach. Firmen wie die, für die ich arbeite, rationalisieren ja, um bessere Geschäfte machen zu können. Vor ein paar Monaten wurde mir ein Aufhebungsvertrag angeboten, und ich habe ihn angenommen. Ich liebe meine Arbeit, aber die Zeiten ändern sich. Ich würde gern weiter im Gastgewerbe arbeiten, wäre aber lieber meine eigene Chefin.« Auf die persönlichen Gründe für den Tapetenwechsel wollte Caroline nicht näher eingehen, nachdem sie gerade so ein glückliches Familienfest wie die Hochzeit gesehen hatte. Wenn sie Anna jemals reinen Wein einschenkte, würde sie den richtigen Moment abwarten, und der war definitiv noch nicht gekommen.

»Meine Güte«, sagte Anna, »das ist aber eine große Entscheidung. Ich würde fragen, ob du dir sicher bist, aber du hast dich ja bereits entschieden. Nicht dass mich das überrascht.« Sie wandte sich an Jonathan und Matthew. »Caroline hat eine tolle Karriere hingelegt. Ihr Team hat so viele Preise für die Events gewonnen, die es organisiert hat. Und sie selbst als Managerin auch. Ich erinnere mich noch gut an die Preisverleihung von Goodwood für deinen Award zur Managerin des Jahres. Ich hab dich begleitet und so viel Schampus getrunken, dass ich am nächsten Tag nicht aus dem Bett kam.«

Caroline lachte. »Stimmt, das Event wurde von Moët gesponsert! James hat sich über dich lustig gemacht, weil du den guten

Champagner nicht vertragen hast. Er meinte, in Zukunft sollte ich dir besser Asti Spumante geben.«

»Und wie sieht dein Plan jetzt aus?«

»Ich hab genug von Surrey. Ich hab ein bisschen Geld vom Erbe meiner Eltern zurückgelegt, dazu kommt die Abfindung. Davon kann ich eine Weile leben, während ich mir überlege, worauf ich Lust habe.«

Plötzlich mischte sich Jonathan ein, der bislang schweigend zugehört hatte. »Du bist also völlig frei und ungebunden? Beruflich gesehen, meine ich?«

Caroline sah ihn fragend an. »Ich denke schon. Warum?«

Er legte Messer und Gabel nieder, nahm den letzten Schluck Wein und warf seinem Bruder einen kurzen Blick zu, bevor er weitersprach. Matthew hob schweigend eine Augenbraue. Jonathan wandte sich an Anna. »Hör mal, macht es dir was aus, wenn ich mir Caroline für eine halbe Stunde ausleihe? Ich möchte ihr was zeigen. Ich weiß, es ist unhöflich, vor dem Kaffee abzuzischen, aber ich hoffe, in diesem Fall ist es das wert.«

Caroline vermied es, Anna anzuschauen, um nicht laut loszulachen, und sagte zu Jonathan: »Hab ich auch ein Wörtchen dabei mitzureden, ob ich, äh, *ausgeliehen* werden will?«

»Klar. Aber ich hoffe mal, dass du Lust auf einen kleinen Spaziergang vor Einbruch der Dunkelheit hast.«

Sie erinnerte sich daran, wo sie in der vergangenen Nacht nach einem kurzen Spaziergang gelandet waren, und errötete. »Wir kommen also hierher zurück?«

»Sobald der Abwasch erledigt ist«, sagte Jonathan. »Falls es dir nichts ausmacht, dass wir kurz weg sind?«, wandte er sich wieder an Anna.

»Ich kann mich nicht erinnern, dass du je angeboten hast, den Abwasch zu übernehmen, Jonathan Carter«, sagte Anna, die aufgestanden war und begann, den Tisch abzuräumen. »Warum sollte es also heute Abend anders sein? Seid aber auf jeden Fall zum Nachtisch zurück. Wir haben noch einen Berg Himbeer-Pavlova von der Hochzeit übrig.«

»Ich sorge dafür, dass sie, so schnell es geht, wohlbehalten wieder hier ist. Aber wir müssen uns beeilen, wenn wir dort sein wollen, bevor es zu dunkel ist.«

Neugierig stand Caroline vom Tisch auf und folgte ihm durch die Hintertür.

Cowslip Barn, das Haus von Anna und Matthew, lag am Rand der weitläufigen Cider-Farm. In den letzten Jahren waren auch Wirtschaftsgebäude auf dem Grundstück errichtet worden, aber das Haus selbst lag abgeschirmt hinter vielen Apfelbäumen. Als sie durch die Reihen ordentlich gepflanzter Bäume spazierten, erblickte Caroline in der Ferne ein Gebäude, das etwas abseits des Zentrums der Farm lag. Ein frisch asphaltierter Weg, der von der Rückseite des Royal Orchard kommen musste, führte dorthin. Als klar wurde, dass dieses Gebäude ihr Ziel war, fragte sie Jonathan danach.

»Das ist unser neues Projekt. Vor einem Jahr war es noch eine verfallene Scheune, in der wir alte Fässer und Ausrüstungsteile gelagert haben, aber als ich Dads Papierkram in Ordnung gebracht habe, bin ich auf einen Antrag auf Nutzungsänderung an den Gemeinderat gestoßen. Er muss ihn ausgefüllt und dann vergessen haben. Die Erlaubnis war erteilt worden, stand aber kurz vor dem Ablaufen, also dachte ich mir, dass wir schleunigst etwas damit unternehmen sollten.«

»Was habt ihr denn damit vor?«, fragte Caroline. Als sie sich der alten Scheune näherten, konnte sie sehen, dass die Grundstruktur aus Stein und Eichenholz liebevoll restauriert worden war und das Gebäude nun ein neues Dach und schöne zweiflügelige Glastüren an zwei Seiten hatte.

»Es soll ein Restaurant namens Cider Kitchen werden. Somerset gehört, was regional produzierte Lebensmittel angeht, zu den besten Gegenden Englands. Wir haben Käse und Erdbeeren aus Cheddar, das eine Weltkulturerbestätte ist, mindestens zwei große Eiscrememarken, Joghurts und natürlich unzählige alkoholische Getränke, darunter auch unseren eigenen Cider. Da ist es doch nur logisch, das alles richtig zur Geltung zu bringen, und weil wir eh die Scheune hier haben, mussten wir nicht lange überlegen.«

Caroline nahm das Gebäude genauer in Augenschein. »Und ihr wollt schon zur Sommersaison eröffnen?«, fragte sie und spähte durch ein Fenster. Innen war es noch kahl, auch wenn die Wände schon verputzt waren und anscheinend im hinteren Teil ein Zwischengeschoss mit einer hübschen, hellen Eichentreppe eingebaut worden war. Von der Decke baumelten Drähte für die Beleuchtung, und eine weitere Tür an der Seite führte vermutlich zur Küche.

»Jawohl. Wir haben einen begabten jungen Koch an der Hand, der am Weston College gelernt und bei Carluccio's in Bristol gearbeitet hat und uns sehr empfohlen wurde, und wir stellen gerade das Serviceteam zusammen. Die Baufirma arbeitet Tag und Nacht daran, die Renovierungsarbeiten rechtzeitig abzuschließen, sodass es jetzt nur noch darum geht, die Inneneinrichtung zu planen und einen Manager zu finden.«

»Nur noch?«, wiederholte Caroline. »Das ist noch eine Menge Arbeit, sofern du hier von Wochen sprichst und nicht von Monaten.« Auch wenn sie gerade außer Dienst war, schaltete ihr Gehirn sofort in den Eventmanager-Modus. Es war schön und gut, ein Gebäude umzubauen, aber ein neues Geschäftsprojekt brachte immer Risiken mit sich, selbst mit einer großen Firma wie Carter's Cider im Rücken.

»Du kennst die Carters noch nicht allzu gut, was? Wenn wir eins können, dann Projekte durchboxen.«

Caroline versuchte, sich von seinem Eifer nicht zu sehr beeindrucken zu lassen. »Wissen du und dein Bruder denn überhaupt irgendetwas darüber, wie man ein Restaurant führt? Oder ist das nur eine leichte Übung beim Ausbau eures Cider-Imperiums?«

»Na ja, wir werden schon jemanden brauchen, der das Tagesgeschäft managt«, räumte Jonathan ein. »Das Konzept ist schließlich recht simpel, aber die Ausführung erfordert Zeit und Mühe. Anna hilft uns zwar mit ihrem Know-how über lokale Trends aus dem Café, aber wir brauchen so schnell wie möglich einen richtigen Manager.«

»Es würde auf jeden Fall helfen, jetzt jemanden an Bord zu holen«, stimmte Caroline ihm zu. »Das ist schließlich eine ziemlich große Sache. Und ich nehme an, ihr habt noch eine Menge anderer Dinge zu tun.«

»Ich hatte eigentlich geplant, schon früher einen Manager einzustellen«, gestand Jonathan, »aber der Typ, mit dem wir uns bereits geeinigt hatten, bekam ein besseres Angebot in einem neuen Restaurant an der Bristol Harbourside und hat uns vor einigen Wochen eine Absage erteilt. Leider war der Vertrag noch nicht unterzeichnet, sodass wir ihn verloren haben.«

»Und nun steht ihr also ohne Manager da«, sagte Caroline. Als sie erneut durch das Fenster schaute, auf den großen, leeren Raum mit dem schönen, neuen Kalksteinboden und den kahlen Wänden, stellte sie sich vor, was man daraus machen könnte, wenn die Aufgabe in die richtigen Hände kam. In *ihre* Hände. Sie würde die Eichenstruktur der Scheune in den Tischen und Stühlen aufgreifen. Einfache, schmiedeeiserne Lampen an den Wänden, Kronleuchter an der hohen Decke. Schlicht gehaltene Tische mit gestärkten, weißen Stoffservietten und glänzendem Silberbesteck würden dem Raum eine schlichte Eleganz verleihen. Die Wände würden gerahmte Drucke und Fotos zieren, die die Geschichte und das Erbe des Gebäudes illustrierten. Ein klassischer und zugleich zeitgenössischer Look, schlicht und kultiviert. Es juckte sie plötzlich in den Fingern, Pläne zu zeichnen und Ideen festzuhalten.

»Was denkst du?«, fragte Jonathan, der offensichtlich ihren abwesenden Gesichtsausdruck bemerkt hatte.

»Dass ihr hier etwas ganz Besonderes schaffen könnt. Und in den richtigen Händen könnte es eine Goldgrube werden.«

»Das hoffen wir«, sagte er, den Blick noch immer auf ihr Gesicht gerichtet. Sie errötete.

»Entschuldige. Ich drifte manchmal in den beruflichen Autopiloten, wenn ich so was sehe. Hier ist einfach so viel Potenzial. Wer auch immer dieses Restaurant leiten soll, wird erstklassige Managementfähigkeiten benötigen und Fingerspitzengefühl, um das Wesen von Somerset in diesen vier Wänden einzufangen.«

»Mir gefällt deine Leidenschaft. Du hast echt verstanden, worum es uns hier geht, obwohl du die Scheune gerade erst gesehen hast.« Jonathan musterte sie immer noch aufmerksam. »Das ist genau das, was ich mir erhofft hatte.«

»Wieso?«, fragte Caroline verdutzt. »Was hat das mit mir zu tun?«

Jonathan steckte die Hände in die Taschen und schaute hinauf zum frisch gedeckten Scheunendach. »Möglicherweise eine ganze Menge.« Als schneller Denker war er es gewohnt, Deals im Handumdrehen abzuschließen, und er vertraute auf seine Instinkte. »Wie würde es dir gefallen, hier einzusteigen? Wir brauchen eine talentierte Managerin, eine, die es gewohnt ist, unter hohem Druck zu arbeiten, und die kreativ genug ist, um dieses Projekt durchzuführen, das Team zu motivieren und auf Kurs zu halten. Du hast gesagt, du willst dich neu orientieren. Könnte das hier nicht genau das sein, wonach du suchst?«

Caroline trat unwillkürlich einen Schritt zurück und stolperte beinahe vom Gehweg in den Schotter. »Bietest du mir gerade einen Job an?«

»Du hast doch gesagt, du suchst einen.«

Caroline fand ihr Gleichgewicht wieder und blickte vom Gebäude zu Jonathan, der im warmen Schein der untergehenden

Sonne, die die Scheune in weiches, goldenes Licht tauchte, sehr aufrichtig aussah. »Aber du weißt so gut wie nichts über mich oder meine Karriere, mal abgesehen von dem, was wir vorhin besprochen haben. Warum hältst du mich für die Richtige?«

»Ich weiß, das kommt alles sehr plötzlich, aber nach unserem Gespräch gestern habe ich meine Hausaufgaben gemacht. Du hast das Team geleitet, das die Veranstaltung für den neuen Mercedes beim Goodwood Festival im letzten Jahr organisiert hat. Und ich weiß, dass die Preise, über die du mit Anna gelacht hast, einige der höchsten Auszeichnungen sind, die man in dem Bereich verliehen bekommen kann. Du hast dir in einem hart umkämpften Business einen Namen gemacht und dir dabei nur – wenn überhaupt – wenige Feinde eingehandelt. Ich glaube, mit deiner Expertise und Carter's Unterstützung könntest du diesen Ort in eine wahre Goldgrube verwandeln. Selbst wenn du nicht gesagt hättest, dass du was Neues suchst, hätte ich versucht, dich abzuwerben. Was sagst du dazu?«

»Soll das heißen, ich war bei einem Bewerbungsgespräch für einen Job, von dessen Existenz ich nicht mal was wusste, auf der Hochzeit der Frau meines toten Bruders?« Caroline wusste nicht, ob sie verärgert oder geschmeichelt sein sollte, und entschied sich für Letzteres. Dann fiel ihr noch etwas ein. »Und nach der Hochzeit? War das auch Teil des Bewerbungsgesprächs?«

Immerhin besaß Jonathan so viel Anstand, beschämt dreinzublicken. »Nein. Das war rein persönlich.«

»Freut mich zu hören«, sagte Caroline trocken. »Mir wär es nämlich unangenehm, wenn unsere, äh, Begegnung deine Entscheidung beeinflusst hätte.«

»Natürlich nicht.« Jonathan lächelte. »Ich meine es ernst mit dem Job. Um ehrlich zu sein, würdest du mir einen großen Gefallen tun, wenn du es dir einfach mal durch den Kopf gehen lässt. Es ist ja schon Anfang Mai, und wir haben eine knappe Deadline, wenn wir das hier zu Beginn der Sommersaison eröffnen wollen. Wir brauchen dringend jemanden. Wenn du also Interesse hast, wäre es super, wenn wir die Sache so schnell wie möglich unter Dach und Fach bringen könnten.«

Caroline sah wieder die Scheune an. Das Gebäude war schon so weit hergerichtet, dass sie sich genau ausmalen konnte, was noch getan werden musste. Die Farbschattierungen, die sie einsetzen würde, um die natürliche Schönheit des Gebäudes zu unterstreichen, die kleinen Details, die zu einem Ort wie diesem perfekt passen würden. Zum ersten Mal seit Jahren erfasste sie angesichts eines möglichen neuen Projekts wieder eine prickelnde Aufregung. Im Hinterkopf flüsterte ihr außerdem eine Stimme zu, dass sie, sollte sie diesen Job annehmen, die Schatten ihres Lebens in Surrey zurücklassen könnte. »Sollte ich mich entscheiden, das anzunehmen, würde ich das gern als Beraterin tun. Ich hab so viele Jahre damit verbracht, meine Ideen an die Kunden anzupassen, dass ich jetzt unabhängig sein möchte, um diesen Ort aktiv mitzugestalten. Als Managerin marschiere ich nicht einfach nur in ein fertiges Gebäude. Ich möchte jetzt schon Input geben, wo es noch in der Entwicklung ist.«

»Darauf können wir uns einigen«, sagte Jonathan. »Mit deiner Erfahrung wäre dein Input unglaublich wertvoll, solange wir noch in der Entwicklungsphase sind. Und als Beraterin hättest du größere Freiheiten. Wir müssten dich allerdings für einen festen Zeitraum einstellen. Wie wäre es mit zwölf Monaten?«

»Das klingt echt verlockend.« Caroline warf noch einen Blick auf die Scheune und stellte sich die Verbesserungen vor, die sie durchführen würde, wenn sie Chefin war. »Kann ich darüber schlafen?«

»Aber sicher. Und um ehrlich zu sein, sollte ich es noch mal mit meinem Bruder besprechen. Auch wenn ich dieses Projekt betreue, möchte er auf dem Laufenden gehalten werden.«

»Anscheinend behält er gern alle Fäden in der Hand. Ist bestimmt nicht ganz einfach, sich das Geschäft aufzuteilen.«

»Oh, wir hatten so unsere Schwierigkeiten«, sagte Jonathan leichthin. »Aber ich glaube, er lernt allmählich dazu.« Er sah auf seine Armbanduhr. »Wir sollten besser zurückgehen, sonst denkt Anna noch, wir sind durchgebrannt.«

Caroline lachte. »Bring sie nicht auf Ideen! Sie ist uns schon auf der Spur wegen letzter Nacht.«

»Überrascht mich nicht.« Jonathan ging etwas langsamer. »Aber mach dir keine Gedanken. Was du über letzte Nacht gesagt hast … das macht keinen Unterschied. Ich möchte, dass du über diesen Job nachdenkst, weil ich weiß, wie gut du in deinem Job bist. Das ist alles. Keine Hintergedanken, versprochen.«

Caroline nickte. »Gut zu wissen, denn wenn ich mich entscheide, diesen Job anzunehmen, wird unsere Beziehung rein beruflicher Natur sein.«

»Na klar. Kannst du es dir durch den Kopf gehen lassen und mir so schnell wie möglich Bescheid sagen? Wir müssen uns echt ranhalten, wenn wir zum Sommeranfang eröffnen wollen.«

»Ich melde mich bei dir, sobald ich mir die Zeit genommen habe, darüber nachzudenken. Und danke für das Angebot.«

Damit machten sie sich auf den Rückweg zu Kaffee, Nachtisch und den Neuvermählten in der Cowslip Barn.

4

Sobald Caroline ihren Vertrag von Carter's Cider für ihre befristete Stelle als beratende Managerin in Händen hielt, kümmerte sie sich um die Untervermietung ihrer Wohnung in Farnham. Glücklicherweise suchte eine Freundin gerade für ein halbes Jahr eine Bleibe, während ihr neues Haus renoviert wurde. Dann packte Caroline ihre Siebensachen zusammen, ließ die meisten davon einlagern und machte sich auf nach Little Somerby.

Das Restaurant sollte planmäßig Mitte Juni eröffnen, und der Umbau war in den Wochen seit Matthews und Annas Hochzeit gut vorangeschritten: Die Wände waren gestrichen, die Lampen eingebaut (Jonathan war Carolines Vorschlägen bezüglich schmiedeeiserner Leuchter und schlichterer Wandlampen gefolgt), und die Möbel sollten am nächsten Tag geliefert werden. Die Treppe zum Zwischengeschoss des Gebäudes führte auch zu Carolines Wohnung. Anfangs war sie nicht begeistert von dem Gedanken gewesen, an ihrem Arbeitsplatz zu wohnen, aber es gab kaum bezahlbaren Mietraum in der Gegend. Außerdem würde sie als Managerin des Restaurants oft erst zu später Stunde Feierabend machen können, und es war auf jeden Fall von Vorteil, wenn der eigene Schlafplatz dann nur ein Stockwerk höher lag.

Als sie die Wohnungstür öffnete, war sie sofort von dem kleinen Wohnzimmer angetan, das ein Sofa und einen Tisch enthielt, die noch in Plastikfolie eingewickelt waren. Eine weitere Tür führte zu den Schlafzimmern, dem Badezimmer und einer winzigen Küchenzeile. *Na ja*, dachte sie, *abends nach der Arbeit im Restaurant kann ich wahrscheinlich sowieso kein Essen mehr sehen, also brauche ich auch keine große Küche.*

Da die Wohnung möbliert war, hatte sie nur ein paar Kartons mit Habseligkeiten mitgenommen. Die Kleidung konnte warten, aber ganz oben im ersten Karton, den sie öffnete, lag das Fotobuch mit Bildern von der Hochzeitsfeier, das Anna ihr als Umzugsgeschenk überreicht hatte. Sie musste lächeln, als ihr Blick beim Aufschlagen auf einen der Schnappschüsse von Ellie fiel. Ihre Nichte war zum Anbeißen süß, aber einen eigenen Kinderwunsch hatte Caroline bisher nicht verspürt. Dafür waren die letzten Jahre emotional zu turbulent gewesen. Und da sie in nächster Zeit gut mit dem Restaurant beschäftigt sein würde, hatte sie auch jetzt keinen Kopf dafür.

Sie lächelte wieder, als sie umblätterte und die nächste Seite ein weiteres unbemerkt aufgenommenes Foto von Anna und Ellie zeigte. Zu ihrer Überraschung entdeckte sie im Hintergrund Jonathan. Sie hatte seit Ewigkeiten nicht mehr gezeichnet, aber sie hatte immer einen Zeichenblock dabei, wenn sie für längere Zeit irgendwo hinging. Jonathans Profil würde sich wunderbar für ein Bild eignen, dachte sie, falls sie je die Zeit dafür fand.

Nachdem sie noch ein wenig in dem Album geblättert hatte, legte sie es zur Seite und wandte sich den anderen Dingen zu. In einem Karton befanden sich auch einige lose Fotos, die sich aus einem älteren Album gelöst hatten. Sie holte sie hervor und wollte sie wieder einkleben, bevor sie im Umzugschaos verloren gingen. Als sie sie geistesabwesend betrachtete, machte ihr Herz plötzlich einen Satz. Aus einem Gruppenfoto heraus blickte sie jemand an, von dem sie gehofft hatte, ihn nie wiederzusehen. Sie betrachtete sein kurz geschnittenes dunkles Haar, seinen scheinbar liebenswürdigen Ausdruck, seine selbstsichere Haltung und dankte dem Schicksal, dass sie hierher ins West Country gezogen war, fort von ihm. Es wäre einfacher, ihn zu vergessen, wenn er ein Ex-Freund gewesen wäre, dachte sie reuevoll. Sie hatte mit den Jahren weiß Gott ein paar interessante Entscheidungen in ihrem Liebesleben getroffen, die nicht immer weise gewesen waren. Die Sache mit diesem Mann war jedoch ein ganz anderer Fall. Da sie nicht das Bedürfnis hatte, sich mit diesem Teil ihrer Vergangenheit noch länger auseinanderzusetzen, zerknüllte sie das Foto und warf es in den Plastiksack, der als provisorischer Mülleimer fungierte. Je schneller sie ihn aus ihrer Erinnerung verbannte, desto besser. Ihr letzter Job war vorbei und damit glücklicherweise auch ihre Verbindung zu ihm.

Als sie gerade überlegte, was sie als Nächstes auspacken sollte, hörte sie, wie sich im Erdgeschoss die Eingangstür zum Restaurant öffnete und jemand nach ihr rief.

»Hier oben«, antwortete sie und hoffte, dass sie nach dem Herumschieben der Kartons nicht zu verschwitzt aussah. Sie fuhr sich mit der Hand durchs Haar und ging die Treppe nach unten. Im Eingang stand, in Jeans und ein weißes T-Shirt gekleidet und mit einer Flasche Sekt und einem Strauß Freesien in der Hand, Jonathan Carter.

»Ich wollte nur mal vorbeischauen und dich als Teammitglied willkommen heißen«, sagte er und übergab ihr den Sekt und die Blumen. »Und natürlich nachschauen, ob alles so ist, wie du es erwartet hast.«

»Bisher sieht alles gut aus. Und ich hoffe, dass ich mich heute Nachmittag mit allem vertraut machen kann.«

Jonathan lächelte. »Klingt gut. Du hast ja meine Handynummer, falls du mich außerhalb der Arbeitszeiten erreichen musst.«

»Um ehrlich zu sein, bin ich mir da nicht so sicher.« Jonathan hatte sie einige Male angerufen, aber immer vom Festnetz aus seinem Büro bei Carter's.

»Oh.« Er runzelte die Stirn. »Ich hätte schwören können, dass ich sie dir am Morgen nach der Hochzeit gegeben habe.«

Sie lief rot an, als sie sich sowohl an die fragliche Nacht als auch daran erinnerte, dass sie seinen Zettel mit der Handynummer lässig entsorgt hatte. »Ich muss sie verloren haben«, sagte sie ausweichend, in der Hoffnung, dass er nicht weiter nachfragen würde.

»Ich schreib sie dir.« Jonathan sah ein bisschen belustigt aus. »Dann hast du keine Ausrede mehr.«

»Okay.« Ein unbehagliches Schweigen entstand, als Caroline sich an ihr Kennenlernen erinnerte. »Und danke für deine Hilfe.«

»Es war mir ein Vergnügen. Ich muss leider weiter, sonst hätten wir den Sekt köpfen können. Aber wir sehen uns ja morgen zu unserem ersten offiziellen Termin.«

*

Da Caroline ungern auf der faulen Haut lag, verfolgte sie in den nächsten Tagen die Pläne weiter, die sie mit Jonathan während des ersten Termins besprochen hatte. Die Möbel fürs Restaurant waren an ihrem ersten Arbeitstag in der Cider Kitchen geliefert worden, und jetzt war sie damit beschäftigt, Gesundheits- und Sicherheitsformulare auszufüllen und einen erschreckend großen, rot lackierten Stutzflügel in einer Ecke des Gastraums zu platzieren. Als ihr letzter Kunde ihr den Flügel als Abschiedsgeschenk gegeben hatte, hatte sie das anfangs für eine Schnapsidee gehalten, aber er hatte einen guten Klang, und mittlerweile hatte sie genau den richtigen Platz für ihn gefunden. Ob sie sich letztlich einen Pianisten würden leisten können, stand auf einem anderen Blatt, aber im Moment war sie ganz zufrieden damit, das Instrument im Gastraum unterbringen zu können.

Caroline hatte auch einen Termin für ein Treffen mit dem Serviceteam vereinbart, das schon vor ihr eingestellt worden war. Das Gebäude war so geräumig, dass man darin bis zu vierzig Gäste pro Abend beherbergen konnte, aber sie hatte keine Ahnung, wie viel in den ersten Wochen los sein würde, also würde das Restaurant zunächst nur eine Küchenhilfe und einige wenige Bedienungen haben. Mit dem Budget, das Carter's ihr fürs Personal zur Verfügung stellte, konnte sie keinen Souschef bezahlen, also würde der Koch zunächst auf sich allein gestellt sein. Sie hoffte, dass das Team flexibel war.

Da die Arbeitsplätze im Ort begrenzt waren, hatten sich so gut wie alle Jugendlichen für die Abendjobs beworben, aber Caroline hatte die Zahl zusammengestrichen, sodass sie nun drei Vollzeitbedienungen und eine Handvoll Teilzeitkräfte hatte, die sich die Abend- und Wochenendschichten untereinander aufteilten. Eine davon war Jonathans Nichte Meredith.

Mit Jonathan stand sie regelmäßig in Kontakt. Er hielt sie auf dem Laufenden und fand immer einen Grund, um vor Ort zu sein, aber Caroline fragte sich manchmal, ob er nicht aus einem anderen Grund vorbeischaute. Es machte sie wahnsinnig, dass er immer dann zur Tür hineinschlüpfte, wenn sie ihn am wenigsten gebrauchen konnte. Wenn sie zum x-ten Mal die Tische verschoben hatte, um die perfekte Anordnung zu finden, und sich verschwitzt umdrehte, entdeckte sie ihn in der Eingangstür, sein übliches Lächeln im Gesicht. Heute Abend hatte sie ihn allerdings eingeladen, um die Küche auszuprobieren. Er war ein passabler Koch und wollte sich vergewissern, dass alles funktionierte. Zwar hatte Caroline sich geweigert, ihn eine komplette Mahlzeit zubereiten zu lassen, weil sie befürchtete, er könnte die neue Küche ruinieren, bevor der Koch sich überhaupt an die Arbeit machen konnte, doch er hatte einige kleinere Speisen vorbereitet, um zu testen, ob alles in Ordnung war. Gerade saß sie auf einem der hohen Stühle in der Küche und nippte an einem Glas Sekt aus der Flasche, die er ihr zum Einzug überreicht hatte.

»Was hältst du davon?«, fragte er, platzierte eine grüne Olive auf seiner Kreation aus einem Blini mit Makrele und Sauerrahm und reichte sie Caroline. Die Berührung seiner Fingerspitzen versetzte ihr einen leichten elektrischen Schlag. Als sie die Vorspeise in den Mund steckte, schmeckte sie die salzige Olive, die sich vom Sauerrahm abhob, den Hefegeschmack des Blini und unter allem den süß-rauchigen Fischgeschmack.

»Nicht übel«, gab sie zu. »Aber ich glaube nicht, dass du es zum Berufskoch bringen würdest. Was für ein Chaos du schon wegen ein paar Blinis hinterlassen hast!« Sie stellte ihr Glas ab und riss ein Stück blaues Papiertuch von der großen Rolle neben dem Handwaschbecken ab. Nachdem sie es angefeuchtet hatte, wischte sie die Stückchen vom Blini-Teig und die Olivenkerne von der Edelstahlarbeitsplatte. Dann ging sie quer durch die Küche und warf einen Blick in den Restmülleimer. Laut Gesundheits- und Sicherheitsvorschriften musste er täglich geleert werden, und auch wenn er noch nicht ganz voll war, konnte sie das genauso gut gleich erledigen. Der neue Koch würde bald eintreffen und sollte die Küche sauber und ordentlich vorfinden. Sie nahm den Müllbeutel, knotete ihn zu und machte sich auf den Weg hinters Restaurant zu den Müllcontainern. Als sie den Deckel des großen braunen Restmüllcontainers öffnete, hielt sie inne. Aus dem Inneren hörte sie ein leises Geräusch. Ein Schauer überlief sie, als sie überlegte, worum es sich handeln konnte. Ratten? Mäuse? Riesige, mutierte West-Country-Maden? Erneut erklang das Kratzgeräusch, und sie erspähte eine Bewegung in einem der Säcke. Da ertönte ein leises, klagendes Miauen.

Caroline war nicht groß, doch sie stemmte sich auf den Rand des Containers und beugte sich hinüber, um den Müllsack zu erreichen, aus dem das Geräusch kam. Sie verlor beinahe das Gleichgewicht, ihre Finger streiften die Spitze des Sacks, aber sie bekam ihn nicht zu fassen.

»Jonathan!«, rief sie, und ihre Stimme hallte in dem Container wider. »Komm bitte mal her!«

Sie hievte sich aus der Öffnung, als Jonathan aus der Küchentür trat. Sie war sich ziemlich sicher, dass sie sich seinen Blick auf ihr Hinterteil nicht einbildete.

»Alles in Ordnung?« Er trat neben sie.

»Da ist irgendein Tier im Müllbeutel.«

»Wahrscheinlich Ungeziefer. Soll ich den Kammerjäger rufen?«

»Ich glaub nicht, dass es Ratten sind. Es hört sich eher nach einer Katze oder so an.«

»Was macht denn eine Katze im Müll?«, fragte er skeptisch.

Caroline schüttelte ungeduldig den Kopf. »Keine Ahnung, aber kannst du mir bitte helfen, sie rauszuholen?«

»Und was, wenn es doch eine Ratte ist? Warte kurz, ich schau mir das mal genauer an.« Er spähte über den Rand des Containers und beugte sich dann vor. »Ich wünschte, ich hätte Gartenhandschuhe. Nur für den Fall«, murmelte er. »Ratten sind üble Mistviecher.«

»Ich wette mit dir um eine Flasche Sekt, dass es keine Ratte ist.«

»Ich hoffe, du hast recht.« Er musste sich ziemlich weit vorbeugen und präsentierte ihr dabei seinen ausgesprochen knackigen Hintern.

Sie wurde aus ihren Gedanken gerissen, als Jonathan sich wieder aufrichtete und den Müllsack vorsichtig zu ihren Füßen abstellte.

»Euer Ungeziefer, Mylady. Erweist Ihr mir die Ehre?«

Ein weiteres klagendes Maunzen drang aus dem Sack, und diesmal war es eindeutig. Caroline kämpfte mit dem Knoten, doch ihre Hände zitterten so heftig, dass sie ihn nicht aufbekam. Jonathan kniete sich hin, und mit ein wenig Mühe gelang es ihm, den Knoten zu lösen und den Sack zu öffnen.

Caroline verschlug es den Atem. Darin lagen, verzweifelt nach frischer Luft schnappend, zwei kleine, sehr schmutzige Glückskätzchen. Sie kniete sich hin und nahm sie heraus. »Wer würde denn diesen zwei Winzlingen so etwas antun?«

Jonathan sah sich um, als wolle er prüfen, ob der Täter noch in der Nähe war. »Es ist ziemlich einfach, hier aufs Gelände zu kommen, jetzt, wo wir mit der Hauptstraße verbunden sind. Niemand kriegt mit, wenn sich hier jemand Fremdes rumtreibt, weil so viele Leute an dem Gebäude arbeiten. Das kann jeder gewesen sein.« Er war überrascht, dass Caroline bei den schmutzigen Tierchen keinerlei Berührungsängste hatte. »Du solltest sie am besten zum Tierarzt bringen und schauen, ob sie jemandem entlaufen sind.«

Caroline schüttelte den Kopf. »Die sind niemandem entlaufen«, sagte sie grimmig. »Die wurden absichtlich hier entsorgt, weil derjenige nicht entdeckt werden wollte. Ich bring sie zum Tierarzt, um sie untersuchen zu lassen. Die armen kleinen Mädchen.«

»Woher weißt du, dass es Mädchen sind?«

»Alle Glückskatzen sind weiblich. James und ich hatten eine, als wir Kinder waren, und daran erinnere ich mich. Sie können außerdem ganz schön frech sein.« Sie lächelte. »In der Zwischenzeit sollte ich besser Futter und einen Schlafplatz für sie organisieren. Kommt schon«, sagte sie schmeichelnd, als sie sah, wie verängstigt die winzigen Katzen waren. »Ich mach euch was Feines zu essen.« Wenig überzeugt sträubte eins der flauschigen Tiere das Fell und gab ein, wie es wohl annahm, bedrohliches Fauchen von sich, das jedoch unglaublich niedlich klang.

Caroline trug die Kätzchen durch die Küche – zum Teufel mit dem Gesundheitsamt – und die Treppe hinauf in ihre Wohnung, wo in der Küchenzeile ein Dose Thunfisch stand. Sie setzte die beiden auf dem Sofa ab, während sie die Dose öffnete und den Thunfisch auf einen Unterteller gab. Dann füllte sie eine Schale mit Wasser und stellte beides auf den Boden. Die Kätzchen waren offensichtlich völlig ausgehungert. Sie sprangen vom Sofa, rannten schlitternd zum Unterteller und machten sich über den Thunfisch her. Caroline pirschte sich an sie heran, um sie behutsam zu streicheln.

»Ihr armen Dinger«, sagte sie leise. »Wer hat euch so was nur angetan?« Vorsichtig, um die Kätzchen nicht zu erschrecken, streichelte sie sie weiter, während sie leise auf sie einredete, bis die beiden den Thunfisch restlos verputzt hatten. Schließlich hob sie die etwas Größere der beiden hoch. Das Tierchen versteifte sich anfangs und begann zu strampeln. Als es jedoch merkte, wie warm Carolines Pulli war, kuschelte es sich in ihre Arme.

»Wie geht's ihnen?«, fragte Jonathan.

Caroline zuckte zusammen. Sie war so auf die Kätzchen konzentriert gewesen, dass sie ihn komplett vergessen hatte. Sie sah zu ihm auf. »Ich ruf gleich den Tierarzt an und frage, ob ich vorbeikommen kann. Wir haben echt Glück, dass das Restaurant noch nicht geöffnet ist. Sie sind vermutlich voller Ungeziefer.« Sie erschauderte. »Was für ein Mistkerl stopft Kätzchen in einen Müllsack?«

Jonathan schüttelte den Kopf. »Keine Ahnung, aber halt besser die Augen offen, ob sich jemand Dubioses hier rumtreibt.«

Caroline erschauderte wieder. Da war tatsächlich eine Person aus ihrer nicht allzu fernen Vergangenheit, die definitiv in die Kategorie »dubios« fiel. *Nein,* dachte sie, *er ist über hundert Kilometer weit weg. Er kann es nicht sein. Wahrscheinlich wollte nur irgendjemand sie loswerden.* Warum sollte man in der heutigen Wegwerfgesellschaft nicht meinen, dass man auch Tiere einfach entsorgen konnte?

Jonathan wies auf einen Karton, den er aus der Restaurantküche mitgebracht hatte. »Ich dachte, darin können sie heute Nacht schlafen, bis du ein neues Zuhause für sie gefunden hast.«

»Ein neues Zuhause?« Caroline schüttelte den Kopf. »Auf gar keinen Fall. Sie bleiben bei mir.«

»Hier?« Jetzt schüttelte Jonathan den Kopf. »Du kannst dir vorstellen, was das Gesundheitsamt davon hält.«

»Sie kommen ja nicht in die Küche. Es gibt den Balkon und die Feuerleiter am Ende des Zwischengeschosses, die sie benutzen können, wenn die Tür zu meiner Wohnung während der Öffnungszeiten zu ist. Ich kläre das mit den Behörden, aber es müsste erlaubt sein, solange sie nicht in Bereiche kommen, in denen die Speisen zubereitet werden.«

»Und was ist während deiner Arbeitszeiten? Sie sind doch noch so klein. Wie willst du das schaffen?«

»Ich überleg mir was«, sagte Caroline entschlossen. »Es gibt schließlich mittlerweile überall Katzencafés und Katzenpubs. Zwei kleine Katzen können doch kein so riesiges Problem sein.«

»Es ist okay, solange die Kundschaft erwartet, den Gastraum mit Tieren zu teilen«, sagte Jonathan geduldig. »Aber in einem Restaurant wie unserem? Das geht doch nicht. Stell dir vor, was passiert, wenn einer unserer Gäste auch nur die Spitze eines Katzenhaars im Essen findet. Das wird dem Ruf des Restaurants schaden, und gerade für ein neues Geschäft ist der gute Ruf alles.«

»Überlass das nur mir. Die Gäste werden überhaupt nicht merken, dass sie hier sind, versprochen.«

Jonathan sah sie skeptisch an. »Ich hoffe es. Aber tu mir den Gefallen und prüf die Gesundheitsvorschriften genau, ja?« Er hatte keine Ahnung, was Matthew sagen würde, wenn er von dieser Sache erfuhr, und beschloss, ihm nichts davon zu erzählen. »Und bring sie so schnell wie möglich zum Tierarzt, für den Fall, dass sie Tollwut haben.«

Caroline warf ihm einen genervten Blick zu. »Wohl kaum.« Die Worte waren gerade heraus, als ein kleiner schwarzer Punkt auf ihrem Arm landete. »Na ja, keine Tollwut, dafür aber Flöhe.« Das Kätzchen mit dem dunkleren Fell maunzte entschuldigend, und Caroline musste lächeln. »Schon okay, ihr seid trotzdem süß.«

Eine Gesprächspause entstand, und Jonathan nahm sie als Zeichen zum Aufbruch. Er schaffte es gerade noch die Treppe nach unten und durch die Tür nach draußen, bevor er von einem mächtigen Niesanfall gepackt wurde. Er war schon immer allergisch gegen Katzen gewesen, und jetzt, so schien es, sofern Caroline ernst machte und die beiden ausgesetzten Stubentiger bei sich behielt, stand ihm eine Zwangs-Immuntherapie bevor. Eine Welle aus Zorn erfasste ihn bei dem Gedanken, wie sehr die beiden Kätzchen gelitten hätten, wenn sie qualvoll im Müllsack erstickt wären. Zum Glück hatte Caroline sie gerettet! Bevor ihn ein weiterer Niesanfall erwischte, konnte er den Gedanken nicht unterdrücken, dass sie vielleicht auch geschickt worden war, um ihn zu retten.

5

Caroline hatte kurzfristig noch einen Termin bei der örtlichen Tierarztpraxis für die Kätzchen ergattert, die sie Scrumpy und Solly getauft hatte. Sie war erleichtert, dass die beiden abgesehen von den Flöhen kerngesund waren. Sie hatte bereits einen Termin für die Sterilisation in einigen Monaten gemacht und sie chippen lassen. Ausgestattet mit Floh- und Wurmkur, einem Katzenklo und einem Sack leicht verdaulichem Katzenfutter fühlte sie sich nun gewappnet, zwei Katzen sowie ein Restaurant zu managen. Um ganz sicherzugehen, verbrachte sie den Abend damit, zu prüfen, welche Gesundheitsvorschriften es für Tiere in der Gastronomie gab. Ihrer Meinung nach klangen alle machbar. Allerdings war das Baden der schmutzigen Kätzchen ein ziemliches Abenteuer gewesen, und ihre Arme und Handrücken zierten nun einige Kratzer, die scharfe Krallen dort hinterlassen hatten. Als die Kätzchen wieder trocken waren, hatten sie erneut ihr Futter verschlungen, und nun schliefen sie aneinandergeschmiegt in dem mit einem Handtuch ausgelegten Karton.

Nach einer etwas ruhelosen Nacht erwartete Caroline am nächsten Tag den Koch, mit dem Jonathan vereinbart hatte, dass er heute eintreffen sollte. Als sich die Vordertür öffnete, warf sie automatisch einen Blick auf ihre Armbanduhr. Pünktlich war er auf jeden Fall.

»Gino Marshall.« Selbstbewusst ergriff der gut aussehende junge Mann ihre ausgestreckte Hand. »Freut mich sehr, Sie kennenzulernen.«

»Ganz meinerseits.« Caroline wies auf einen Stuhl. »Setzen Sie sich.«

»Danke.« Gino war schlank, langgliedrig und dunkelhaarig, mit einem leichten Dreitagebart an Kinn und Oberlippe. Er legte eindeutig Wert auf sein Äußeres, was für Caroline in Ordnung ging, auch wenn ihr seine Kochkünste wichtiger waren. Das war jetzt die Gelegenheit, mehr über ihn herauszufinden, als die Infos in seinem Bewerbungsschreiben hergaben. Jonathan musste schwer beeindruckt gewesen sein, um einen so jungen Mann als Chefkoch einzustellen.

»Den Job haben Sie ja schon, aber als Ihre neue Managerin würde ich gern etwas mehr über Sie erfahren.« Caroline schenkte zwei Tassen Kaffee ein.

Gino überlegte kurz. »Nach dem College war ich Souschef im Carluccio's in Bristol. Das ist zwar für einen Collegeabsolventen ein toller Job, aber ich möchte mehr Verantwortung. Ich würde gern die Speisekarte mitgestalten, und die Gegend hier bietet so viele lokale Produkte, mit denen ich ein bisschen experimentieren möchte.«

Caroline lächelte kurz. »Ein West-Country-Thema würde mir auch gefallen, aber gemischt mit weiteren kulinarischen Einflüssen. So was wie Tom Kerridge trifft Thomasina Miers.« Sie hielt inne. »Garniert mit ein bisschen Giorgio Locatelli.«

»Das ist ja eine ganz schöne Bandbreite. Ich war mal in Tom Kerridges Restaurant in Marlow, als ich letztes Jahr meinen Bruder besucht habe. Definitiv einen Besuch wert, wenn man Zeit dafür hat.«

Caroline lachte. »Ich glaube kaum, dass ich das dieses Jahr schaffe, wenn ich das Restaurant leite, aber ich freue mich, dass wir da auf einer Wellenlänge sind. Und natürlich muss Cider bei den Gerichten auf jeden Fall auch eine Rolle spielen.«

Gino klappte seine Mappe auf, die zwischen ihnen auf dem Tisch lag. »Für meine Abschlussarbeit habe ich in vielen Gerichten verschiedene Cider-Sorten verwendet.« Er reichte sie Caroline und sah zu, während sie die Rezepte und den kurzen Kommentar studierte. Als sich ihre Augenbrauen überrascht hoben, atmete er auf.

»Die hören sich richtig gut an.« Caroline schaute ihn an. »Und die passen super zu unserer Idee von einer West-Country-Fusion-Küche. Wie wär's, wenn Sie ein paar Ihrer Spezialitäten zubereiten?«

»Klar.« Gino grinste breit. »Beim Vorstellungsgespräch hab ich auch gekocht, aber es wäre toll, mich mit der Küche vertraut zu machen. Wann soll's denn sein?«

»Wie wär's mit heute Abend?«

Gino nickte.

»Wenn Sie glauben, dass Sie bis dahin alles besorgen können, was Sie benötigen, legen Sie los.«

Gino schaute sie ruhig an. »Ich hoffe wirklich, dass meine Kochkünste Ihnen zusagen. Ich träume davon, eines Tages ein eigenes Restaurant zu haben, und das hier wäre ein toller Start.«

»Ich freue mich darauf, Ihre Gerichte zu probieren«, erwiderte Caroline, während sie ihm die Tür aufhielt. Als er das Restaurant verließ, spürte sie eine Welle der Begeisterung. Gino war jung, recht kostengünstig und voller Ideen. Sie schrieb Jonathan eine Nachricht, um ihm mitzuteilen, dass sie Gino kennengelernt hatte und dass er heute Abend für sie kochen würde. Hoffentlich würde auch Jonathan sich blicken lassen.

*

Als die Abenddämmerung sich herabsenkte, kam Gino beladen mit Vorräten zurück. Caroline war gerade dabei, die letzten Bilder an der langen Seitenwand des Restaurants aufzuhängen. Sie hatte hin und her überlegt, welches Bild am besten wohin passte, war aber jetzt zufrieden mit dem Ergebnis. Sie hatte einige Impressionen aus der Geschichte der Cider-Farm ausgewählt und einige neuere Aufnahmen von den Obstgärten und anderen typischen Landschaften des West Country. Eine atemberaubende Aufnahme zeigte eins der örtlichen Erdbeerfelder in voller Frucht, ein anderes die Axbridge-Lavendel-Farm, deren Felder sich wie ein zartlila Teppich über die Ausläufer der Mendip Hills zwischen Shipham und der Cheddar Gorge erstreckten.

»Die sehen super aus«, sagte Gino, der innehielt, um die Bilder zu bewundern. »Ich liebe das mit dem alten Laden auf dem Cider-Farm-Gelände – ich erinnere mich, das Gran erzählt hat, dass sie als Kind hierhergekommen ist und wie anders es damals aussah.«

Caroline nickte. »Ja, es hat sich ganz schön verändert.« Sie stieg von der Leiter. »Könnten Sie eventuell gleich loslegen? Jonathan meinte, er würde nachher auch noch vorbeischauen, es wäre also super, wenn Sie genug kochen, damit wir beide probieren können.«

»Aber sicher, kein Problem. Ich habe genug Zutaten mitgebracht, sodass Sie hoffentlich nachher nicht mehr für sich selbst kochen müssen.«

»Ich freu mich drauf. Und lassen Sie mir die Quittungen da, dann bekommen Sie das Geld zurück.« Sie griff nach dem letzten Bild und lächelte, als ihr klar wurde, welches sie sich bis zum Schluss aufgehoben hatte. Sie hatte es erst letzte Woche selbst aufgenommen; es zeigte die beiden Männer, die derzeit an der Spitze des Carter-Imperiums standen, Matthew und Jonathan, mit ihrem Vater Jack am Ende einer der Alleen im Royal Orchard. Alle drei sahen in der Frühlingssonne glücklich und entspannt aus und hielten Gläser mit Carter's Gold in den Händen. Ein schönes Bild, das die Einheit heraufbeschwor, die es bis vor Kurzem in der Familie nicht gegeben hatte. Caroline schlug den letzten Haken in die Wand und trat dann einen Schritt zurück. Zufrieden stellte sie fest, dass alle Bilder gerade hingen.

Bald drangen die ersten köstlichen Aromen aus der Küche. Caroline empfand einen Anflug von Vorfreude, als sie sich ausmalte, was sie erwartete. Einen vielversprechenden Koch in so einem kleinen Dorf zu finden, war eine echte Meisterleistung, das musste man Jonathan lassen.

Kurz darauf kam Gino mit zwei Tellern zurück in den Gastraum. »Fertig«, sagte er und stellte sie auf dem nächstgelegenen Tisch ab.

»Und was ist es?«

»Probieren Sie zuerst das hier.« Gino reichte ihr eine volle Gabel.

Caroline führte sie zum Mund und war angenehm überrascht über das vielschichtige Geschmackserlebnis. Die Grundlage des Gerichts waren scharf angebratene Jakobsmuscheln, verfeinert mit den unverwechselbaren Aromen von Cider und Majoran.

»Köstlich«, sagte sie schließlich.

Gino lächelte. »Und jetzt das hier.« Er reichte ihr eine zweite Gabel, die Caroline sofort in den Mund steckte.

Wieder eine unglaubliche Geschmacksexplosion. »Was haben Sie unter die Pilze gemischt?«, fragte sie, weil sie den herben, zitronigen Geschmack nicht identifizieren konnte.

»Doone-Valley-Thymian. Ein bisschen milder als normaler oder Gartenthymian, und die Blüten sehen auch als Deko hübsch aus.«

»Sie kennen sich ja gut mit Pflanzen aus«, sagte Caroline anerkennend.

»Ich hab als Kind oft die Sommerferien in Italien oder in den hiesigen Wäldern verbracht. Mein italienischer Großvater hat mir viele tolle Kräuter gezeigt, die in der Nähe unseres Hauses auf Sizilien wuchsen. Und der Vater meines Vaters hatte einen kleinen Hof drüben in Priddy, und wir haben dort viel Zeit verbracht und die Gegend erkundet. Er kannte sich gut mit Pilzen aus und mein italienischer Großvater mit Wildkräutern, also habe ich das Beste aus beiden Welten mitgenommen.« Er wurde rot. »Sorry, das ist mein Steckenpferd. Ich war geschockt, wie viele meiner Freunde am College noch nicht mal die Kräuter im Supermarkt auseinanderhalten konnten, ganz zu schweigen von den wilden aus der Natur, ganz besonders die aus der Gegend. Ich kapier's einfach nicht. Wir leben in einer der besten Regionen für Wild- und Futterpflanzen, Hugh Fearnley-Whittingstall hat schließlich zig Kochsendungen darüber gemacht, aber viele der Leute, mit denen ich studiert habe, konnten Bärlauch nicht von Weizengras unterscheiden.«

»Ich bin auf jeden Fall beeindruckt.« Caroline trank einen Schluck Wasser. »Wenn Sie in Ihre Karte Wildkräuter einbauen, verschafft uns das einen echten Vorteil gegenüber der Konkurrenz. Und ich weiß, wie gut die sizilianische Küche ist. Ich hab dort nach der Uni einen Sommer verbracht und in einem kleinen Restaurant in Milazzo an der Küste gearbeitet.« Sie geriet ins Schwärmen. »Stellen Sie sich das nur vor! Einfach aus der Tür treten, die Zutaten einsammeln und hier nutzen. Und wir können sogar damit werben, dass die Pilze, Kräuter und Pflanzen, die Sie hier servieren, frei in den Wäldern und Feldern verfügbar sind. Wir sind da an etwas ganz Großem dran.« Sie spürte echte Aufregung, als sie ihren neuen Küchenchef anschaute. Gino war wirklich ein Glückstreffer. Sie nahm eine weitere Gabel von dem Pilzgericht.

»Entschuldige, ich bin spät dran.« Jonathans Stimme holte sie abrupt auf den Boden der Tatsachen zurück. Sie hatte immer noch den Bissen der köstlichen Wildpilze im Mund und schluckte ihn hastig herunter, was einen Hustenanfall auslöste. Sie war dankbar für das Glas Wasser, das Gino ihr reichte. Nachdem sie ein paar Schlucke getrunken hatte, war sie wieder in der Lage zu sprechen.

»Kein Problem. Wir testen nur gerade Rezepte für den Eröffnungsabend. Gino hat ein paar großartige Ideen, und du musst unbedingt diese Muscheln probieren.«

»Glaube ich sofort«, sagte Jonathan leichthin. »Er wurde mir schließlich wärmstens empfohlen. Darf ich?« Er nahm sich die andere Hälfte der Jakobsmuscheln mit den Fingern und steckte sie in den Mund. »Ein bisschen zerkocht, finde ich, aber tolle Aromen.« Nachdem er die Finger abgeleckt hatte, wischte er sie an der gestärkten weißen Serviette neben dem Teller ab.

»Werd ich mir merken«, erwiderte Gino.

»Kommen Sie Anfang nächster Woche zu mir, und wir besprechen die Speisekarte«, sagte Caroline in dem Versuch, die Oberhand zurückzugewinnen.

»Danke.« Gino schüttelte beiden die Hand. »Ich hab ein paar tolle Ideen für Italien-Somerset-Fusionsgerichte unserer neuen Speisekarte. Ich kann's kaum erwarten, sie Ihnen vorzuführen.«

Als er gegangen war, sagte Caroline begeistert zu Jonathan: »Du hast mit ihm eine wirklich gute Wahl getroffen. Er hat einen fantastischen Eindruck hinterlassen, und er hat jede Menge Selbstvertrauen und sogar noch mehr Ideen.«

Jonathan wirkte geschmeichelt von ihrer Begeisterung. »Danke. Ich glaube, er ist etwas Besonderes. Mit seinem Talent und deiner Erfahrung wird dieses Restaurant einen furiosen Start hinlegen.« Er sah sich im Gastraum um, bemerkte die neu aufgehängten Bilder und trat näher, um sie in Augenschein zu nehmen. »Die sehen toll aus.« Das Bild, das ihn selbst, Jack und Matthew zeigte, fiel ihm ins Auge, und Caroline sah, wie ein merkwürdiger Ausdruck über seine sonst so ruhigen Gesichtszüge huschte. »Das hast du gemacht, nicht?«

»Gefällt's dir?« Caroline stellte sich neben ihn.

Jonathan warf ihr einen kurzen Blick zu. »Es ist toll. Ich hätte nie gedacht …« Er unterbrach sich und schien sich zusammenzureißen. »Egal. Aber eins fehlt noch.«

»Nein. Ich hab alle aufgehängt.«

»Es muss erst noch gemacht werden.«

»Wovon redest du?«

Er lächelte sie an. »Wenn das Restaurant offiziell eröffnet, brauchen wir auch eins von dir vor der Scheune.«

Caroline lachte. »Darauf kann ich verzichten. Aber wie wär's mit einem vom ganzen Team am Eröffnungsabend? Das würde sich gut neben den anderen machen.«

»In Ordnung. Ich setze die Marketingabteilung darauf an.« Er blickte wieder zum Familienfoto. »Kannst du mir das per E-Mail schicken? Ich glaube, Dad würde sich riesig über einen Abzug für seinen Kaminsims freuen.«

»Na klar.« Caroline war geschmeichelt, dass er sie darum bat, und freute sich, dass das Foto ihn offensichtlich so berührte. »Und vielleicht kannst du ihn nach der Eröffnung mal zum Essen mitbringen.«

»Das würde ihm gefallen.«

Nachdem Jonathan gegangen war, schaute sie sich um. Zum ersten Mal, seit sie vor drei Wochen nach Little Somerby gezogen war, fühlte es sich an, als hätte sie alles im Griff. Sie hoffte nur, dass vor der Eröffnung alles glattlief. Sie aß die letzten Bissen von Ginos Gerichten und ging dann abwaschen. Die Begeisterung über ihr neues Projekt stieg, und sie konnte den Eröffnungsabend kaum erwarten.

6

In den nächsten vierzehn Tagen genoss Caroline es, mit Gino zusammen spezielle Gerichte für den Eröffnungsabend zu kreieren. Sie musste ihn dabei manchmal ein wenig bremsen, wenn die Ideen mit ihm durchzugehen drohten (mit Innereien sollten sie besser noch ein, zwei Jahre warten), aber sie mochte seine Risikobereitschaft. Und sie nutzte die Zeit, um letzte Details zu regeln, damit das Restaurant sofort durchstarten konnte. Die Speisekarten für die ersten beiden Wochen standen fest; Geschirr und Besteck wurden angeliefert. Sie hatte sich für schlichtes weißes Geschirr entschieden, auch wenn der letzte Schrei in der Gastronomie derzeit Schiefertafeln statt Tellern waren. Da sie aber selbst erlebt hatte, wie schwierig es war, Gerichte mit Soße von einem Teller ohne Rand zu essen, von Erbsen ganz zu schweigen, hatte sie sich dagegen entschieden. Das Cider Kitchen würde für seine exzellente, kreative und originelle Küche berühmt werden, nicht für seine seltsamen Teller. Es fühlte sich ein bisschen so an, als würde sie Puzzleteile zusammenfügen, damit Stück für Stück das Gesamtbild zum Vorschein kam.

Anna besuchte sie regelmäßig am frühen Abend, da das Cider Kitchen nur einen Katzensprung von der Cowslip Barn entfernt war und sie so mit Ellie einen kleinen Spaziergang vor dem Zubettgehen machen konnte. Nachdem sie das Café geschlossen hatte, holte sie Ellie von der Kita ab, machte ihr ein frühes Abendessen und besuchte dann mit ihr Tante Caroline. Sie war beeindruckt von den vielen Veränderungen, die Caroline in der kurzen Zeit vorgenommen hatte.

»Das sieht so toll aus!«, sagte sie, als sie an einem besonders warmen Abend Anfang Juni die Scheune betrat. »Ich kann kaum glauben, was sich in den wenigen Wochen getan hat, seit du hier bist.« Sie schaute hinauf zur Decke, die nun von den eleganten schmiedeeisernen Leuchtern geziert wurde; sie waren von einer örtlichen Kunstschmiedin angefertigt worden. »Die Leuchter sind die perfekte Wahl.«

Caroline lächelte. »Es geht nur darum, das natürliche Licht zu nutzen und es ein bisschen zu unterstützen. Hier im Gebäude ist ja eh so viel Glas.«

»Du hattest schon immer ein Talent dafür, Dinge gut aussehen zu lassen.« Anna drehte sich einmal im Kreis, um den jetzt möblierten Gastraum in Augenschein zu nehmen. »Ich weiß noch, wie du genau die richtigen Farben für James' und mein Haus in Liphook ausgesucht hast. Ohne dich hätten wir das nicht geschafft.«

»Ach, Quatsch«, sagte Caroline, um zu verbergen, wie gerührt sie war. »Das hättet ihr am Ende auch selbst hinbekommen. Aber James hatte echt null Geschmack, oder?«

»Stimmt.« Anna schnaubte. »Anscheinend hast du alle Geschmacksgene der Familie geerbt.«

»Na ja, immerhin hat er Geschmack bewiesen, als er sich für dich entscheiden hat. Aber komm, lass uns hochgehen und Kuchen essen. Ich war heute Morgen in der Bird's Bakery im Dorf und konnte nicht anders, als die Vanilleschnitten mitzunehmen. Ich weiß, du bist hier in der Gegend die Kuchenkönigin, aber ich muss zugeben, dass sie ganz schön verlockend aussehen.«

»Die sind auch echt lecker«, sagte Anna. »Das Brot im Café kommt ausschließlich daher.«

Als sie es sich mit Gebäck und Kaffee auf Carolines Sofa bequem gemacht hatten und Ellie zufrieden die größte Vanilleschnitte in sich hineinstopfte, die Anna je gesehen hatte, und die Kätzchen mit Katzenminze-Spielzeug neckte, wandte sich das Gespräch dem Dorfleben zu.

»Also, wie gefällt dir das Landleben?«, fragte Anna. »Hast du dich mittlerweile schon ein bisschen eingelebt?«

Caroline lachte. »Ich musste mich ein bisschen dran gewöhnen, und die Nächte sind *wirklich* dunkel, aber ich glaub, mir wird's hier gefallen.«

»Das trifft sich gut, denn ich hab dir auch eine Karte für die Party im Rugby-Club morgen Abend besorgt.«

»Äh … was?« Carolines Hand mit der Kuchengabel erstarrte auf halbem Weg zum Mund. »Gilt so was hier als Unterhaltung, oder was?«

»Na ja, es gibt Livemusik, Cider und Bullenreiten, also alles, was man für einen netten Abend braucht.« Anna lächelte, als sie Carolines verdutzten Gesichtsausdruck sah. »Und da dein Restaurant erst am Samstagabend eröffnet, dachte ich, es würde dir guttun, mal ein bisschen rauszukommen und dich unters Volk zu mischen.«

»Ich könnte auch einfach in den Pub gehen und ein paar Flyer dalassen«, sagte Caroline vorsichtig.

»Ach, komm schon, das wird lustig. Charlotte und Simon kommen auch, und es wird eine nette, entspannte Gelegenheit, dich ein paar Leuten vorzustellen und Werbung fürs Restaurant zu machen.«

Caroline nahm einen Bissen von ihrer Vanilleschnitte, bevor sie antwortete. »Also schön. Aber ich mach dich persönlich dafür verantwortlich, wenn ich danach noch wochenlang Heu in meiner Unterwäsche finde.«

»Einverstanden. Komm einfach morgen gegen sieben bei uns vorbei, und wir gehen zusammen rüber.«

Als Anna Ellies Teller und die Kaffeetassen aufsammelte, musste Caroline zugeben, dass es ihr manchmal schwerfiel, ihr etwas abzuschlagen, vor allem, wenn sie Ellie im Schlepptau hatte. Worauf hatte sie sich da bloß eingelassen?

7

Erinner mich noch mal daran, warum ich mitgekommen bin«, murmelte Caroline am nächsten Abend, während sie versuchte, mit Anna Schritt zu halten. Zu ihrer Gruppe gehörten außer Charlotte und ihrem Mann Simon noch ein paar andere Freundinnen samt Kindern, die Anna aus der Kita kannte, und ihr Ziel war ein ziemlich nass aussehendes Zelt auf einem der Rugbyplätze des Dorfes. Den ganzen Tag war Nebel von den Mendip Hills herübergezogen, und die feuchte Luft passte nicht zur Jahreszeit. Caroline musste sich noch an das West-Country-Wetter gewöhnen, das sogar nach britischen Maßstäben sehr launisch war, und sie merkte, wie die Feuchtigkeit der Wiese ihre Chucks durchweichte.

»Das wird lustig«, antwortete Anna, die Ellie an der Hand hatte. »Und außerdem wird's genug Cider geben, um uns alle warm zu halten, und du kannst später die Tanzfläche unsicher machen.«

»Wir werden sehen.« Caroline nahm Ellies andere Hand.

Charlotte, die ihre roten Locken mit einem ramponierten Filzhut vor dem Nieselregen zu schützen versuchte, warf Caroline einen Blick zu. »Ganz zu schweigen vom Bucking Bronco«, sagte sie verschmitzt. »Der gewinnt nach ein paar Drinks nämlich immer mehr an Anziehungskraft.«

Caroline lachte. Auch bei miesem Wetter war Charlottes Sinn für Humor ansteckend, obwohl sie sich sicher war, dass sie sich von dem mechanischen Bullen, der hier als »Bucking Bronco« bekannt war und in einer Art Hüpfburg thronte, fernhalten würde. Sie würde ihn den Kindern und später den angeheiterten Erwachsenen überlassen. Sie war nicht scharf darauf, sich vor aller Augen zu blamieren.

Als sie sich dem Zelt näherten, konnten sie hören, wie die erste Band des Abends sich einspielte. Es war eine nette Mischung aus Blues und Folk, dazu kamen der verlockende Duft nach gegrilltem Schwein und der Anblick des Barpersonals, das bereits die ersten Gläser von Carter's Cider zapfte. Caroline schaute sich um. Ein Paar in den Sechzigern brachte sie zum Lächeln, weil die beiden an ihrem Cider nippten und sich schon zu den Klängen der Musik bewegten. Daneben standen Annas Eltern, in den Händen Plastikgläser mit Carter's Gold, der beliebtesten Cider-Sorte. Strohballen waren im Zelt verteilt, und ein paar waren auch hoffnungsvoll unter freiem Himmel in der Nähe des Grills platziert worden. Einige Hartgesottene ignorierten den Somerset-Sprühregen, eine seltsame Mischung aus Niesel und Nebel, und machten sich bereits über die ersten Portionen Grillfleisch her. Der Geruch sorgte dafür, dass Caroline der Magen knurrte. Sie beschloss, später ein, zwei Scheiben Schweinebraten zu essen, bevor sie zu viel Cider intus hatte. Das erste Glas brachte Jonathan ihr gerade vorbei.

»Hi«, sagte er. »Ich wusste gar nicht, dass du auch kommst.«

Caroline fühlte sich geschmeichelt, weil er sich offensichtlich freute, sie zu sehen. Sie mochte es, ihn ein bisschen aus der Fassung zu bringen; irgendwie machte das all die Male wett, in denen sein Charme zu einstudiert wirkte.

»Ich dachte, ich schau mir mal an, was man hier im Dorf unter Spaß versteht.«

Jonathan lachte. »Na ja, es sind nicht immer Strohballen und gegrilltes Schweinefleisch, aber das haben wir ganz gut drauf.« Er trug ein blau-schwarzes Holzfällerhemd über einem schwarzen T-Shirt und Jeans, und Caroline bemerkte amüsiert, dass das Logo von Carter's Cider die Shirt-Tasche zierte. So etwas entsprach normalerweise nicht seinem Stil.

»Bist du heute Nacht im Dienst?« Caroline deutete auf das Logo.

»Nicht direkt, aber sie hatten nicht genug Thekenpersonal hinter der Bar, deshalb springe ich für eine Stunde ein, bevor die anderen Freiwilligen kommen.« Er blickte zurück zur Bar. »Ich sollte mich vermutlich wieder an die Arbeit machen."

»Wo hast du denn zapfen gelernt?«

»Liegt mir im Blut«, rief Jonathan über die Schulter.

»Das merk ich mir, für den Fall, dass wir irgendwann im Restaurant unterbesetzt sind.« Caroline grinste. Sie sah ihm nach, als er zurück zur Bar eilte. Er überragte die meisten anderen Menschen im Zelt.

»Typisch.« Charlotte schnaubte.

»Was?« Caroline drehte sich zu ihr um. Simon war sofort zur Bar gestürmt, als sie das Zelt erreicht hatten.

»Dir bringt unser Prince Charming ein Glas, vergisst aber den Rest von uns.« In Charlottes Augen blitzte der Schalk. »Anna sagt, er steht auf dich.«

Caroline stieg das Blut in die Wangen. »Blödsinn«, sagte sie und nippte an ihrem Cider, während sie versuchte, nicht an die Nacht nach der Hochzeitsfeier zu denken. »Er ist einfach nur nett. Vermutlich will er vermeiden, dass ich das Restaurant in Verruf bringe, bevor es überhaupt eröffnet. Außerdem ist er mein Chef.«

»Dann sollte das hier dein erstes und letztes Glas sein«, sagte Anna, die ihr eigenes Glas Carter's Gold von Simon entgegennahm. »Sonst landet am Ende noch ein Foto von dir auf dem Bucking Bronco auf Facebook.«

»Vergiss es!«

»Ich hätte schon Lust, es später mal auszuprobieren«, meinte Charlotte. »Wobei man bei den vielen Kindern Glück haben muss, um überhaupt dranzukommen.« Es gab bereits eine lange Schlange von Kindern und Jugendlichen, die darauf warteten, ihre fünfzig Pence zu bezahlen und zu zeigen, wie lange sie sich auf dem Bullen halten konnten.

»Ich würd's an deiner Stelle lassen.« Simon schaute seine Frau liebevoll an. »Deine Schulter hat sich doch gerade erst von der letzten Ausrenkung erholt. Es wäre so typisch für dich, wenn du runterfallen und sie dir gleich wieder auskugeln würdest.«

»Spielverderber. Aber schau mal, Evan steht schon mit Ellie und Anna in der Schlange.«

»Sie will da doch wohl nicht drauf, oder?«, fragte Caroline unbedacht und hätte sich gleich darauf dafür treten können, als sie Charlottes neugierigen Blick bemerkte. »Ich meine … sie hat über Rückenschmerzen geklagt. Sie sollte das lieber nicht riskieren.« Caroline war sich nicht sicher, ob Anna Charlotte schon von der Schwangerschaft erzählt hatte.

»Dafür ist sie viel zu vernünftig«, sagte Charlotte, die anscheinend Carolines Erklärung akzeptierte. »Aber Ellie ist ja ganz schön abenteuerlustig und will es bestimmt ausprobieren. Vielleicht musst du mit ihr gehen.«

»Ich bin mir sicher, dass Merry das schon machen wird«, sagte Caroline.

»Die kommt heute doch gar nicht. Sie steckt wohl gerade mitten in einer Lernkrise, hat Anna gesagt.«

Caroline war überrascht. Meredith war normalerweise bei Dorffesten ganz vorn mit dabei, weil das die Gelegenheit war, Zeit mit ihren Freunden zu verbringen, ohne dass Matthew herumnörgeln konnte. Aber dann erinnerte sie sich, dass die arme Meredith gerade mitten in den Vorbereitungen für die Prüfungen zur Mittleren Reife steckte.

Kurz darauf begannen die Auswirkungen des Ciders sich bei Caroline bemerkbar zu machen. Es fühlte sich gut an, mal rauszukommen und an der Gemeinschaft teilzuhaben, der sie sich immer mehr zugehörig fühlte. Sie wusste nicht, wie viel Zeit für solche Erlebnisse ihr das Restaurant nach der Eröffnung lassen würde, also versuchte sie, das Beste daraus zu machen, solange sie konnte.

Jonathan war immer noch damit beschäftigt, Getränke zu zapfen, obwohl Matthew angeboten hatte, ihn abzulösen, und nun ebenfalls hinter der Bar gelandet war. Es kam ihr ein bisschen unpassend vor, dass die Geschäftsführer der Cider-Farm an diesem Abend die Rolle von Barkeepern spielten, aber die beiden hatten sichtlich Spaß dabei. Caroline merkte, dass sie häufiger in Jonathans Richtung sah, als professionell war. Sie beobachtete, mit wem er sprach und wen er anlächelte, und wandte jedes Mal schnell den Blick ab, wenn er in ihre Richtung schaute. Sie kam sich ein bisschen wie eine Vierzehnjährige bei der Schuldisko vor.

»Tante Caroline!« Ellie, die weit über ihre Schlafenszeit hinaus war und jede Minute genoss, griff nach ihrer freien Hand. »Komm und probier mit mir zusammen die Kuh aus! Mummy sagt, ich bin noch zu klein, es allein zu versuchen, aber du kannst doch mitkommen, oder?«

»Na ja …« Das Letzte, was Caroline wollte, war, auf den Bucking Bronco zu steigen, aber sie konnte ihrer Nichte nichts abschlagen. »Was ist denn mit Matthew?«, fragte sie ausweichend, da er gerade von seinen Pflichten an der Bar entbunden worden war und nun in ein Gespräch mit einem Mann neben der Bühne verwickelt war, wo jeden Moment die nächste Band auftreten würde.

»Er hat was am Knie. Und Mummy hat ein Baby im Bauch, also kann sie auch nicht.«

»Pssst«, flüsterte Caroline, die nicht sicher war, wie viele Leute von Annas Schwangerschaft wussten. Die ersten zwölf Wochen waren noch nicht vorbei.

»Bitte«, bettelte Ellie.

»Na schön, wenn's sein muss.« Caroline ließ sich von ihr zum Ende der Schlange ziehen.

Kurz darauf waren sie an der Reihe. Nachdem sie nun Zeugin geworden war, wie ein paar Kinder und ein sehr ehrgeiziger (und beschwipster) Mittzwanziger von dem mechanischen Bullen abgeworfen wurden, war Caroline froh, dass sie sich für Skinny Jeans entschieden hatte. Sie zog die Turnschuhe aus, platzierte sie neben Ellies Gummistiefeln und folgte ihr aufs Luftkissen. Sie hob Ellie auf den Rücken des Bullen, wappnete sich, sprang hoch und warf ein Bein über den Rücken.

Ein Chor von Jubelrufen und Pfiffen von den Zuschauern, angeführt von Matthew und Anna, brachte sie zum Lachen, als sie die Arme um ihre Nichte legte und sich am Griff auf dem Bullenrücken festhielt. Zuerst ließ der Betreiber es langsam angehen, vermutlich nahm er Rücksicht auf Ellies Alter und Carolines Nerven, aber nach einer halben Minute gemächlicher Drehungen steigerte er das Tempo, und Caroline klammerte sich fest, als hinge ihr Leben davon ab. Ellie quietschte vor Begeisterung, und nach wenigen Sekunden landeten beide kichernd auf dem Luftkissen.

»Noch mal!« Ellie hüpfte lachend auf und ab. »Komm schon, Tante Caroline.«

Nach einem weiteren Ritt, der genauso endete wie der erste, war Caroline dankbar, dass sie vom Luftkissen taumeln und den Rest ihres Ciders entgegennehmen konnte, den Charlotte für sie gehalten hatte.

»Du bist mutiger als ich«, sagte Charlotte. »Ich brauch noch ein paar Pints mehr, bevor ich mich traue.«

Caroline lachte. »So schlimm ist es gar nicht.«

»Gut gemacht«, sagte eine Stimme hinter ihr. Als sie sich umdrehte, sah sie sich zwei frischen Gläsern und Jonathan gegenüber, der ihr eins davon anbot. »Seit Matthew ihr von dem Bullen erzählt hat, hat sie den ganzen Nachmittag gequengelt, weil sie darauf reiten wollte. Und du hast dich geopfert.«

»Tantenpflichten«, sagte Caroline und stellte ihr frisches Ciderglas in das leere. »Außerdem hatte sie gute Argumente, warum Matthew und Anna nicht mit ihr auf den Bullen steigen konnten. Ich frage mich nur, warum sie nicht an ihren neuen Onkel Jonathan gedacht hat.«

»Warum, glaubst du, hab ich mich den ganzen Abend hinter der Bar versteckt?« Jonathan lachte. »Zum Glück bin ich jetzt für eine Weile außer Dienst.« Er nahm einen Schluck Cider und schaute zu den Strohballen hinüber, die vor der Bühne aufgebaut waren. »Ich werd mir einen Sitzplatz organisieren. Wollt ihr nicht mitkommen?«

»Ich bring Ellie eben zurück zu ihrer Mum und ihrem Dad.« Caroline drückte Ellies Hand. Bei diesem unbeabsichtigten Ausrutscher machte ihr Herz einen Satz. »Ich meine …«

»Ich weiß, was du meinst«, sagte Jonathan leise. »Und er wäre sicher geschmeichelt, so genannt zu werden.«

Caroline nickte. Plötzlich wurden ihre Augen feucht. »Komm«, sagte sie zu Ellie. »Mummy möchte dich bestimmt noch tanzen sehen, bevor es zu spät wird.«

»Okay«, erwiderte Ellie, die anscheinend nicht merkte, dass die Stimmung ihrer Tante plötzlich umgeschlagen war. Nachdem sie das Zelt durchquert und sich einen Weg durch die nun dichte Menge der Feiernden gebahnt hatten, hatte Caroline die Tränen glücklicherweise weggeblinzelt. Sie würde wohl noch eine ganze Weile brauchen, bis sie sich an dieses neue Leben gewöhnt hatte. Es war in so vielerlei Hinsicht ein Neuanfang. Sie hoffte nur, dass ein paar Kapitel ihres alten Lebens endgültig abgeschlossen waren. Die Erinnerungen an ihren Bruder James waren ihr natürlich lieb und teuer, aber über andere Dinge aus der Vergangenheit breitete sie lieber den Mantel des Vergessens – so wie über den Mann auf dem Foto.

8

Wie ein Geisterzug auf der Strawberry Line kam der Eröffnungsabend mit erschreckender Geschwindigkeit auf Caroline zugebraust. Die Carters brannten darauf, bald zu eröffnen, die Zeit verging wie im Flug, und ehe sie sichs versah, war das Cider Kitchen fertig. Für den ersten Abend waren schon alle Tische reserviert, auch ein Restaurantkritiker hatte sich angekündigt, und Caroline schwankte zwischen freudiger Erwartung und Sorge. Was, wenn sie es in den Sand setzte? Oder Gino? Was, wenn das neue Personal den Andrang nicht bewältigen konnte? Es war wirklich nicht ohne, direkt am ersten Abend einen Kritiker einzuladen, aber er war von einer der kleineren Lokalzeitungen, und sie hoffte, dass es das Risiko wert war. Die Kritiker der größeren Zeitungen würde sie später einladen.

Am Vorabend der Eröffnung tigerte Caroline im Restaurant auf und ab, als wollte sie einen Trampelpfad auf dem Eichenboden hinterlassen. Alles war an seinem Platz: Die Tische waren gedeckt, die Gläser (drei unterschiedliche Größen pro Platz) funkelten im warmen, gedämpften Licht der Wandlampen, das blinkende Edelstahlbesteck war auf den makellosen, weißen Stoffservietten angeordnet. Die hellen Oberflächen der Tische waren bis zur Perfektion poliert. Als sie zur Bar hinüberschaute, sah sie die Reihen der

Zapfhähne, jeder davon getestet, um sicherzustellen, dass sie funktionierten – das war vor drei Tagen gewesen, als sie und ihr Team als Teambuilding-Maßnahme sich einen Spaß daraus gemacht hatten, jeden einzelnen gewissenhaft zu testen –, und Gläser, die ordentlich auf Wandregalen hinter der Bar gestapelt waren. Daneben jeweils ein geschnitztes Holzbrett mit dem Schriftzug »The Cider Kitchen« und dem Logo, der stilisierten Schwarz-Weiß-Zeichnung eines Apfels an einem Ast.

Auf dem Regal über der Bar waren Grußkarten mit guten Wünschen aufgereiht, angefangen mit der von Anna und Matthew über die des örtlichen Weinhändlers bis hin zu Karten von Menschen, die sie nie persönlich getroffen hatte. Einige hatten sogar Poststempel aus Bristol, was bedeutete, dass sich die Neuigkeiten über ihr Restaurant verbreiteten, bevor sie es überhaupt eröffnet hatte. Alles war perfekt, warum konnte sie also das Gefühl nicht abschütteln, dass irgendetwas schiefgehen würde? Vielleicht war es die Karte ohne Unterschrift gewesen, die an diesem Nachmittag eingetroffen war, mit einer lieblos hingekritzelten Nachricht, aber ohne Namen. Die Handschrift sah erschreckend vertraut aus, aber es war schlicht nicht möglich, dass die Karte von *ihm* kam.

»Ich hätte da genau das Richtige, um dich ein bisschen zu beruhigen«, sagte Gino, als Caroline zum wiederholten Mal in die Küche kam.

»Eine Flasche Scotch?« Caroline zog eine Grimasse. »Obwohl es wahrscheinlich eher verdammter Calvados sein müsste, weil hier ja alles immer aus Äpfeln ist.« Sie neigte zum Fluchen, wenn sie gestresst war, und versuchte, sich zurückzuhalten, damit ihr das nicht vor den Gästen passierte.

Gino ging zu dem Vorratsschränkchen an der Rückwand der Speisekammer. Es enthielt getrocknete Kräuter und Pflanzen, die er im letzten Jahr gesammelt hatte und die Caroline viele neue Geschmacksrichtungen enthüllt hatten. Wortlos stellte er den Wasserkocher an und nahm eine der weißen Bechertassen vom Regal über der Theke. Er leerte den Inhalt eines kleinen Plastiktütchens in die Tasse und goss kochendes Wasser darüber.

»Was ist das?« Caroline musterte das Gebräu misstrauisch. »Doch wohl kein Gras, oder? Ich kann mir nicht leisten, am Vorabend der Eröffnung high zu sein.«

Gino lachte. »Ich doch genauso wenig. Nein, und *Psilocybe cubensis* ist es auch nicht.«

»Äh, was?«

»Magic Mushrooms.« Gino grinste. »Wobei ich tatsächlich wüsste, wie man da rankommt.« Sie hatten ihm in seiner Studentenzeit durch einige Nächte geholfen, als er zu abgebrannt gewesen war, um Alkohol zu kaufen. Die Nachwirkungen waren allerdings schlimmer als jeder Kater, sodass er schon lange keine mehr angerührt hatte.

»Du hast meine Frage nicht beantwortet«, sagte Caroline. Sie hatte noch nichts von dem Getränk probiert, das er ihr gereicht hatte.

Gino schüttelte den Kopf. »Es ist *Valeriana officinalis*«, sagte er sanft. »Baldrian. Wird schon seit Jahrtausenden als natürliches Beruhigungs- und Schlafmittel genutzt. Meine Großmutter schwört darauf, wenn das Schnarchen meines Großvaters sie wach hält. Komplett harmlos, aber es wirkt ungeheuer schnell.«

Caroline nahm einen Schluck und zog eine Grimasse. »Schmeckt vermutlich besser, wenn man einen Schuss Calvados mit reinmixt.«

»Glaub mir, wenn du mal richtig gut schlafen willst, hilft das hier.«

Unwillkürlich erinnerte Caroline sich an die letzte gute Nachtruhe, die sie gehabt hatte. Sie war zwar kurz gewesen, aber dafür herrlich entspannend. Es war die Nacht nach der Hochzeitsfeier von Anna und Matthew gewesen, als sie mit Jonathan geschlafen hatte.

Sie wünschte sich, sie könnte ihn einfach anrufen und eine Zugabe einfordern. So wie es beim ersten Mal gelaufen war, zweifelte sie nicht daran, dass er einwilligen würde, und er hatte sich häufiger im Restaurant blicken lassen als unbedingt nötig, trotz seiner anfänglichen Beteuerungen, dass er Arbeit und Privatleben strikt trennen könne. Aber das würde wohl nur zu Chaos und Verunsicherung führen, und das wollte sie nicht riskieren. Der Umzug nach Somerset sollte ihr ja dabei helfen, zur Ruhe zu kommen und die Komplikationen der Vergangenheit hinter sich zu lassen. Wenn sie sich auf diese Sache einließ, könnte das alles zunichtemachen.

»Danke«, sagte sie, bevor sie einen weiteren Schluck nahm. »Es ist nett, dass du helfen willst.« Sie seufzte. »Ich glaube, ich versuche so sehr, mich zu beweisen, dass ich ganz aus den Augen verliere, warum ich diesen Job eigentlich mache.«

Gino sah sie ruhig an. »Mir musst du nichts beweisen, Caroline. Du hast hier ein unglaublich tolles Projekt auf die Beine gestellt. Dafür braucht es Mut.«

»Oder Dummheit«, konterte sie. »Lass mich nicht hängen, Gino.«

Er lächelte. »Auf keinen Fall. Versprochen.« Sein Handy vibrierte. »Sorry, Chefin«, sagte er, »ich muss los.«

»Was Besonderes?«

»Könnte man so sagen«, erwiderte er, plötzlich verschlossen. »Ist das okay?«

»Na klar. Lass dich nicht aufhalten.«

»Danke.« Er schob das Handy in die Hosentasche.

»Einen schönen Abend noch«, sagte Caroline, als er das Restaurant mit federnden Schritten verließ. »Nicht dass noch viel davon übrig wäre.« Es war kurz vor zehn, und sie war mehr als bereit fürs Bett.

»Ach, wenn man Koch ist, fängt die Party erst richtig an, wenn das Restaurant geschlossen ist«, sagte Gino leichthin. »Das hab ich während meiner Praktika schnell gelernt.« Er hob schelmisch die Augenbrauen. »Du solltest mal mit uns um die Häuser ziehen. Wir zeigen dir, wie man richtig Spaß hat.«

Caroline lachte. »Daran habe ich keinen Zweifel. Aber ich glaube, ich hab schon genug damit zu tun, das Restaurant am Laufen zu halten.« Sie fühlte sich allerdings seltsam geschmeichelt. Ach, noch einmal so jung zu sein und an der Schwelle so vieler Dinge zu stehen! Ihre eigenen Zwanziger waren eine Zeit voller Neugier und Aufregung, aber auch Dramatik gewesen, und so gern sie immer noch ausging, war sie doch damit zufrieden, es heutzutage etwas ruhiger angehen zu lassen. Seufzend löschte sie das Licht und ging nach oben, um hoffentlich etwas Ruhe zu finden. Kaum hatte sie die Wohnungstür geöffnet, rannten ihr die Kätzchen zur Begrüßung entgegen, und da sie etwas Gesellschaft gebrauchen konnte, hob sie sie hoch und nahm sie mit ins Schlafzimmer, wo die beiden es sich am Kopfende des Betts bequem machten. Erneut dachte sie an Jonathan. War er wegen morgen Abend genauso nervös wie sie? Nicht dass er das ihr gegenüber zugeben würde. Der morgige Abend würde einer der wichtigsten ihres Lebens werden, und bevor sie einschlief, übte sie die Begrüßung der Gäste. »Guten Abend und herzlich willkommen«, murmelte sie. »Hallo und willkommen … guten Abend und herzlich willkommen im Cider Kitchen …«

9

Am nächsten Morgen, wenige Stunden vor der Eröffnung, war Caroline ihrem neuen Chefkoch deutlich weniger zugeneigt. Sie knallte das Telefon auf den Schreibtisch des kleinen Büros, obwohl sie es lieber aus dem Fenster geschmissen hätte. Verfluchter Gino! Wie konnte er so verantwortungslos sein? Caroline sah sich in dem engen, unordentlichen Raum um und fragte sich, wie zur Hölle sie zwanzig Gäste ohne Chefkoch bewirten sollte. Sie warf einen Blick auf die Uhr an der Wand gegenüber dem Tisch; noch acht Stunden bis zur Eröffnung.

Ginos überschwängliche Entschuldigungen waren immer wieder von Würgeanfällen unterbrochen worden. Er hatte ihr versichert, dass er die Vorbereitungen größtenteils am Vortag abgeschlossen hatte: Das marinierte Hühnchen für eins der Hauptgerichte war im Fleisch-Kühlschrank eingelagert, und die Jakobsmuscheln für die zwei Vorspeisen mussten nur noch kurz angebraten werden. Das bereits portionierte Tiramisu war glücklicherweise fertig und in einem der anderen Kühlschränke untergebracht. Es musste nur noch mit Kakaopulver bestäubt werden, bevor es den Gästen serviert werden konnte. Das änderte jedoch nichts an der Tatsache, dass ihr angeblich so brillanter Chefkoch gestern in Weston-super-Mare einen über den Durst getrunken und sich dummerweise einen Döner von einem dubiosen Imbisswagen gegönnt hatte, sodass er nun unter einer heftigen Lebensmittelvergiftung litt. Und das ausgerechnet heute!

Was sollte sie jetzt tun? Sie hatte zwar vollstes Vertrauen in ihr Servicepersonal, und sie hatte auch noch Joe und Erin, die beiden Küchenhilfen, aber von denen konnte sie nicht verlangen, dass sie kochten. Und so kurzfristig würde jede Agentur für die Vermittlung eines Kochs Wucherpreise verlangen. Sie schaute aus dem Fenster in den Hinterhof des Restaurants. Schon jetzt war sie erschöpft von den Vorbereitungen und den Tränen nah, was sonst nicht ihre Art war.

»Wir haben noch geschlossen!«, rief sie gereizt, als sie hörte, wie die Vordertür geöffnet wurde. Zu spät fiel ihr ein, dass das vermutlich nicht die netteste Art war, mögliche Kundschaft zu begrüßen. »Entschuldigung«, schob sie schnell hinterher. »Können Sie später wiederkommen?«

»Tja, das könnte ich, aber ich dachte nicht, dass du es gern siehst, wenn ich zu deiner Eröffnung einen Tisch reserviere.« Jonathan, der einen Strauß Freesien in der Hand hatte, steckte den Kopf ins Büro.

»Wenn das so weitergeht, fällt die Eröffnung ins Wasser«, blaffte Caroline.

»Warum? Was ist denn los?«

»Der gottverdammte Koch hat eine Lebensmittelvergiftung.«

»Mist. Das ist echt Pech.«

»Pech hat damit nichts zu tun.« Caroline verschränkte die Arme. »Er hat gestern Abend einen fragwürdigen Döner gegessen und muss sich seit heute Morgen sechs Uhr ständig übergeben. Ich sollte ihn sofort feuern. Und jetzt ist es auch zu spät, um einen anderen Koch zu organisieren.«

»Und, was hast du jetzt vor?« Jonathan hatte die Blumen auf dem Schreibtisch abgelegt und sah sie direkt an.

Caroline blickte finster drein. »Ich hab keine verfluchte Ahnung.«

»Okay.« Jonathan richtete sich zu seiner vollen Größe auf. »Überlass das mir.«

»Und was willst du tun?« Caroline schwankte zwischen Hoffnung und Verärgerung. »Du bist kein Koch, und die Agenturgebühren für einen Aushilfskoch wären astronomisch. Wir sind am Ende, bevor wir überhaupt eröffnet haben.«

»Jetzt sei doch nicht so pessimistisch«, entgegnete Jonathan. »Sag mir, was zu tun ist, und lass mich ein paar Anrufe erledigen.«

»Nein. Ich schaff das selbst.« Aufgebracht griff Caroline nach ihrem Notizbuch und suchte nach der Liste mit den Namen und Telefonnummern der Leute, die für heute Abend einen Tisch reserviert hatten. »Wir müssen nur die Reservierungen stornieren und die Eröffnung verschieben.« Sie blätterte wild durch die Seiten und zuckte zusammen, als sich plötzlich eine warme Hand über ihre legte.

»Jetzt red doch keinen Unsinn.« Jonathans ruhige Stimme brachte sie beinahe zum Weinen. Er löste eine ihrer Hände vom Notizbuch und hielt sie einen Moment lang fest. Caroline war hin und her gerissen zwischen dem Impuls, ihre Hand wegzuziehen, und dem Wunsch, er möge sie für immer festhalten.

»Was sollen wir denn nun machen?«

»Wie gesagt, überlass das mir. Ich organisiere uns einen Koch. Versprochen.« Er ließ ihre Hand los und zog sein Handy aus der Tasche, um einen Anruf zu tätigen. »Vern? Arbeitet Emma heute Abend? Nein? Super. Kannst du sie für mich anrufen und fragen, ob sie Zeit hat, in etwa einer Stunde zum Cider Kitchen zu kommen? Danke. Bis später.«

Er wandte sich wieder Caroline zu, die verdutzt dastand und immer noch ihr Notizbuch umklammerte.

»Wer war das?«

»Vern, der Wirt des Stationmaster. Seine Tochter geht auf eine Hotelfachschule.«

»Woher weißt du das? Führst du etwa über alle Frauen über achtzehn in diesem blöden Kaff Buch?«

»Wofür hältst du mich?«, fragte Jonathan in gespielter Entrüstung. »Ich war vor ein paar Tagen im Pub und hab mitbekommen, wie Vernon erzählt hat, wie toll Emma sich macht und dass sie sich darauf freut, diese Woche freizuhaben, weil sie vorher so viel gearbeitet hat. Vielleicht möchte sie sich ja was dazuverdienen.«

»Das können wir uns nicht leisten«, widersprach Caroline. »Ich hab das von dir geplante Budget beinahe aufgebraucht. Und selbst das hat schon kaum gereicht.«

»Mach dir darum keinen Kopf.« Jonathan lächelte. »Nach dem heutigen Abend läuft das schon. Den Rest kläre ich mit unserer Finanzabteilung.«

»Woher weiß ich, dass Emma was taugt?«

»Ich vertraue Vern«, sagte Jonathan geradeheraus. »Und ehrlich gesagt musst du dir angewöhnen, einem geschenkten Gaul nicht ins Maul zu schauen, wenn du verstehst, was ich meine.«

»Ich bin hier die Managerin, Jonathan!« Caroline wusste, dass ihre Stimme lauter wurde, aber sie konnte nichts dagegen tun. Sie war so schnell von Hoffnung zu Verzweiflung gewechselt, und nun erwartete Jonathan von ihr, dass sie sich über eine Auszubildende freute, die sie noch nicht mal kennengelernt hatte. »Dir mag der Laden gehören, aber ich bin diejenige, die tagtäglich die Entscheidungen trifft. Da steht es mir doch wohl zu, etwas misstrauisch zu sein.«

»Dann sei halt misstrauisch, Caroline, aber denk bitte wenigstens darüber nach. Was bleibt uns schon für eine Wahl?« Jonathan griff nach einer der Freesien, die er auf den Schreibtisch gelegt hatte, und spielte geistesabwesend mit der Blume. »So wie ich das sehe, keine, außer du willst die Eröffnung verschieben.«

Eine angespannte Stille entstand. Caroline beobachtete, wie seine Fingerspitzen über die zarten Blütenblätter strichen. Sie wusste, dass er recht hatte. Sie hatten tatsächlich keine andere Wahl. Es machte sie nur fuchsteufelswild, dass er einfach hier hereingeschneit war und den Tag gerettet hatte. Als Projektleiterin hätte sie selbst eine Lösung finden müssen.

»Okay, okay, du hast recht.« Sie riss ihren Blick von seinen Händen los und begegnete seinem. »Zum Glück hab ich zusammen mit Gino die Menüauswahl getroffen – ich weiß genau, welche Zutaten für welches Gericht benötigt werden. Ich brauch nur jemanden, der die Gerichte zubereitet.«

»Na, siehst du«, sagte Jonathan. »Das war doch nicht so schwer, oder? Dann schlage ich vor, dass du jetzt die Kaffeemaschine anschmeißt und dich auf das Treffen mit Emma vorbereitest. Es ist nicht mehr lange hin, bis es losgeht, und ich glaube, du wirst jede Minute brauchen.« Er wandte sich zum Gehen.

»Ah, und jetzt haust du also einfach so wieder ab, was?« Caroline kam sich mit einem Mal sehr klein und allein vor, als sie feststellte, dass er sie in der Tat verlassen würde.

»Na ja, ich hatte schon gehofft, dass du dich wenigstens bedanken würdest, bevor ich gehe«, entgegnete er kühl mit unergründlichem Blick.

»Danke schön«, sagte Caroline brav. Normalerweise wusste sie, wie weit sie bei ihren Mitmenschen gehen konnte, aber bei Jonathan konnte sie das nicht immer einschätzen.

»Bis zur Eröffnung«, sagte er. Dann, ein wenig nachgiebiger, »viel Glück.« Er schenkte ihr ein kurzes Lächeln. »Ich hab nur Gutes über Emma Leadbetter gehört. Du kannst ja überlegen, ob du ihr nicht eine Festanstellung anbietest, wenn sie sich heute bewährt.«

Als er das Restaurant verlassen hatte, riss Caroline sich zusammen und machte sich daran, Ginos Notizen und Rezeptkarten zusammenzutragen, um Emma alle notwendigen Informationen übergeben zu können. Sie hoffte nur, dass ihr genug Zeit blieb.

10

Zwei Stunden später dankte Caroline dem Schicksal, dass Jonathan genau im richtigen Moment vorbeigekommen war. Emma Leadbetter war perfekt: bodenständig, kompetent und tüchtig. Sie hatte Ginos Rezepte und Anweisungen studiert und war ihnen buchstabengetreu gefolgt. Als der verlockende Duft von Hühnchen-Parmigiana mit herzhafter Basilikum-Tomatensauce aus der Küche drang, wagte Caroline langsam zu hoffen, dass doch alles glimpflich ausgehen würde.

Gegen halb zwei überließ sie Emma sich selbst. Bevor sie nach oben ging, um sich für ein paar Stunden auszuruhen und einen Happen zu essen, obwohl sie dafür vermutlich ohnehin viel zu nervös sein würde, überprüfte sie die Tische und vergewisserte sich, dass die kleinen schwimmenden Blumengestecke genug Wasser hatten. Als sie ins Büro kam, stellte sie schuldbewusst fest, dass sie keine Zeit gehabt hatte, Jonathans Freesien in eine Vase zu stellen. Sie griff nach dem Strauß, um ihn mit nach oben zu nehmen. Als sie einen Moment innehielt, um den zarten Duft der Blumen einzuatmen, musste sie an den Anblick von Jonathans Fingern denken, die die Blüten liebkosten. Das wiederum löste eine noch stärkere Erinnerung aus, an die Nacht, die sie miteinander verbracht hatten, die Nacht, in der sie sich kennenlernten. Kribbelnde Gänsehaut überzog sie, als sie daran dachte, wie seine Hände sie gekonnt zu einem zitternden Höhepunkt gebracht hatten und wie es sich angefühlt hatte, ihn in sich zu haben.

Es war eine Nacht voller Verlangen gewesen, und sie hatte vorgehabt, die Sache mit Jonathan genauso schnell zu beenden, wie sie sie begonnen hatte. Doch nun war sie durch eine Wende des Schicksals hier gelandet und arbeitete mit ihm zusammen. Ein Teil von ihr wünschte sich, dass er eine größere Rolle in ihrem Leben spielte, jener Teil, der sich heute Morgen am liebsten in seine Arme geworfen hätte, als alles schiefzugehen drohte. Aber der vernünftige, rationale Teil hatte sie zurückgehalten. Jonathan war nicht der Typ für eine feste Beziehung; mit ihm würde sie nie eine Zukunft aufbauen können. Mit fast genau diesen Worten hatte Anna ihn ihr vor Monaten beschrieben. Er war mit der Frau seines Bruders fremdgegangen, verdammt! Caroline wusste, dass sie sich in Acht nehmen musste, für den Fall, dass ihr Herz oder ihr großes Mundwerk oder beide ihr etwas einbrockten, das sie nicht auslöffeln konnte. Es war nicht so, als würde sie dieses Gefühl nicht kennen. In Surrey hatte sie bis zum Hals in Schwierigkeiten gesteckt, bis es ihr schließlich gelungen war, sich davon zu befreien. Doch heute Abend hatte sie ein Restaurant zu eröffnen. Nichts und niemand würde sie davon abhalten können.

Als sie aus dem Büro zurückkam, steckte sie ein letztes Mal den Kopf durch die Küchentür. »Alles in Ordnung, Emma?«

Emma hatte gerade über den Rezepten für die Vorspeisen gebrütet und drehte sich nun zu ihr um. »Prima, danke. Ich kann Ginos Notizen wirklich gut folgen.«

»Da bin ich ja erleichtert. Immerhin hat er's geschafft, das nicht auch noch zu versauen.«

Emma lächelte diplomatisch und wischte sich die Hände an der weinroten Schürze ab, die sie über ihrer weißen Kochkluft trug. »Es tut mir leid, dass Gino krank ist, aber ich weiß es wirklich sehr zu schätzen, dass Sie mir diese Chance geben.«

»Sie helfen mir hier wirklich aus der Patsche.« Caroline lächelte zurück. »Wenn heute Abend alles gut klappt, schauen wir mal, wohin es führt.«

»Ich weiß nicht genau, wie Gino das finden wird.«

»Seine Meinung interessiert mich im Moment nicht im Geringsten«, sagte Caroline düster. »Und weil ich ihn und seinen wehleidigen Hintern achtundvierzig Stunden lang nicht mal in der Nähe dieses Restaurants haben will, hält er sich besser fern.«

Emma lachte. »Jonathan meinte schon, dass Sie ziemlich Furcht einflößend sein können, wenn Sie sauer sind. Sieht aus, als hätte er recht.«

Gegen ihren Willen musste Caroline lächeln. »Bin ich oft Gegenstand des Pub-Klatsches?«

Emma wurde rot. »Manchmal.« Sie beschäftigte sich damit, den Estragon fein zu hacken. »Jonathan hat auch gesagt, Sie wären … wie hat er es noch gleich ausgedrückt … ganz schön temperamentvoll, manchmal sogar ein ziemlicher Hitzkopf.«

Schon wieder Jonathan, dachte Caroline. Sie wusste nicht, was sie davon halten sollte, dass man im Pub so über sie gesprochen hatte. Obwohl es schlimmer hätte sein können. Temperamentvoller Hitzkopf, das war ja gar nicht so übel.

»Ich lasse Sie mal Ihre eigene Meinung bilden«, sagte Caroline trocken. »Kommen Sie klar, während ich oben bin, die Katzen füttere und ich mich fertig mache?«

»Gar kein Problem.« Emma blickte auf. »Wenn ich den Rest hier fertig habe, zisch ich auch ab, wenn das okay ist.«

»Können Sie gegen fünf zurück sein?«, fragte Caroline. »Dann können wir das Serviceteam zusammen einweisen.«

»Alles klar, bis dahin.«

Als Caroline die Küche verließ, stellte sie fest, dass sie Gino nicht im Geringsten vermisste.

Die Anzahl der Schmetterlinge in Carolines Bauch nahm von Minute zu Minute zu, während der Uhrzeiger sich auf die volle Stunde zubewegte. Das Cider Kitchen sollte um sieben seine Tore öffnen, und obwohl sie wusste, dass alles und jeder so bereit war wie nur möglich, wurde sie immer nervöser. Sie zuckte zusammen, als sich die Eingangstür öffnete. Dann machte ihr Magen aus einem ganz anderen Grund einen Satz, als sie erkannte, dass Jonathan durch den Gastraum auf sie zukam.

»Das Kleid ist der Hammer«, sagte er und warf einen kurzen Blick auf die Tische mit den glänzenden Gläsern und dem perfekt platzierten Besteck. »Und das Restaurant sieht absolut perfekt aus.«

»Danke«, sagte Caroline, leicht überrumpelt von dem Anblick, den Jonathan in seinem elegant geschnittenen Anzug bot. »Du siehst auch gut aus. Hast du später noch was Besonderes vor?«

»Manchmal geb ich mir halt gern Mühe.« Dann wurde sein Gesicht ernster. »Ich wünschte, ich könnte heute Abend länger bleiben, aber ich will euch nicht im Weg stehen.«

Caroline rang sich ein breiteres Lächeln ab, als sie eigentlich wollte; Jonathan hatte ihr bereits am Nachmittag gesagt, dass er am Eröffnungsabend nicht lange bleiben konnte, und sie wusste, dass sie ein gutes Team hinter sich hatte, doch nur für eine Sekunde wünschte sie, dass er an ihrer Seite bliebe.

»Schon okay. Ich hab alles unter Kontrolle.«

Er erwiderte ihr Lächeln. »Das bezweifle ich nicht.« Er sah ihr in die Augen, beugte sich vor, und einen Moment lang glaubte Caroline, er wolle sie küssen, doch er schob nur den Aufhänger ihres Kleides zurück unter den Stoff. Seine Finger waren warm auf ihrer Haut. »Viel Erfolg«, sagte er leise.

»Einen schönen Abend wünsche ich dir«, rief sie ihm nach, als er das Restaurant verließ. Sie respektierte seine Entscheidung, nicht dabei zu sein, und jetzt war nicht der passende Zeitpunkt, um an ihn zu denken, da die ersten Gäste gerade eintrafen.

Gegen halb acht kam auch Ian Smith, Restaurantkritiker des *Somerset Herald*. »Vielen Dank, dass Sie gekommen sind«, sagte Caroline und schüttelte ihm die Hand. »Ich hoffe, Sie verbringen einen schönen Abend bei uns.«

»Es ist immer gut, lokale Unternehmen zu unterstützen.« Er sah nicht aus, als würde er viel Zeit in Restaurants verbringen. Caroline hatte einen rotgesichtigen, etwas übergewichtigen Mann erwartet, aber Ian war ein schlanker Mittfünfziger, der aussah, als würde er eher auf der Strawberry Line joggen gehen, als viel Wein zu trinken und auswärts zu essen.

»Wo soll ich mich hinsetzen?«

»Ich habe Ihnen einen Tisch am Fenster reserviert. Wenn Ihnen das recht ist. Sind Sie allein?«

»Leider ja. Aber bleiben Sie ganz entspannt. Ich bin hier als normaler Gast, also lassen Sie sich nicht aus dem Konzept bringen.«

Caroline nickte, ihre Knie zitterten jedoch ein wenig. Dann wandte sie sich an Merediths Freundin Izzy. Die beiden Mädchen und eine weitere Schülerin namens Milly waren heute im Dienst, und sie wollte ihnen Gelegenheit geben zu glänzen. »Izzy wird sich heute Abend um Sie kümmern. Nehmen Sie sich also ruhig Zeit.

Sie kommt dann zu Ihnen und nimmt Ihre Bestellung auf, wenn Sie bereit sind.« Als sie hinüber zur Eingangstür ging, um die nächsten Gäste in Empfang zu nehmen, hoffte sie, dass der Kritiker zufrieden sein würde.

Zwanzig Minuten später war das Restaurant nahezu voll. Um es dem Personal in der Küche und im Service leichter zu machen, gab es an diesem Abend eine feste Auswahl von drei Vorspeisen, drei Hauptgerichten und drei Desserts. Emma schlug sich in der Küche hervorragend, und nach einer weiteren Stunde hatte Caroline Ginos Abwesenheit fast vergessen.

Das Stimmengewirr der Gäste wurde lauter, als sich die Menschen zu entspannen begannen. Die Gläser wurden gefüllt, und selbst eine kleine Komplikation mit einer verwechselten Vorspeisenbestellung tat der geselligen Atmosphäre keinen Abbruch. Caroline blieb mit im Gastraum, lenkte das Servicepersonal und begrüßte Neuankömmlinge. Als sie sich im Restaurant umsah, bekam sie allmählich das Gefühl, dass die Übernahme dieses Projekts kein völliger Wahnsinn gewesen war. Sie wusste, dass der Eröffnungsabend erst der Anfang war, doch die Menschen genossen die köstlichen Gerichte, die Gino entworfen und Emma zubereitet hatte, und Caroline wurde klar, dass dies genau das war, was sie mit ihrem Leben anfangen wollte.

Nachdem sie erneut geprüft hatte, dass die Gäste alle versorgt waren, machte Caroline sich auf in die Küche, um zu schauen, wie es dort lief. Emma war kaum in der Dampfwolke auszumachen, die aus dem Sieb aufstieg, in dem die Waldpilzravioli abtropften. Sie gehörten zur zweiten Vorspeise auf der Liste, und mit einem Blick auf die vorsichtig gekochten Teigtaschen konnte sie erkennen, dass Emma sie perfekt hinbekommen hatte.

»Alles unter Kontrolle?«, fragte sie.

»So weit, so gut«, antwortete Emma, deren Gesicht von der Anstrengung ein bisschen rosig war. »Aber Sie könnten dem Servicepersonal sagen, dass sie bitte beim Servieren der Muscheln einen

Zahn zulegen müssen. Sie werden schlecht, wenn sie noch lange hier rumliegen.«

»Alles klar.« Caroline war beeindruckt. Emma hatte die Küche so gut im Griff, als würde sie schon seit Monaten hier arbeiten und nicht erst seit ein paar Stunden. »Sonst noch was?«, fragte sie mit einem Blick auf die Wanduhr.

»Die Hauptgerichte müssten in einer Viertelstunde raus. Sind alle Bestellungen aufgenommen?«

»Ich glaube schon.« Caroline zählte die Bons, die ordentlich unter der Wärmeplatte aufgereiht waren: »Tisch eins, zwei, drei ... sieben, acht.« Sie erstarrte. Wo war die Bestellung von Ian Smith? Sie zählte erneut. Tisch zehn war definitiv nicht dabei. Sie wollte Emma nicht in Panik versetzen und eilte zurück in den Gastraum. Tatsächlich saß Ian Smith immer noch ohne Essen an seinem Fensterplatz.

»Izzy«, zischte sie die vorbeigehende Kellnerin an. »Wo ist die Bestellung von Tisch zehn?«

»Bei den anderen. Ich hab sie vor ungefähr zehn Minuten weitergegeben.«

»Bist du dir sicher? Ich hab sie nicht gefunden.«

»Moment, ich schaue nach.« Izzy wühlte in der Tasche ihrer weinroten Schürze und erblasste, als sie einen zusammengeknüllten Zettel von ihrem Kellnerblock hervorzog. »Verdammt. Entschuldige, Caroline, ich hab's wohl hier reingesteckt, als ich die Bestellung von Tisch zwölf aufgenommen habe.«

Caroline nahm den zerknitterten Zettel aus Izzys zitternder Hand und überflog ihn. Ravioli und Hühnchen-Parmigiana. Sie zwang sich, ruhig zu bleiben, und gab ihn zurück. »Okay. Lass uns zusehen, dass er seine Vorspeise bekommt. Emma hat einige Ravioli fertig, also lass uns die Sache wieder auf Kurs bringen.«

»Tut mir echt leid«, wiederholte Izzy. »Ich wollte es nicht vermasseln.«

Caroline schenkte dem nervösen jungen Mädchen ein angespanntes Lächeln. »Hoffentlich nicht so schlimm. Sieh nur zu, dass er jetzt die Vorspeise bekommt.«

»Absolut.« Izzy hastete davon, entschlossen, die Dinge in Ordnung zu bringen.

Caroline atmete tief durch. Das hier war genau das, worum es beim Aufbau eines erfolgreichen Teams ging. Kommunikation war der Schlüssel, besonders bei einem jungen Team am Eröffnungsabend. Wie um ihr das Gegenteil zu beweisen, ertönte plötzlich ein ohrenbetäubendes Krachen von der Rückseite des Restaurants. Alle im Raum verstummten und starrten die Scherben eines Stapels Teller an, die jemandem heruntergefallen waren. Immerhin waren es saubere gewesen.

Sofort machte sich Caroline daran, Schadenbegrenzung zu betreiben. »Ich wette, Sie haben heute Abend nicht damit gerechnet, dass es auch noch ein Unterhaltungsprogramm gibt«, sagte sie zu den Gästen, als sie zur anderen Seite des Restaurants ging, wo Milly mit schamrotem Gesicht ihr Bestes tat, das Chaos zu beseitigen.

»Geh und hol Handfeger und Schaufel«, raunte Caroline. »Versuch nicht, die Scherben aufzuheben, du schneidest dich nur.«

Milly eilte davon, und in Missachtung ihres eigenen Ratschlags begann Caroline, Stücke des zerbrochenen Geschirrs aufzusammeln. Sie zuckte zusammen, als sie sich tatsächlich schnitt.

»Lassen Sie mich mal sehen.« Die Stimme klang leise und belustigt.

Caroline sah auf und stellte fest, dass der Restaurantkritiker zu ihr hinunterstarrte, ein leichtes Lächeln auf den Lippen.

»Ist nicht so schlimm.« Sie erwiderte das Lächeln tapfer. »Nur ein paar kleine Startschwierigkeiten.« Sie erhob sich und stellte die zerbrochenen Teller auf der Anrichte hinter sich ab. »Ich hoffe, Ihnen schmeckt das Essen bisher.«

Ian schenkte ihr einen langen, abschätzenden Blick. »Ganz köstlich«, sagte er leise. Er starrte sie eine Sekunde zu lang an, bevor er sich wieder zu seinem Tisch begab. Plötzlich kam Caroline sich entblößt vor. Sie nahm eine Serviette von der Anrichte, wickelte sie sich um den Zeigefinger und ging zurück zu ihrem Platz neben dem Kücheneingang, wo sie auch Pflaster aufbewahrte. Nach den Ereignissen der letzten Minuten musste sie sich kurz sammeln und neu fokussieren.

Am nächstgelegenen Tisch saß ein Paar in den Dreißigern. Sie vermutete, dass sie Eltern von kleinen Kindern waren, weil beide den befreiten Eindruck von Menschen machten, die seit einer Weile keine Gelegenheit gehabt hatten, Zeit allein miteinander zu verbringen. Vor ihnen, am mittleren Tisch in der Nähe der Wand, saß ein älteres Paar, das gerade in vertrautem Schweigen seine Vorspeisen verzehrte. Der Restaurantkritiker an seinem Platz am Fenster schien ganz auf seine Ravioli konzentriert.

Am Tisch, der der Tür am nächsten war, saß eine vierköpfige Familie; die Eltern und ihre beiden Kinder im Teenageralter, die gerade verstohlen unterm Tisch Nachrichten mit dem Handy verschickten. Auf der anderen Seite der Tür, vor dem rot lackierten Flügel, eine Dreiergruppe Frauen, die den Hauswein sichtlich genossen und mit deftigen Worten über ihre besseren Hälften herzogen. Das machte zwölf. An den anderen Tischen mit vier Personen saßen jeweils zwei Pärchen, eins in den Fünfzigern, das andere Mitte dreißig. Und schließlich, ganz in der Ecke, Anna und Matthew, die den letzten Tisch reserviert hatten. Sie hatte ein paar Worte mit ihnen gewechselt, als sie hereingekommen waren, doch sie hatten sich schnell an ihren Tisch zurückgezogen, weil sie offensichtlich am Eröffnungsabend nicht stören wollten. Ihre Köpfe waren nah beieinander, und sie schwiegen, schienen jedoch wortlos miteinander zu kommunizieren. Ihre Liebe war fast greifbar, und Caroline war beeindruckt, wie sehr sie im Gleichklang waren.

Da Matthew dem Restaurant zugewandt saß, konnte sie seinen hingerissenen Gesichtsausdruck sehen. Wieder verspürte Caroline eine bittersüße Regung bei dem Gedanken, dass Anna so sehr von jemandem geliebt wurde, der nicht James war. Es gab jedoch keinen Zweifel. Matthews Blick zeigte deutlich, wie sehr er seine neue Frau liebte. In der gedämpften Beleuchtung blickten seine Augen sanft, und das Lächeln auf seinem Gesicht war aufrichtig und unbefangen. Caroline fragte sich, ob sie jemals ein Mensch auf diese Weise ansehen würde. Als sich ihre Gedanken erneut Jonathan zuwandten, schüttelte sie den Kopf. Er war der Letzte, an den sie im Moment denken sollte. Am Eröffnungsabend blieb ihr keine Zeit zum Tagträumen.

12

Nach zwei Stunden wünschte sich Jonathan, er wäre doch im Cider Kitchen geblieben. Sein heutiges Date war bezaubernd und sah umwerfend aus, aber sie war definitiv noch nicht über ihren Ex hinweg und heute Abend nicht in der Stimmung zu irgendetwas Aufregenderem als einem Plausch. Und so wusste Jonathan, ganz untypisch, nichts mit sich anzufangen. Da er selbst gefahren war, war er stocknüchtern und fragte sich enttäuscht, was er jetzt tun sollte, da er früher als erwartet wieder nach Little Somerby zurückkehren musste.

Nach einem kurzen Drink in einer der exklusiveren Bars auf der Park Street, wo er ziemlich geschmeichelt war, dass er die Aufmerksamkeit einer Gruppe sehr attraktiver Kunststudentinnen auf sich zog, musste er sich widerstrebend eingestehen, dass er besser nach Hause zurückkehren sollte. Schließlich musste jemand ein Auge auf Jack haben.

Als er auf die Ringstraße abbog, die aus dem Stadtzentrum führte, drifteten seine Gedanken wieder einmal zu Caroline. Abgesehen von der Stippvisite früher am Tag hatte er sich geschworen, sich heute Abend vom Restaurant fernzuhalten, um ihr Raum zu geben, die Dinge auf ihre Weise zu regeln. Aber sie stahl sich zurück in seine Gedanken wie eine Katze, die sich darin gemütlich zusammenrollte, wenn er es am wenigsten erwartete. Sie war ein One-Night-Stand gewesen, allerdings der beste seines Lebens. Und das trotz der großen Konkurrenz. Sollte er auf dem Heimweg kurz im Cider Kitchen vorbeischauen? Nein, sollte er nicht. Aber vielleicht würde sie ihm die Störung verzeihen, wenn der Rest des Abends gut gelaufen war.

»Ach, verflucht noch mal!« Er war überrascht, als er es laut sagte. Caroline machte ihn echt fertig. Er gab mehr Gas, und der BMW legte den Rückweg von Bristol nach Little Somerby wie im Flug zurück. Er würde nur kurz den Kopf zur Tür reinstecken und schauen, was sie gerade machte. Das Restaurant wäre eh schon geschlossen, wenn er dort ankam.

Als er in die Einfahrt des Orchard Cottage einbog, warf er einen Blick zum Wohnzimmerfenster. Das Licht war noch an, also war sein Vater noch auf. Er hatte keine Lust, sich blöde Sprüche zum Erfolg oder Misserfolg seines Abends anzuhören, also steckte er die Autoschlüssel in die Tasche und spazierte zurück Richtung Dorfzentrum.

Es war ein ruhiger, klarer Abend. Das Dorf machte sich bereit für die Nachtruhe, und er nickte einem Paar zu, das wohl gerade auf dem Heimweg vom Cider Kitchen war und sich darüber unterhielt, wie schön es war, ein neues Restaurant in fußläufiger Nähe zu haben. *Klingt doch gut*, dachte er. Er hoffte, dass Emma Leadbetter sich bewährt hatte. Dann beschleunigte er seine Schritte und straffte die Schultern.

*

Natürlich war Ian Smith der letzte Gast im Restaurant. Caroline konnte ihn schlecht vor die Tür setzen, doch sie entließ ihr Serviceteam in den Feierabend, da es fast elf war und alle den ganzen Abend geschuftet hatten. Emma räumte noch die Küche auf und bereitete alles für den nächsten Tag vor. Caroline ging hinüber zu Ian, um seine Kaffeetasse abzuräumen, und hoffte, er würde sich bald auf den Heimweg machen.

»Kann ich Ihnen noch etwas bringen?«, fragte sie, als sie an seinen Tisch kam.

»Nein danke. Es war sehr lecker.« Er machte nicht die geringsten Anstalten, sich vom Tisch zu erheben. »Wirklich sehr gut.« Er lehnte sich in seinem Stuhl zurück. »Und Sie haben hier eine nette Atmosphäre geschaffen. Gemütlich, aber nicht gekünstelt. Tatsächlich ziemlich elegant.«

»Danke«, sagte Caroline zurückhaltend. Sie spürte, dass da ein »Aber« wartete.

»Es gibt aber noch einen oder zwei Punkte, die mich davon abhalten, die vollen fünf Sterne zu geben.« Er stand betont langsam auf. »Wobei ich mich natürlich gern vom Gegenteil überzeugen lasse.«

Plötzlich schien das Restaurant für sie beide viel zu klein zu sein.

»Ich freue mich darauf, Ihre Rezension zu lesen.« Sie ging an ihm vorbei, um ihn zur Tür zu geleiten.

Er ignorierte den Wink mit dem Zaunpfahl. »Ich war noch nicht fertig, Caroline.«

Sie biss die Zähne zusammen. »Verzeihung. Was wollten Sie noch sagen?«

»Warum gönnen wir uns nicht einen Drink und ich … erzähle Ihnen genauer von meinen Eindrücken von Ihrem Restaurant.«

Caroline unterdrückte ein Schaudern. Dieser nichtssagende, farblose Mann war bei Weitem nicht der schlimmste, der sie je angemacht hatte, aber die Art, wie er versuchte, seine vermeintliche Macht über sie auszuspielen – die Macht, ihr Restaurant bestehen oder untergehen zu lassen –, ließ ihr die Galle hochkommen. »Ich denke nicht«, sagte sie. »Ich muss noch einiges erledigen, bevor ich Feierabend mache.«

»Sind Sie sich ganz sicher?« Er kam näher. Caroline konnte den Irish Coffee in seinem Atem riechen und die Poren in seiner teigigen Haut sehen.

»Absolut.« Sie weigerte sich, sich einschüchtern zu lassen. Aus der Küche konnte sie das beruhigende Geklapper von Pfannen hören, die Emma für den nächsten Tag sortierte.

»Bedauerlich.« Er neigte den Kopf und ließ seinen Blick über ihren Körper wandern. Dann streckte er lässig die Hand aus und strich mit dem Zeigefinger über die Innenseite ihres nackten Arms, wobei er mit dem Knöchel gegen ihre Brust stieß. Diesmal konnte Caroline ihren Ekelschauer nicht verbergen. »Wollen Sie denn keine Absicherung?« Er schaute sich um. »Carter's Cider hat bestimmt genug Geld in das Restaurant investiert, um gewisse … Vorsichtsmaßnahmen zu treffen.«

Carolines Geduldsfaden war den ganzen Abend über immer dünner geworden, und nun riss er endgültig. »Ich brauche keine Vorsichtsmaßnahmen zu treffen.« Sie schlug seine Hand weg. »Wir haben hier verdammt noch mal einen großartigen Job gemacht, und Sie sollten uns die Anerkennung zollen, die wir für unsere Arbeit verdienen, statt mich hier blöd anzumachen. Lassen Sie mich in Ruhe!«

Smith zog hastig die Hand zurück und griff nach seinem Weinglas, in dem noch ein Schluck übrig war. »Na schön. Sieht aus, als wären Ihre Klauen genauso beeindruckend wie Ihre Titten.« Dreist musterte er ihren Körper.

Caroline ließ sich nicht einschüchtern. »Gute Nacht, Mr Smith. Sie sollten besser aufbrechen, bevor Sie meine Klauen richtig zu spüren bekommen. Ich garantiere Ihnen, das würde Ihnen nicht im Geringsten gefallen. Wir werden ja in Kürze Ihren Artikel im *Somerset Herald* zu lesen bekommen.«

»Mit Sicherheit. Danke für den … unterhaltsamen Abend.«

»Es ist nicht ihr Job, Sie zu unterhalten«, unterbrach eine Stimme Smiths schmieriges Geseier. »Sie ist hier, um das Restaurant zu leiten, also setzen Sie sich besser wieder an Ihre Schreibmaschine und machen Ihren Job.«

Smith zuckte zusammen, als hätte man ihn geohrfeigt.

»Sieh mal einer an«, sagte er leise. »Und ich dachte, Carter's pumpt nur Geld in den Laden und überlässt den Lakaien die Laufarbeit.«

»Warum tun Sie uns nicht den Gefallen und machen sich auf den Weg, bevor Sie noch mehr sagen oder tun, was Sie später bereuen.« Jonathan, der durch die Hintertür hereingeschlüpft war, blieb einige Schritte von Caroline entfernt stehen. Alle drei verharrten einige Sekunden lang wie angewurzelt.

»Keine Sorge«, sagte Smith schließlich. »Hab schon kapiert. Die Botschaft ist ja laut und deutlich. Ich rufe an, wenn ich weitere Infos brauche.« Er ging zur Tür. »Gute Nacht.«

Als er weg war, atmete Caroline langsam aus. Das half allerdings wenig, um ihre Wut zu mildern. Sie fuhr zu Jonathan herum, der immer noch ein paar Schritte hinter ihr stand. »Was zur Hölle sollte das?«

Jonathan hob beschwichtigend die Hände. »Ich dachte nur, dass du vielleicht Hilfe brauchst, mit dem scheinheiligen Ekel fertigzuwerden. Sein Ruf eilt ihm voraus.«

»Das sagt der Richtige.« Caroline schäumte noch immer vor Wut. »Welches Recht hast du, jetzt hier reinzuschneien, wo die ganze Arbeit erledigt ist?« Rastlos lief sie im Gastraum auf und ab, richtete das Besteck aus, überprüfte die Gläser, faltete akkurat gefaltete Servietten neu.

»Beruhig dich, Caroline. Ich war in der Nähe und wollte nur schauen, wie Emma klargekommen ist. Ich bin zur Hintertür rein, weil ich dir nicht im Weg sein wollte. Ich hätte mich gar nicht bemerkbar gemacht, wenn ich nicht gesehen hätte, wie er dich blöd anmacht.« Er ging einen Schritt auf sie zu. »Es tut mir leid, wenn es nicht das war, wonach es aussah. Ich habe Beschwerden von

Frauen gehört, die er mit seinem ›Charme‹ rumkriegen wollte. Er bildet sich wer weiß was ein, weil er mal für eine Londoner Zeitung gearbeitet hat. Obwohl er ja nur Restaurantkritiken für ein Käseblatt schreibt.«

»Ich bin durchaus in der Lage, ihm selbst zu sagen, dass er sich verziehen soll«, blaffte Caroline. »Tatsächlich war ich kurz davor, ihm eine Ohrfeige zu verpassen, als du hier reingeplatzt bist. Ich bin keine alberne Jungfrau in Nöten! Du brauchst dich nicht einzumischen und mich zu retten, weil dir verdammt noch mal gerade danach ist!«

»Hör zu«, Jonathan klang genervt, »ich wollte dir nicht auf den Wecker fallen. Ich kann es nur nicht mit ansehen, wenn Menschen so zugesetzt wird. Er sollte uns eine gute Rezension geben, weil du und dieses Restaurant es verdienen. Nicht weil er dir an die Wäsche will.«

»Ich bin gerührt von deiner Fürsorge.« Carolines Stimme zitterte immer noch vor Anspannung. »Aber kannst du mir ehrlich versichern, dass *du* noch nie einer Frau so zugesetzt hast?«

Seine Augen waren plötzlich eiskalt. »Wofür hältst du mich.« Er ließ die Hände sinken. »Gute Nacht, Caroline.« Ohne ein weiteres Wort drehte er sich um und verließ das Cider Kitchen.

Als die Tür hinter ihm ins Schloss fiel, stieß Caroline einen Seufzer aus. Als wäre es nicht genug, von dem Restaurantkritiker belästigt zu werden, hatte Jonathan jetzt auch noch versucht, sich einzumischen und den großen Beschützer zu spielen. Sie hatte in der Vergangenheit mit genug Typen wie Ian Smith zu tun gehabt, um zu wissen, wo ihre Schwachpunkte waren. Immerhin, dachte sie, konnte sie am nächsten Morgen Gino einen Tritt in den Hintern geben.

Wenn sie ehrlich war, wusste sie, dass Jonathan, und vermutlich auch Gino, die falschen Ziele für ihre Wut waren, aber sie hatte den ganzen Abend so unter Strom gestanden, dass ihr der Streit mit Jonathan dabei geholfen hatte, Dampf abzulassen. Vielleicht hatte sie auch zu extrem auf seinen Versuch reagiert, Ian Smith in seine Schranken zu verweisen. Manchmal überkam sie der Ärger, den sie immer noch angesichts ihrer Einsamkeit und der Schatten der Vergangenheit verspürte, und suchte sich ein Ventil. Frustriert griff sie nach ihrem Handy, das neben der Kasse lag, um Jonathan zu schreiben.

Sorry,

tippte sie schnell.

War ein langer Abend. Morgen früh Treffen zur Nachbesprechung? C.

Sie hielt sich davon ab, einen Kuss unter die Nachricht zu setzen. Das ginge wohl doch einen Schritt zu weit, dachte sie trocken und machte sich auf in die Küche, um mit Emma zu sprechen. Manchmal vergaß sie, wie weit sie in den letzten paar Monaten gekommen war und was sie in Surrey zurückgelassen hatte. Sie hoffte nur, dass die Vergangenheit tatsächlich hinter ihr lag und sie endlich in die Zukunft blicken konnte.

13

Am nächsten Morgen wartete Gino schon vor der Tür. Caroline betrachtete ihn einen Moment. Mit den hochgezogenen Schultern und dem strähnigen Haar sah er ziemlich niedergeschlagen aus.

»Es tut mir schrecklich leid, Caroline.« Er verharrte an der Schwelle, als wüsste er nicht genau, ob er eintreten durfte.

Caroline dachte an das Gesundheits- und Sicherheitsrisiko für ihre Mitarbeiterinnen und die Gäste, falls sich Ginos Lebensmittelvergiftung als Virus herausstellen sollte, und so trat sie ebenfalls nach draußen.

»Das war ganz schön dumm von dir«, sagte sie barsch. »Du hast die Eröffnung aufs Spiel gesetzt, nur weil du zu deinen Kumpels nicht Nein sagen konntest.«

Gino schüttelte den Kopf. »Du hast ja recht. Das war dumm von mir. Und es wird nicht wieder vorkommen, versprochen.«

Caroline musterte ihn von Kopf bis Fuß. Er war immer noch ziemlich grün um die Nase, und sein ohnehin schon flacher Bauch sah jetzt geradezu eingefallen aus. Er hatte dunkle Ringe um die geröteten Augen und sah aus wie ein Häufchen Elend.

»Wann hast du dich zuletzt übergeben?«, fragte sie.

»Gestern Nachmittag gegen fünf. Und dann hat mich meine

Mutter zur Schnecke gemacht, sodass ich den Kopf so lange in der Kloschüssel halten wollte wie möglich.«

»Das hat sie gut gemacht. Ich bin aber nicht deine Mutter. Ich bin deine Chefin, und wenn du dich noch mal so danebenbenimmst, fliegst du so hochkant raus, dass dir die Lebensmittelvergiftung dagegen wie eine Nacht im Ritz vorkommt.«

Gino ließ den Kopf hängen. »Tut mir leid. Kommt nicht wieder vor.«

»Du hast Glück, dass Emma Leadbetter so kurzfristig einspringen konnte. Immerhin hast du übersichtliche Notizen hinterlassen. Das hat ihr die Aufgabe deutlich erleichtert.«

»Emma? Verns Tochter?«

»Ja. Sie hat eine Woche Ferien, und wir hatten Glück, dass sie für uns Zeit hatte. Glücklicherweise hat sie sich als überaus kompetent erwiesen.« Das war natürlich wahr, aber Caroline fand, dass sie das Gino gegenüber noch einmal betonen sollte, um ihm klarzumachen, dass er nicht unersetzlich war.

»Ich hab viel Gutes über sie gehört«, gab er widerstrebend zu.

»Zu Recht.« Caroline schwieg kurz. »Genau genommen hab ich überlegt, sie in Teilzeit einzustellen, wenn sie fertig ist. Als Souschefin.«

Gino zuckte zusammen. »Ich dachte, dafür hättest du kein Geld?«

»Hab ich eigentlich auch nicht«, gab Caroline zu. »Aber sie hat Talent. Ich glaube, sie wird eine echt gute Köchin.«

»Und hab ich dabei auch ein Mitspracherecht?«, grummelte Gino. »Oder muss ich das so hinnehmen?«

»Im Moment Letzteres«, entgegnete Caroline knapp. »Und versuch dich zusammenzureißen. Emma hat den Abend gerettet, während du über der Kloschüssel gehangen hast, also schuldest du ihr was. Und sie hat ein paar richtig gute Ideen. Weil du bis morgen Abend nicht im Dienst bist, springt sie auch heute für dich ein.

Ich werde das Thema Job am Ende des Abends ansprechen, wenn sie sich wieder gut macht.«

Gino hatte wohl verstanden, dass er besser den Mund hielt, aber er konnte ein Feixen nicht unterdrücken. Emma Leadbetter mochte gut sein, aber er wusste, dass er besser war. Er war im College ein Jahr über ihr gewesen, und obwohl sie gut organisiert und ein Arbeitstier war, erinnerte er sich doch, dass ihr ein gewisses Flair abging. Er hingegen konnte der nächste Marco Pierre White werden. Seine Lehrer hatten ihn als überragendes Talent beschrieben, und er war entschlossen, dass Carolines Restaurant nur die erste Sprosse einer steilen Karriereleiter sein würde. Für den Augenblick sollte er aber Emma vielleicht im Auge behalten. Es ging schließlich nicht an, dass die Wirtstochter ihn übertrumpfte.

14

Die nächsten Wochen im Cider Kitchen verstrichen ohne größere Zwischenfälle. Gino hatte Wort gehalten und war fleißig und effizient bei der Sache gewesen. Nachrichten über seine innovativen Kochkünste begannen sich zu verbreiten. Caroline hatte Emma Leadbetter mit einem Lehrlingsgehalt für die Samstagabende eingestellt, wo sie größtenteils nach Ginos Anweisungen kochte, aber mittlerweile auch eigene Ideen einbrachte. Sobald sie ihren Collegeabschluss hatte, hoffte Caroline, ihr eine richtige Stelle anbieten zu können. Gino musste widerwillig zugeben, dass er ihre beharrliche Tüchtigkeit und ihre methodische Arbeitsweise bewunderte, die gut zu seiner Experimentierfreude und dem Wunsch passte, Grenzen auszureizen und Risiken einzugehen.

»Zusammen ergebt ihr den perfekten Chefkoch«, bemerkte Caroline eines Abends, als sie vor der Öffnung des Restaurants mit den beiden zusammensaß und die Speisekarte umgestaltete. Nach dem Eröffnungsabend wollten sie nun die Gerichte variieren, um mehr saisonale Produkte einzubeziehen. Caroline hatte in der Zwischenzeit auch Jonathan einige Male wiedergesehen. Er hatte ihr glücklicherweise verziehen, dass sie ihn am Eröffnungsabend so angeblafft hatte. Heute war er direkt aus dem Büro der Cider-Farm zum Termin gekommen und hatte sich auf eins der Sofas im hinteren Teil des Restaurants gelümmelt, die Krawatte lässig gelockert, die Ärmel seines hellblauen Hemdes hochgekrempelt. Er hielt wie üblich sein Handy in der Hand, aber als Caroline sich ihm näherte, steckte er es in die Tasche.

»Danke für die Erläuterungen zur neuen Speisekarte«, sagte er, nachdem sie und Gino ihm ihre Pläne dargelegt hatten. »Ich hab auch eine Idee für ein neues Herbstmotiv.« Er sah Emma an. »Ich wollte dich gern mit einbeziehen, weil du dich als solche Bereicherung für das Cider Kitchen erwiesen hast. Und, Gino, trotz der anfänglichen Probleme waren Ihre Ideen für die Speisekarte genial.«

Bildete Caroline sich das ein, oder klang Jonathans Stimme ein wenig schärfer, wenn er mit Gino sprach? Er war wohl immer noch verärgert, dass sie sich geweigert hatte, Gino nach dem Eröffnungsfiasko zu feuern. Oder es war ihm peinlich, dass er Gino eingestellt hatte. Sie entschied sich, es ihm für den Moment durchgehen zu lassen. »Woran denkst du?«, fragte sie.

»Ich finde, wir sollten etwas in die Speisekarte aufnehmen, das zur Jagdsaison passt. Ihr wisst ja wahrscheinlich, dass im August die Moorhuhnjagd beginnt, und ich möchte, dass ihr euch mal überlegt, wie ihr in den kommenden Monaten Wild einbinden könnt. Ab Oktober gibt's so viel Fasan, wie ihr nur kochen könnt, und irgendwas mit Kaninchen wäre auch gut.«

Gino nickte, offensichtlich darauf aus, sich gut mit Jonathan zu stellen. »Aber sicher. Ich hab schon ein paar Gerichte mit Fasan gemacht, und Kaninchen passt zu vielem.«

Caroline schwieg. Sie war ein bisschen verärgert, dass Jonathan einfach so davon ausging, dass sie mir nichts, dir nichts eine auf den Jagdsport zugeschnittene Speisekarte auf die Beine stellen würden, und war sich nicht ganz sicher, wie sie zu Fasan und Moorhuhn stand. Beim ersten und einzigen Mal, als sie Fasanenfleisch gegessen hatte, war das Wildaroma so intensiv gewesen, dass sie Angst hatte, es würde vom Teller spazieren.

»Ich lasse mir das gern mal durch den Kopf gehen«, sagte sie, nachdem Gino seine Ideen dargelegt hatte. »Aber ich meine, wir sollten uns stärker auf modernere Gerichte konzentrieren. Hier gibt's so viele lokale Produkte. Müssen wir uns da echt an Traditionen orientieren, die besser in der Vergangenheit bleiben?«

Jonathan zog eine Augenbraue hoch. »Dir ist schon klar, dass du hier im Herzen Somersets wohnst und Tradition hier quasi Teil der Landschaft ist, oder? Du brauchst nur eine Meile in egal welche Richtung zu laufen, schon befindest du dich in erstklassigem Jagd- und Angelgebiet.«

»Das weiß ich durchaus«, sagte Caroline geduldig. »Aber das heißt nicht, dass wir uns ständig damit beschäftigen müssen. Moderne Produzenten schießen hier wie Pilze aus dem Boden – schau doch nur all die neuen Käsereien in Cheddar an, die neuerdings als Reaktion auf die Supermolkereien eröffnen, und erst letzte Woche hab ich eine E-Mail von einem Charcutier in Wrington bekommen, der an einigen Ideen mitarbeiten will. Können wir das Jagen und Angeln nicht einfach in der Vergangenheit lassen?«

Jonathan sah nachdenklich aus. »Ich verstehe, was du meinst, aber ich weiß auch, dass ein Großteil der Menschen hier es sehr zu schätzen wüsste, wenn alte Traditionen neu interpretiert werden. Kannst du deinen beiden Kochgenies erlauben, sich Gedanken über ein, zwei Gerichte zu machen? Mir zuliebe?«

Es gab eine lange Pause, die irgendwann unbehaglich wurde. Gino und Emma entwickelten plötzlich ein großes Interesse an ihren leeren Kaffeetassen. Schließlich ergriff Caroline das Wort. »Das können sie tun«, sagte sie vorsichtig.

Jonathan nickte. »Gut. Ich glaube, die Idee hat Potenzial.«

Gino räusperte sich. »Also … äh, wir stecken dann mal die Köpfe zusammen und melden uns, okay?« Er warf Emma einen Blick zu. »Sollen wir zurück in die Küche gehen und brainstormen?«

»Klar.« Die beiden standen eilig auf.

Caroline sah Jonathan an, der sie wiederum mit einer Mischung aus Belustigung und Verzweiflung musterte. »Meinst du, wir haben sie verschreckt?«

Er zuckte mit den Schultern. »Sie sind jung. Sie verstehen noch nicht, wie wichtig ein Geschäftsgespräch mit ein bisschen Kampfgeist ist.«

»Wenn du das schon für kämpferisch hältst, kennst du mich aber schlecht«, sagte Caroline gereizt.

»Dann ist jetzt wohl nicht der richtige Zeitpunkt, um dir von meinen Plänen für Halloween zu erzählen?«

Caroline seufzte. »Schreib mir eine E-Mail.« Sie griff nach ihrer Kaffeetasse. »Ernsthaft, Jonathan, ich hab vor allem deshalb zugestimmt, dieses Projekt zu übernehmen, weil du mir versprochen hast, dass ich in Bezug auf die Speisekarte und die kreative Ausgestaltung alle Fäden in der Hand behalte. Dazu hast du mich schließlich eingestellt. Ist diese Jagdsaison-Speisekarte nur die Spitze des Eisbergs?«

»Caroline«, sagte Jonathan geduldig. »Ich versteh dich, wirklich, aber es ist auch ein Geben und Nehmen. Du hast einen so tollen Start mit dem Restaurant hingelegt, aber um die Leute weiterhin anzulocken, braucht es neue Ideen. Ich weiß, dass du erst vor ein paar Wochen eröffnet hast, aber wenn mich das Cider-Geschäft eins gelehrt hat, dann dass man immer auf die nächste Saison, das nächste Ereignis schauen muss. In diesem Geschäftszweig kann man es sich nicht leisten, sich auf seinen Lorbeeren auszuruhen. Ich erzähl dir vermutlich nichts Neues, aber du musst die Gegend und ihre Traditionen ein bisschen einbeziehen.«

Caroline biss sich auf die Lippe. »Ich versteh das ja. Ich hab nur einigen Traditionen gegenüber Vorbehalte, weil ich nicht sicher bin, ob sie gut fürs Geschäft sind.«

Jonathan stand auf. »Das ist auch total okay, und ich würde das gern näher diskutieren, aber ich muss los. Heben wir uns das fürs nächste Mal auf.« Er schob seine Ärmel noch höher über die Ellbogen und enthüllte dabei seine gebräunten Unterarme, lockerte seine Krawatte noch weiter und öffnete den obersten Hemdknopf. »Mann, was ist das heute warm. Ich vermisse die Zeit, als ich noch keinen Anzug zur Arbeit tragen musste.«

Caroline schüttelte den Kopf, als er ging. Was hatte Jonathan Carter bloß an sich, dass sie gleichzeitig schreien und singen wollte?

15

Am selben Abend, auf der anderen Seite des Dorfes bei der Cowslip Barn, lud Anna gerade Einkäufe aus dem Wagen. Da Ferienzeit war, hatte sie im Little Orchard Tea Shop viel zu tun gehabt. Ihre Patentante Ursula, die Besitzerin des Cafés, hatte sich entschieden, ihr Sabbatjahr zu verlängern, und genoss nun ihre freie Zeit in Umbrien. Anna liebte es, das Café zu führen. Sie plante, nach der einjährigen Elternzeit wieder in jenen Job zurückzukehren, der ihr so viel Halt und Freude geschenkt hatte, als sie vor anderthalb Jahren nach Little Somerby gezogen war.

Viele ihrer Freundinnen, darunter auch Charlotte, hatten angenommen, dass sie ihre Arbeit aufgeben würde, nun, da sie den begehrtesten Cider-Farm-Millionär des Ortes geheiratet hatte, aber das kam für sie nicht infrage. Sie schuldete Ursula so viel – und außerdem liebte sie ihren Job. Das gemütliche kleine Café war zu ihrem Zufluchtsort geworden, und obwohl sie ihr bezauberndes kleines Cottage nun vermietet hatte und bei Matthew eingezogen war, war sie nicht bereit, den Laden aufzugeben. Matthew hatte dafür Verständnis und unterstützte sie. Ellie stand kurz vor der Einschulung, was die Kinderbetreuung erleichtern würde, und er wollte ebenfalls nicht, dass Anna etwas aufgab, das sie so glücklich machte.

Ellie war völlig aus dem Häuschen gewesen, als Anna und Matthew ihr die Neuigkeiten über den Familienzuwachs erzählt hatten. Sie war fasziniert von dem grauen Fleck auf den Ultraschallbildern nach der zwölften Woche und wollte sofort wissen, ob sie eine Schwester oder einen Bruder bekommen würde. Anna war nicht sicher, ob sie es überhaupt wissen wollte. Sie fand es schöner, sich diesmal einfach überraschen zu lassen. Meredith hatte etwas zurückhaltender reagiert, was Anna auf den Prüfungsstress schob. Sicher würde sie genauso begeistert über ihr neues Geschwisterchen sein, wenn der Zeitpunkt näher rückte.

Anna kämpfte mit einer Einkaufstüte, die zu reißen drohte, ließ ihren Autoschlüssel auf den Küchentisch fallen und griff vergeblich nach dem Netz mit den Orangen, das zuoberst im Beutel lag. Sie zog eine Grimasse, als die Früchte aus dem Netz fielen und wild über den Tisch kullerten. Sie lief hinter ihnen her und sammelte sie auf, wobei sie eine davon Sefton abjagen musste; dabei fiel ihr Blick auf einen neuen Eintrag im Kalender am Kühlschrank. Das war an sich nichts Ungewöhnliches. Meredith unternahm viel mit Freunden, und Matthew hatte ihr schon früh beigebracht, dass sie, wenn sie ein elterliches Taxi benötigte, den Termin eintragen sollte. Aber dieser Termin war nicht in Merediths geschwungener Handschrift eingetragen worden, sondern ganz eindeutig in Matthews.

Anna zwinkerte ungläubig. Ihr Magen machte einen kleinen Satz, der nichts mit der Schwangerschaft zu tun hatte, auch wenn sie versuchte, sich das einzureden. Sie strich mit dem Finger über den Eintrag für kommenden Freitag und wünschte sich, er möge verschwinden. Natürlich tat er das nicht. Es gab keine andere Möglichkeit – sie würde mit Matthew darüber sprechen müssen, wenn er nach Hause kam.

*

»Hat alles geklappt?«, fragte Matthew, nachdem Anna Ellie ins Bett gebracht hatte und die Treppe hinunterkam. Ellie hatte die Cowslip Barn schnell als neues Zuhause akzeptiert, wachte aber immer noch manchmal nachts auf und wusste nicht, wo sie war. Er reichte Anna eine Tasse Tee. »Tut mir leid, dass ich später zu Hause war als geplant. Ich hab noch auf Jonathans Update zum Cider Kitchen gewartet, aber er hat's wohl vergessen.«

»Sie war ein bisschen unruhig«, sagte Anna. Die Hitzewelle machte Ellie zu schaffen, und sie wäre im Moment lieber auf dem Bett herumgehüpft, als darin zu schlafen. Anna nahm Matthew die Tasse ab und ging hinüber ins Wohnzimmer. »Setzt du dich mal zu mir?«

»Augenblick. Ich muss noch kurz Jonno anrufen, dann bin ich ganz für dich da.«

»Kann das nicht eine Minute warten?« Anna drehte sich zu ihm um.

Er sah ihren Gesichtsausdruck. »Natürlich. Was ist denn los?«

Sie atmete tief ein. »Warum steht für nächste Woche ein Termin für den Infoabend der St. Jude's Vorschule im Kalender?«

Matthew machte ein überraschtes Gesicht. »Ich dachte, du würdest gern mit Ellie dort vorbeischauen.«

»Warum?«

Matthew berührte ihren Ellbogen. »Ich weiß, dass es dir schwerfällt, dich an den Gedanken zu gewöhnen, dass sie bald zur Schule geht, darum dachte ich, ich ergreife die Initiative und bringe in Erfahrung, wann der Infoabend ist. Es hat sich bestimmt viel verändert, seit Meredith dort war, und ich dachte, du würdest dir gern mal alles ansehen.«

Anna trat einen Schritt zurück und versuchte, ihre Gedanken zu sammeln, bevor sie antwortete.

»Aber … sie *wird nicht* auf die St. Jude's gehen, Matthew. Sie geht auf die Dorfschule. Ich hab dir das schon Anfang des Jahres gesagt. Ich hab die Bewerbung im Dezember ausgefüllt.«

Matthew runzelte die Stirn. »Seit wann denn das?«

»Schon immer!« Anna wurde wütend. »Ich habe nie in Betracht gezogen, sie auf die St. Jude's zu schicken. Sie geht auf die Dorfschule.«

»Und was passiert, wenn sie auf die weiterführende Schule muss? Meinst du nicht, der Wechsel wäre einfacher, wenn sie schon in den ersten Jahren dort war? Dann sind ja auch all ihre Freunde dort.«

»Ich glaub's einfach nicht«, sagte Anna langsam. »Willst du mir echt erzählen, dass du schon die gesamte Schullaufbahn meiner Tochter geplant hast, ohne auch nur ein Wort darüber zu verlieren? Was gibt dir das Recht dazu?«

»Was?« Der Groschen begann zu fallen. »Nein, natürlich nicht. Ich hatte nur angenommen, dass du Ellie auch auf die St. Jude's schicken wolltest, weil Meredith bereits dort ist und wir gute Erfahrungen damit gemacht haben. Lag ich da falsch?«

Anna schüttelte den Kopf. »Ja. Ja, Matthew, komplett falsch. Ob ich sie jetzt auf die St. Jude's schicken will oder nicht, ist die eine Sache. Aber einfach anzunehmen, dass du Entscheidungen über meine Tochter fällen kannst, ohne mich vorher zu fragen … ich weiß gar nicht, wo ich anfangen soll. Wie konntest du auch nur im Traum davon ausgehen, es wäre okay, solche Entscheidungen eigenmächtig zu treffen?« Sie wurde immer wütender. Ein Teil von ihr war sich vage bewusst, dass dies gerade ihre erste bedeutende Auseinandersetzung war.

Matthew schaute entgeistert drein. »Anna, das ist doch keine große Sache. Ernsthaft. Ich hab das Datum in Erfahrung gebracht und es im Kalender eingetragen. Warum machst du aus einer Mücke einen Elefanten?«

»Kapierst du's wirklich nicht? Du triffst wieder Entscheidungen, ohne zuerst mit mir darüber zu sprechen. Du gehst einfach davon aus, dass du weißt, was das Beste ist, obwohl das hier eindeutig etwas ist, worüber wir erst gemeinsam sprechen müssen. Siehst du das denn nicht ein?«

»Doch«, sagte er leise. »Du sagst, weil sie nicht meine biologische Tochter ist, hab ich kein Recht, über ihre Zukunft nachzudenken? Dann weiß ich ja, wo ich stehe. Danke, dass du das so deutlich gemacht hast.« Er sah sie noch einen Moment lang an und ging dann an ihr vorbei. Kurz darauf hörte Anna, wie sich die Tür zu seinem Arbeitszimmer öffnete und leise wieder schloss.

Sie stieß einen tiefen Seufzer aus und ließ sich auf einen der Küchenstühle sinken. Das war schneller eskaliert, als sie erwartet hatte, und ihr Hände zitterten. War das ein Zeichen, dass Matthew sich nicht so schnell ans Eheleben gewöhnte, wie sie gedacht hatte? Sie griff nach der letzten Orange aus dem gerissenen Obstnetz und drehte sie in den Händen. Was sollte sie jetzt tun?

16

Eigentlich hatte Jonathan den abendlichen Termin mit Matthew nicht vergessen, aber er hatte sich dagegen entschieden, ihm sofort von den Plänen für die Herbstsaison im Cider Kitchen zu erzählen. Er wusste, dass Matthew mit dem zusätzlichen Papierkram für eine mögliche Übernahme durch Buckthorn, einen riesigen Lebensmittel- und Getränkekonzern, der neuerdings auf die internationalen Märkte für Cider drängte, Wichtigeres zu tun hatte. Zum ersten Mal war er seinem Bruder zuvorgekommen und hatte die Unterlagen tatsächlich schon ein paar Tage zuvor gelesen. Er entschied, dass jetzt der richtige Zeitpunkt gekommen war, um die Angelegenheit mit ihrem Vater zu besprechen. Schließlich hatte Jack immer noch ein großes Mitspracherecht bei der Ausrichtung des Unternehmens. Er holte seine Tasche aus dem Büro, schob sein MacBook hinein, verschloss die Tür und machte sich auf den Weg zum Orchard Cottage.

Es war ein wunderschöner Sommerabend, und er war wieder einmal dankbar dafür, in diesem Teil der Welt zu leben. Die Sonne ging gerade unter, und ihr Licht spiegelte sich in den blitzblanken Schaufensterscheiben auf der High Street. Das Café hatte schon geschlossen, ebenso wie die meisten anderen Geschäfte, aber als er an der Weinhandlung vorbeikam, die unter neuer Leitung stand, sah er, wie

Kelli, die Besitzerin, eine der Gin-Verkostungen veranstaltete, die sich seit ein paar Monaten zunehmender Beliebtheit erfreuten. Er erkannte ein paar Einheimische, die einige der vielen neuen Craft-Gin-Sorten probierten, die sich sicherlich von den herkömmlichen Marken absetzten. Vielleicht sollte auch Carter's über Spirituosen nachdenken? Er würde sich mal schlau machen. Sie hatten oft in Erwägung gezogen, ihr Getränkesortiment um hausgemachten Calvados zu erweitern; vielleicht war das genauere Überlegungen wert.

Als er an der Pommesbude vorbeikam, überlegte er kurz, für Jack und sich Fish and Chips zu holen, aber er war nicht besonders hungrig. Hoffentlich würde das Brot von gestern später noch für ein Käsesandwich reichen, falls Jack es sich nicht schon zum Mittagessen einverleibt hatte.

Es war nie sein Plan gewesen, auf Dauer wieder bei Jack einzuziehen. Als im letzten Sommer der FastStream-Deal ausgehandelt worden war, war er nach Little Somerby gereist, weil er Frieden mit seinem Bruder schließen und dann den nächsten Flieger nehmen wollte. Aber etwas hatte sich verändert. Nach zehn Jahren Abwesenheit hatte er eine Leidenschaft für das Erbe und die Geschichte des Familienunternehmens entwickelt. Aus Wochen wurden Monate, und hier war er nun: Neun Monate später lebte er immer noch in dem kleinen Zimmer bei seinem Vater.

Als er die Einfahrt zum Orchard Cottage hinaufging, schweiften seine Gedanken wieder zu Caroline. Sie war ihm ein komplettes Rätsel. Einerseits schien sie entschlossen, mit einem neuen Job an einem neuen Ort neue Wurzeln zu schlagen, doch gleichzeitig wirkte sie so ungebunden. Hinter ihren dunkelgrünen Augen verbarg sich eine Geschichte, da war er sich sicher. Er wusste ja schon um die Verluste, die sie erlitten hatte. Ihre Eltern waren beide innerhalb eines halben Jahres gestorben, dann war ihr Bruder James bei einem Autounfall ums Leben gekommen. Aber er konnte sich des Eindrucks nicht erwehren, dass da noch mehr war. Sie war offensichtlich eine sehr erfolgreiche Eventmanagerin gewesen und besaß Eigentum in Farnham, was ein ziemlich teures Fleckchen Erde war, warum also all das wegwerfen und den weiten Weg nach Somerset auf sich nehmen, auch wenn Anna und Ellie in der Nähe lebten? Er lächelte. Andererseits hatte er schließlich dasselbe getan, als er hierhin zurückgekehrt war. Vielleicht hatten er und Caroline mehr gemeinsam als gedacht.

Er wühlte in der Tasche nach seinem Schlüssel und sah dann, dass die Haustür nur angelehnt war. Sofort spürte er einen Anflug von Sorge, und der Gedanke an Caroline war wie weggeblasen. Jack wurde in letzter Zeit immer zerstreuter und hatte die Tür schon ein paarmal offen gelassen.

»Dad? Bist du zu Hause?«, rief er, als er den Flur betrat und die Haustür fest hinter sich schloss.

»Hier drüben.« Jacks Stimme kam aus dem Wintergarten, der nach hinten auf den Garten hinausging. Im Alter war Jack sein Garten immer mehr ans Herz gewachsen. Er kümmerte sich liebevoll um die Rosenstöcke, die seine verstorbene Frau Cecily gepflanzt hatte und die nun in voller, farbenprächtiger Blüte standen; ihr Duft lag in der frühabendlichen Luft. Die Tür zum Wintergarten stand offen, und Jack saß in seinem Korbstuhl, eine Ausgabe des *Telegraph* in der Hand, auf dem Tischchen neben sich ein Glas Scotch.

»Hast du schon was gegessen?«, fragte Jonathan, als er zu ihm in den Wintergarten kam.

»Ich hatte vorhin einen Happen, als ich unterwegs war.« In den letzten Sonnenstrahlen wirkten die Falten in seinem Gesicht noch ausgeprägter, und es gab Jonathan einen Stich zu sehen, wie locker der Kragen seines schicken, karierten Hemdes saß. Jack war nie ein großer Esser gewesen, auch wenn er immer gern einen Drink genossen hatte, doch Jonathan sah mit Sorge, dass sein Gürtel ein Loch enger saß und die Hand seines Vaters leicht zitterte, als er nach seinem Whiskeyglas griff.

»Nimm dir auch einen, wenn du magst. Ist noch genug im Dekanter auf dem Sideboard.«

Dies war ein vertrautes Ritual der beiden, und Jonathan genoss die Zeit, die sie auf diese Weise gemeinsam verbrachten. Er hatte seinen Vater während seiner Abwesenheit von Little Somerby mehr vermisst, als er erwartet hatte, und obwohl sie übers Telefon regelmäßig Kontakt gehalten hatten, hatten sie sich in den letzten Jahren nur wenige Male gesehen, wenn Jack beruflich in die USA gemusst hatte.

Er goss sich einen kleinen Whiskey ein und setzte sich dann in den anderen Korbstuhl.

»Guten Tag gehabt?«, fragte Jack.

»Viel zu tun. In der Fassbinderei ist die neue Ausstattung eingebaut worden, und dabei gab's ein paar kleine Schwierigkeiten. Außerdem gibt es ein Problem mit einem der beteiligten Apfelbauern in Chew Magna, um das ich mich kümmern muss. Ich muss mich immer noch ans Tagesgeschäft gewöhnen.« Er hielt kurz inne. »Und dann ist da natürlich noch die Sache mit Buckthorn.«

Jack schüttelte den Kopf. »Nicht jetzt, Jonathan. Der Abend ist so schön, und ich will ihn nicht mit Gesprächen über Geschäftliches verschwenden.«

»Wir müssen das aber irgendwann besprechen«, sagte Jonathan. Sein Tonfall war heiter, da er wusste, wann er die Dinge nicht zu sehr vorantreiben durfte. »Wenn auch nicht heute Abend.«

»Werden wir auch. Aber es wäre nicht fair, das ohne deinen Bruder zu tun. Lass uns also einfach den Abend genießen, ja?« Jack leerte sein Glas und reichte es Jonathan. »Schenk mir noch einen ein, wenn's dir nichts ausmacht.«

Innerlich seufzend nahm Jonathan beide Gläser mit zur Wohnzimmeranrichte. Jack würde das mit Buckthorn nicht ewig verdrängen können, aber zumindest heute Abend schien er fest dazu entschlossen.

17

Nachdem sie eine halbe Stunde lang auf dem Sofa gelegen und irgendeine sinnlose Fernsehsendung geschaut hatte, Seftons Kopf auf den Beinen, ertrug Anna die Anspannung nicht länger. Sie ging durch den Flur zu Matthews Arbeitszimmer und konnte sich gerade noch davon abhalten, an die Tür zu klopfen. Manchmal musste sie sich immer noch daran erinnern, dass sie jetzt kein Gast mehr in diesem Haus war, sondern eine gleichberechtigte Partnerin in Matthews Leben.

Matthew starrte auf seinen Laptopbildschirm. Die gläserne Leselampe zu seiner Rechten warf gedämpftes Licht auf den lederbezogenen Mahagonieschreibtisch, und seine Augen waren konzentriert zusammengekniffen.

»Du solltest wirklich deine Lesebrille tragen«, sagte Anna sanft tadelnd und deutete auf die Brille, die achtlos auf dem Schreibtisch abgelegt worden war. »Du kriegst doch Kopfschmerzen.«

Matthew sah auf, sein Gesichtsausdruck war nachdenklich. »Du hast recht«, sagte er leise. »Ich denke, das gebe ich nur nicht so gern zu.«

»Wirklich?« Anna durchquerte das Arbeitszimmer und ging um den Schreibtisch herum. Dann lachte sie. Auf Matthews Bildschirm lief ein Filmclip, in dem animierte gelbe Minions nicht sehr erfolgreich Cancan tanzten.

Matthew grinste zerknirscht. »Ich konnte mich nicht konzentrieren.« Er drehte seinen Schreibtischstuhl, sah zu ihr auf, zögerte eine Sekunde und zog sie dann in seine Arme, den Kopf an ihren sich gerade abzeichnenden Babybauch geschmiegt. »Es tut mir leid. Du hattest recht. Ich war dumm.« Seine Stimme gegen ihren Körper klang gedämpft, und als er sich wieder aufrichtete, waren seine Augen voller Reue. »Ich bin wohl noch so daran gewöhnt, Entscheidungen als alleinerziehender Vater zu treffen, dass ich eine Zeit lang brauche, bis ich verstanden habe, dass ich jetzt Dinge wieder mit meiner Partnerin besprechen muss. Aber du hast recht. Ich hätte nicht einfach Erkundigungen einholen dürfen, ohne das vorher mit dir abzuklären. Ich liebe Ellie, aber sie ist deine Tochter, und es ist deine Entscheidung.«

Anna schüttelte den Kopf. »Ich habe überreagiert. Du hast nur getan, was du für richtig hieltest. Ich hätte das mit dir in Ruhe besprechen sollen, statt voreilige Schlüsse zu ziehen. Tut mir leid.«

Matthew erhob sich vom Schreibtischstuhl und umarmte sie. »Ich war zu voreilig. Aber ich dachte wirklich, dass du dich freuen würdest, dass ich für Ellie an St. Jude's gedacht hatte. Es ist eine tolle Schule, und Merry hat sich dort sehr wohlgefühlt.«

In seinen Armen entspannte sich Anna. Sie genoss die Wärme und Nähe und fühlte sich schwach vor Erleichterung. »Ich weiß. Und ich hab nichts gegen Privatschulen. Ich dachte nur, dass es schön wäre, sie hier in die Dorfschule zu schicken, wo Evan und ihre Freundinnen aus der Kita auch hingehen. Ganz zu schweigen davon, dass die Gebühren für die St. Jude's einer Hypothek für die nächsten dreizehn Jahre entsprechen, vor allem jetzt, da die Schulpflicht verlängert wurde.«

Matthew schüttelte den Kopf. »Wir können uns das durchaus leisten.«

»Ich weiß. Und glaub mir, als ich dich geheiratet habe, wusste ich genau, dass du der perfekte Stiefvater für Ellie bist, aber der Gedanke, dass du so viel Geld für ihre Ausbildung verprasst, macht mir immer noch Angst. Vor allem, da es eine wirklich gute öffentliche Schule direkt vor der Haustür gibt.«

»Da hat aber jemand seine Hausaufgaben gemacht.« Matthew grinste.

»Nicht direkt«, gab Anna zu. »Charlotte hat die Schule unter die Lupe genommen und meint, sie wäre in Ordnung.«

»Okay. Aber wenn Geld das Einzige ist, worum du dir Sorgen machst, hör auf damit. Ich weiß, dass du mich nicht wegen meines Geldes geheiratet hast, und wenn du Ellie auf eine Privatschule schicken möchtest, bezahle ich gern dafür.«

Anna lächelte. »Danke. Aber lass uns das einfach in Ruhe überdenken, ja? Vielleicht können wir uns ja irgendwann die St. Jude's anschauen. Und wenn sie möchte, gibt es ja auch später noch die Möglichkeit zum Wechsel. Die weiterführende Schule in Churchill ist auch ziemlich gut, aber das kann sie ja dann später selbst entscheiden.«

»Einverstanden.« Matthew seufzte. »Ich glaube, es wird noch eine Weile dauern, bis ich mich wieder an die Ehe gewöhnt habe.«

»Ach, ich weiß nicht. Ich finde, du machst das schon ganz gut.«

»Wirklich?«

Anna gab ihm einen langen Kuss. »Ganz sicher.«

Als sie sich voneinander lösten, waren Matthews Augen dunkel vor Verlangen. »Schläft Ellie noch?«, fragte er mit rauer Stimme.

Anna nickte. »Wie ein Stein. Und Meredith ist in ihrem Zimmer und lernt.« Sie hatte vor etwa zehn Minuten nach ihrer Stieftochter geschaut, und dem Lautstärkepegel nach zu schließen, der aus Merediths Kopfhörern drang, würde sie nicht viel mitbekommen. Und wenn vom Obergeschoss doch mal Bewegungen zu hören sein sollten, so hatten sie und Matthew im Laufe der Jahre die

Kunst der elterlichen Nonchalance perfektioniert. Kinder zu haben lehrte einen schnell die Kunst der Heimlichkeit.

Matthew lächelte. »Das hört man gern.« Er ließ seine Hände von Annas Rücken nach unten über ihre Hüften zum Gesäß gleiten, wobei er gleichzeitig den Kopf neigte und sie direkt unter dem Ohr auf den Nacken küsste.

Anna spürte, wie ihr Körper auf seine warmen Hände und seinen noch wärmeren Mund reagierte, und erzitterte, als sein Atem ihren Nacken liebkoste und seine federleichten Küsse ihre Sinne entflammten. Sie seufzte. »Du bist so gut darin.«

»Du bist also sicher, dass du mir verzeihst?«, murmelte Matthew gegen ihre Schulter, knabberte sanft an ihrem Schlüsselbein und hob dann den Kopf, um mit den Lippen erneut ihre zu streifen.

»Ich denke schon«, flüsterte Anna. »Vor allem, wenn du damit weitermachst.«

Matthew hob sie hoch und setzte sie auf den Schreibtisch, wobei er zwischen ihren Beinen stand und sie weiterküsste. Seine Hände wanderten über ihre Schultern und unter ihre Ärmel, die Träger ihres Tops und schließlich die Riemen des BHs. Wieder küsste er ihre Schultern, während er sanft ihre Brüste massierte, die von der Schwangerschaft größer geworden waren. Auf die Fingerspitzen folgten kurz darauf eine tastende Zunge und dann ein warmer, sanfter Mund.

»Wie gut stehen die Chancen, dass wir sie nicht stören?«, murmelte er zwischendurch.

»Mach so weiter, und mir ist es egal.« Anna wölbte ihren Rücken, um ihm den Zugang zu erleichtern.

»Sie sind so was von sexy, Mrs Carter.« Matthews Stimme war heiser, und er rollte das R auf die West-Country-Art, die Anna einen Schauer über den Rücken laufen ließ. »Lass mich dir zeigen, was du mit mir machst.«

Anna streifte den Slip ab, zog den Jeansrock nach oben, und Matthew drang in sie ein. Er bewegte sich mit gemächlichen, langen Stößen, die sie daran erinnerten, warum sie nie lange ohne ihn sein konnte. Die herrliche Empfindung steigerte sich immer mehr, bis sie am Rande eines kribbelnden, pochenden Orgasmus stand, der schließlich mit pulsierender Wärme über sie hereinbrach und ihre Knie weich werden ließ. Sie umfasste Matthew fest und spürte, wie auch er kam. Einige Momente lang verharrten sie in der Position.

»Ich glaube nicht, dass der Schreibtisch früher schon mal für so was genutzt wurde«, sagte Matthew schließlich mit einem breiten Grinsen.

»Schön zu wissen, dass wir die Ersten sind«, neckte ihn Anna. Sie hatten sich mittlerweile beide daran gewöhnt, dass sich manche Erfahrungen in einer zweiten Ehe wiederholten, aber Anna war insgeheim froh, dass ihr bei dieser speziellen Sache niemand zuvorgekommen war.

»Obwohl ich natürlich nicht sicher sein kann, was mein Vater hier in seinen rüstigen Zeiten so getrieben hat«, sagte Matthew. So verstörend die Vorstellung auch war, musste Anna doch gegen ihren Willen kichern.

»Gibt's denn irgendwas in diesem Haus, das noch kein fünfzigjähriges Erbe mit sich herumschleppt?«, scherzte sie.

»Mich«, antwortete Matthew wie aus der Pistole geschossen. »Zumindest im Moment noch.«

Und so beschlossen sie, früh ins Bett zu gehen.

18

Obwohl sie seit über zehn Jahren nicht mehr zur Schule gegangen war, überkam Caroline jedes Jahr im September das altbekannte Gefühl, dass die Ferien nun zu Ende waren. Die Sommersaison im Cider Kitchen war ein Erfolg gewesen, und obwohl es gegen ihre Überzeugung ging, Wild auf die Speisekarte zu setzen, hatten die Gäste das Angebot doch gut angenommen. Nachdem die Kritik von Ian Smith im *Somerset Herald* erschienen war, die angesichts seiner Auseinandersetzung mit Caroline überraschend positiv ausgefallen war und sich auf Tatsachen beschränkte, hatten noch einige weitere Journalisten dem Cider Kitchen einen Besuch abgestattet, darunter auch der viel gelesene und angesehene Restaurantkritiker der *Bristol Post*, Mark Taylor. Er hatte dem Cider Kitchen beachtliche vier von fünf Sternen verliehen, womit man sich durchaus sehen lassen konnte, wie Caroline wusste. Der nachfolgende Artikel war ausgeschnitten, gerahmt und über der Bar aufgehängt worden, und natürlich hatte Caroline ihn auch auf der Webseite des Restaurants veröffentlicht.

Gino und Emma hatten immer wieder hervorragende neue Rezeptideen und sorgten so für Abwechslung auf der Speisekarte. Nach dem College hatte Emma eine Teilzeitstelle im Restaurant angenommen. Da sie allerdings nach wie vor nur etwa fünfundzwanzig Gäste pro Abend bewirteten, arbeitete sie die restliche Zeit über im Stationmaster.

Caroline plante, sie nach einer entsprechenden Ausbildung auch beim Mittagstisch im Service einzusetzen, um ihr irgendwann für einen Abend pro Woche die Zügel ganz zu überlassen. Vielleicht konnte sie dann sogar irgendwann ein paar Tage am Stück freinehmen. Momentan konnte sie es sich allerdings nicht leisten, Emma eine Vollzeitstelle anzubieten. Neben den Fasan- und Wildgerichten fand sich nun eine erlesene Auswahl an regionalen Speisen auf der Karte, darunter Pökelfleisch von Carolines neuem Charcutier in Wrington, eine Platte mit traditionell hergestelltem Käse von einem Anbieter aus Cheddar (natürlich mit Ginos hausgemachtem Carter's Cider Chutney angerichtet) und dem köstlichen Fleisch der glücklichen Schweine von Sid Porter, dem dorfweit bekannten Züchter von Gloucester Old Spots.

Das Restaurant bot täglich eine Mittagskarte an, sonntagabends hatte es jedoch geschlossen, und Caroline fand schnell heraus, wie sie das Personal am besten einteilen konnte, ohne jemanden zu überlasten. Zurzeit war sie immer da, wenn das Restaurant geöffnet hatte, hoffte aber, einen Tag pro Woche freinehmen zu können, sobald sich alles besser eingespielt hatte.

Alles lief so gut, dass sie sich, nach alter Gewohnheit, langsam zu fragen begann, wann etwas schieflaufen würde. Sie hatte die Dinge schon immer mit einem gewissen Fatalismus betrachtet, und die Geschehnisse der letzten Jahre hatten nicht unbedingt dazu beigetragen, diese Einstellung zu ändern. An so viel Optimismus, wenn auch verhalten, musste sie sich erst gewöhnen, während die Blätter sich langsam verfärbten und die Äpfel für den Cider schwer an den Bäumen hingen.

Das Restaurant öffnete in diesen Tagen um elf Uhr vormittags, machte nachmittags um vier Uhr für zwei Stunden zu und öffnete wieder um sechs zum Abendessen. Die regelmäßigen Reservierungen waren eine Erleichterung, besonders, da das Cider Kitchen versteckt hinter dem Royal Orchard lag und von der Hauptstraße aus nicht zu sehen war. An diesem Donnerstag waren zur Mittagszeit alle Tische besetzt gewesen, und auch für das Abendessen waren fast alle Tische reserviert. Die hohe Kunst der Gastronomie, die Tische in Windeseile neu einzudecken, musste sie noch verfeinern, aber alles in allem war sie auf einem guten Weg.

Nachdem die Wildgerichte mehr oder weniger gegen ihren Willen auf die Karte gesetzt worden waren, hatte Caroline zweimal in der Woche ein Treffen mit Jonathan angesetzt, gewöhnlich in der Zeit, bevor sie zum Abendessen öffneten. Ein fester Termin war besser, als wenn er einfach so hereinschneite, dachte sie. Sie hatte sich die Welt schon immer gerne in Kategorien eingeteilt, und Jonathan war nun mal im Fach mit der Aufschrift »Geschäftliches« abgelegt und nicht unter »Privates«, ob es ihm nun passte oder nicht.

Caroline sah auf die Uhr: In zehn Minuten war sie mit ihm verabredet, aber er kam meist schon etwas früher. Ihr Blick fiel auf den Spiegel hinter der Bar, und obwohl sie sich über sich selbst ärgerte, weil ihr ihr Aussehen nicht egal war, beschloss sie, vorher noch einmal kurz nach oben zu huschen und sich die Haare zu bürsten. Sie war zwar erst vor einer Woche beim Friseur gewesen, aber so richtig gefiel ihr ihr Look noch nicht. Momentan standen die Haare in alle Richtungen ab, da sie an diesem Morgen nicht dazu gekommen war, sie mit dem Glätteisen zu bearbeiten. Sie nahm sich gerade vor, sich nicht allzu viel Mühe zu geben, als sie hörte, wie die Tür zum Restaurant geöffnet wurde. Fluchend drehte sie um und ging zurück zur Treppe.

Sie hatte nicht oft die Gelegenheit, Jonathan von oben zu betrachten, und so blieb sie einen Moment stehen und beobachtete, wie er durch den Gastraum zur Bar hinüberging und an einem der Tische dort Platz nahm. Wie immer trug er einen perfekt sitzenden Anzug, heute in Kobaltblau, das bei jedem anderen zu grell gewirkt hätte, zu seinem Teint aber unverschämt gut passte. Aus dem Jackett ragte ein blau karierter Hemdkragen heraus, zweifellos eine Hommage an seine sogenannte ländliche Herkunft.

Er schaute sich im Raum um, wobei er ihren prüfenden Blick vom Zwischenstockwerk aus offensichtlich nicht bemerkte, dann sah er auf die Uhr. *Ganz schön dreist*, dachte Caroline. Immerhin war er zu früh. Sie atmete tief durch und ging die Treppe hinunter.

»Hi, Jonathan«, begrüßte sie ihn fröhlich. »Wie geht's?«

Er stand auf, als sie auf ihn zukam. Gegen ihren Willen fühlte sie sich von seiner altmodischen Ritterlichkeit geschmeichelt. Vielleicht bekamen ja alle Jungen an Privatschulen nicht nur in den üblichen Fächern Unterricht, sondern auch in guten Manieren.

»Schön, dich zu sehen«, erwiderte Jonathan. »Komm ich ungelegen?« Er sah in die Richtung, aus der sie gekommen war.

»Nein, gar nicht. Ich hab nur schnell nachgeschaut, ob ich mein Glätteisen ausgeschaltet hatte.«

Jonathan sah sie fragend an, sagte aber nichts. Caroline ärgerte sich, dass er sie bei einer so offensichtlichen Lüge ertappt hatte, denn der Zustand ihrer Haare ließ daran keinen Zweifel.

»Sollen wir?«, fragte sie und setzte sich auf den Stuhl ihm gegenüber.

»Ja, klar.« Jonathan sah aus, als habe er eigentlich etwas anderes sagen wollen, es sich jedoch schnell anders überlegt. »Wie ist das Geschäft diese Woche gelaufen?«

Sie tauschten ein paar Minuten lang Nettigkeiten aus, dann äußerte sich Jonathan erfreut über die Zahlen dieser Woche. Sie sahen gut aus, genauso wie sie sollten, und die Langzeitprognosen waren solide. Der Erfolg oder Misserfolg der meisten Restaurants zeigte sich im ersten Jahr, aber mit Carters finanzieller Unterstützung hatten sie beide Anlass zu der Hoffnung, dass das Cider Kitchen weiterhin Erfolg haben würde.

»Hast du denn noch Marketingideen für die Herbst- und Wintersaison?«, fragte Jonathan, nachdem sie die Besprechung der Finanzen abgehakt hatten. Geschmeidig wie eine Katze reckte er sich.

Caroline riss ihren Blick von seinen bloßen Handgelenken los und holte Luft. »Na ja, Halloween steht vor der Tür, da dachte ich, wir könnten eine kleine Feier veranstalten. Nichts allzu Krasses«, fügte sie schnell hinzu, als sie Jonathans Augen aufblitzen sah. »Nur ein paar entsprechende Gerichte auf der Speisekarte, ein paar Spinnweben an der Decke und so.«

»Klingt gut. Ich kenne die Hexe von Wookey Hole höchstpersönlich, falls du sie engagieren willst.« Er zog eine Augenbraue hoch.

Na klar, dachte Caroline. Sie wusste nie genau, wann er es ernst meinte und wann nicht. »Und im November beginnt dann ja langsam die Vorweihnachtszeit. Gino und Emma sind schon dabei, die Speisekarte dafür zusammenzustellen, damit wir sie nächste oder übernächste Woche veröffentlichen können.« Sie griff nach ihrem Notizbuch, das hinter ihr auf der Bar lag, und schaute hinein. »Ich habe vor, dafür einige Anzeigen in die üblichen örtlichen Zeitungen zu setzen. Aber vielleicht könnten wir für das Halloween-Event Karten verkaufen. Dann wirkt es exklusiver.«

»Keine schlechte Idee. Wir könnten zum Beispiel Ciderpunsch ins Menü einbauen. Wir experimentieren gerade mit der Rezeptur. Und nicht zu vergessen der Empfang anlässlich der örtlichen Jagd im November.«

Caroline ließ den Stift sinken, mit dem sie sich Notizen gemacht hatte. »Wie bitte?« Sie hob den Kopf und sah ihn direkt an. »Hab ich das richtig verstanden?«

»Die ›Old Somerset‹-Jagdgesellschaft hat angefragt, ob wir draußen vor dem Restaurant einen Begrüßungsempfang geben könnten, bevor die Jagd losgeht. Sie sind bereit, einen guten Preis für ein bisschen Glühwein und ein paar exklusive Kanapees zu zahlen. Und das lockt auch eine Menge Schaulustige aus dem Dorf an.«

»Jagd wie in Fuchsjagd?« Caroline schüttelte energisch den Kopf, noch bevor Jonathan zu Ende gesprochen hatte. »Nein! Auf gar keinen Fall!«

Er war verdutzt. »Wo ist denn das Problem? Draußen ist reichlich Platz, um die Pferdeanhänger zu parken, und du sagst Gino, er soll ein paar Dutzend Würstchen im Schlafrock zaubern und ein Fass Glühwein aufmachen, das wir ja eh im Angebot haben, und damit hat es sich.«

Caroline erhob sich abrupt von ihrem Stuhl, dessen Holzbeine mit einem durchdringenden Quietschen über den Steinfußboden schrammten. »Für ein paar Wochen Fasan auf die Speisekarte setzen geht ja gerade noch – die Vögel hatten wenigstens ein besseres Leben als die meisten Batteriehennen, aber eine Fuchsjagd kann ich nun wirklich nicht mit meinem Gewissen vereinbaren. Da können wir ja gleich Hundekämpfe veranstalten.«

Jonathan entfuhr ein genervter Seufzer. »Ach, ja, ich hatte ganz vergessen, dass du als eingefleischter Stadtmensch genauestens über den Ehrenkodex und die Praktiken einer Schleppjagd Bescheid weißt, bei der keinem Fuchs ein Haar gekrümmt wird. Wie dumm von mir.«

Sein Sarkasmus stieß Caroline sauer auf. »Bitte? Nur weil meine Familie nicht wie deine seit Generationen zum alten Landadel gehört, darf ich keine eigene Meinung haben?«

»Doch, natürlich. Allerdings nur, wenn du auch weißt, wovon du redest.«

»Jetzt mach aber mal halblang«, gab Caroline entrüstet zurück. »Ich weiß doch genau, dass sie heute auch noch Füchse über die Felder jagen, und das passt mir nicht. Als Nächstes erzählst du mir noch, dass du höchstpersönlich an der Old-Somerset-Jagd teilnimmst.« Sie wurde noch wütender, als sie in Gedanken plötzlich Jonathans schneidige Gestalt, in Jagdrock und Reithosen, auf einem stattlichen Hengst sitzend vor sich sah. Sie hatte genug Romane von Jilly Cooper gelesen, um an diesem Anblick Gefallen zu finden, auch wenn er allem widersprach, woran sie glaubte.

»Ich nicht, aber Merry reitet bereits mit, seit sie zehn ist.«

»Im Ernst?« Caroline wurde übel. Sie mochte Meredith, die noch dazu eine gute Kellnerin war. »Wie kann sie das nur mit ihrem Gewissen vereinbaren?« Meredith war so eine freundliche, mitfühlende Seele, die ihre Tiere über alles liebte. Caroline konnte sie sich einfach nicht auf einer Jagd vorstellen.

»Es ist gut für die Pferde«, sagte Jonathan. »Und die Old-Somerset-Jagdgesellschaft hat schon seit Jahren keinen echten Fuchs zu sehen bekommen. Die meisten Mitglieder sind in den Fünfzigern, bis auf ein paar jüngere Reiter wie Merry, die die Gelegenheit nutzen, um ihre Pferde mal so richtig auszupowern. Sie schmieren sich schon lange nicht mehr gegenseitig das Blut ihrer Beute ins Gesicht.«

»Es geht ums Prinzip, Jonathan!«, entgegnete Caroline. »Der Gedanke, wie diese reichen, überprivilegierten Schnösel vom Lande rücksichtslos durch die Landschaft preschen und unschuldige Füchse in Stücke reißen, war mir schon immer zuwider. Und jetzt soll ich auch noch Gastgeber für eins ihrer elenden Treffen spielen?«

Carolines Haarfarbe erinnerte Jonathan an einen jungen Fuchs, und während sie sich so ereiferte, waren ihre Wangen gerade gerötet genug, um sich damit zu beißen. Ein Anflug von Verlangen durchfuhr ihn. Aber, ob attraktiv oder nicht, sie war und blieb ein unglaublicher Dickkopf.

»Caroline«, sagte er beschwichtigend und wechselte die Taktik. »Wir bekommen dadurch eine Menge Publicity. Deine Einnahmen sind nicht schlecht, aber wir wollen doch richtig was aus dem

Laden machen. Matthew brennt darauf, diesen Empfang zu veranstalten, weil wir so mehr Publikum anziehen. Es ist eine alte Dorftradition, und die Gäste werden in Scharen kommen, hungrig und durstig.«

Er warf ihr ein zaghaftes Lächeln zu. »Ich weiß, du hast deine Prinzipien, aber wenn ich dich davon überzeugen kann, dass die Jagdgesellschaft nicht die Horde blutrünstiger Monster ist, für die du sie hältst, denkst du dann wenigstens darüber nach?«

Caroline war auf Jonathans plötzliche Ruhe nicht vorbereitet. »Du wirst meine Meinung nicht ändern, Jonathan. Jagen mit Hunden geht mir einfach gegen den Strich, ob die Beute nun echt ist oder nicht. Und was ist mit Scrumpy und Solly? Diese riesigen Bestien reißen die beiden doch bestimmt sofort in Stücke.« Caroline warf einen Blick hinauf zum Zwischengeschoss, wo sich die beiden Glückskätzchen tief und fest schlafend in ihrem Körbchen zusammengerollt hatten.

»Du kannst sie doch sicher für ein paar Stunden in deiner Wohnung einsperren? Stell ihnen eine Katzentoilette hin und gib ihnen einen Beutel von dem Edelfutter, das du ihnen immer kaufst«, schlug Jonathan vor. »Da oben kann ihnen absolut nichts passieren. Wenn ich ein Treffen mit Rob Kelloway, dem Hundeführer, arrangieren kann, schaust du dir dann seine Jagdhunde an? Er kann dir alles viel besser erklären als ich. Was meinst du?«

Caroline fühlte sich in eine Richtung gedrängt, die sie eigentlich nicht einschlagen wollte; aber sie wusste auch, dass sie Jonathan wenigstens die Chance geben musste, zu verhandeln. »Na gut, ich werde mir den Meister und seine ungezähmte Hundemeute mal ansehen.« Sie nahm ein fleckiges Glas von einem der benachbarten Tische. »Und jetzt muss ich das Restaurant für die Abendöffnung vorbereiten, wenn es dir nichts ausmacht.«

Jonathan stand auf und lächelte in sich hinein. »Wir sehen uns bald«, verabschiedete er sich und ging zur Vordertür.

»Nicht wenn ich es vermeiden kann«, entgegnete Caroline aufmüpfig. Während sie zurück in die Küche ging, um in den Reservierungsplan zu schauen, fragte sie sich erneut, warum sie sich von Jonathan immer wieder überreden ließ. Der Kerl hatte die ausgesprochen nervtötende Art, sie dazu zu bringen, ihre Überzeugungen infrage zu stellen; so langsam wurde das zu einer Gewohnheit, die sie unbedingt ablegen musste.

19

Tagsüber führte Anna noch immer das Café, in den Abendstunden aber hatte sie damit begonnen, die Familiengeschichte der Carters zu recherchieren. Als ehemalige wissenschaftliche Bibliothekarin mit dem Fachgebiet historische Dokumente hatte sie hinreichend Erfahrung im Umgang mit geschichtlich wertvollen Unterlagen und konnte sie katalogisieren. Und da sie wusste, dass Matthews Familie eine umfangreiche Sammlung an persönlichen und geschäftlichen Dokumenten besaß, die nicht nur die Geschichte der Familie, sondern auch die des Betriebes dokumentierten, hatte sie schon lange auf eine Gelegenheit gewartet, sie zu sichten. Die meisten davon waren wohl schon vor Matthews Geburt mehr oder weniger wahllos in Kartons und Koffern auf dem Dachboden verstaut worden. Sie arbeitete sie nach und nach durch, wenn Ellie abends im Bett war, und versuchte, die Informationen in eine sinnvolle zeitliche Reihenfolge zu bringen. Vier Ordner hatte sie bereits angelegt, einen für jede Generation, und obwohl sie vorübergehend durch einige alte Fotos abgelenkt worden war, auf denen die bestechende Ähnlichkeit der gegenwärtigen Carter-Brüder mit ihren Vorfahren zu sehen war, bekam sie langsam auch eine deutlichere Vorstellung davon, wer mit wem verwandt war.

Dieser Anblick bot sich Matthew, als er eines Abends im September in die Küche kam. Sie hatte schon seit einer geraumen Weile über den Unterlagen gebrütet, nachdem sie Ellie ins Bett gebracht hatte, und lächelte, als er durch die Hintertür trat.

»Da sind ein paar wirklich interessante Sachen dabei«, sagte Anna. Die letzte Fuhre Dokumente, die Matthew zutage gefördert hatte, lag ausgebreitet auf dem Küchentisch, und sie sortierte sie nach und nach in etwas sinnvoller geordnete Haufen. »Was weißt du darüber, wie dein Urgroßvater Samuel ins Cider-Geschäft eingestiegen ist?«

»Ein wenig. Aber ehrlich gesagt war er nicht gerade ein Meister darin, Buch zu führen. Meine Urgroßmutter hat ein paar Tagebücher geschrieben, die du offensichtlich schon gefunden hast, und dann waren da auch noch ein paar Briefe und Rechnungen an und von Zulieferern.«

»Da ist noch einiges mehr als das«, erwiderte Anna. Sie reichte ihm einen Bogen Papier, der über die Jahre vergilbt und eng beschrieben war. »Der war im letzten Tagebuch deiner Urgroßmutter Elsie versteckt. Ein Brief von deiner Großtante Jane.«

»Die kleine Schwester meines Großvaters?« Matthew betrachtete mit zusammengekniffenen Augen das Stück Papier, zu stolz, um die Lesebrille aufzusetzen, die der Arzt ihm erst kürzlich verschrieben hatte. Er hielt es weiter von sich weg, wobei er Annas Grinsen geflissentlich ignorierte. Während er den Brief las, fiel ihm vor Erstaunen die Kinnlade herunter.

»Bedeutet es das, was ich glaube?«, fragte er schließlich und gab ihr das Papier zurück.

»Auf jeden Fall ging Jane einige Zeit von zu Hause fort, als sie achtzehn wurde, so viel lässt sich aus den anderen Briefen erschließen, die sie und Elsie sich geschrieben haben.«

»Das würde ja bedeuten, dass Jane schon vor ihrer Hochzeit mit Großonkel Hugh ein Kind hatte. Das höre ich heute zum ersten

Mal – Dad hat noch nie irgendwelche Cousins erwähnt, außer den Kindern von Jane und Hugh.«

»Vielleicht hat Jane Hugh auch nichts davon erzählt, als sie geheiratet haben«, überlegte Anna. »Immerhin hatten unverheiratete Mütter damals nicht besonders viele Möglichkeiten. Leider habe ich keine weiteren Dokumente gefunden, aus denen hervorgeht, was aus dem Kind geworden ist. Aber mit Adoptionsunterlagen war es damals auch nicht allzu weit her.«

»Gibt es irgendeinen Hinweis darauf, wer der Vater war?«

»Nichts Konkretes, aber ich habe ein paar Zeitungsausschnitte gefunden über einen Mann in den Zwanzigern, den man kopfüber in einem der Fässer gefunden hat, ungefähr zu der Zeit, als Jane den Brief geschrieben hat. Man könnte eine Verbindung zwischen den beiden Quellen herstellen, aber ohne weitere Beweise ist das schwer möglich.«

»Aber wenn es eine Verbindung gäbe, würde das bedeuten, dass der Tod des Mannes möglicherweise kein Unfall war.« Matthew verzog das Gesicht. »Langsam glaube ich, dass es doch keine so gute Idee war, dich Nachforschungen über die Geschichte meiner Familie anstellen zu lassen.«

»Jede Familie hat doch ihre Geheimnisse. Und über vier Generationen hinweg treten doch unweigerlich ein paar interessante Dinge zutage. Ich würde mir nicht allzu viele Gedanken machen, bevor ich mich nicht etwas intensiver mit der ganzen Sache befasst habe.«

»Und der ganze Skandal hat jahrzehntelang auf dem Dachboden geruht, unfassbar! Vielleicht wäre es besser gewesen, ihn da zu lassen. Es kommt mir jetzt alles ein bisschen wie die Büchse der Pandora vor. Obwohl …« Ein schelmisches, schuljungenhaftes Grinsen breitete sich auf seinem Gesicht aus. »Mir kommt da so eine Idee.«

Anna, die mittlerweile begriff, dass Matthews Grinsen meist irgendwelchen Unfug bedeutete, lächelte. »Was hast du vor?«

»Meinst du, Caroline wäre einverstanden, unser jährliches Abendessen für die Zulieferer im Cider Kitchen zu veranstalten? Sie hat sich bisher als ausgezeichnete Eventmanagerin erwiesen, und ich halte sie für die perfekte Wahl.«

»Ich denke, sie wäre sofort dabei! Sie ist doch sowieso immer auf der Suche nach Möglichkeiten, der Geschäftswelt zu beweisen, wie gut ihr Restaurant ist. Das wär doch eine tolle Gelegenheit.«

»Und könntest du dir vorstellen, das Ergebnis deiner Nachforschungen dramatisch in Szene zu setzen?«

Anna sah ihn verdutzt an. »Und wie?«

»Na ja.« Matthew legte einen Arm um seine Frau. »Es wär doch schade, das alles einfach abzuheften und wieder verschwinden zu lassen. Warum stellen wir nicht das Abendessen für die Zulieferer unter ein Motto?« Er dachte kurz nach. »Wir könnten ein Krimidinner daraus machen.«

»Ernsthaft?« Anna lachte. »Gerade wolltest du den potenziellen Skandal noch fein säuberlich unter den Teppich kehren, und jetzt willst du ein Theaterstück daraus machen?«

»Warum nicht? Immer noch besser, als ihn für weitere Jahrzehnte auf dem Dachboden vor sich hin gammeln zu lassen. Meinst du, du hättest ein paar grundlegende Ideen, aus denen wir eine Geschichte basteln könnten? Muss ja nicht viel sein, nur ein kurzer Abriss der Geschehnisse, dann die grausige Geschichte der Leiche im Fass.«

»Ich denk mal drüber nach«, sagte Anna. Sie würde alle Hände voll mit dem Baby zu tun haben, das im Dezember auf die Welt kommen sollte, und dann arbeitete sie noch fast den ganzen Tag im Café. Auf der anderen Seite hatte sie noch nie einer Herausforderung widerstehen können. Und ihr Forscherdrang brannte zweifellos darauf, das Projekt fortzusetzen. Wie schwierig konnte es schon sein, sich ein Theaterstück für ein Krimidinner auszudenken? Ein Großteil der Gäste würde zum Ende hin sowieso vom Cider beschwipst sein.

»Sag mir Bescheid, wenn dir was eingefallen ist«, sagte Matthew. »Und ich bitte Jonathan, mit Caroline darüber zu sprechen. Ich denke, der Umtrunk sollte auf dem Farmgelände stattfinden, und nach dem Krimievent könnten wir dann im Cider Kitchen zu Abend essen. Was hältst du davon?«

»Ich denke, um diesen Teil des Abends kümmert sie sich gern.« Plötzlich kam Anna noch ein Gedanke. Sie erinnerte sich wieder an die Bleistiftzeichnung, die Caroline von Ellie angefertigt hatte, als diese erst ein paar Tage alt war. Vielleicht war sie ja bereit, ihren Zeichenblock noch einmal hervorzukramen, sozusagen als kleines Extra? Es wäre schön, ein paar Zeichnungen der Vorfahren der Carters zu haben oder sogar der jetzigen Generation, die man dann eventuell am Ende des Abends versteigern könnte. Sie wollte Caroline so bald wie möglich darum bitten.

»Denk aber dran, die allzu skandalösen oder unappetitlichen Teile entsprechend abzumildern«, mahnte Matthew. »Nicht dass am Ende noch jemand seinen Vertrag zerreißt, weil ihm unsere Familiengeschichte übel aufstößt.«

Anna lächelte erneut. »Jetzt mal schön langsam mit den jungen Pferden. Es dauert sowieso noch eine ganze Weile, bis ich irgendetwas Handfestes über die Ereignisse herausfinden kann. Bisher lassen sie nur die Gespenstergeschichte der Familie in einem recht interessanten Licht erscheinen. Immerhin hast du doch auch schon mal gedroht, Flynn in eines der Fässer zu stecken, falls er Merry wehtut, weißt du noch?«

»Das stimmt allerdings«, räumte Matthew ein. Er zog sein Handy aus der Jackentasche und runzelte die Stirn. »Sag mal, hat sie dich heute Abend schon angerufen? Mein Akku ist leer.«

»Ja, ich hab vorhin mit ihr gesprochen. Sie meinte, bei dir meldet sich immer nur die Mailbox. Sie kommt heute erst spät von Flynn zurück – er fährt am Wochenende zur Uni, und sie wollen vorher noch so viel Zeit wie möglich miteinander verbringen.«

Meredith war gerade in die Oberstufe gekommen, nachdem sie die Prüfungen mit fliegenden Fahnen bestanden hatte, und sowohl Anna als auch Matthew hofften, dass auch sie sich im nächsten Jahr an den Eliteuniversitäten in Oxford und Cambridge bewerben würde.

»Schon wieder?« Matthew runzelte die Stirn. »Ich wünschte, sie würde endlich begreifen, dass die Schule immer noch vorgeht. Außerdem hat er doch bestimmt noch jede Menge zu lernen. Allein.«

»Mach dir keine Sorgen. Bei den letzten Prüfungsvorbereitungen war sie doch auch extrem gut organisiert. Sie hat jetzt schon eine sehr gute Arbeitseinstellung.« Anna war sehr erleichtert, dass Meredith so eine gute Schülerin war; sie hatte sich schon vorgestellt, sie pausenlos zum Lernen antreiben zu müssen, aber tatsächlich war das Mädchen schon fast zu strebsam.

Meredith hatte sich den Sommer über etwas zurückgezogen, aber Anna hatte das darauf zurückgeführt, dass sie so viel Zeit wie möglich mit Flynn verbringen wollte, bevor er wieder studieren ging. Sie beschloss, sich etwas Zeit für ihre Stieftochter zu nehmen, bevor die Schule wieder richtig losging. Und da Ellie diesen Monat in die Grundschule gekommen war, freute sich Anna, dass sie ihre Energie darauf verwenden konnte, ihrer kleinen Tochter bei der Gewöhnung an den neuen Rhythmus zu helfen. Sie legte die Dokumente zurück auf den Tisch und ging durch die Küche zu Matthew hinüber. »Merry hat die Arbeitsmoral ihres Vaters geerbt.«

»Hoffentlich nicht!« Er lachte düster. »Ich bin nicht gerade das beste Vorbild in Sachen Stressbewältigung.«

»Du lernst doch dazu«, wandte Anna ein. »Und vergiss nicht, dass Jonathan jetzt hier ist, das nimmt dir ein bisschen von dem Druck.«

»Ich weiß«, seufzte Matthew. »Aber alte Gewohnheiten lassen sich halt nur schwer ablegen. Und er war in letzter Zeit auch ein bisschen abgelenkt. Ich glaube, sein Interesse am Cider Kitchen ist nicht nur rein geschäftlicher Natur.«

»Sag bloß? Du hast ja lange gebraucht, um das zu merken.«

»Er schwört hoch und heilig, keine Hintergedanken zu haben, aber irgendetwas zieht ihn magisch an.«

»Das erzählt mir Caroline auch immer wieder. Und angeblich stört sie das ungemein, aber ich glaube, in Wirklichkeit findet sie es ganz schön.«

»Sie sollten besser nicht Geschäftliches mit Privatem vermischen«, bemerkte Matthew. »Die Gäste werden nicht begeistert sein, wenn sie sich vor fliegendem Geschirr ducken müssen.«

»Ehrlich, ich glaube nicht, dass er vorhat, ihr zu sehr auf die Pelle zu rücken. Außerdem habe ich das Gefühl, dass ihn die Tatsache, dass Caroline und Gino sich so gut verstehen, ein bisschen verunsichert, obwohl er das nie zugeben würde.«

»Kann ich mir vorstellen.« Er zog Anna weg von den Papierstapeln auf dem Küchentisch, sodass sie ihn ansah. »Aber ich will jetzt nicht über Jonno reden. Komm her.« Er nahm sie in die Arme und gab ihr einen langen, leidenschaftlichen Kuss.

Anna ließ ihre Hände unter Matthews losem Hemd nach oben gleiten und fühlte, wie er sich ihr entgegenbeugte. »Ganz wie du möchtest«, murmelte sie, und alle Gedanken an die Familiengeschichte waren für den Moment wie weggeblasen.

20

»Alles in Ordnung?«, fragte Caroline, als sie mit Meredith die Tische fürs Abendessen eindeckte. »Du bist heute so ruhig.«

Meredith sah von dem Tisch auf, den sie gerade eindeckte, und lächelte flüchtig, wenn auch nicht sehr überzeugend. »Mir geht's gut. Bin einfach ein bisschen müde.«

»Viel für die Schule zu tun?«

»So was in der Art.« Meredith sah wieder auf den Tisch hinunter. Caroline, die eine ausgezeichnete Menschenkenntnis besaß, merkte sofort, wenn bei einem Kollegen etwas nicht stimmte; das war einer der Gründe, weshalb sie eine so erfolgreiche Geschäftsführerin war. Meredith ging seit diesem Schuljahr in die Oberstufe, und der Unterrichtsstoff war nun sehr viel anspruchsvoller. Caroline fragte sich, ob sich der Stress wohl langsam bemerkbar machte. Der Druck war ziemlich groß, selbst für eine so gute Schülerin wie Meredith. Carolines Team musste während der Mahlzeiten in Hochform sein, aber noch wichtiger war es ihr, dass sich alle wohl in ihrer Rolle fühlten, also beschloss sie, ein wenig nachzubohren.

»Komm, trinken wir eine Tasse heiße Schokolade zusammen. Wir haben eine neue Sorte, die ich noch probieren muss, und bis die anderen kommen, ist noch ein wenig Zeit.« Meredith war immer pünktlich zu ihrer Schicht erschienen, aber in letzter Zeit kam sie jeden Tag früher. Das war Caroline schon seit einiger Zeit aufgefallen, aber bisher hatte sie nichts dazu gesagt; um ehrlich zu sein, konnte sie die zusätzliche Hilfe gut gebrauchen.

Meredith legte das Besteck, das sie noch in der Hand hatte, an seinen Platz auf dem Tisch und folgte Caroline an die Bar. Caroline beobachtete, wie sie auf einem der Hocker auf der anderen Seite Platz nahm. Sie sah müde und ein wenig nervös aus, und Caroline hatte mehr und mehr den Eindruck, dass sie etwas auf dem Herzen hatte. Sie musste sich gut überlegen, was sie sagen wollte: Einerseits machte sie sich als ihre Chefin Sorgen, andererseits gehörte Meredith praktisch zur Familie, schließlich war sie Annas neue Stieftochter. Sie brauchte jetzt viel Fingerspitzengefühl.

»Ist alles in Ordnung?« Caroline reichte ihr eine Tasse mit dampfend heißem Kakao.

Meredith trank einen kleinen Schluck, während sie anscheinend versuchte, ihre Gedanken zu ordnen. »Nicht wirklich«, gab sie schließlich zu.

»Kann ich dir irgendwie helfen?«

»Versprichst du, Dad und Anna nichts zu erzählen?«

»Wenn dich etwas bedrückt, werde ich tun, was ich kann, um dir zu helfen«, entgegnete Caroline. Sie war vorsichtig damit, absolutes Stillschweigen zu versprechen – die Probleme von Teenagern konnten mitunter ziemlich kompliziert sein. Sie hoffte inständig, Meredith würde ihr nicht sagen, dass sie schwanger war. Wie eng die Beziehung zwischen ihr und ihrem Freund war, wusste sie zwar nicht, aber da die beiden schon eine ganze Weile zusammen waren, wäre das sicherlich nicht unvorstellbar.

»Ich komme mir so albern vor«, sagte Meredith. »Ich dachte wirklich, es wäre okay für mich, aber …«

»Was ist los, Merry?«

Meredith holte tief Luft. »Es ist wegen dem Baby.«

Caroline biss sich auf die Lippen, um den Verdacht nicht laut auszusprechen, der ihr zuvor durch den Kopf gegangen war, und hoffte, dass Meredith stattdessen über das neueste Mitglied ihrer Familie sprach. »Was ist denn mit dem Baby?«

»Es ist dumm, ich weiß«, gab Meredith zu. »Aber es kommt mir so vor, als würde sich alles nur noch um das Baby drehen, dabei ist es noch nicht mal auf der Welt. Als ich neulich mit Anna in Bristol war, um ein Kleid für die Weihnachtsfeier in der Schule zu kaufen, ist sie plötzlich verschwunden, um ein paar Sachen für das Baby zu besorgen, und ich musste alleine einkaufen. Ich hätte wirklich gerne gewusst, was sie von den Kleidern hielt, die ich anprobiert habe, aber als sie zurückkam, war unsere Parkzeit schon fast abgelaufen, und wir mussten wieder nach Hause. Dad hat bei der Arbeit alle Hände voll zu tun, weil er nur ungern Aufgaben an Onkel Jonathan abgibt, und wenn er zu Hause ist, reden er und Anna nur über Ellies erstes Schuljahr und dieses blöde Krimidinner.« Sie schüttelte den Kopf. »Entschuldige. Ich weiß, dass der Abend für das Cider Kitchen enorm wichtig ist.«

»Schon gut.« Caroline war überrascht, wie viel Meredith ihr anvertraute.

»Ich weiß, das klingt egoistisch«, fuhr Meredith fort, »aber es kommt mir so vor, als hätten sich die beiden schon seit Monaten nicht mehr für mein Leben interessiert, höchstens um mich zum Lernen anzutreiben.«

Caroline sah sie mitfühlend an. »Es ist für euch alle eine große Veränderung, und ihr müsst euch erst daran gewöhnen. Nachdem meine Eltern meinem Bruder James offenbart hatten, dass meine Mutter mit mir schwanger war, hat er seine Spielzeugeisenbahn zerdeppert und seinen Lieblingsteddy aus dem Autofenster auf die Autobahn geschmissen. Und der war noch klein.« Sie nahm einen Schluck von ihrer heißen Schokolade, die köstlich und samtig schmeckte und definitiv mit auf die Speisekarte kam. »Du bist fast siebzehn und wirst bald ein ganz neues Kapitel in deinem Leben aufschlagen; natürlich wünschst du dir, dass sich die beiden dafür interessieren. Und das tun sie auch, das weiß ich. Aber sie sind ja erst seit Kurzem verheiratet und erwarten ein Baby, das muss für die beiden auch alles ganz schön überwältigend sein.« Für Meredith war es sicher auch nicht leicht, ihren Vater mit einer neuen Frau, einer Stiefschwester und bald einem neuen Baby zu teilen, dachte Caroline. Kein Wunder, dass sie sich zu wenig beachtet fühlte.

»Stimmt schon«, sagte Meredith. »Es ging ja auch alles so schnell. Und jetzt, wo Flynn auch noch nach Oxford geht, hab ich einfach das Gefühl, dass im Moment niemand mehr Zeit hat, mir zuzuhören. Er redet nur noch von seiner Lektüreliste, was er alles mitnehmen muss und wie es wohl wird. Außerdem will ich nicht, dass er mich vergisst.«

Sie starrte heftig blinzelnd in ihre Tasse.

Caroline lächelte. »Das wird er sicher nicht«, sagte sie sanft. »Er hat einfach viel im Kopf. Warum versuchst du nicht, ein bisschen Zeit mit deinem Dad und Anna zu verbringen? Sie möchten bestimmt gerne wissen, wie du dich fühlst. Vielleicht könntet ihr drei zusammen essen gehen, raus aus dem Haus und dem Alltagsstress, und euch mal wieder in aller Ruhe unterhalten. Ich könnte so lange auf Ellie aufpassen, dann könnt ihr ungestört reden.«

»Würdest du das tun?« Merediths Miene hellte sich auf. »Das wär super. Ich weiß, es klingt dumm, aber ich möchte mich mit ihnen zur Abwechslung mal wieder über *meine* Angelegenheiten unterhalten, so wie früher.«

Es war mehr als deutlich, dass sich Meredith nur schwer an ihre neue Familienzusammensetzung gewöhnen konnte, sosehr sie ihr auch gefiel. »Ich bin sicher, dass würden sie liebend gern tun. Mach doch einen Termin mit ihnen aus und sag mir dann Bescheid. Aber bitte rechtzeitig genug, dass ich eine Vertretung organisieren kann.«

»Danke, Caroline!« Meredith sah viel glücklicher aus als noch vor ein paar Minuten. »Es tut gut, dass endlich mal loszuwerden.«

»Kein Problem.« Caroline nahm die Tassen von der Theke. »Jetzt räumen wir die hier besser in die Spülmaschine und decken die übrigen Tische ein, bevor die Gäste kommen.« Sie ging mit dem guten Gefühl in die Küche, dass sie Meredith hatte helfen können. Und auf Ellie würde sie nur zu gern aufpassen. Das Gute daran, in Little Somerby zu wohnen, war, dass sie ihre Nichte öfter sah, wenn auch nicht so oft, wie sie gewollt hätte, seit das Cider Kitchen so gut besucht war. Wenn sie einen Abend den Babysitter spielte, konnte sie ein wenig mehr Zeit mit ihr verbringen.

*

Zwei Wochen später hatte sich Caroline – zum ersten Mal, seit das Restaurant eröffnet hatte – einen Abend freigenommen, lehnte sich nun auf dem weichen Sofa im Wohnzimmer von Cowslip Barn zurück und begann sich allmählich zu entspannen. Ellie hatte sich neben sie gekuschelt und den Kopf in ihren Schoß gelegt. Die Vierjährige hatte den Kampf gegen den Schlaf in den letzten zwanzig Minuten ihres gegenwärtigen Lieblingsfilms, *Hotel Transsilvanien 2*, verloren. Zu Carolines großer Erleichterung hatte der Film genug lustige Stellen, um auch einen erwachsenen Zuschauer zu unterhalten, und noch dazu recht gute Musik, sodass sie Ellie erlaubt hatte, etwas länger aufzubleiben, als mit Anna ausgemacht war, um den Film zu Ende zu schauen. Nach einer spontanen Tanzeinlage zu einigen Liedern im Film hatte sich Ellie den Bauch mit dem Käsekuchen vollgeschlagen, den Caroline aus dem Restaurant mitgebracht hatte, und war bald darauf, trotz aller Bemühungen, wach zu bleiben, fest eingeschlafen. Caroline überlegte, ob sie Ellie nach oben tragen sollte, aber es war so schön, mit ihr auf dem Sofa zu kuscheln, außerdem wollte sie nicht riskieren, sie wieder zu wecken. Als der Abspann über den Bildschirm flimmerte, streckte sie sich behutsam nach der Fernbedienung, um Ellie nicht zu stören. Sie selbst war auch schon ziemlich müde und kurz vor dem Eindösen, als sie plötzlich eine Stimme aus der Küche hörte. Caroline schaltete gerade den Fernseher aus, als Jonathan in der Wohnzimmertür auftauchte.

»Pssst«, flüsterte Caroline, legte einen Finger vor die Lippen und deutete auf Ellie.

»Sorry«, sagte Jonathan lautlos und lächelte zärtlich, als er seine Stiefnichte anblickte.

»Schon gut.« Caroline strich Ellie die Haare aus dem Gesicht. »Ich sollte sie wahrscheinlich eh lieber ins Bett bringen.«

»Kann ich dir helfen?«

»Danke, ich komm schon klar.« Caroline stand auf und nahm das schlummernde Kind auf den Arm. »Aber du kannst Teewasser aufsetzen, wenn du magst.« Ellie murrte kurz vor sich hin, schmiegte sich dann aber an ihre Schulter und schlief wieder ein. »Bin sofort zurück.«

Caroline ging die Treppe hinauf und war bereits in Ellies Zimmer, als ihr einfiel, dass sie Jonathan gar nicht gefragt hatte, was er wollte. Sie packte die Kleine mit ihrem Lieblingskuschelhasen ins Bett, schloss vorsichtig die Tür und ging zurück nach unten.

Jonathan hatte Wasser gekocht und goss gerade zwei Tassen Tee auf, als sie leise in die Küche kam.

»Hat sie gleich weitergeschlafen?«, erkundigte er sich, gab Milch in eine der Tassen und reichte sie Caroline.

Sie lächelte. Sie war fix und fertig. »Bevor wir den Film geguckt haben, hat sie mir all ihre besten Tanzschritte vorgeführt.«

»Wie süß.«

»Ja, total.« Caroline nahm einen kleinen Schluck Tee. »Es ist schön, ein bisschen Zeit mit ihr alleine zu verbringen. Ich habe in letzter Zeit so viel im Restaurant zu tun gehabt, dass ich schon fast vergessen hatte, warum ich überhaupt hierhergezogen bin.«

»Wie? Etwa nicht nur, weil dir ein gut aussehender Cider-Farmer ein ganz anständiges Jobangebot gemacht hat?«, witzelte Jonathan und trank ebenfalls einen Schluck Tee.

»Na ja, das war auch ein Grund«, gab Caroline zu. »Wolltest du zu Matthew? Er ist mit Anna und Merry essen gegangen.«

»Ich bin froh, dass sie mal wieder ein bisschen Zeit miteinander verbringen. Ich hab zurzeit so viel zu tun, dass ich Merry kaum gesehen hab. Ich fürchte, die Oberstufe ist sehr anstrengend für sie.«

Caroline fragte sich, ob sie Jonathan von ihrem Gespräch mit Meredith erzählen sollte. Immerhin standen sich die beiden sehr nahe, und er schien sich ernsthaft Sorgen zu machen. Aber konnte sie das Versprechen brechen, dass sie Meredith gegeben hatte? Sie beschloss, lieber vorsichtig zu sein, und sagte nur: »Sie lernt sehr viel, und außerdem hat sie erwähnt, dass sie sich in dem ganzen Trubel wegen Flynns Vorbereitungen für die Uni ein bisschen außen vor gelassen fühlt. Hoffentlich können Anna und Matthew sie auf andere Gedanken bringen.«

»Sie muss dich sehr mögen, dass sie das vor dir zugibt«, stellte Jonathan fest. »Und ihre Menschenkenntnis ist ziemlich gut. An deiner Stelle würde ich mich geschmeichelt fühlen.«

Caroline wurde rot. »Danke. Sie ist so ein nettes Mädchen. Ich konnte sie einfach nicht so niedergeschlagen sehen. Und als ihre Chefin muss ich natürlich dafür sorgen, dass sie so glücklich und ausgeglichen ist wie nur möglich.«

»Sie weiß es sicher zu schätzen, dass du ihr zugehört hast. Ich wusste, du würdest gut mit deinen Mitarbeitern umgehen. Du hast ein Händchen dafür, das Beste aus den Leuten herauszuholen.«

»Nicht aus allen«, entfuhr es Caroline. Sie dachte dabei an eine gewisse Person aus ihrer jüngsten Vergangenheit. »Ich meine …

manchmal reicht es vollkommen aus, einfach zuzuhören.« Sie stellte die leere Tasse auf den Tisch. »Deshalb wollte ich dich eigentlich schon fragen, bevor wir uns hingesetzt haben: Wolltest du was Bestimmtes?«

»Nichts Wichtiges. Das hat bis morgen Zeit«, entgegnete Jonathan. »Ich bin noch ein paar Papiere durchgegangen und wollte ein paar Dinge mit dem Chef klären.«

»Du arbeitest um diese Zeit noch? Nehmen die Wunder denn kein Ende? Erst die Arbeit, dann das Vergnügen und so weiter.«

»Der Tag hat im Moment einfach nicht genug Stunden«, seufzte Jonathan, stellte seine Tasse ebenfalls ab und lehnte sich zurück. »Aber in letzter Zeit haben wir wirklich einiges zu tun. Wir suchen ständig nach neuen Obstgärten, und mit dem Geschäft selbst wächst auch das Gebiet, das wir abdecken. Neben unseren eigenen Anbauflächen arbeiten wir auch eng mit Landbesitzern zusammen, die ihre Flächen lieber selbst behalten, als sie uns zu verkaufen, und das kann schon mal zu Reibereien führen, wenn es darum geht, wie die Flächen am besten bewirtschaftet werden.« Er lächelte entschuldigend. »Nicht sonderlich aufregend, oder? Du hast bestimmt selbst alle Hände voll zu tun, obwohl ich es toll finde, dass das Cider Kitchen so gut läuft.«

Caroline nickte. »Es war ziemlich hektisch in letzter Zeit, aber ich bin froh darüber. Wir machen uns langsam einen Namen. Für die nächsten vier Wochen sind wir komplett ausgebucht und nehmen jetzt schon Reservierungen für Weihnachtsfeiern entgegen.«

»Das ist doch toll. Und wer leitet heute Abend das Restaurant, während du hier bist?«, erkundigte sich Jonathan.

»Emma kümmert sich um den Service. Sie scheint sehr erpicht darauf zu sein, beide Seiten des Betriebes kennenzulernen, den Service und die Küche. Deshalb dachte ich mir, ich lasse sie heute Abend für ein paar Stunden übernehmen. Der Rest des Teams steht voll und ganz hinter ihr, und ich habe ihr genaue Anweisungen und meine Handynummer dagelassen. Es sollte also keine Probleme geben.«

»Ich finde es gut, dass du ihr so viel zutraust«, bemerkte Jonathan. »Sie ist genau die Art von wertvollem Mitarbeiter, die wir brauchen – wir können gar nicht genug solche Leute bekommen, damit das Restaurant weiter floriert. Aber der Laden liefe sicherlich nicht halb so gut, wenn du ihn nicht führen würdest.«

»Vorsicht!«, erwiderte Caroline lächelnd. »Das war fast schon ein Kompliment.«

»Du kennst mich doch. Ehre, wem Ehre gebührt.«

Sie saßen eine Weile in einträchtigem Schweigen beieinander. Bis sich Jonathan sichtlich widerstrebend erhob. »Ich sollte mich besser auf den Heimweg machen.«

»Du kannst mir gerne noch ein bisschen Gesellschaft leisten, wenn du magst«, entgegnete Caroline. »Matthew, Anna und Merry müssten bald zurück sein.«

»Danke, das klingt nett, aber ich hab Dad gesagt, dass ich bald zurück bin.« Ein Schatten huschte über sein Gesicht. »Er hatte gestern Abend einen kleinen Schwächeanfall. Er behauptet zwar steif und fest, dass er seine Herzmedikamente regelmäßig nimmt, aber als ich heute Vormittag die Packungen durchgesehen habe, waren ein paar Tabletten zu viel übrig. Als ich ihn danach gefragt habe, hat er alles abgestritten.«

»Oje. Ich hoffe, es geht ihm bald besser. Sag Bescheid, wenn ich irgendwie helfen kann.«

»Danke«, sagte Jonathan, dann hellte sich seine Miene auf. »Der Abzug des Fotos von mir, ihm und Matthew hat ihm viel Freude gemacht, als er es gesehen hat. Es war lieb von dir, es für ihn rahmen zu lassen.«

»Hab ich doch gern gemacht. Freut mich, dass es ihm gefallen hat.«

Einen Moment lang schwiegen sie wieder beide. Caroline griff nach Jonathans Tasse, und für einen kurzen Moment berührten sich ihre Finger. »Sorry«, sagte sie und errötete.

»Kein Problem.« Er zog seine Hand zurück, und Caroline stellte beide Tassen in die Spülmaschine.

»Wir sehen uns im Laufe der Woche«, sagte Jonathan und ging zur Hintertür.

»Bis dann«, gab Caroline zurück. Als er ging, sah sie plötzlich ein Bild vor ihrem inneren Auge, wie sie und Jonathan behaglich kuschelnd auf dem Sofa saßen und einen Film schauten, der eher für Erwachsene geeignet war als *Hotel Transsilvanien 2.* Sie fragte sich, welchen Film er wohl ausgesucht hätte. Dann schüttelte sie den Kopf und ging ins Wohnzimmer zurück, um Ellie hören zu können, falls etwas war. *Geschäftlich, nicht privat,* ermahnte sie sich, machte es sich gemütlich und wartete darauf, dass Matthew, Anna und Meredith nach Hause kamen.

21

Mit ausschweifenden Vergnügungen kannte sich Jonathan Carter bestens aus. Er hatte einen Großteil der letzten zehn Jahre damit verbracht, all seinen Trieben freien Lauf zu lassen. Zu Beginn des neuen Jahrtausends hatte es eine Zeit gegeben, zu der er mit allen möglichen Dingen herumexperimentiert hatte, darunter auch Drogen und Alkohol. Inzwischen war ihm vollkommen klar, was er auch damals schon wusste, sich aber nicht eingestehen wollte, nämlich dass er mithilfe der Ausschweifungen nur seine Schuldgefühle zu verdrängen versuchte, die ihn seit der Affäre mit Tara, der ersten Frau seines Bruders, heimgesucht hatten. Er wollte vergessen, wie sehr er seine Familie enttäuscht hatte. Er hatte sehr lange gebraucht, um mit dem, was er getan hatte, und mit sich selbst ins Reine zu kommen, und noch länger, um der Mann zu werden, der er sein wollte.

Doch die Selbsterkenntnis hatte ihren Preis: Er hatte Angst davor, wieder Gefühle für jemanden zu entwickeln, diesen Jemand zu verletzen und selbst verletzt zu werden.

Es war ihm nicht entgangen, dass er in diesem Punkt viel Ähnlichkeit mit seinem Bruder hatte. Der Verrat, der die beiden Brüder entzweit hatte, hatte letztlich ihre Gefühlswelt auf die gleiche Weise geformt; er war der Grund für ihre Angst, etwas zu wagen und jemand anderem zu vertrauen. Matthew war Beziehungen aus dem Wege gegangen und hatte all seine Energie darauf verwandt, seine Tochter aufzuziehen und das Familiengeschäft auszubauen, und Jonathan hatte eine Frau nach der anderen in sein Bett, doch niemals in sein Herz gelassen. Seit er allerdings nach Little Somerby zurückgekommen war, hatte er das Gefühl, dass sich etwas veränderte. Und seit er immer mehr Zeit mit Caroline Hemingway verbrachte, wurde ihm klar, dass *er* sich veränderte. Sie hatte eine Art, alles, was er dachte, infrage zu stellen, die er unwiderstehlich fand, und ihre endlosen Diskussionen über alles Mögliche, von Besteck bis hin zu Kritikern, elektrisierte ihn. War es möglich, dass er tatsächlich wieder jemanden in sein Herz hineinließ?

Und was nun?, fragte er sich, als er eines Abends spät zum Cider Kitchen hinüberging, ein paar Tage nachdem er gesehen hatte, wie Caroline auf Ellie aufgepasst hatte, und einen Tag nach einem ihrer wöchentlichen Meetings. Er hatte immer noch nicht den blassesten Schimmer, was er jetzt tun sollte. Caroline hatte ihm deutlich zu verstehen gegeben, dass es ihr nur ums Geschäftliche ging. Und schließlich hatte er genauso gedacht, als ihre Zusammenarbeit begann. Jetzt allerdings kam ihm allmählich der Verdacht, dass er mehr wollte.

Als er auf die Vordertür zuging, konnte er niemanden im Restaurant entdecken. Aber da die Tür offen stand, ging er vorsichtig hinein. Caroline musste noch da sein, wahrscheinlich zählte sie die Abendeinnahmen. Egal, er würde sich schon beschäftigen, bis sie zurückkam. Er spielte kurz mit dem Gedanken, sich einen Scotch aus dem Flaschenhalter hinter der Bar zu genehmigen, begnügte sich dann aber mit einem Glas Wasser und einem übrig gebliebenen Stück Zitrone. Während er an seinem Glas nippte, betrachtete er den Flügel. Es war mindestens zwanzig Jahre her, seit er zuletzt gespielt hatte, und noch länger, seit er das letzte Mal Unterricht genommen hatte. Doch mit einem Mal juckte es ihn in den Fingern. Er nahm sein Glas von der Theke und schlenderte zum Flügel hinüber.

Als er auf dem Klavierhocker Platz nahm, überkamen ihn für einen winzigen Augenblick Zweifel. Sollte er wirklich? Es war so still im Restaurant, die letzten Gäste waren schon gegangen, sodass es fast schon frevelhaft schien, die abendliche Ruhe zu stören. Ein Ragtime schien da irgendwie nicht angemessen. Aber er wusste genau das Richtige.

Jonathan atmete tief ein, vertraute darauf, dass sein Körpergedächtnis sich erinnern würde, und legte die Finger auf die Tasten. Während die Melodie in seiner Erinnerung Gestalt annahm und seine linke Hand die tiefe Begleitung übernahm, bemerkte er, in was für einem guten Zustand der Flügel noch war, wenn auch leicht verstimmt. Er gab sich dem Rhythmus hin, seine Finger bewegten sich mit zunehmender Sicherheit über die Tasten und nahmen die Schönheit der Melodie auf, bis alles wieder zu ihm zurückkam.

Während er spielte, bemerkte er, wie jemand aus der Küche hereinkam. Unbeirrt spielte er weiter. Das Geheimnis bei diesem Stück bestand darin, das Tempo zu halten, und obwohl seine Linke seit Jahren keinen Takt mehr gezählt hatte, merkte er doch, dass er sich schnell wieder in alles hineinfand. Als er sich gerade daranmachte, die Schlusskadenzen zu spielen, blieb Caroline dicht hinter ihm stehen. Er spürte, wie ihr Atem sanft sein Ohr streifte, was seine Konzentration zerstörte und zu einem Wirrwarr falscher Töne führte. Entschlossen korrigierte er seine Finger und spielte das Stück zu Ende.

»Und, wie viele Frauen hast du mit deiner Interpretation der Mondscheinsonate schon verführt?«, fragte Caroline ironisch.

»Du wärst überrascht, wie gut das zieht.«

»Glaub ich dir sofort.« Sie zog sich einen Stuhl von einem der Tische heran, die dem Flügel am nächsten standen. »Aber ganz ehrlich, wenn du erwartest, dass ich einen auf Michelle Pfeiffer mache und mich auf dem Flügel aale, bist du komplett auf dem Holzweg.«

»Würde mir nicht im Traum einfallen«, entgegnete Jonathan, obgleich der Gedanke durchaus etwas Erotisches hatte. »Und?«, sagte er dann und drehte sich zu ihr herum. »Wenn ich dich mit einem Musikstück verführen wollte, was müsste ich spielen?«

»Erwartest du ernsthaft, dass ich darauf antworte?« Caroline lehnte sich im Stuhl zurück und streckte ihre Arme über den Kopf. »Ich hab mich den ganzen Abend mit Zahlen beschäftigt, da kann ich mir jetzt nicht auch noch über Musik den Kopf zerbrechen.«

»Musik hat viel mit Mathematik zu tun«, erwiderte Jonathan. »Du würdest dich wundern.«

»Das bezweifle ich.« Caroline nahm die Arme wieder herunter. »Wolltest du etwas Bestimmtes?«

»Nur mal nach dir sehen. Ich möchte nicht, dass du dich überarbeitest.«

»Mir bleibt momentan leider nichts anderes übrig«, seufzte Caroline. »Wenn ich nicht jede Stunde nutze, werden die Bilanzen beim vierteljährlichen Treffen mit deinem Buchhalter nicht allzu rosig aussehen.«

»Dann lass mich doch helfen. Du kannst jederzeit eine kleine Finanzspritze von Carter's bekommen.«

Caroline schüttelte den Kopf. »Nein. Das haben wir doch schon besprochen. Wenn ich mich nicht an das vorgesehene Budget halte, hätte ich das Gefühl, gescheitert zu sein.«

»Du weißt doch, dass das nicht stimmt.«

Caroline seufzte. »Ja, ich weiß. Aber du kannst einfach nichts für mich tun, es sei denn, du möchtest gerne morgen Abend ein paar Schichten als Kellner einlegen.«

»Da wär ich dir wahrscheinlich eher im Weg.« Jonathan dachte einen Moment nach. »Aber vielleicht gibt es doch eine Lösung.«

»Soll ich mir etwa einen Zauberstab besorgen oder Hermine Grangers Zeitumkehrer klauen?«

»Hermine wer?«, fragte Jonathan.

»Du liest wirklich nichts anderes als die Telefonnummern von irgendwelchen Frauen, oder?«, zog ihn Caroline auf, wenn auch nur halbherzig. »Vergiss es. Ich hab im Moment einfach weder die Zeit noch das Geld, um über das Monatsende hinauszudenken. Wenn du mir noch mehr Geld vorstreckst, um die laufenden Kosten zu decken, schmälert das unseren Gewinn.«

»Okay, okay.« Jonathan hob ergeben beide Hände. »Aber ich seh doch, wie geschafft du bist. Du hast kaum freigehabt, seit das Restaurant eröffnet hat.« Er hielt kurz inne. »Aber vielleicht gibt es ja doch eine Lösung.«

»Und die wäre?«

»Was ist denn mit Emma? Du hast doch bei unserem Meeting gesagt, sie sei hervorragend zurechtgekommen, als du neulich auf Ellie aufgepasst hast, und sie könnte eine volle Stelle gut gebrauchen.«

»Wir haben aber nicht das Budget, um eine volle Stelle zu bezahlen. Ein Abend pro Woche ist schön und gut, aber wenn es darum geht, ihr mehr Stunden zu geben, sieht die Sache schon anders aus.«

»Das ist mir klar. Aber was wäre denn, wenn du ihr einen Ausbildungsplatz anbietest, jeweils zur Hälfte als Souschefin und im Service? So könntest du ein paar Pfund von ihrem Gehalt einsparen, und sie bekäme die Gelegenheit, beide Jobs zu erlernen. Du weißt doch, dass sie beides machen möchte, und du könntest dann einen oder zwei Abende pro Woche freinehmen. Sie kennt den Laden hier doch schon so gut, du bräuchtest gar nicht lange, um sie einzuarbeiten. Also, was meinst du?«

Jonathan hatte ein Funkeln in den klaren blauen Augen, das Caroline verriet, dass Widerspruch zwecklos war. Außerdem musste sie zähneknirschend zugeben, dass er recht hatte. »In Ordnung«, sagte sie zögerlich. »Ich bespreche deine Idee mit ihr, wenn sie morgen zur Arbeit kommt. Aber sie muss wissen, dass wir ihr nicht viel bezahlen können.«

»Ich bin mir sicher, dass sie sich sehr über das Angebot freuen wird«, sagte Jonathan sanft. »Sie mag das Restaurant, und sie und Gino sind ein tolles Team. Sollten wir jemals beschließen, ein zweites Restaurant zu eröffnen, könnten wir sie dann auch als Chefköchin einsetzen.«

»Noch ein Restaurant?«, schnaubte Caroline. »Hast du etwa noch nicht genug damit zu tun, dich um dieses hier zu kümmern? Dafür verbringst du aber eine Menge Zeit hier!«

»Aber nur weil ich so gerne mit dir zusammen bin, Darling«, sagte er leichthin. »Der Laden hier ist mir doch ganz egal.«

»Ja, sicher.« Caroline musste gegen ihren Willen lächeln. Eine Pause entstand. Urplötzlich wurde ihr bewusst, dass sie und Jonathan sich ohne große Diskussion auf eine mögliche Lösung geeinigt hatten. Natürlich unter der Voraussetzung, dass Emma einverstanden war. »Vielen Dank«, sagte sie, immer noch verblüfft. »Ich glaube, wir haben das Problem tatsächlich gelöst.« Plötzlich musste sie gähnen. »Entschuldige«, murmelte sie.

»Du gehörst ins Bett.« Jonathan stand auf. »Soll ich dich noch bis zur Tür bringen?«

Caroline musste trotz ihrer Müdigkeit grinsen. »Sehr lieb von dir, aber ich denke, das schaffe ich noch allein. Bis bald.«

Jonathan ging zum Ausgang und lächelte ihr ein letztes Mal zu. »Gute Nacht.«

»Gute Nacht, Mr Carter«, sagte Caroline, und Jonathan machte sich auf den Heimweg.

22

Am nächsten Morgen warf Caroline einen Blick in ihren Terminkalender und fluchte. Sie hatte den Besuch des Jagdhundezwingers, den Jonathan für sie arrangiert hatte, komplett vergessen. Außerdem musste sie noch genug Zeit einplanen, um Emma in aller Form die Ausbildung als Souschefin und im Service anzubieten. Sie bürstete sich kurz die Haare, zog sich etwas Warmes an und gab die Adresse des Hundehalters in ihr Handy ein.

Nachdem ihre Gereiztheit über den fast vergessenen Termin abgeklungen war, genoss sie es ausgiebig, aus der gewohnten Umgebung des Cider Kitchen herauszukommen. Seit Monaten hatte sie so viel gearbeitet, dass sie kaum dazu gekommen war, die Umgebung zu erkunden. Und das, obwohl es schön war, im frühen Herbstsonnenschein über die Landstraße von Somerset zu fahren. Während sie Richtung Süden fuhr, bestaunte sie, wie die wilden, felsigen Landschaften der Mendip Hills in die überwältigenden Weiten der Moore der Somerset Levels übergingen. Ihr Weg führte sie durch mehrere idyllische Dörfer in der Nähe der malerischen kleinen Stadt Wells. Sollte Emma die Stelle nachher annehmen, konnte sie sich vielleicht öfter einen solchen Ausflug erlauben; immerhin war sie nach Somerset gekommen, um etwas Neues zu erleben, also sollte sie langsam damit anfangen.

Die Hundezwinger befanden sich etwas abseits der Straße, und als Caroline die Auffahrt zum Gehöft hinauffuhr, war sie leicht angespannt. Sie wusste nicht genau, was sie erwarten sollte – riesige, sabbernde, wild herumrennende Hunde vielleicht oder rotgesichtige, grölende Oberschichttrottel, die Whiskey aus Flachmännern tranken. Dann rief sie sich zur Ordnung. Sie hatte Jonathan versprochen, unvoreingenommen zu bleiben und ihre bisherigen Meinungen und Vorstellungen außen vor zu lassen, also würde sie das auch tun.

Als sie auf den Hof fuhr, kam ein hochgewachsener Mann auf sie zu. Er trug eine grüne Daunenweste und blaue Jeans, an den Füßen schmutzige grüne Gummistiefel und hatte ein breites Lächeln im Gesicht.

»Sie müssen Caroline sein«, sagte er, als sie aus dem Auto stieg. Er reichte ihr die Hand, die, wie sie erleichtert feststellte, peinlich sauber war. »Ich bin Rob Kelloway, Hundeführer der Old-Somerset-Jagdgesellschaft.« Nachdem er ihre Hand wieder losgelassen hatte, nahm er seine Tweedmütze ab und strich sich mit den Fingern die unbändigen, mausbraunen Haare zurück. »Soweit ich weiß, muss ich Sie davon überzeugen, dass meine Hunde Ihre Katzen nicht jagen und wir auch keine blutrünstigen Tierquäler sind.«

Caroline lächelte trotz ihres Unbehagens. »So was in der Art.«

»Dann kommen Sie mal mit und lernen Sie sie besser kennen.«

Rob führte Caroline über den Hof zu den Zwingern, von wo aufgeregtes Bellen zu hören war, als sie sich näherten. »Sie werden einmal am Tag gefüttert. Möchten Sie zusehen?«

Caroline sah misstrauisch aus. »Kommt drauf an, was sie zu fressen kriegen.« Rob war sehr freundlich und entgegenkommend, aber sie wurde einfach das Gefühl nicht los, dass er nur das Vorzeigegesicht einer gewalttätigen und blutrünstigen Institution war. Sie würde sich nicht nur durch ein nettes Lächeln umstimmen lassen.

»Meist frischen Fuchs«, antwortete Rob ironisch.

Es ärgerte Caroline ein wenig, dass er darüber Witze machen konnte, aber als sie sah, dass er immer noch lächelte, entspannte sie sich. Außerdem sollte man sich wohl besser nicht mit einem Mann anlegen, der eine riesige Hundemeute befehligte. Sie folgte Rob zu den Zwingern, begleitet von dem ohrenbetäubenden Gebell der Hundemeute, die auf ihr Frühstück wartete.

»Wollen Sie nicht ein bisschen näher rangehen?«, rief ihr Rob über das immer lauter werdende Gekläffe hinweg zu.

»Nein danke«, rief Caroline zurück. Sie spähte in den Eimer in Robs Hand und sah mit leichtem Ekel das rohe Rindfleisch darin, komplett mit Knochen. Sie befahl sich, sich zusammenzureißen. Gino trennte im Restaurant auch oft Rind und auch anderes Fleisch vom Knochen ab, das war wirklich kein großer Unterschied.

»Ich lasse sie jetzt raus auf den Hof, damit sie fressen können«, sagte Rob. »Gehen Sie lieber ein Stück von der Tür weg, sonst werden Sie noch überrannt.«

Caroline trat eilig einen Schritt zurück und beobachtete, wie die Hunde in den Hof strömten. Sie hatte English Foxhounds noch nie aus der Nähe gesehen und war überrascht, wie groß sie waren. Sie reichten ihr bis zum Oberschenkel und waren stabil gebaut und muskulös. Rob kam wieder aus den Zwingern, und Caroline sah zu, wie ihn die Hunde umkreisten, bevor sie sich in einer unordentlichen Reihe vor ihm aufstellten. Er schüttete das Futter in den langen Trog in der Mitte des Hofs, doch die Hunde warteten auf sein Handsignal, bevor sie sich daraufstürzten.

Caroline musste zugeben, dass sie beeindruckt war. Sie ging um die Meute aus kräftigen Rücken und wedelnden Schwänzen herum und stellte sich zu Rob vor die Hunde. »Sie sind sehr gut erzogen«, bemerkte sie.

»Sie wissen genau, dass sie kein Futter bekommen, wenn sie sich nicht benehmen. Sie werden nur einmal am Tag gefüttert.«

»Woher beziehen Sie das Futter?«

»Die Bauern bringen uns Tiere, die unerwartet verendet sind, und wir verwerten, was wir können. Der Rest wird verbrannt. Außerdem sammeln wir verunfallte Tiere, töten sie schnell und schmerzlos, und die Stadtverwaltung bittet uns auch oft, tote Tiere aufzulesen und zu entsorgen.«

»Aber jagen sie denn nicht auch lebende Tiere?«

»Dazu sind meine Hunde viel zu gut erzogen.«

Caroline war überrascht. Sie hatte bisher nicht gewusst, dass Jagd tatsächlich nützliche Aspekte haben konnte. Dennoch war sie nicht bereit, ihre Prinzipien und Ansichten so einfach aufzugeben. »Und was machen Sie, wenn sie doch irgendwann einem Fuchs nachjagen?«

»Natürlich laufen uns ab und an welche über den Weg«, räumte Rob ein. »Aber gesunde Füchse sind schneller, als man denkt. Sie sind nicht die wehrlosen Kreaturen, für die sie viele halten. Und außerdem« – er machte eine Pause und grinste schelmisch – »hab ich gehört, dass viele von ihnen sowieso in die Städte abgewandert sind, da sie in den Mülltonnen dort viel mehr zu fressen finden.«

Wieder fühlte Caroline sich auf den Arm genommen und erwiderte angriffslustig: »Und das gibt Ihren Hunden dann wohl das Recht, die langsameren zu jagen, oder?«

»Natürlich nicht. Wir jagen keine Füchse. Wir halten an, sobald wir einen sehen, und lenken die Hunde in eine andere Richtung«, entgegnete Rob und tätschelte einem der Hunde, der sein Frühstück beendet hatte und zu ihren Füßen herumschnüffelte, den Kopf. »Ich verstehe auch, warum Sie das ganze Konzept ablehnen. Die Leute können manchmal einfach nicht verstehen, welche Rolle die Jagd auf dem Land spielt. Aber ich hoffe, ich konnte Ihnen zumindest zeigen, dass ich meine Hunde unter Kontrolle habe und Ihren Katzen kein Haar gekrümmt wird, wenn wir uns zum Stelldichein im Cider Kitchen treffen. Jetzt müssen Sie mich leider entschuldigen, die Hunde brauchen Auslauf.«

»Wo gehen Sie mit ihnen hin?«, fragte Caroline.

»Sie haben eine Vorliebe für die Strawberry Line. Ich muss sie allerdings immer im Auge behalten, damit sie nicht Urlaubern auf Fahrrädern nachstellen.«

Gegen ihren Willen musste Caroline bei der Vorstellung schmunzeln, wie die Hunde einen der in grelles Lycra gekleideten Touristen wie eine Jagdbeute vor sich hertrieben. Vielleicht verwandelte sie sich ja doch langsam in ein Mädchen vom Lande, dachte sie, als sie sich von Rob verabschiedete und wieder auf den Weg zum Cider Kitchen machte.

*

Als Emma später am Nachmittag zur Arbeit ins Restaurant kam, winkte Caroline sie zu den Sofas in der Ecke.

Emma war begeistert, eine Stelle als Souschefin und im Service angeboten zu bekommen, und sagte, sie könne sofort anfangen. Auch Caroline freute sich. Sie wusste, dass Emma eine exzellente Köchin war, und hatte wegen ihrer liebenswürdigen, ruhigen Art absolutes Vertrauen in ihre Fähigkeiten, sie bei der Leitung zu vertreten. Und außerdem, dachte sie, könnte es tatsächlich bedeuten, dass sie sich ab und zu freinehmen konnte, nachdem sie vier Monate lang durchgearbeitet hatte.

Kurz bevor sie Feierabend machte, schrieb sie noch eine Nachricht an Jonathan und teilte ihm mit, wie Emma auf ihr Jobangebot reagiert hatte. Wenn jetzt auch noch das Treffen der Old-Somerset-Jagdgesellschaft reibungslos über die Bühne ging, konnte sie diese vermaledeiten Jagdhunde fürs Erste hinter sich lassen.

23

Während Caroline die Foxhounds und den Hundeführer der Old-Somerset-Jagd besser kennenlernte, bereitete sich Jonathan auf etwas vor, was er schon seit einer Ewigkeit nicht mehr getan hatte. Obwohl er schon seit geraumer Zeit wieder im Familienbetrieb mitarbeitete, hatte er diese besondere Aktivität bisher vermieden – sie war mit zu vielen Erinnerungen aus der Zeit vor dem Bruch in der Familie verbunden, als er, sein Bruder und sein Vater noch ein starkes Team gewesen waren. Aber er wollte sich nicht länger davor drücken, es wurde Zeit, sich voll und ganz den Aufgaben eines Cider-Produzenten zu widmen, und das wöchentliche Ereignis, an dem er in Kürze teilnehmen würde, war ein zentraler Bestandteil seiner Pflichten.

Als Jonathan die Hauptscheune betrat, brauchten seine Augen einen Moment, um sich an das Zwielicht zu gewöhnen. Selbst am helllichten Tag wurde die dort herrschende Düsternis noch von den schweren, dunklen Eichenfässern und den kaum helleren hölzernen Deckenbalken unterstrichen. Auch wenn die Außenwände der Scheune inzwischen aus Stahl bestanden, verliefen innen immer noch die alten Balken. Von der Plattform über dem Hauptfass drangen die Stimmen von Sophie Henderson und David Armitage zu ihm hinunter, den beiden Chefverkostern von Carter's Cider, die dort die ersten Proben nahmen. Er ging die Treppe hinauf und gesellte sich zu ihnen.

»Ich dachte, ich bin heute mal dabei, wenn das in Ordnung ist?«, sagte er, als er bei ihnen war.

»Na klar«, erwiderte Sophie. Sie war hochgewachsen, blond, Mitte zwanzig und hatte direkt nach dem Abitur angefangen, für Carter's Cider zu arbeiten. »Es ist immer schön, ein Familienmitglied dabeizuhaben.« Sie lehnte sich über den Rand der Plattform und zog an dem Griff, der an der Luke des Fasses befestigt war. »Was verschafft uns denn heute die Ehre?«

»Er hat noch an keiner Verkostung teilgenommen, seit er wieder da ist«, hörten sie Matthews leicht belustigte Stimme, bevor auch er die Treppe zur Plattform hinaufkam. »Vermutlich muss er seine Erinnerungen auffrischen, wie das Zeug überhaupt schmeckt.«

»Jetzt fehlt uns nur noch der alte Herr, und die ganze Mannschaft wäre komplett«, raunte David Sophie zu. Die beiden gingen zum Fass auf der anderen Seite der Plattform hinüber, um ihre Verkostung fortzusetzen und den Brüdern ein wenig Privatsphäre zu geben.

Sobald er Jonathan erreicht hatte, übernahm Matthew sofort die Führung, trat vor, tauchte den zweiten Krug ins Fass und goss etwas daraus in ein Glas. Er hielt kurz inne und reichte es dann seinem Bruder.

Jonathan beäugte das Glas misstrauisch. »Bist du sicher, dass da kein Gift drin ist?«

»Noch vor einem Jahr wäre mir der Gedanke eventuell tatsächlich gekommen.« Matthew lächelte gepresst. »Aber ich ruiniere doch deinetwegen nicht ganze siebzigtausend Liter.« Er goss sich selbst ein Glas ein, nahm einen Schluck und sah zu, wie sein Bruder es ihm gleichtat. Für Jonathan war es der erste Schluck Cider direkt aus dem Fass, seit er nach Little Somerby zurückgekommen war.

»Verdammt, ist das gut«, entfuhr es ihm. Die Süße des Verschnitts, durchsetzt mit dem subtilen Aroma des Fasses, war der Grund dafür, dass Carter's Cider so bekannt war. Aber dieser Jahrgang war wirklich etwas Besonderes. »Ich wage zu behaupten, dass das hier besser ist als alles, was wir produziert haben, als Dad noch Geschäftsführer war.«

»Lass ihn das bloß nicht hören«, erwiderte Matthew. »Er ist noch immer nicht überzeugt vom Dabinett Royal Cuvée, obwohl der dieses Jahr ein Verkaufsschlager war.«

Jonathan grinste. »Ich hätte nie gedacht, dass du mal so offen die Weisheit unseres alten Herrn infrage stellst, was das Verschneiden von Apfelsorten betrifft.« Er ließ seinen Blick über die acht Eichenfässer in der Scheune schweifen. »Aber ich nehme an, vieles hat sich seitdem verändert.«

»Allerdings.«

Jonathan trank noch einen Schluck aus dem Glas, dann rief er zu Sophie und David hinüber: »Ich bin zwar noch kein Experte, aber der hier scheint ziemlich gelungen zu sein. Seid ihr zufrieden?«

»So zufrieden, wie wir nur sein können.« David verzog wie immer keine Miene. »Der im rechten Fass braucht aber noch ein bisschen.«

Jonathan ließ sich noch eine Weile in der Atmosphäre dieses Ortes und der Feierlichkeit des Anlasses treiben. Er dachte daran, wie er als junger Mann mit Jack und auch mit Matthew hier heraufgekommen war, bei jedem Wetter, da sein Vater, als er noch das Sagen hatte, darauf bestanden hatte, den Cider einmal die Woche zu verkosten. Selbst sein Bandscheibenvorfall hatte ihn nicht daran hindern können. Jonathan war vor dieser Vergangenheit geflohen, hatte sie aufgegeben, doch jetzt wollte er sie um jeden Preis zurückerlangen.

Das Klappern, als Matthew sein Glas aufs Tablett zurückstellte, holte Jonathan wieder zurück in die Gegenwart. »Ich muss wieder ins Büro«, sagte Matthew. »Hab noch einiges zu tun. Du ja sicher auch.« Ohne auf die Antwort seines Bruders zu warten, eilte er die Treppe hinunter.

Jonathan leerte sein Glas und stellte es ebenfalls vorsichtig aufs Tablett zurück. »Danke«, sagte er zu David und Sophie, die offensichtlich mit der Verkostung eines der anderen Fässer beschäftigt waren. Während er die Treppe hinunterging, war er sicher, Davids barsche Stimme brummeln zu hören: »Na, das ist ja mal was ganz Neues.« Und David hatte recht. Immerhin hätte er sich selbst noch vor Kurzem nicht vorstellen können, wieder hierherzukommen.

24

Der Morgen, an dem die Schleppjagd stattfinden sollte, war hell und sonnig und überraschend kühl für einen Oktobertag. Auf den Bäumen und Gräsern glitzerte eine dünne Schicht Raureif. Als Caroline die Wohnzimmervorhänge zurückzog, ertappte sie sich bei dem trotzigen Gedanken, dass wenigstens einer dieser überprivilegierten Schnösel auf dem feuchten Gras ausrutschen möge. Sie hatte sich zwar bereit erklärt, den Empfang vor der Jagd zu veranstalten, da Jonathan und später auch Matthew ihr deutlich zu verstehen gegeben hatten, dass dies ein Teil des kulturellen Erbes der Region war und sie sich das Geschäft nicht entgehen lassen durften. Ihre Proteste waren auf taube Ohren gestoßen. Sie begriff langsam, dass die nach außen hin so liebenswerten Carter-Brüder unerbittlich sein konnten, wenn es darum ging, die Interessen des Familiengeschäfts zu vertreten. Dabei konnte sich ihnen kaum jemand in den Weg stellen, und die Managerin ihres eigenen Restaurants schon gar nicht.

Das war der Haken an ihrer Vereinbarung, dachte sie. Sie hatte vielleicht bis zu einem gewissen Grad die Entscheidungsgewalt über das Geschäft und konnte bestimmen, wer angestellt und entlassen wurde, aber sobald sie mit einem Entschluss nicht einverstanden war, hatte sie lediglich eine beratende Funktion. Das hatten ihr Jonathan und Matthew bei ihrer letzten Unterredung, bevor die ganze Sache beschlossen wurde, unmissverständlich zu verstehen gegeben. Anscheinend blieb ihr nichts anderes übrig, als ihre Prinzipien zusammen mit dem heißen Cider herunterzuschlucken.

Sie sprang schnell unter die Dusche, zog sich eine enge Jeans und einen Pulli über (für eine Jagd würde sie sich garantiert nicht in Schale werfen) und ging in die Küche hinunter, um sich einen Überblick über die Vorräte zu verschaffen. Heute kam nicht nur die Jagdgesellschaft. Zur Mittagszeit waren alle Tische reserviert, und auch für den Abend war das Reservierungsbuch fast voll. Sie musste widerwillig zugeben, dass sie die Mittagstischreservierungen vermutlich dem Jagdempfang zu verdanken hatte, der um elf Uhr stattfand; einige Besucher hatten wohl beschlossen, gleich zum Mittagessen zu bleiben. Aber das Ganze wurmte sie trotzdem.

Als sie in die Küche kam, überprüfte sie das Haltbarkeitsdatum auf den Vorräten im Kühlschrank. Normalerweise war das Ginos Aufgabe, aber sie hatte ihm den Tag freigegeben, weil er seinen Großvater besuchen wollte, der sich nach einer Operation im Musgrove-Park-Krankenhaus in Taunton erholte. Emma hatte sich bereit erklärt, die Mittags- und Abendschicht zu übernehmen und bei den Kanapees für den Empfang letzte Hand anzulegen. Die Lebensmittel im Kühlschrank waren alle in Ordnung, aber als sie sich zu der stählernen Arbeitsfläche umdrehte, stockte ihr der Atem. Vor ihr lag der gesamte Vorrat an Krebsschwänzen und den Beilagen aus hausgemachter Mayonnaise, die dazugereicht werden sollten. Anstatt wie vorgesehen im Kühlschrank hatten sie die Nacht über offensichtlich auf der Arbeitsfläche gestanden. Jetzt im Oktober herrschten zwar nicht gerade tropische Temperaturen, aber sie waren sicherlich höher als für einen Kühlschrank in der Gastronomie gesetzlich vorgeschrieben.

Sie war sofort hin und her gerissen. Wäre Gino da gewesen und das Essen für ihre eigene Party vorgesehen, hätte sie es sofort weggeworfen. Es war einfach zu riskant, es im Restaurant zu servieren. Allerdings war jetzt keine Zeit mehr, alles noch einmal neu zuzubereiten, und so klaffte eine erhebliche Lücke im Büffet. Sie konnte Emma anrufen und sie bitten, eine Stunde früher zu kommen, um auf die Schnelle noch etwas anderes zu zaubern, aber sie hatte ihre Souschefin in letzter Zeit zu oft in Anspruch genommen, und das Mädchen hatte es verdient, sich mal richtig auszuschlafen. Oder sie könnte Gino zurückholen, aber in Anbetracht der Umstände fand sie das nicht fair.

Bevor sie weiter darüber nachdenken konnte, klingelte der Festnetzanschluss des Restaurants, und sie eilte aus der Küche, um den Anruf entgegenzunehmen. Während sie im Computersystem des Cider Kitchen eine Reservierung für den Abend eintrug, bemerkte sie, dass einige Tische im Restaurant nicht neu eingedeckt worden waren, und sobald sie die Reservierung notiert hatte, kümmerte sie sich darum.

Eine Weile später füllte sich das Gelände vor dem Restaurant mit Leuten, die die Jagd zu Fuß oder im Auto verfolgen wollten, Pferden und einer kleinen Gruppe von Tierschützern, die Flugblätter verteilten. Alles lief sehr zivilisiert ab. Selbst die Hunde, die in der Menge umherliefen, benahmen sich. Gegen ihren Willen bewunderte Caroline das Spektakel, die Reiter in ihren Jagdröcken, manche aus Tweed, manche khakifarben und auch der eine oder andere rote, die Sattelgurte überprüften, ihre Hand an die Reitkappe legten, um dem Jagdherrn Respekt zu zollen, und die Fragen neugieriger Zuschauer beantworteten, die noch nie eine Jagd erlebt hatten. Es juckte sie in den Fingern, ihren Skizzenblock hervorzuholen und die Szene einzufangen, aber sie hatte einfach zu viel zu tun. Ein Tablett mit heißem Cider wurde herumgereicht, und gleich würde das Essen aus der Küche kommen.

Erst in dem Moment fielen Caroline die Krebsschwänze wieder ein. Zu ihrem Schrecken sah sie, wie Sasha, ihre jüngste Kellnerin, mit dem Tablett in der Hand aus dem Restaurant kam und bereits von Jägern und Schaulustigen umringt wurde; sie würde sie nicht mehr rechtzeitig erreichen, um ihr das Tablett abzunehmen. Während sie sich, so schnell es ging, einen Weg durch die Menge bahnte, wobei sie Sasha vorübergehend aus den Augen verlor, hörte sie einen Schrei und lautes Scheppern. Als sie endlich am Ziel war, sah sie ihren neuen Bekannten Bob, Hundeführer der Old–Somerset-Jagdgesellschaft, der von seinem Pferd gestiegen war und sich einen Weg durch ein wildes Durcheinander aus Schnauzen und Schwänzen bahnte. Caroline legte einen Schritt zu und fand Sasha mit einem leeren Tablett in den Händen vor, während ein Großteil der Somerset-Jagdmeute sich über das hermachte, was sich noch vor Kurzem darauf befunden hatte.

»Tut mir so leid, Caroline«, stammelte Sasha, die Wangen vor Verlegenheit gerötet. »Die sind einfach so riesig. Einer hat mir seine Nase unter den Rock gesteckt, als ich mit den Häppchen nach draußen gekommen bin, und ich hab mich total erschreckt.«

»Bertie, Misty, Thunder, aus!« Robs schneidende Stimme unterbrach Sashas Entschuldigungen. Die Hunde zogen sich augenblicklich zurück.

»Danke«, sagte Caroline, als Rob entschuldigend grinste.

»Sie sind absolute Opportunisten«, sagte er und wandte sich dann an Sasha. »Alles in Ordnung, Liebes? Sie können einfach keinem verlockenden Duft widerstehen, und ich fürchte, das Tablett mit den Häppchen war einfach zu viel für sie.«

Sasha nickte. »Alles in Ordnung, danke. Mir war gar nicht bewusst, wie groß sie sind, so aus der Nähe.« Sie blickte bedauernd auf das Chaos am Boden. »Zum Glück hast du ja jede Menge extra Käse und Kräcker vorbereitet. Die sahen auch gut aus.«

»Alles halb so wild«, sagte Caroline. Sie hatte immer noch Herzklopfen bei dem Gedanken, dass die Flusskrebse fast den Gästen serviert worden wären.

»In ein paar Minuten kann es losgehen!«, rief Rob, als sein Handy vibrierte. »Trinkt aus. Jason hat die Spur gelegt.«

Plötzlich herrschte rege Betriebsamkeit, als die Reiter ihren Cider austranken und die letzten Kanapees verzehrten. Selbst Caroline mit ihrer vehementen Abneigung gegen diesen Sport musste zugeben, dass die Reiter vor der Kulisse der Hügel und Obstgärten ziemlich imponierend wirkten, als sie sich auf den Weg machten. Während sie ihnen nachsah und die Menge sich langsam zerstreute, entdeckte sie Jonathan, der sich mit ein paar Schaulustigen unterhielt. Als hätte er ihren Blick gespürt, drehte er sich zu ihr um und schenkte ihr ein Lächeln. Es machte ihn wirklich unwiderstehlich, dachte sie. Aber sie hatte keine Zeit, sich zu unterhalten. Der Mittagstisch würde sich nicht von selbst abwickeln, und sie musste sich auch noch etwas Schickeres anziehen, nun da die Jagdgesellschaft weg war.

*

Als Caroline später dabei war, das Restaurant fürs Abendessen vorzubereiten, kam Meredith herein. Sie trug ein schlichtes weißes Hemd und einen gerade geschnittenen schwarzen Rock, ihre langen, dunklen Haare waren zu einem Zopf geflochten, und ihr Gesicht war von der kalten Nachmittagsluft gerötet.

»Du hast es also überlebt?«, fragte Caroline, als Meredith die Tür schloss, um die Kälte auszusperren. Seit ihrem vertraulichen Gespräch über Merediths Probleme hatten die beiden eine enge Beziehung entwickelt, und obwohl Caroline von Grund auf dagegen war, dass Meredith an Jagden teilnahm, hatte sie sie doch so gern, dass sie darüber hinwegsehen konnte. Außerdem tat es gut, Meredith wieder so fröhlich zu sehen. Sie hatte sie nicht gefragt, wie das Essen mit Matthew und Anna verlaufen war, aber aus Merediths Verhalten schloss sie, dass sich vieles geklärt hatte.

»Oh ja, und Rosa zum Glück auch. Es ist das erste Mal seit Langem, dass sie draußen war.«

»Dann, äh, geht es ihr wieder gut?« Caroline hatte nicht die leiseste Ahnung von Pferden. So nah wie gerade war sie einem Pferd noch nie gekommen, mal abgesehen von dem einen oder anderen Eselritt als Kind am Meer. Sie musste sich immer noch daran gewöhnen, von so vielen Tieren umgeben zu sein, seit sie aufs Land gezogen war. Scrumpy und Solly waren das eine, aber einige der etwas ländlicheren Aspekte des Lebens in Somerset, zum Beispiel auf der Hauptstraße in Little Somerby von Kühen aufgehalten zu werden, die zum Stall oder auf die Weide getrieben wurden, waren doch immer wieder eine Überraschung.

»Es geht ihr gut.« Meredith hielt inne. »Was ich von einigen der Hunde nicht gerade behaupten kann.«

Caroline wurde flau im Magen. »Was ist denn passiert?«, fragte sie vorsichtig.

»Ich weiß auch nicht genau«, rief Meredith aus der Küche, wo sie ihre weiße Schürze umband. »Nach ungefähr zwei Stunden ließ die halbe Meute plötzlich von der Fährte ab und, ob du's glaubst oder nicht, rannte geschlossen los und erleichterte sich. Es stank bestialisch. Und für zehn Minuten konnte sie nicht einmal Rob wieder auf die Fährte ansetzen. Irgendwie war dann die Luft raus, und wir haben beschlossen, es gut sein zu lassen. Rob hat sich richtig Sorgen gemacht.«

»Wirklich?« Caroline bemühte sich, ihre Stimme unbeteiligt klingen zu lassen. Innerlich war sie der Panik nahe und fragte sich, ob sie demnächst eine gesalzene Tierarztrechnung präsentiert bekäme, weil man den Hunden aufgrund einer Lebensmittelvergiftung wegen schlecht gewordener Meeresfrüchte den Magen hatte auspumpen müssen. »Ich frage mich, woran das lag.«

»Das kann man nie wissen«, entgegnete Meredith. »Sie schnüffeln ja überall herum, wenn sie frei im Gelände herumlaufen dürfen. Die können da draußen alles Mögliche gefressen haben. Aber schon seltsam, dass es so schnell passiert ist. Ich bin mir jedoch sicher, dass sie bald wieder vollkommen fit sind, wenn sie sich erst ordentlich ausgeruht haben.«

»Das hoffe ich doch stark.«

»Viele Reservierungen heute Abend?« Meredith hielt inne und sah Caroline neugierig an. »Alles in Ordnung mit dir?«

Caroline riss sich zusammen und versuchte, nicht mehr an Gewinne zu denken, die möglicherweise für kranke Hunde ausgegeben werden mussten. »Mir geht's gut. Nur sechs Tische sind reserviert, der erste für sieben Uhr.«

»Alles klar. Ich bereite alles vor.« Meredith verschwand in Richtung Küche.

Caroline ließ sich gegen einen Tisch sinken. Dann schrak sie hoch wie von der Tarantel gestochen, als ihr Handy in ihrer Hosentasche zu vibrieren begann. Es war eine Nachricht von Jonathan.

Hast du später kurz Zeit? Muss was besprechen.

*

Später hieß für Jonathan elf Uhr am gleichen Abend. Caroline bemerkte sofort seine unordentliche, saloppe Kleidung und das leicht zerzauste Haar. Sie hoffte, es war ein neuer Modetrend und lag nicht daran, dass er gerade aus einem fremden Bett gestiegen war. Nicht dass es sie etwas anging, erinnerte sie sich selbst rasch.

Er bemerkte ihren Blick und bedeutete ihr, sich Zeit zu lassen, dann setzte er sich auf einen der Stühle an der Bar. Sasha, die heute eine halbe Schicht übernahm, schenkte ihm ein einnehmendes

Lächeln und machte sich daran, ihm einen Kaffee zu servieren, während er wartete. Wie kam es nur, dass alle weiblichen Wesen, egal wie alt sie waren, in Jonathans Gegenwart dahinzuschmelzen schienen? Sie selbst natürlich ausgenommen. Mit lautem Geklirre schob sie das Besteck auf den Tellern zusammen, die sie gerade abgeräumt hatte, und erntete einen erschrockenen Blick von dem älteren Ehepaar, das an dem Tisch links von ihr saß. Sie lächelte entschuldigend, eilte mit dem Geschirr in die Küche und hoffte, die letzten Gäste würden bald ihre Mahlzeit beenden, dann konnte sie endlich in Erfahrung bringen, was Jonathan wollte, und ins Bett gehen.

Als schließlich alle gegangen waren, machte sie die Kasse zu, die Geldschublade würde sie später in den Safe bringen, bevor sie das Restaurant abschloss. Jonathan hatte den Kopf über das Display seines Handys gebeugt, als sie zu ihm ging.

»Möchtest du noch einen Kaffee?«, fragte Caroline.

»Nur wenn du auch einen trinkst.«

Sie machte sich einen Caffè Latte mit extra viel Milch und Jonathan einen Flat White. Sie wollte nicht die ganze Nacht wach bleiben. Sie schob die Tasse zu ihm hinüber, dann ging sie um den Tresen herum und setzte sich auf den Barhocker neben ihm.

»Ist das ein geschäftlicher Besuch oder ein privater?«, fragte sie, während Jonathan sein Handy zurück in seine Hemdtasche steckte.

»Eher geschäftlich. Ich muss dich mal was fragen.«

»Und was?« Caroline wurde übel. »Stimmt was nicht?«

»Das weiß ich nicht genau.« Jonathan schwieg eine Weile, bevor er weitersprach. »Meredith hat da so etwas erwähnt, als sie heute Nachmittag von der Jagd zurückgekommen ist, und das lässt mich irgendwie nicht los.«

Das schummerige Licht ließ Jonathans sonst himmelblaue Augen eine Spur dunkler erscheinen, was ihnen eine Tiefe verlieh, die

Caroline sofort nervös machte. Sie nahm noch einen Schluck von ihrem Kaffee, um Zeit zu gewinnen. »Ach ja?« Sie bemühte sich, unbeteiligt zu klingen.

»Ja. Sie sagte, sie mussten die Jagd vorzeitig abbrechen, weil etwas mit den Hunden nicht in Ordnung war. Buchstäblich die gesamte Meute musste abgeholt und zurück zu den Zwingern gefahren werden, nachdem sie anfingen, überall hinzumachen. Soweit ich weiß, hat Rob sie gerade erst beruhigen können. Er dachte schon, er müsste den Tierarzt rufen.« Jonathan blickte ihr die ganze Zeit über unbeirrt in die Augen. Unter anderen Umständen wäre das beunruhigend sexy gewesen, dachte Caroline.

»Wie schrecklich«, stammelte sie. Rob war so herzlich zu ihr gewesen, als sie ihn besucht hatte, und obwohl sie die Jagd für absolut unzeitgemäß und moralisch verwerflich hielt, hätte sie nie gewollt, dass den Hunden etwas zustieß. »Weiß er … wie das passieren konnte?«

Jonathan schwieg erneut und nahm noch einen Schluck Kaffee. »Er meint, dass sie irgendetwas gefressen haben müssen, was sie nicht vertragen haben. Eine Lebensmittelvergiftung. Du weißt nicht zufällig, wie das passieren konnte, oder?«

Caroline verschluckte sich an ihrem Kaffee. »Wie kommst du darauf?«

»Na ja, das Einzige, was mir eingefallen ist, ist das Tablett mit den Meeresfrüchten, das Sasha fallen gelassen hat.« Jonathan sah sie unbeirrt an. »Wenn man bedenkt, wie du über die Jagd denkst, ist es doch ein seltsamer Zufall, dass Lebensmittel, die für das Treffen bestimmt waren, für die eine oder andere Magenverstimmung gesorgt haben.«

»Willst du mir etwa vorwerfen, ich hätte absichtlich das Essen verdorben?« Caroline geriet in Rage. Sie musste ja zugeben, dass die Krebsschwänze womöglich schlecht gewesen waren, aber ihr zu unterstellen, sie mit Absicht vergiftet zu haben, das war einfach zu viel.

»Hast du?«, fragte Jonathan geradeheraus. Die Direktheit seiner Frage und seines Blicks bestürzten Caroline. »Ich muss es wissen.«

»Nein, Jonathan, hab ich nicht. Und dass du die Möglichkeit überhaupt in Betracht ziehst, macht mich echt wütend.« Caroline knallte ihre Tasse auf die Untertasse und stand auf. »Ich würde niemals, unter keinen Umständen, die Gesundheit meiner Gäste gefährden. Und auch nicht die ihrer Tiere.«

Jonathan blickte sie weiter prüfend an. »Nein«, sagte er schließlich. »Das glaube ich auch nicht. Aber wie ist das Ganze sonst zu erklären? Die Hunde haben vor dem Stelldichein nichts Außergewöhnliches gefressen, und während der Jagd hatten sie keine Zeit, anzuhalten. Das Ganze ist Rob ein Rätsel.«

Caroline rutschte das Herz in die Hose. »Es gibt da etwas, das du wissen solltest.«

»Und was?«

»Die Magenverstimmung kam wahrscheinlich wirklich von den Meeresfrüchten, aber ich hätte sie niemals vergiftet. Allerdings hat sie jemand über Nacht draußen auf der Arbeitsfläche vergessen.« Sie senkte den Blick. »Es war ein Versehen, mehr nicht.«

Jonathan entfuhr ein langer, müder Seufzer. »Und du hast sie trotzdem servieren lassen? Was hast du dir bloß dabei gedacht?«

»Es war keine Absicht!«, gab Caroline wütend zurück. »Ich wollte sie gerade entsorgen, als jemand anrief, um einen Tisch zu reservieren, und dann hab ich sie total vergessen. Erst als Sasha mit dem Tablett nach draußen kam, sind sie mir wieder eingefallen. Ich hab noch versucht, sie rechtzeitig zu erreichen und unauffällig wieder in die Küche zu lotsen, aber da war das Unglück schon passiert.«

»Hast du denn gestern Abend nicht noch mal in die Küche geschaut, bevor du Feierabend gemacht hast?«

»Doch, mit Sicherheit …« Dann fiel es ihr plötzlich wieder ein. Sie war von einem Gast aufgehalten worden, und als sie dann die Kasse abgerechnet hatte, war Gino bereits gegangen, und das Licht in der Küche war aus. Sie hatte sich ins Bett geschleppt, ohne ihre übliche Kontrollrunde durchzuführen. Sie konnte Gino die Schuld geben, aber letztendlich lag die Verantwortung bei ihr.

»Nicht auszudenken, was passiert wäre, wenn einer der Gäste davon gegessen hätte.« Jonathan schüttelte den Kopf. »Sie müssen völlig hinüber gewesen sein, wenn die Hunde so darauf reagiert haben, und da waren heute Vormittag auch ein paar Kinder und Teenager. Verdammt, Caroline, Ellie und Merry waren auch da und die Hälfte der Kinder aus dem Dorf. Von Anna ganz zu schweigen. Hätte sie in ihrem Zustand davon gegessen, hätte das ernsthafte Konsequenzen für sie haben können. Wir können von Glück reden, dass Sasha das Tablett aus der Hand gefallen ist, bevor sie die Häppchen servieren konnte.«

»Es tut mir so leid«, murmelte sie. »Ich hätte sie sofort wegwerfen sollen, als ich sie entdeckt hatte.«

»Mensch, Caroline, das war einfach zu knapp. Sei um Gottes willen demnächst vorsichtiger.«

Caroline wollte etwas entgegnen, aber sie wusste, dass Jonathan recht hatte. Und außerdem sah er wahnsinnig sexy aus, wenn er wütend war. Sie atmete tief durch. »Du hast ja recht. Es tut mir leid. Es war ein dummer Fehler. Hoffentlich hat niemand davon gegessen, bevor Sasha sie hat fallen lassen.«

»*Hoffentlich* ist keine Basis, um ein Geschäft zu führen.« Jonathan fuhr sich mit der Hand durchs Haar.

»Ich weiß.« Caroline versuchte zu lächeln. »Wir werden sicher früh genug erfahren, ob heute jemand krank geworden ist, so was spricht sich hier im Dorf doch schnell rum.«

Jonathan musterte sie aufmerksam. »Bist du sicher, dass es keine Absicht war?«

»Natürlich. Ich bin zwar immer noch grundsätzlich gegen die Jagd, aber ob du's glaubst oder nicht, ich mag Rob, und ich würde nie russisches Roulette mit der Zukunft des Restaurants spielen.«

Jonathan sah sie noch einen Moment lang an, und Caroline spürte, wie sie unter seinem durchdringenden Blick heiße Wangen bekam. »Ich glaube dir«, sagte er sanft.

Caroline war ganz benommen vor Erleichterung. »Das kommt nie wieder vor, Pfadfinderehrenwort.«

»Wenn ich mir dich in Pfadfinderuniform vorstelle, kann ich gar nicht anders, als dir sofort zu verzeihen.« Jonathans Stimme klang leicht rau.

»Keinen Schritt weiter. Ich mag ja zerknirscht sein, aber das heißt noch lange nicht, dass ich dich über die Grenzen des Geschäftlichen hinausgehen lasse.«

Jonathan hob die Hände. »Ich doch nicht.« Er sah auf die Uhr. »Und ich bin eh total erledigt. Heute Abend tauge ich sowieso zu nichts mehr. Außerdem brauche ich für morgen meinen Schönheitsschlaf.«

»Tatsächlich?« Caroline zog die Augenbrauen hoch.

»Und ob. Ich hab morgen Abend viel vor.«

»Jemand, den ich kenne?«

»Allerdings«, entgegnete Jonathan mit einem Zwinkern. »Und sie wird einen Aufstand machen, wenn ich ihr nicht meine volle Aufmerksamkeit schenke. Also sollte ich jetzt lieber schlafen gehen.« Mit diesen Worten grinste er sie an, machte kehrt und spazierte zur Tür hinaus. »Bis später.«

Als Caroline ihm nachsah, verspürte sie eine Mischung aus Ärger und Eifersucht. Sie wusste, dass sie glimpflich davongekommen war, fragte sich aber dennoch, mit wem er morgen Abend verabredet war. Sie verfluchte sich für den Gedanken und machte sich daran, das Restaurant abzuschließen.

25

Erschöpft nach dem langen Abend und einer unruhigen Nacht, zog sich Caroline am nächsten Morgen einen bequemen, jadegrünen Pulli an und ging nach unten, um im Restaurant nach dem Rechten zu sehen. Sie war noch lange aufgeblieben, nachdem Jonathan gegangen war, und hatte mehr als einmal die Verfallsdaten auf den Vorräten im Kühlschrank überprüft, um sicherzugehen, dass alles Verderbliche entsprechend gekennzeichnet und gelagert worden war. Zu ihrer großen Erleichterung hatte das Küchenpersonal beim Aufräumen hervorragende Arbeit geleistet, aber sie musste absolut sicher sein. Sie war wegen der Krebsschwänze noch einmal davongekommen, aber sie wollte denselben Fehler nicht zweimal machen. Als sie dann endlich ins Bett gefallen war, wurde sie von erotischen Träumen über Jonathan geplagt. Sie war sich nicht sicher, wie er es angestellt hatte, aber er hatte gestern Abend noch begehrenswerter ausgesehen als sonst, müde und ein klein wenig unordentlich. Jetzt, da sie wusste, dass die verdorbenen Meeresfrüchte keinen ernsthaften Schaden angerichtet hatten, musste sie zugeben, dass es ihr durchaus gefallen hatte, von Jonathan den Kopf gewaschen zu bekommen. *Ach du Schande*, dachte sie, *entwickle ich mich etwa zu einer zweiten Ana Steele? Bloß nicht!*

Als sie das Restaurant betrat, fiel ihr mit Schrecken auf, dass sie am Vorabend vergessen hatte, die Einnahmen im Safe einzuschließen und die Kasse abzurechnen. *Nur wegen Jonathan!* Wann immer er auftauchte, brachte er sie völlig aus der Fassung. Sie war ganz benommen vor Müdigkeit. Zum Glück bot das Restaurant sonntags nur Mittagstisch an, sodass ihr der Abendbetrieb erspart blieb. Sie öffnete die Kasse, griff nach einem Bündel größerer Banknoten und drückte die entsprechenden Tasten, um den Beleg auszudrucken. Noch bevor sie damit fertig war, fiel ihr Blick auf etwas, das auf der Fußmatte lag.

Es war Sonntag, es kam also heute keine Post. Und für eine Viel-Glück-Karte war es ein wenig spät. Sie trat wieder hinter dem Tresen hervor, ging zur Tür und hob das kleine braune Kuvert auf. Es war nicht adressiert, also gab es auch keine Handschrift, anhand derer sie den Absender hätte erraten können. Hastig riss sie es auf und nahm einen weißen Zettel heraus. Dabei fiel noch etwas anderes aus dem Umschlag. Sie blickte auf den Boden, und noch bevor sie das Papier auseinandergefaltet hatte, stockte ihr der Atem.

Vor ihr auf der Fußmatte lag ein winziges Plastikpäckchen mit kristallinem weißem Pulver. Mit zitternden Händen faltete Caroline den Zettel auseinander, auf dem in kühner blauer Handschrift fünf Worte standen:

Erinnerst du dich an mich?

26

Genau wie Jonathan gesagt hatte, war er an diesem Abend mit jemandem verabredet, den Caroline sehr gut kannte. Er hatte sich angewöhnt, sie regelmäßig zum Essen auszuführen, seit er ins Dorf zurückgekehrt war. Hauptsächlich, weil er gern mit ihr zusammen war, aber auch, weil er glaubte, ihr etwas schuldig zu sein. Er war vor langer Zeit ohne Vorwarnung aus ihrem Leben verschwunden, und das wollte er jetzt, wo er zurück war, wiedergutmachen. Genau genommen war seine Nichte Meredith – abgesehen von seiner Mutter – die einzige Frau, von der er behaupten konnte, sie je wirklich geliebt zu haben. Sie war vor Kurzem siebzehn geworden, und sie würde in einem Jahr fortgehen, um zu studieren, also wollte er bis dahin möglichst viel Zeit mit ihr verbringen.

Sie hatten begonnen, einige der Restaurants in den umliegenden Dörfern auszutesten, da sie die Speisekarte im Stationmaster schon in- und auswendig kannten. Ab und zu landeten sie jedoch immer noch dort. Jonathan hatte das Cider Kitchen bisher gemieden, da es ihn und Meredith zu sehr an die Arbeit und das Geschäft erinnerte.

Heute Abend wollten sie einen Laden in Cleeve ausprobieren, das ein paar Meilen von Little Somerby entfernt lag. Das Restaurant hatte vor zwei Jahren als Start-up-Unternehmen im ehemaligen Dorfpostamt eröffnet und außergewöhnlich positive Kritiken erhalten. Es gehörte zu den wenigen Restaurants, die auch am Sonntagabend geöffnet hatten. Jonathan, der gern das Angenehme mit dem Nützlichen verband, wollte herausfinden, was den Laden so erfolgreich machte. Vielleicht konnte sich das Cider Kitchen noch das eine oder andere bei dem Restaurant abschauen. Er holte Meredith um kurz nach sieben ab, und eine halbe Stunde später saßen sie fröhlich plaudernd an ihrem Tisch.

»Und was macht die Schule?«, fragte Jonathan.

Meredith verdrehte die Augen. »Alles gut. Hat Dad dir gesagt, du sollst mich das fragen?« Seit ihrem gemeinsamen Abendessen mit Matthew und Anna war Meredith zu Hause wesentlich glücklicher, aber sie wusste genau, dass ihr Vater und ihre Stiefmutter sie aufmerksam im Auge behielten.

»Nein, Liebes, aber da du Erbin und Hoffnungsträgerin des Familienunternehmens bist, muss ich dafür sorgen, dass du deine Pflicht tust.«

»Natürlich.« Ungeduldig warf Meredith die Haare zurück. »Dad hat solche Panik, dass ich durchdrehe und mein Abitur verhaue, dass er mich momentan außer mit dir kaum noch mit jemandem ausgehen lässt.«

»Er will nur das Beste für dich«, sagte Jonathan geduldig. »Du musst wissen, dass du immer sein kleines Mädchen bleiben wirst.«

»Ich weiß.« Meredith studierte die Speisekarte. »Aber ich will jetzt nicht über die Schule reden. Es läuft bestens. Ich arbeite gut mit, und die Lehrer sind zufrieden.« Sie sah ihn über die Speisekarte hinweg erwartungsvoll an. »Ich möchte über dich reden. Und über Caroline.« Seit ihrem Gespräch vor einigen Wochen über Annas Baby hatten sich Meredith und Caroline immer besser verstanden, und Meredith hatte festgestellt, dass sie Caroline sehr mochte. Wenn es nach Meredith ging, war sie die perfekte Freundin für ihren Onkel.

»Aus geschäftlichen Gründen leider nicht möglich, Liebes«, entgegnete Jonathan. »Sie ist deine Chefin und im Familienunternehmen angestellt, um das Restaurant zu leiten. Ich kann nicht über sie sprechen.«

»Also ehrlich. Du treibst dich ständig im Cider Kitchen rum, und das mit Sicherheit nicht immer aus geschäftlichen Gründen. Und Anna hat mir erzählt, dass Caroline dich neulich dabei erwischt hat, wie du auf diesem verstimmten Stutzflügel gespielt hast. Das würdest du doch nicht tun, wenn du nicht ein bisschen was für sie übrighättest.«

»Du weißt doch sicher, dass ich ein Schuft und ein Schurke bin und hinter allem her, was nicht bei drei auf den Bäumen ist.« Jonathan lächelte, doch sein Blick war ernst. Über seine Beziehungen Witze zu machen, war eine Sache, aber er hatte mit Merediths Mutter, der ersten Frau seines Bruders, einen furchtbaren Fehler gemacht und fühlte sich noch immer äußerst unwohl dabei, mit ihr darüber zu sprechen, von Witzemachen ganz zu schweigen.

»Ist schon in Ordnung, Onkel Jonathan«, sagte Meredith sanft. »Wir haben doch schon darüber gesprochen. Ich verzeihe dir die … Sache.« Sie lächelte ihn an. »Und ich möchte, dass du genauso glücklich bist wie Dad, seit er mit Anna zusammen ist. Glaubst du, dass du irgendwann jemanden findest, der dir das gleiche Gefühl gibt?«

Jonathans Gedanken wanderten zurück zu Caroline. Sie war schwer zu durchschauen, und das reizte ihn. Sie hatte etwas Geheimnisvolles an sich, und sie verbarg etwas vor ihm. Er hatte ihr heute Vormittag eine E-Mail geschickt und sie gefragt, ob er vorbeikommen könne, um das Angebot eines potenziellen neuen Zulieferers zu besprechen, aber sie hatte nicht geantwortet. Es war eigentlich nicht ihre Art, geschäftliche E-Mails zu ignorieren. Normalerweise konnte man sie selbst am Wochenende gut erreichen. Er fragte sich, ob etwas geschehen war, das sie beschäftigte.

»Onkel Jonno? Hörst du mir überhaupt zu?« Meredith hatte seinen abwesenden Gesichtsausdruck bemerkt, und er gab sich alle Mühe, ihr wieder seine Aufmerksamkeit zu widmen.

»Entschuldige, Liebes. War abgelenkt.«

»Ich hab dir gerade erzählt, dass ich nächstes Wochenende Flynn in Oxford besuche. Wahrscheinlich schaue ich mir bei der Gelegenheit gleich noch ein paar andere Colleges an.« Meredith grinste. »Aber irgendwie hab ich das Gefühl, dass du in Gedanken nicht ganz so weit weg warst.«

Jonathan lächelte entschuldigend. »Ich hab viel um die Ohren. Dein Dad und ich müssen uns über das Übernahmeangebot von Buckthorn Gedanken machen – er hat bestimmt davon erzählt. Und deinem Großvater geht es im Moment auch nicht besonders gut, wie du weißt. Du siehst also, ich hab wirklich keine Zeit, mir auch noch über mein Liebesleben Gedanken zu machen.«

»Hm«, murmelte Meredith. »Jedem anderen würde ich das abnehmen, aber dir?« Sie schaute wieder in die Speisekarte. »Ich bin am Verhungern. Was wollen wir bestellen?« Ihr Appetit war legendär, und Jonathan fragte sich oft, wo sie das ganze Essen ließ. *Liebe und Teenagerhormone,* dachte er amüsiert. In dem Alter konnte man sich noch einiges erlauben. Erwachsen zu werden, dass wurde ihm langsam klar, bedeutete eine Menge mehr, die einem Kopfzerbrechen bereitete. Er fragte sich, ob Meredith das nicht viel eher begriffen hatte als er.

27

Caroline konnte nicht aufhören, an die Nachricht zu denken, die sie bekommen hatte, zusammen mit dem Päckchen weißem Pulver, das sie sofort die Toilette hinuntergespült hatte. Sie war sich ziemlich sicher, dass sie nicht in Versuchung geraten würde, aber illegale Drogen im Haus zu haben war ein beängstigender Gedanke.

Was ihr allerdings am meisten Angst machte, und es war erstaunlich, dass ihr das erst jetzt auffiel, war die Tatsache, dass auf dem Umschlag keine Adresse gestanden hatte. Es hatte ihn also jemand persönlich vor die Tür gelegt. Ihr neuer Job war kein Geheimnis – so gut wie jeder ihrer ehemaligen Kollegen in der Eventmanagement-Firma wusste, dass sie nach Somerset gehen würde, um dort ein Restaurant zu leiten. Aber wenn der Absender der Nachricht persönlich vorbeigekommen war, dann war er jetzt hier im West Country, was nur Ärger bedeuten konnte. Zumindest hatte sie das Glück, an einem Ort zu wohnen und zu arbeiten, an dem immer viel los war, mal abgesehen von den dunklen Stunden zwischen Schließung und Eröffnung des Restaurants. Das sollte doch eine gewisse Sicherheit bedeuten, oder? Aber Sicherheit wovor? Was wollte der Absender von ihr? Sie hatte das ungute Gefühl, dass sie schon bald eine Antwort darauf bekommen würde. Blieb nur die Frage, wie gefährlich er ihr und ihrem neuen Job in der Zwischenzeit werden konnte.

Doch das Leben musste weitergehen. Sie hatte die Wahl: Sie konnte sich entweder an ihren freien Abenden einschließen und sich die ganze Zeit Sorgen machen, oder sie konnte ausgehen und im Dorf neue Freunde finden. Also beschloss sie, donnerstags ihren freien Abend zu nehmen, und überlegte, was sie damit anfangen könnte.

Anfangs verbrachte sie ihre Abende mit Anna und Ellie drüben auf Cowslip Barn, aber dann stieß sie in der *Somerset Life* auf eine Anzeige und meldete sich für einen sechswöchigen Kurs in Aktmalerei an. Sie fand ihren Skizzenblock wieder, und da sie jetzt mehr Zeit hatte und noch dazu einen guten Grund, aus dem Restaurant herauszukommen, besuchte sie den Kurs. Außerdem hoffte sie, auf diese Weise neue Leute kennenzulernen. Natürlich hatte sie im Restaurant schon jede Menge Menschen getroffen, aber keinen davon würde sie als Freund bezeichnen, daran änderten auch Jonathans spätabendliche Besuche nichts.

Und Freunde konnte sie gut gebrauchen, um sich gegen das zu wappnen, was die Nachricht und das Päckchen mit dem weißen Pulver mit sich bringen konnten. Ein Gedanke, den sie mit aller Macht zu verdrängen versuchte. Der Sinn des Aktmalereikurses war es schließlich, aus dem Restaurant heraus- und hinein ins Leben von Little Somerby zu kommen, wo sie unter Menschen war. Und *er* würde ihr mit Sicherheit nicht in einen Kunstkurs folgen. Als sie die High Street zur Veranstaltungshalle hinunterging, bemerkte sie, dass noch eine ganze Reihe Menschen unterwegs waren, in den Pub oder in den Dorfladen, und ihre Gegenwart beruhigte sie. Hier würde ihr bestimmt nichts zustoßen.

Der Kurs fand in der Dorfhalle statt, einem roten Backsteingebäude, das um die Jahrhundertwende von der Abstinenzlerbewegung errichtet worden war. Von außen wirkte das Gebäude streng und ziemlich zugig, und Caroline fragte sich, wer wohl den Mut aufbringen würde, sich an einem solchen Ort an einem kalten Herbstabend auszuziehen. Als sie jedoch die Halle betrat, bemerkte sie zu ihrer großen Erleichterung (und sicherlich auch der des Modells), dass jemand die Heizung voll aufgedreht hatte, sodass fast tropische Temperaturen herrschten.

Leicht befangen öffnete Caroline die Flügeltür zum großen Saal und erblickte eine Gruppe von etwa zehn Leuten unterschiedlichen Alters; sie saßen an Staffeleien, die im Kreis arrangiert worden waren. Das Modell saß mit dem Rücken zur Tür auf einem Rattansessel, ein großes Tuch locker um den Körper geschlungen. Als Caroline der Kursleiterin zulächelte, die ihr mit einer Handbewegung bedeutete, sich vor einer der Staffeleien niederzulassen, verspürte sie ein erwartungsvolles Kribbeln, wie immer, wenn sie mit einer neuen Zeichnung begann.

Caroline durchquerte den Saal und nahm ihren Platz ein. Sie kramte in ihrer Tasche nach den Zeichenstiften, legte sie vor der Staffelei aus, bemerkte erfreut das dicke Papier auf der Staffelei, und erst dann blickte sie auf, um das Modell genauer in Augenschein zu nehmen. Sie war nicht allzu überrascht, als sie die sinnliche, nackte Gestalt von Annas bester Freundin Charlotte erkannte. Ihr langes, rotbraunes Haar war auf ihrem Kopf aufgetürmt und enthüllte einen eleganten Hals, der sich zu ihren kräftigen Schultern hinunterschwang. Charlotte hatte Caroline ihr Profil zugewandt, sodass Caroline den sanften Schwung ihrer Brüste, ihre schlanke Taille und die eher molligen Schenkel betrachten konnte. Einen Arm hatte sie über die Rückenlehne des Sessels gelegt, die andere Hand ruhte in ihrem Schoß. Sie schien sich in dem Stuhl ganz wie zu Hause zu fühlen, und nachdem Caroline einen Moment lang darüber nachgedacht hatte, wie seltsam es war, Annas beste Freundin splitternackt vor sich zu sehen, bewunderte sie ihren Mut.

Als Charlotte in ihre Richtung schaute, formte Caroline mit den Lippen ein »Hallo« und zwinkerte ihr kaum merklich zu.

Es war erstaunlich, wie schnell Caroline alles nur noch mit dem Auge der Künstlerin wahrnahm. Rasch skizzierte sie die Umrisse von Charlottes Körper, fügte Licht und Schatten hinzu und genoss es, die Struktur ihrer Haare einzufangen. Wenn sie zeichnete, schien sich alles um sie herum aufzulösen, und es gab nur noch sie selbst und das Objekt vor ihr. Nichts konnte ihr zu nahe kommen, nicht einmal *er*.

Die zwei Stunden vergingen wie im Flug, und Caroline war im Begriff, ihre Zeichnung von der Staffelei zu nehmen. Nach ein paar kurzen Anmerkungen der Kursleiterin begann sie, ihre Zeichenstifte einzupacken.

Charlotte hatte sich wieder in das Tuch gehüllt und machte sich auf den Weg, um sich wieder anzuziehen, blieb jedoch vor Carolines Staffelei kurz stehen.

»Mann, das ist wirklich gut!«, bemerkte sie. Und hinter vorgehaltener Hand, um keinen der anderen Teilnehmer zu kränken, fügte sie hinzu: »Besser als alles, was hier heute Abend sonst so entstanden ist. Du würdest es mir nicht zufällig verkaufen, als Geschenk für Simon zum Hochzeitstag?«

Caroline errötete. Sie zeigte nur selten jemandem, was sie gezeichnet hatte, und es fühlte sich unglaublich seltsam an, jetzt über ihr Werk zu sprechen, nachdem sie gerade noch so vertieft in ihre Arbeit gewesen war. »Lass mich erst noch ein paar letzte Korrekturen vornehmen«, sagte sie und machte sich daran, die Zeichnung von der Staffelei zu nehmen. »Ich glaub, ich hab deine Augen noch nicht hundertprozentig getroffen.«

»In Ordnung«, entgegnete Charlotte. »Und sag mir, wie viel du dafür haben willst, wenn es fertig ist. Ich kann es dann in dem Laden in Shipham rahmen lassen – Folly's Farmers heißt der, glaube ich. Ich frage mich, ob ich der erste ortsansässige Akt bin, den sie rahmen.« Mit einem schelmischen Funkeln in den Augen zog

Charlotte sich das Tuch zurecht, das ihr von den Schultern zu rutschen drohte. »Ich sollte mich wohl besser wieder anziehen, bevor sie noch die Heizung abstellen. Hast du Lust, noch was trinken zu gehen, im Stationmaster? Oder musst du gleich wieder ins Restaurant zurück?«

Caroline lächelte. »Ich hab meinen freien Abend und damit jede Menge Zeit. Aber wartet Simon nicht auf dich?«

»Wahrscheinlich«, sagte Charlotte leichthin. »Aber dann muss er halt noch ein bisschen länger ohne mich auskommen. Evan wird jetzt eh schon im Bett sein. Und außerdem« – sie machte eine Pause, und der schelmische Ausdruck kehrte in ihre Augen zurück – »will ich unbedingt wissen, wie es ist, Seite an Seite mit Jonathan Carter zu arbeiten!«

Caroline fand Charlottes Humor ansteckend und musste lachen. »Eine Herausforderung«, sagte sie. »Eine absolute Herausforderung.«

Eine ganze Weile und einige Drinks später fühlte sich Caroline wesentlich besser informiert über die nächtlichen und sonstigen Aktivitäten diverser Einwohner von Little Somerby, von denen so mancher Stammgast im Cider Kitchen war. Charlottes Sinn für Humor war ansteckend, und Caroline begann, sich zu entspannen. Sie lehnte sich auf der gepolsterten Bank zurück und trank von ihrem Guinness.

»Du hast also niemanden zurückgelassen, als du hierhergezogen bist?«, fragte Charlotte. »Keinen Freund zu Hause in Surrey? Ein reicher Börsenmakler vielleicht?«

Caroline lachte. »Nein, nein. Ich bin absolut frei und ungebunden.«

»Ist auch besser so, immerhin macht Jonathan Carter dir schöne Augen.«

»Ach, komm«, prustete Caroline. »Der macht doch allem schöne Augen, was einen Rock trägt. Und davon mal ganz abgesehen, bin ich gar nicht bereit für eine Beziehung. Man könnte sagen, ich gehe für eine Weile allem aus dem Weg, was Hosen trägt.«

»Ach, wirklich?« Charlotte zog die Augenbrauen hoch. »Schlechte Erfahrungen gemacht?«

Caroline schwieg einen Moment zu lang, bevor sie antwortete. »So was in der Art.« Der Mann aus ihrer jüngsten Vergangenheit, an den sie dachte, war zwar nicht unbedingt ein fester Freund gewesen, aber er hatte am Ende einen fast ebenso großen Einfluss auf sie ausgeübt. Und das war Grund genug für sie gewesen, um vorsichtiger zu werden.

»Klingt ja interessant«, bemerkte Charlotte. Caroline sah von ihrem Drink auf und erwartete, ein anzügliches Funkeln in ihren Augen zu sehen, denn die Frau ihr gegenüber hatte ein untrügliches Gespür für eine Geschichte, aber stattdessen entdeckte sie nur Freundlichkeit und Mitgefühl. »Du musst es mir aber natürlich nicht erzählen.«

»Es ist nicht das, was du denkst«, sagte Caroline. »Aber wenn es dir nichts ausmacht, würde ich die Einzelheiten lieber für mich behalten. Sagen wir einfach, ich habe einen klaren Schlussstrich gezogen, als ich hierhergezogen bin. Es gibt Dinge, die ich lieber in Surrey lassen möchte.« *Und bis vor Kurzem dachte ich auch, es wäre mir gelungen,* fügte sie in Gedanken hinzu.

»Wie du willst«, entgegnete Charlotte ungerührt. »Aber ich sollte dich warnen: In diesem Ort bleibt nichts lange geheim. Die Buschtrommeln folgen hier ihren eigenen Gesetzen. Manchmal kommt es einem vor, als lebe man im idyllischsten Vogelkäfig der Welt.«

»Sagt diejenige, die sich gerade für die Künstlergemeinde des Dorfes komplett entblößt hat«, spöttelte Caroline.

»Ich weiß. Aber von mir erwartet auch keiner was anderes. Wenn ich je wieder an der Schule unterrichte, wird das allerdings lustig. Überleg mal, einige der Teilnehmer aus dem Aktmalereikurs haben vielleicht Kinder oder Enkelkinder auf der weiterführenden Schule. Das wird ein verdammt interessanter Elternabend.«

Caroline lachte, dankbar, dass sich die Unterhaltung nicht länger um sie und die Gründe für ihren Umzug drehte. Als sie sich schließlich voneinander verabschiedeten, hatte sie das Gefühl, zum ersten Mal seit ihrem Umzug so etwas wie ein richtiges Sozialleben zu haben. Sie schwor sich bei den Überresten ihres Glases Guinness, dass sie das bald wiederholen würde.

28

Während es immer früher dunkel wurde und die Mäntel, die an der Garderobe im Cider Kitchen hingen, dicker und länger wurden, machte sich Caroline daran, die Vorbereitungen für die Halloween-Abendveranstaltung abzuschließen. Als der Abend dann schließlich da war, sah sie sich mit einer Mischung aus Verzweiflung und Belustigung um. Die Leuchter waren mit künstlichen Spinnweben verziert, auf den Tischen lagen schwarze, glänzende Servietten, und auf nahezu jeder verfügbaren Fläche standen ausgehöhlte Kürbisse, in denen noch die Teelichter fehlten.

»Wie konnte ich das bloß für eine gute Idee halten?«, grummelte sie. »Normalerweise hasse ich Halloween.« Sie hatte zu viele Abende damit verbracht, das Catering für Halloween-Feiern zu beaufsichtigen, und Exzesse jeglicher Art waren etwas, das sie zurzeit lieber vergessen wollte, insbesondere, da die gruseligste Sache in ihrem Leben damals menschlich gewesen war. Jemand, den sie nicht mehr aus ihren Gedanken verbannen konnte, seit sie Anfang Oktober das Päckchen mit der verstörenden Nachricht bekommen hatte. Allerdings wollte sie die hochschwangere Anna nicht mit diesen Gedanken belasten. Nachdem Anna das Café geschlossen hatte, war sie im Restaurant vorbeigekommen, um zu sehen, wie es lief, und war gleich eingespannt worden, um ein paar Tische einzudecken. Meredith hatte am

Tag zuvor die Grippe bekommen und konnte an diesem Abend nicht arbeiten. Das Mädchen war natürlich todunglücklich gewesen, ihre Schicht nicht antreten zu können und die Halloween-Veranstaltung zu verpassen, aber es ließ sich nun einmal nicht ändern.

Anna lachte. »Du warst doch diejenige, die meinte, das sei gut fürs Geschäft. Und Matthew und Jonathan sind ganz scharf darauf, ihren neuen Wookey-Witch-Apfelpunsch unters Volk zu bringen. Wenn er gut ankommt, werden sie ihn nächstes Jahr um diese Zeit landesweit vertreiben.«

»Alles klar, meine Kunden werden also nicht nur zu Tode erschreckt, sondern auch noch als Versuchskaninchen missbraucht.« Caroline warf einen Blick in den Besteckkasten hinter der Bar, um ihre Grimasse zu verbergen. »Und als wäre Ginos Halloween-Speisekarte nicht schon unheimlich genug, glaubt Jonathan auch noch, ich müsste irgendeinen experimentellen Fusel anbieten.«

»Im Großen und Ganzen wissen die beiden schon, was sie tun, wenn es darum geht, Cider herzustellen«, schalt Anna sie gutmütig. »Sie machen das ja nicht erst seit gestern.«

»Ich weiß, ich weiß. Hundert Jahre Familiengeschichte charmant verpackt in zwei ansehnlichen Söhnen Somersets«, neckte Caroline, wobei sich ihre Stimmung ein wenig hob.

»Charmant?« Anna zog die Augenbrauen hoch. Caroline hatte ihr von dem Debakel mit den Jagdhunden erzählt, als sie am Sonntag nach dem Mittagessen auf Cowslip Barn den Abwasch machten, aber erst als sie sicher sein konnte, dass Matthew außer Hörweite war. So nett er auch war, Caroline hatte keine Lust, sich auch noch von ihm wegen des Vorfalls zusammenstauchen zu lassen, und sie wusste nicht, ob Jonathan seinem Bruder von dem »Beinahedesaster« im Restaurant berichtet hatte.

»Kein Kommentar. Er kommt wieder oft nach Feierabend vorbei, angeblich, um Klavier zu spielen, und geht mir dabei ziemlich auf den Geist.«

»Ach ja?«, sagte Anna. »Ich weiß nicht, ob es dir weiterhilft, aber Matthew meinte, er kann sich nicht erinnern, dass Jonathan jemals so viel Zeit mit einer Frau verbracht hat, ohne ihr das Herz zu brechen. Ich nehm an, das ist ein gutes Zeichen.«

»Komm bloß nicht auf falsche Gedanken. Unsere Beziehung ist rein geschäftlich. Ich kann zurzeit wirklich keine Komplikationen gebrauchen.«

»Ich hoffe nur, dass Jonathan das auch weiß. Er kann ziemlich überzeugend sein, wenn er will.«

»Na ja, wenn nicht, sollte er besser bald dahinterkommen. Ich hab nicht vor, seine Jungfrau in Nöten zu spielen, weder heute Abend noch sonst irgendwann in der Zukunft, das schwör ich dir.«

»Die Dame, wie mich dünkt, gelobt zu viel.« Anna lächelte verschmitzt.

»Gib's auf.« Caroline grinste. »Ich werd nicht noch mal deine Schwägerin, und damit basta.«

Anna hob ergeben die Hände. »Ist ja schon gut. Aber du solltest es trotzdem als Kompliment verstehen. Also, wo sollen die Gläser hin?«

*

Zwei Stunden später füllte sich das Cider Kitchen langsam mit Gästen. Caroline schaute zur Bar hinüber, wo eine der Kellnerinnen den erschreckend orangefarbenen Apfelpunsch ausschenkte und eine andere eine Auswahl an gruselig hergerichteten Kanapees herumreichte. In etwa zehn Minuten würden alle auf ihren Plätzen sitzen, und dann ging es darum, die Vorspeisen rechtzeitig zu servieren. Sie hatte eine Servicekraft zu wenig, aber bisher hatten sich die anderen hervorragend geschlagen. Sie hatte sich geweigert, ein richtiges Kostüm zu tragen, sich letztendlich jedoch als Kompromiss für ein langes, figurbetontes, schwarzes Kleid entschieden und eine ebenso lange, schwarzhaarige Perücke. Obwohl sie einiges kleiner war als Morticia Addams und auch wesentlich kurvenreicher, war sie doch mit der Wirkung durchaus zufrieden.

Was Jonathan wohl dazu sagen würde?, fragte sie sich. Er hatte sie noch nicht einmal wissen lassen, ob er heute Abend kommen würde, also musste sie ihn aus ihren Gedanken verbannen und sich auf ihre Gäste konzentrieren. Sie setzte ihr gewinnendstes Lächeln auf, schritt durch den Saal, grüßte im Vorbeigehen die Gäste und nahm ihre Position als Gastgeberin ein. Sie würde heute sicher nicht vor Mitternacht schließen, und es gab noch eine ganze Menge Süßes und Saures zu organisieren, unter anderem einen Varietézauberer.

*

Dank der tatkräftigen Unterstützung des Magiers und ihres Serviceteams, das geradezu durch das Restaurant zu schweben schien, verging der Abend wie im Flug. Das Halloween-Motto sorgte für eine lockere Atmosphäre, und Caroline schaffte es sogar, selbst ein wenig zu entspannen, als nach dem Essen ein paar Tische beiseitegeschoben wurden, um mitten im Restaurant eine improvisierte Tanzfläche zu schaffen. Schon bald schwangen die Gäste, die Speis und Trank reichlich zugesprochen hatten, munter das Tanzbein zu einer Playlist der kitschigsten Halloween-Hits, die Gino und Emma ein paar Abende zuvor auf einer iTunes-Playlist zusammengestellt hatten. Neben den alten Klassikern wie »Thriller« und »Bump In The Night« fanden sich auch einige neuere Lieder, darunter »I'm In Love With A Monster« aus *Hotel Transsilvanien 2*, das Caroline noch von dem Abend her kannte, als sie auf Ellie aufgepasst hatte.

Jonathan hatte sich an diesem Abend nicht blicken lassen. Nicht dass sie darauf gehofft hätte, im Gegenteil – sie war ganz froh, dass er nicht aufgetaucht war. Allerdings war sie schon etwas überrascht, da er sich doch sonst keine Party entgehen ließ. Vielleicht hatte er ja eine bessere Einladung bekommen?

Als die letzten Gäste irgendwann gingen und sie und das Serviceteam aufzuräumen begannen, wurde Caroline von ihrer Müdigkeit übermannt. Die Füße taten ihr weh von den hohen Absätzen, die sie zu dem Kleid getragen hatte, und unter der langen, schwarzen Perücke war es viel zu warm. Am liebsten hätte sie sie einfach in die Ecke geworfen, aber dazu war sie zu eitel. Sie konnte sich einfach nicht vor ihrem Team mit der total verschwitzten, feuerroten Mähne sehen lassen, die zweifellos unter der Perücke zum Vorschein kommen würde.

»War's das jetzt?«, fragte sie Izzy, als das Mädchen den letzten Tisch abwischte.

»Ich glaub, ja. Soll ich noch mal einen Blick auf die Bar werfen?«

»Danke, ist schon gut«, sagte Caroline, die schließlich nachgab und zumindest schon mal die hochhackigen Schuhe auszog. »Geh ruhig nach Hause.«

»Danke.« Izzy zog die Schürze aus, unter der sie ein kurzes, funkelndes, schwarzes Kleid trug, das mit glitzernden Spinnweben bedeckt war, und brachte sie in die Küche. Caroline hörte noch, wie sie sich von Gino und Emma verabschiedete, dann fiel die Hintertür ins Schloss.

Kurze Zeit später kamen Gino und Emma nach vorne zur Bar, als Caroline gerade dabei war, die Kasse abzurechnen. »Kein schlechter Tag«, bemerkte Gino, während er seine Kochmütze abnahm und sich die Haare wieder einigermaßen in Form zupfte.

»Es war ein voller Erfolg«, erwiderte Caroline. »Mir ist den ganzen Abend nichts als Lob für eure Kochkünste zu Ohren gekommen. Eine tolle Leistung!« Ihre beiden jungen Köche sahen vollkommen fertig aus, und Caroline verspürte einen Anflug von Mitgefühl. »Jetzt seht aber zu, dass ihr nach Hause und ins Bett kommt.«

»Nee«, antwortete Gino, und seine müden Augen leuchteten plötzlich auf. »Nach so einem anstrengenden Abend kann ich nicht direkt ins Bett gehen. Ich muss erst ein bisschen abschalten. Treffe mich gleich noch mit ein paar Freunden in Weston. Kommst du mit, Emma?«

»Nein danke. Ich hab Dad versprochen, ihm morgen bei der Inventur im Pub zu helfen. Deshalb sollte ich jetzt lieber nach Hause gehen.«

»Passt auf euch auf«, sagte Caroline, als die beiden das Restaurant verließen. Sie überlegte einen Augenblick, sich eine Tasse Kaffee zu machen, während sie die Einnahmen zählte, entschied sich dann aber dagegen. Sie war ebenfalls vollkommen am Ende, und der Kaffee würde sie nur wach halten. Sie ging wieder zur Kasse hinüber und druckte gerade den Beleg aus, als sie hörte, wie die Tür zum Restaurant sich öffnete. Carolines Herz klopfte laut und fast schmerzhaft, und sie verwünschte sich innerlich, weil sie nicht daran gedacht hatte, die Tür abzuschließen. Und wenn der Schreiber der Nachricht ihr jetzt noch einen Besuch abstattete? Sie wappnete sich innerlich und blickte auf.

»Das ist aber ein betörendes Kleid«, sagte eine leicht belustigte Stimme an der Türschwelle.

Caroline atmete auf. Wie schaffte Jonathan es nur immer, sich geräuschlos anzuschleichen wie die Grinsekatze aus Alice im Wunderland, mit diesem nonchalanten Tonfall und seinem ungenierten, verführerischen Lächeln?

»Wir haben geschlossen«, sagte sie. Sie hatte sich schon wieder verzählt.

»Ich will hier ja auch nicht einkehren.«

»Dann muss ich Sie leider bitten, das Lokal zu verlassen, Sir.« Sie gab es auf, noch abzurechnen, stopfte den Beleg in die Kassenschublade und beschloss, das Ganze auf den nächsten Morgen zu verschieben.

»Bin gerade auf dem Heimweg«, sagte Jonathan. »Da wollte ich nur kurz sichergehen, dass nicht wieder irgendwelche Restaurantkritiker hier rumlungern.«

»Nein, ich bin einsam und allein«, entgegnete Caroline und drehte sich endlich um. »Mal abgesehen von einem Cider-Farmer, der bald ein Kontaktverbot um die Ohren gehauen bekommt, wenn er nicht gleich wieder verschwindet.« Als sie Jonathans Blick begegnete, der sie eingehend musterte, spürte sie, wie ihr warm wurde. Das schwarze Kleid brachte ihr Dekolleté zur Geltung, und ihr war mit einem Mal deutlich bewusst, wie sich ihre Brüste hoben, als ihr Atem bei seinem Anblick schneller wurde.

»Was denn? Kein Mitternachtskaffee?« Lässig und selbstsicher kam Jonathan auf sie zu. »Ich würde mich auch selbst darum kümmern, wenn du mich an die Kaffeemaschine lässt.«

Caroline betrachtete ihn eingehend. Er trug ein lang geschnittenes, mitternachtsblaues Samtjackett und darunter ein altmodisches, cremefarbenes Seidenhemd, das in einer dunklen Hose steckte. Der Retrolook war sexy, wenn auch ganz schön extravagant.

»Warst du aus?«, fragte Caroline

»Auf einer anderen Halloweenparty mit einer Freundin. Sie war schon lange vor dieser Party geplant. Und noch dazu so eine Art Geburtstagsgeschenk.«

»Und wessen Geburtstag?«

»Meiner.« Jonathan lächelte leicht befangen. »Wollte keine große Sache daraus machen. Als ich dann zu dieser Party eingeladen wurde, dachte ich, das wäre eine gute Ablenkung.«

»Na dann – herzlichen Glückwunsch! Du hast doch wohl nicht etwa Angst vorm Älterwerden?« Caroline musste unwillkürlich grinsen. Der Gedanke, dass Jonathan sich davor fürchtete, Lachfalten zu bekommen und ein paar Kilo zuzulegen, war einfach zu köstlich, besonders da es für beides keinerlei Anzeichen gab.

»Nicht übermäßig. Aber man beginnt doch so langsam, über sein Leben und seine Entscheidungen nachzudenken.« Er zog eine Grimasse. »Und Meredith hat mir eine total fiese Karte geschickt. Dem Mädchen sollte man mal gehörig die Ohren lang ziehen.«

»Sie hat gar nicht erwähnt, dass du Geburtstag hast«, sagte Caroline und ärgerte sich etwas, dass sie nichts davon mitbekommen hatte. Auch wenn sie Jonathan gegenüber sehr gemischte Gefühle hatte, hätte sie doch zumindest gerne gewusst, dass er Geburtstag hatte, und sei es nur, um ihn damit aufzuziehen. Sie wunderte sich auch, dass Anna es nicht erwähnt hatte. Die Carters ließen doch sonst keine Gelegenheit zu feiern ungenutzt.

»Ich hab noch nie gerne meinen Geburtstag gefeiert«, erklärte Jonathan, als hätte er ihre Gedanken gelesen. »Vor allem, weil ich an Halloween geboren bin. Scheint irgendwie unhöflich zu sein, darauf hinzuweisen, wenn alle mit ihren Kürbissen beschäftigt sind.« Er schnipste sich einen imaginären Fussel vom Ärmel. »Und meine Familie hatte strikte Anweisungen, kein Aufheben darum zu machen, geschweige denn eine Party zu schmeißen.«

»Trotzdem erstaunlich, dass Meredith dich damit durchkommen lässt«, bemerkte Caroline. »Wenn ich daran denke, wie viel Spaß sie dabei hatte, Matthews und Annas Hochzeit zu planen.«

Jonathan grinste. »Ich hab ihr gedroht, ich würde dir Anweisung geben, ihr Gehalt zu kürzen, wenn sie nur eine Silbe verlauten lässt.«

Caroline lachte. »Na ja, hat sie ja nicht. Dann kann ich ihr ja weiter den üblichen Lohn bezahlen.« Sie fasste sich hinter den Kopf und hob die schwarze Perücke kurz an. Sie war wirklich unglaublich unbequem. »Hast du dich denn amüsiert auf deiner Party?«

»Doch, war schön. Aber wenn ich gewusst hätte, was du heute Abend anziehst, hätte ich, ohne mit der Wimper zu zucken, abgesagt und stattdessen hier einen Tisch reserviert.« Er musterte sie langsam von Kopf bis Fuß.

»Spar dir das für jemanden auf, der darauf reinfällt. Wir hatten doch vereinbart, Geschäft und Vergnügen strikt voneinander zu trennen.« Sie wurde rot, aber zu ihrem Erstaunen bewegten sich ihre Füße wie von selbst auf Jonathan zu, als führten sie ein Eigenleben. Sobald die Theke nicht länger eine Barriere zwischen ihnen bildete, fühlte sie sich seltsam bloßgestellt in ihrem figurbetonten schwarzen Kleid. Es war kein ganz unangenehmes Gefühl, und bevor ihr natürliches Alarmsystem anschlug und sie warnte, Jonathan nicht zu nah an sich heranzulassen, musste sie unwillkürlich daran denken, wie es wohl wäre, wenn er es ihr ausziehen würde. Ihre Finger glitten an seinem in Samt gehüllten Arm hoch, streichelten den weichen Stoff. »Sieht teuer aus«, bemerkte sie.

»Wenn du damit weitermachst, war es jeden Penny wert.« Jonathan griff nach einem verwaisten Weinglas, das beim Aufräumen übersehen worden war, und stellte es auf die Bar. Dann kam er ganz nahe an sie heran, streckte beiläufig eine Hand aus und streichelte ihre errötende Wange.

»Hör auf«, murmelte Caroline, während sich ihre Augen weiteten. »Das ist nicht fair, Jonathan.«

»Was ist nicht fair?« Seine Stimme klang zärtlich, und sein Atem streifte sanft ihr Ohr. Caroline erschauderte. »Dass du dieses absolut verbotene sexy Kleid trägst und alle damit betörst außer mir … das ist nicht fair.«

Caroline zitterten die Knie, und sie war kurz davor, Jonathan an sich zu ziehen und dann die Treppe hoch in ihr Schlafzimmer. Ihre Lippen öffneten sich, und er fuhr mit den Fingerspitzen darüber, an ihrer Kehle herunter und die Rundung ihres Dekolletés entlang. Seine Berührung war wie Feuer auf ihrer Haut.

»Das meinst du nicht ernst«, sagte sie sanft. »Das geht nicht.«

»Und warum nicht?« In Jonathans Stimme lag eine tiefe, wohltuende Wärme, die Schokolade zum Schmelzen gebracht hätte. Er senkte den Kopf, und seine Lippen näherten sich ihren, bis Caroline plötzlich ein Vibrieren aus der Innentasche seines schönen Jacketts hörte. Ohne innezuhalten, zog er das Handy mit der anderen Hand aus der Tasche, warf einen flüchtigen Blick auf das Display und verzog das Gesicht. Er nahm den Anruf nicht an.

Aber die Unterbrechung brachte Caroline wieder zur Besinnung.

»War das deine Verabredung von heute Abend?« Der Frust war ihrer Stimme deutlich anzuhören.

»Um ehrlich zu sein, ja.«

»Na, dann solltest du sie besser zurückrufen. Von mir hast du heute Abend jedenfalls nichts mehr zu erwarten. Und sonst auch nicht.«

Jonathan hielt ergeben die Hände hoch. »Wie du willst.« Er grinste. »Aber es ist wirklich schade. Wenn du dich ein bisschen entspannen würdest, hätten wir eine tolle Nacht miteinander haben können.«

»Jetzt verzieh dich aber!«, fuhr Caroline ihn gereizt an. »Geh und wärm einer anderen das Bett.«

Immer noch grinsend schlenderte Jonathan zur Tür hinaus.

Sie zog sich verärgert die Perücke vom Kopf, warf sie auf einen Stuhl und fuhr sich ungeduldig mit der Hand durch die Haare, um sie einigermaßen wieder in Ordnung zu bringen.

Sie wollte gerade abschließen und nach oben gehen, als ihr eigenes Handy vibrierte. Sie hatte es heute Abend die meiste Zeit neben der Kasse liegen lassen, da ihr Kleid natürlich keine Taschen hatte und sie es sich schlecht in den BH stecken konnte. Sie hatte einen Moment lang überlegt, ob sie es sich à la Lara Croft an den Oberschenkel binden sollte, aber das war ihr dann doch etwas zu albern vorgekommen. Sie griff nach dem Telefon, wischte übers Display und runzelte die Stirn, als sie erkannte, dass es eine Nachricht von einer unbekannten Nummer war. Ohne nachzudenken, klickte sie sie an, und dann blieb ihr fast das Herz stehen. Die

Nachricht hatte keinerlei Text. Sie enthielt nur ein Bild, das trotz des schwachen Lichts und obwohl es sehr unscharf war, deutlich erkennbar ein Foto von ihr war. Sie trug darauf noch ihre Morticia-Addams-Perücke, und ihr Gesicht war einem Mann zugewandt, der mit dem Rücken zur Kamera stand – ein Mann im mitternachtsblauen Jackett. Es war eindeutig erst vor wenigen Augenblicken aufgenommen worden, kurz bevor Jonathan gegangen war, und Carolines Hände begannen zu zittern. Es gab keinen Zweifel, wer das Bild gemacht hatte. Sie stand da wie erstarrt, ihr Herz klopfte wild, die Haare standen ihr zu Berge, und sie zitterte am ganzen Körper. Sollten die Nachricht und das Päckchen eine Warnung gewesen sein, dann war dieses Foto eine Drohung. Es gab keinen Zweifel. *Er* beobachtete sie. Und was noch schlimmer war, er war irgendwo da draußen im Dunkeln. Nicht zum ersten Mal wünschte sie, sie hätte Jonathan nicht voreilig weggeschickt. Sie fühlte sich mit einem Mal so allein wie nie zuvor in ihrem Leben.

Sie rannte, so schnell sie konnte, zur Eingangstür des Restaurants, schloss sie ab, verriegelte sie und eilte dann hinauf zu ihrer Wohnung. Zum Glück hatte sie darauf bestanden, auch an ihrer Wohnungstür ein Sicherheitsschloss anbringen zu lassen, um etwas Raum für sich zu haben, sodass sie nun die Tür zuschlug und den Riegel vorschob. Als sie sich von innen gegen die Tür sinken ließ, gingen ihr Tausende von Fragen durch den Kopf. War er immer noch da draußen? Hatte er vor, hier einzubrechen? Sollte sie die Polizei rufen (oder, dachte sie flüchtig, Jonathan)? Was zur Hölle sollte sie nur tun?

29

Als würden die Geister Jonathan dafür bestrafen, dass er Caroline an Halloween geärgert hatte, war die kommende Woche einfach schrecklich. Gleich am Montagvormittag hatte er wegen des Übernahmeangebotes von Buckthorn eine handfeste Auseinandersetzung mit Matthew, verbrachte dann den Großteil der folgenden Tage damit, eine ganze Wagenladung Papiere bezüglich der neuen Maschinen in der Abfüllanlage zu prüfen, bevor ihm am Donnerstag siedend heiß einfiel, dass er ein Meeting mit dem Finanzteam vergessen hatte, in dem die vierteljährlichen Einnahmen des Restaurants besprochen werden sollten. Und um dem Ganzen die Krone aufzusetzen, stellte sich jetzt auch noch sein Dickkopf von einem Dad stur und weigerte sich strikt, über genau die Angelegenheit zu sprechen, über die Jonathan Anfang der Woche mit Matthew diskutiert hatte.

Jonathan hatte gewusst, dass es nicht einfach werden würde, wieder zu Hause zu wohnen. Hätte er ein ruhiges Leben haben wollen, wäre er besser in Manhattan geblieben, dachte er reumütig. Nach all den Jahren war er im Grunde seines Herzens immer noch ein Stadtjunge, daran gewöhnt, wie ein Tiger im Großstadtdschungel umherzustreifen, Deals abzuschließen und die Herausforderungen in vollen Zügen zu genießen. Während Matthew sich ganz dem Familienunternehmen gewidmet hatte, war Jonathan in die Welt hinausgezogen, hatte alles Mögliche ausprobiert, sein Leben ganz nach seinen Vorstellungen gelebt und war immer unabhängig geblieben. Darin war er ein echter Meister. Er hatte immer etwas übrig gehabt für das Leben jenseits des Atlantiks, schon seitdem er ein Jahr in den USA studiert und einen Abschluss in der altehrwürdigen Cornell-Eliteuniversität erworben hatte. Damals hatte er sich in Amerika verliebt. Die Ironie, die darin lag, dass er nach seiner Rückkehr aus den Staaten mit der überaus amerikanischen ersten Frau seines Bruders eine Affäre begonnen hatte, war ihm nicht verborgen geblieben.

Um ehrlich zu sein, obwohl er Mitgeschäftsführer von Carter's Cider war, fiel es ihm noch immer schwer, seinen Platz in der Firma zu finden. Und auch wenn sich die Beziehung zu seinem Bruder, nicht zuletzt dank Annas Einfluss, sehr schnell zum Besseren gewandelt hatte, war er sich noch immer nicht im Klaren darüber, ob er wirklich den Rest seines Lebens in der Firma (und im Dorf) verbringen wollte. Die zweite Geige zu spielen, während sein Bruder letztlich alle wichtigen Entscheidungen traf, war nicht das, was er vom Leben erwartete.

Die Auseinandersetzung mit Jack war der unrühmliche Abschluss einer ohnehin schon lausigen Woche gewesen. Je älter er wurde, desto starrköpfiger wurde Jack, was sich besonders in Bezug auf Buckthorn zeigte. Die Geschäftswelt veränderte sich, und Carter's war in einer kniffligen Lage. Die traditionellen Cider-Farmer mit ihren kleinen Betrieben und einzigartigen Produkten überlebten aufgrund ihres Neuheitswertes und weil sie schlau genug waren, ihre Betriebskosten gering und ihre Märkte exklusiv zu halten. Die großen Unternehmen wie Buckthorn waren das andere Extrem – sie verspeisten andere Firmen zum Frühstück. Mittelständische Unternehmen wie Carter's, die zwar im Vereinigten Königreich etabliert waren, aber ihre Märkte in Übersee noch entwickeln mussten, liefen Gefahr, von größeren Firmen geschluckt zu werden. Jonathan wurde das Gefühl nicht los, nachdem er zum hundertsten Mal die Papiere durchgesehen hatte, dass ihnen eine Menge Geld entging, wenn sie der Übernahme nicht zustimmten. Und ehrlich gesagt, so wie er sich gerade fühlte, würde er seinen Anteil an der Firma nur zu gerne abstoßen und das Dorf so schnell wie möglich wieder hinter sich lassen.

Wenn da nicht Caroline wäre.

Was er auch tat, seine Gedanken kehrten immer wieder zu ihr zurück. Sie war anders als alle Frauen, die er bisher kennengelernt hatte. Sie ging ihm unter die Haut, machte ihn wahnsinnig mit ihrer Starrköpfigkeit. Ihre unverblümte Art, die sie auf Annas und Matthews Hochzeit zusammengeführt hatte, zog ihn genauso sehr an, wie sie ihn frustrierte, und in all der Zeit, die sie bereits im Dorf war, hatte er zwar ein paar unverbindliche Dates gehabt, sich aber nicht auf eine feste Beziehung einlassen können. Auch jetzt, nach einem anstrengenden Abend, hatte ihn sein Weg beinahe wie von selbst in Richtung Cider Kitchen geführt. Sie zog ihn magisch an. Doch trotz der knisternden Begegnung in der Nacht von Halloween hatte sie ihm deutlich zu verstehen gegeben, dass sie in dieser Hinsicht nichts von ihm wollte, als sie ihn aus dem Restaurant geworfen hatte. Hätte er doch bloß sein Handy ignoriert! Aber der Griff danach war für ihn so natürlich gewesen wie der nächste Atemzug. Noch während er sich über seine eigene Dummheit ärgerte, beschloss er, trotzdem bei ihr vorbeizusehen.

Die letzten Gäste verließen gerade das Restaurant, als er sich näherte, und Caroline drehte das Türschild um, auf dem jetzt *Geschlossen* zu lesen war. Auf den ersten Blick wirkte sie glücklich und entspannt. Ihr blasses Gesicht erhielt durch das Licht im Restaurant eine warme Farbe. Sie lächelte, aber von dort, wo er stand, bemerkte er, dass ihr Lächeln zu schwinden schien, sobald sie die letzten Gäste verabschiedet hatte, als koste es sie gewaltige Anstrengung. Er wusste natürlich, dass sie ausgezeichnete Referenzen als Managerin hatte und es ihrer Persönlichkeit und ihren Fähigkeiten zu verdanken war, dass das Restaurant so beliebt war. Aber er konnte sich nicht helfen, heute Abend stimmte etwas nicht mit ihr. Er verspürte ein für ihn untypisches plötzliches Verlangen, und sein Puls begann zu rasen. Vielleicht lag es daran, dass er eine beschissene Woche hinter sich hatte, oder daran, dass es Caroline nicht gut zu gehen schien, jedenfalls überkam ihn mit einem Mal der sehnsüchtige Wunsch, hineinzustürmen, Caroline hochzuheben und ohne Umschweife ins Bett zu tragen. Er nahm all seinen Mut zusammen, trat aus dem Schatten heraus und ging auf die Tür zu. Er brauchte nicht an die Scheibe zu klopfen, aber Caroline war offensichtlich überrascht, ihn zu sehen. Bildete er sich das nur ein, oder errötete sie sogar leicht? Vielleicht spielte ihm das schummerige Licht ja auch nur einen Streich.

»Hallo, Fremder«, sagte sie, als sie die Tür wieder aufgeschlossen hatte.

Jonathan lächelte erleichtert. Anscheinend hatte sie ihm die Sache an Halloween verziehen. Er hoffte, fröhlicher auszusehen, als er war. »Hallo, hast du noch Zeit für einen Kaffee?«

Besänftigt durch Jonathans ganz und gar untypische Zurückhaltung schloss Caroline die Tür hinter ihm. »Wer sind Sie? Und was haben Sie mit Jonathan Carter gemacht?« Sie sah ihn fragend an. »Du fragst doch sonst nicht so zaghaft, wenn du vorbeikommst.«

Jonathan schüttelte den Kopf. »Ich hab wohl manchmal wirklich kein Gespür dafür, ob ich willkommen bin oder nicht. Möchtest du, dass ich wieder gehe?«

Um ehrlich zu sein, war Caroline müde, besonders da die unheimlichen Nachrichten des Mannes aus ihrer Vergangenheit ihr in letzter Zeit den Schlaf geraubt hatten, und es hätte ihr gutgetan, früh ins Bett zu gehen, aber etwas an Jonathans Verhalten ließ sie die bissige Bemerkung herunterschlucken, die ihr auf der Zunge lag. Außerdem war seine ungewohnte Zurückhaltung überaus attraktiv, und sie hatte absolut nichts dagegen, heute Abend noch ein wenig Gesellschaft zu haben. Sie lächelte. »Nein, bleib ruhig auf einen Drink.«

Nebeneinander gingen sie zur Bar hinüber. Caroline hatte kürzlich eines der Sofas aus der Café-Ecke des Restaurants neben die Bar geschoben, und nachdem sie einen kurzen Blick auf Jonathan geworfen hatte, griff sie geradewegs nach der Flasche Calvados, die am Rand der Bar stand. »Einer von Matthews Handlangern hat vorhin ein paar Flaschen hiervon vorbeigebracht«, bemerkte sie, während sie zwei Bechergläser großzügig füllte. »Ich nehme an, du weißt schon davon, aber er denkt darüber nach, ihn als limitierte Abfüllung zu verkaufen. Er wollte vorher wissen, wie er bei den Gästen im Restaurant ankommt.«

»Ehrlich gesagt hat er nicht mit mir darüber gesprochen. Geht er gut weg?« Er und Matthew hatten gemeinsam beschlossen, probeweise eine kleine Menge Calvados zu produzieren, wegen der Erfolge der Gin-Verkostungen in Kellis Weinstube, die Jonathan dieses Jahr beobachtet hatte. Aber er hatte nicht gewusst, dass Matthew bereits eine verkaufsfertige Charge produziert hatte. Ein weiterer Punkt, den er auf die Liste mit Dingen setzen konnte, die ihm gegen den Strich gingen.

»So einigermaßen«, sagte Caroline. »Aber ich hab ihn selbst noch nicht probiert. Nach meinen Erfahrungen mit dem Wookey-Witch-Apfelpunsch dachte ich, es wäre besser, mich für eine Weile von vergorenen Äpfeln fernzuhalten.« Sie nahm die beiden Gläser und die Flasche. »Aber da der hier umsonst war, können wir ihn uns ruhig gönnen.« Sie ließ sich aufs Sofa fallen und atmete tief durch.

»Viel zu tun gehabt?«, fragte Jonathan. Ungewöhnlich zurückhaltend stand er noch immer an der Bar und überlegte, ob er sich neben Caroline auf das Sofa setzen sollte. *Seltsam*, dachte er. *Wäre es irgendeine andere, wäre ich längst zur Sache gekommen.*

Caroline rückte ein Stück beiseite. »Setz dich doch zu mir.«

Das ließ sich Jonathan nicht zweimal sagen, und während das Ledersofa gemütlich vor sich hin quietschte, nahm er einen ordentlichen Schluck Calvados.

»Nicht schlecht«, musste er zugeben.

Caroline nickte, während ihr die feurige Flüssigkeit über die Zunge und die Kehle hinunterrann. »Alles in Ordnung?«, fragte sie, als sie Jonathans nachdenkliche Miene bemerkte.

Er lächelte. »Jetzt ja, dank des Schnapses und der Gesellschaft.«

»Geht mir ähnlich«, sagte Caroline, ein wenig überrascht. In Anbetracht der Nachricht, des Päckchens und des Fotos hätte sie nicht gedacht, sich jemals wieder entspannen zu können, doch Jonathan an ihrer Seite zu haben beruhigte sie. »Aber warum brauchst du Schnaps, um dich besser zu fühlen?«

Jonathan seufzte. »Du kommst mal wieder direkt zur Sache, was?« Er lehnte sich zurück. »Ich hab eine schreckliche Woche hinter mir.«

»Hat deine Freundin nicht zurückgerufen?«, stichelte Caroline und hätte es am liebsten sofort zurückgenommen, als sie sah, wie sich Jonathans Miene verfinsterte.

»Du glaubst wirklich, ich hätte die ganze Zeit nur Sex im Kopf, oder?« Er kippte den Calvados hinunter.

Ein unbehagliches Schweigen folgte. Sie nippten beide an ihren Drinks und warteten darauf, dass der andere es beendete.

»Tut mir leid«, sagte Caroline schließlich sanft. »Warum erzählst du mir nicht, was dir Kopfzerbrechen bereitet?«

Jonathan seufzte. »Ich will eigentlich nicht darüber reden.«

»Warum bist du dann hier?«

Er fühlte sich von ihrem Blick gefangen genommen, ihre klaren, grünen Augen schimmerten sanft im warmen Licht, und er spürte, wie er sich darin verlor. Es wäre so einfach, jetzt einen Schritt weiterzugehen, aber er war sicher, sich eine Ohrfeige einzufangen. Und es würde auch nicht gerade dazu beitragen, ihre Meinung über ihn zu ändern. Die Erkenntnis traf ihn wie ein Schlag: Wenn er Caroline wollte, musste er warten, bis sie den ersten Schritt machte. Und so frustrierend das sein mochte, er war bereit, zu warten.

»Keine Ahnung. Wahrscheinlich brauchte ich einfach jemanden, der nicht glaubt, alles besser zu wissen, egal, ob es mich betrifft oder das verdammte Geschäft.«

»Da hast du dir ja die Richtige ausgesucht. Schließlich kennen wir uns ja erst ein paar Monate.«

Jonathan goss ihnen beiden noch ein Glas Calvados ein. »Es ist eine lange, absolut öde Geschichte, die, glaube ich, schon vor zehn Jahren angefangen hat und noch immer nicht zu Ende ist.« Er seufzte. »Mir war durchaus klar, dass es nicht leicht werden würde, wieder hierher zurückzukommen, nach allem, was damals zwischen mir und Tara, Matthews erster Frau, passiert ist. Aber ich hätte nicht gedacht, dass es so schwierig werden würde.«

Dankbar für die Ablenkung von ihren eigenen Sorgen, lächelte Caroline ihm aufmunternd zu. So hatte sie Jonathan noch nie erlebt, und seine Verletzlichkeit hatte, im Gegensatz zu seinem üblichen Selbstbewusstsein, etwas seltsam Anziehendes. »Warum erzählst du mir nicht davon?«

»Es war einfach schrecklich«, erwiderte Jonathan matt. »Tara und ich hatten ein paar Monate lang diese lächerliche Affäre und haben versucht, es vor allen geheim zu halten, besonders vor Matthew. Und die arme Meredith, die ja damals erst drei war, haben wir für meinen Geschmack ein paar Mal zu oft sich selbst überlassen, im Vorderzimmer von Cowslip Barn.« Er schauderte bei dem Gedanken. »Ich weiß noch, wie wir einmal nach einem Quickie nach unten kamen, sich Meredith gerade über eine Packung Schokoladenkekse hermachte und Taras und Matthews Hochzeitsalbum in kleine Fetzen zerriss. Die arme Kleine wusste nicht, wie ihr geschah, als Tara sah, was sie angestellt hatte. Sie hatte die zerpflückten Fotos feinsäuberlich in ihr eigenes Album gesteckt.«

»Arme Meredith«, sagte Caroline. »Sie muss vollkommen durcheinander gewesen sein.«

Jonathans Blick wurde nachdenklich. »Um ehrlich zu sein, glaube ich nicht, dass sie wirklich verstanden hat, was los ist. Und dafür bin ich dankbar. Sie hat erst letztes Jahr herausgefunden, was tatsächlich zwischen uns dreien vorgefallen ist, und danach war unser Verhältnis für eine ganze Weile zum Zerreißen gespannt. Als der ganze Mist damals so eskaliert ist, kam Tara am frühen Abend mit gepackten Koffern zu mir, bereit zur Flucht. Sie hatte genug und wollte einfach nur weg. Und sie hatte Meredith im Schlepptau. Ich stand total unter Schock. Ich hatte nicht damit gerechnet, dass sie Matthew verlassen würde, und da stand sie nun, die Flugtickets in der Hand, und wartete darauf, dass ich mit ihr ging.«

»Was hast du denn erwartet?«, entgegnete Caroline. »Dass du einfach weiter heimlich die Frau deines Bruders vögeln kannst, ohne dass es jemand merkt?«

Jonathan schüttelte den Kopf. »Ich hätte zu der Zeit alles gevögelt, was sich bewegt. Ich hatte keine Ahnung, was es bedeutet, sich auf eine ernsthafte Beziehung einzulassen. Als sie bei mir auftauchte, wusste ich nicht, wie ich damit umgehen sollte. Aber ich hatte eine höllische Angst, dass Matthew uns erwischt und Amok läuft, wenn sie, ich und Meredith nicht auf der Stelle verschwinden.«

»So wie ich deinen Bruder kenne, würde er keinem von euch je etwas antun«, entgegnete Caroline und füllte ihre Gläser.

»Du kannst dir nicht vorstellen, unter welchem Druck er damals stand. Er leitete die Firma und war ständig müde, Tara war kreuzunglücklich, und Meredith kam mit ihren drei Jahren in die

Trotzphase, sodass er nicht mehr klar denken konnte. Da wollte ich mich nicht unbedingt mit ihm anlegen.«

»Und was ist dann passiert?«

»Er kam früher nach Hause, als Tara erwartet hatte, und hat eins und eins zusammengezählt. Er wusste auch genau, wo er sie suchen musste. Hat fast die Tür eingeschlagen, als ihm klar wurde, was los war.« Jonathans Stimme zitterte leicht. »Das war die schlimmste Nacht meines Lebens.«

Caroline wollte skeptisch bleiben. Sie wollte Jonathan als gewissenlosen Frauenhelden abstempeln, aber sein Gesichtsausdruck verriet ihr, wie sehr ihn das, was er vor all den Jahren getan hatte, verfolgte.

»Und dann?«, fragte sie sanft.

»Tara fing ihn im Flur ab und versuchte, ihm die ganze Sache zu erklären. Es war ihr inzwischen egal, ob sie ihn verletzte oder er sie.« Jonathan schluckte. »Ich konnte sie vom Wohnzimmer aus hören. Matthew klang total verzweifelt. Und plötzlich wurde mir klar, was wir getan hatten. Meredith hatte es sich auf meinen Knien gemütlich gemacht. Es war weit nach ihrer Schlafenszeit, und sie war total müde. Wären wir zehn Minuten früher aufgebrochen, hätte Matthew erst gemerkt, was los war, als es schon zu spät gewesen wäre, um uns aufzuhalten.« Er griff nach seinem Glas Calvados und trank es aus. »So allerdings stürmte er zu Meredith und mir ins Zimmer, und mit erstaunlicher Geistesgegenwart, in Anbetracht der Umstände, hat er Merry gebeten, zu Tara zu laufen. Dann hat er mir eine verpasst. Mitten ins Gesicht.« Jonathan schüttelte den Kopf. »Das war das erste und letzte Mal, dass er mich je geschlagen hat. Aber ich hatte es verdient. Wäre es andersherum gewesen, hätte ich ihn halb totgeschlagen. Dann hat er Meredith mit nach Hause genommen. Nicht ohne uns beiden vorher noch unmissverständlich zu verstehen zu geben, dass wir uns nie wieder bei ihm blicken lassen sollen.«

»Auweia«, entfuhr es Caroline. »Was habt ihr dann gemacht?«

»Wir sind gegangen«, sagte Jonathan schlicht. »Aber Matthew wollte nicht, dass Meredith mit uns das Land verlässt. Hat uns gedroht, die Polizei zu rufen und uns wegen Kindesentführung anzuzeigen. Tara war am Boden zerstört, aber sie wusste, dass sie niemals recht bekommen würde. Also sind wir mit dem nächsten Flug zurück in die Staaten. Wir haben dann noch ein paar Wochen zusammengelebt, aber es hat nicht lange gehalten.«

»Also hast du es noch nicht mal getan, weil du dachtest, ihr würdet für immer zusammenbleiben.« Caroline schüttelte den Kopf. »Was für eine Verschwendung.«

»Stimmt, aber wenn ich seine Ehe nicht zerstört hätte, hätte er Anna nie geheiratet, und wir beide hätten uns nie kennengelernt.« Jonathan lächelte schwach. »Und seien wir ehrlich, Tara hätte ihn sowieso bald verlassen, wenn nicht wegen mir, dann wegen jemand anders.«

»Glaubst du das wirklich?«. Caroline sah Jonathan direkt in die Augen. »Oder redest du es dir nur ein, damit du dich besser fühlst?«

»Du kennst aber auch keine Gnade, was, Caroline?«

»Ich hab eben gelernt, mich nicht mit einfachen Erklärungen zufriedenzugeben«, entgegnete sie trocken. »Da läuft man zu leicht Gefahr, sich selbst etwas vorzumachen. Und ich habe den Eindruck, als würdest du genau das tun, wenn du versuchst, das Ganze zu rechtfertigen.«

Jonathan schüttelte den Kopf. »Das ist alles schon so lange her. Schnee von gestern. Und mal ehrlich, wenn man erst in unserem Alter ist, hat doch jeder seine Leiche im Keller.«

Caroline drehte sich der Magen um, wenn sie an ihre eigenen Leichen im Keller dachte, besonders an den Inhalt des Umschlags, den sie vor Kurzem gefunden hatte. »Ja, da könntest du recht haben.«

»Irgendetwas, worüber *du* reden möchtest, wo wir heute Abend schon beim Beichten sind?«

Einen kurzen Augenblick lang war Caroline versucht, reinen Tisch zu machen. Wenn es jemanden gab, der für die dunkleren Kapitel in ihrer Vergangenheit Verständnis haben könnte, dann war das Jonathan. Immerhin schien er selbst einiges durchgemacht zu haben, so wie es klang. Aber es gab zu viel zu erklären, zu viele Schatten. Sie war einfach noch nicht bereit, sich ihnen zu stellen, nicht einmal mit Jonathan an ihrer Seite.

»Vielleicht ein anderes Mal.« Womöglich lag es am Calvados oder daran, dass Jonathan sich ihr so offen anvertraut hatte, oder einfach daran, dass sie nicht noch eine Nacht alleine verbringen wollte, nun, da sie wusste, dass *er* da draußen war. Jedenfalls hatte Caroline ihren eigenen Schutzpanzer abgelegt. Wenn Jonathan wollte, dachte sie zynisch, könnte er jetzt alles mit ihr machen. Sie zögerte einen Moment, unsicher, wie er reagieren würde, dann beugte sie sich zu ihm hinüber und küsste ihn sanft auf die Stirn. Als ihre Lippen seine warme Haut berührten, setzte ihr Herz kurz aus.

»Caroline …«, flüsterte Jonathan, nahm ihre Hand und beugte sich zu ihr hinüber, während sie den Kopf senkte und ihm in die Augen sah. Ihr Mund war seinem gefährlich nah, und eine köstliche Sekunde lang verharrten sie erwartungsvoll. Dann atmete Caroline ein und streifte seine Lippen mit ihren.

Falls Jonathan überrascht war, verbarg er es geschickt. Er erwiderte ihren Kuss, anfangs zärtlich, dann leidenschaftlicher, inniger. Er ließ die Finger durch ihr rotbraunes Haar über ihren Nacken bis hinunter zu ihrem Rücken gleiten. Ihre Haut kribbelte. Erinnerungen an ihre gemeinsame Nacht überkamen sie und lösten tief in ihrem Inneren ein pulsierendes Gefühl aus. Als er sie an sich zog und sie sich auf dem Sofa zurücklehnten, wusste Caroline instinktiv, dass es richtig war, was sie taten, dass sie hierhergehörte, dass sie sicher war.

Ein diskretes Hüsteln, das aus Richtung Küche kam, ließ die beiden schuldbewusst auseinanderfahren.

»Ich, äh, mach mich dann auf den Weg, Caroline«, hörten sie Ginos Stimme aus dem Nebenraum. Weder sie noch Jonathan konnten ihn sehen, aber seiner Stimme nach zu urteilen, hatte er sie mit Sicherheit gesehen.

»Alles klar«, sagte Caroline etwas atemlos. »Bis morgen dann.«

Sie warteten, bis sich die Hintertür des Restaurants geöffnet und wieder geschlossen hatte, und sahen sich an. Caroline musste lachen. »Ich dachte, er wäre schon vor einer Stunde gegangen. Und warum komm ich mir jetzt wie ein ungezogener Teenager vor, der auf frischer Tat ertappt wurde?«

Auch Jonathan lachte. »Das Gefühl kenn ich.« Er beugte sich zu ihr hinüber, um sie erneut zu küssen. »Die Frage ist doch«, bemerkte er zwischen den Küssen, »möchtest du dich noch länger wie ein ungezogener Teenager fühlen?«

Caroline löste sich von seinem fordernden Mund und lehnte sich ein Stück zurück, um ihn anzusehen. »Ich weiß nicht«, sagte sie zögerlich. »Eigentlich hatte ich mir geschworen, das nicht zu tun.«

»Ich bin natürlich ganz in deiner Hand«, murmelte Jonathan. »Aber wenn du mich fragst, sind wir sowieso schon auf dem besten Weg, es zu tun.« Er sagte es leichthin, aber die Erregung in seiner Stimme – und anderswo – war unverkennbar. Und auch Caroline konnte nicht leugnen, Verlangen zu empfinden. Sie spürte ein hartnäckiges, drängendes, begieriges Pulsieren zwischen den Beinen.

»Meine Wohnung, meine Regeln«, sagte sie und küsste ihn erneut. »Genau wie letztes Mal. Keine Komplikationen. Und keine Diskussion am nächsten Morgen.«

Das ließ sich Jonathan nicht zweimal sagen. Er hob sie hoch und trug sie fast wie ein Paket die Stufen zum Zwischengeschoss hinauf bis vor ihre Wohnungstür. Er hielt kurz inne, um den Schlüssel vom Haken zu nehmen, stieß die Tür auf und warf sie hinter ihnen wieder ins Schloss. Mit der gleichen Bewegung zog er sie zu sich heran, und mit einer Geschicklichkeit, die James Bond vor Neid hätte erblassen lassen, öffnete er den langen, silbernen Reißverschluss ihres Kleides.

»Das wollte ich schon machen, seit ich dich zum ersten Mal in dem Kleid gesehen habe«, murmelte Jonathan, während er begann, Carolines Hals zu küssen. »Du bist so was von sexy, Caroline.«

»Du bist auch nicht von schlechten Eltern«, sagte sie, als sie das weiße Hemd aus seiner Hose zog. Die deutlich sichtbare Ausbuchtung ließ keinen Zweifel daran, wie erregt Jonathan war, und sie konnte es kaum abwarten, ihn auszuziehen und in sich zu spüren. Es war ihr egal, wenn es am Morgen seltsam zwischen ihnen sein würde, sie brauchte ihn jetzt.

Die Zeit schien stillzustehen, als sie sich im Bett wiederfanden und eine Wiederholung ihrer ersten gemeinsamen Nacht erlebten, sich dabei jedoch auch ganz neu entdeckten. Der Calvados hatte ihre Hemmschwelle gesenkt, und Carolines Müdigkeit schwand, während ihr Begehren wuchs.

Jonathan war groß, schlank und muskulös, und ihre Körper schienen perfekt zueinanderzupassen. Jede Liebkosung steigerte ihre Lust. Caroline reckte sich ihm entgegen, während sein Mund ihren Körper erforschte, sie küsste und liebkoste, ihre Schenkel erkundete und alles, was dazwischenlag. Sie sah seine Haare, die achtlos über seine Brauen fielen und ihre Schenkel kitzelten, seine Lippen und seine forschende Zunge trieben sie zu einem längst überfälligen Orgasmus, und das Letzte, was sie dachte, bevor sie sich ihrem pulsierenden, exquisiten Höhepunkt hingab, war, dass alles absolut und vollkommen richtig war. Ihre Schenkel zogen sich reflexartig zusammen, als die heftig pochenden Empfindungen sie übermannten, und sie ließ sich gehen, ihre Finger fuhren durch Jonathans Haare, als sie kam.

Sobald Carolines Orgasmus abzuklingen begann, drang er mit einer geschickten Bewegung in sie ein, warm, hart und in seinem eigenen Rhythmus, streichelte und liebkoste unablässig ihren Körper, während er sich in ihr bewegte und sie zu einem weiteren Höhepunkt trieb, bis sich auch sein eigener Orgasmus in einer Reihe tiefer, hungriger Stöße entlud. Noch ganz in seiner Erregung gefangen, hielt er einen scheinbar endlosen Moment lang inne und verlor sich in ihrem Blick.

»Du bist wundervoll«, sagte er zärtlich. »So unglaublich wundervoll.«

Caroline, die noch nicht ganz wieder in der Realität angekommen war und noch immer die Nachbeben ihrer Orgasmen verspürte, brachte ein atemloses Lächeln zustande. »Ich wette, das sagst du zu all deinen Eroberungen.«

Jonathan schüttelte den Kopf. »Nein, nur zu dir.« Er vergrub das Gesicht an ihrer Schulter und knabberte sanft an ihrem Schlüsselbein. »Aber erzähl's nicht weiter. Es würde dir sowieso keiner glauben.«

Caroline, die versuchte, ihn nicht merken zu lassen, wie sehr sie das auf absurde Weise berührte und wie vollkommen befriedigt sie war, murmelte: »Denk dran, keine Verpflichtungen.«

Jonathan hob den Kopf und lächelte zerknirscht. »Verstanden. Aber ich meine es wirklich ernst.«

Caroline sagte nichts. Bei allem, was im Moment vor sich ging, im Cider Kitchen, ihrem neuen Leben und mit den Schatten aus ihrem alten Leben, konnte sie es nicht riskieren, Jonathan auf ihre lange Liste von Komplikationen zu setzen. Irgendwo in einem ruhigen Teil ihres Kopfes flüsterte ihr eine leise Stimme zu, dass Jonathan vielleicht gar keine Komplikation bedeutete, dass er ihr womöglich sogar helfen konnte, die anderen Dinge in Ordnung zu bringen, doch sie befahl ihr energisch, zu schweigen. Jonathan mochte ein ausgezeichneter Liebhaber sein, aber er war nicht die Lösung. Wenigstens nicht langfristig. Für den Moment jedoch war sie äußerst glücklich, sich an ihn zu kuscheln, so befriedigt, warm und geborgen, wie sie sich schon seit einer Ewigkeit nicht mehr gefühlt hatte.

30

Am folgenden Morgen erwachten Caroline und Jonathan erst spät. Sie hatten die Nacht eng umschlungen in ihrem Bett verbracht, und als Caroline sich auf die Seite drehte, fiel ein Sonnenstrahl durch die Vorhänge und ließ die Zeiger des altmodischen Weckers auf ihrem Nachttisch aufleuchten, der sogar noch eine Glocke hatte. Sie hatte nie darauf vertraut, dass ihr Handy sie zuverlässig wecken würde, der schrille Klang des Weckers erfüllte an Arbeitstagen jedoch gewöhnlich seien Zweck. Gestern Abend hatte sie allerdings verständlicherweise vergessen, ihn zu stellen, da sie einfach zu viel anderes im Kopf und in ihrem Bett hatte.

»Guten Morgen«, murmelte Jonathan verschlafen, als sie sich zu ihm umdrehte und sich in seine Armbeuge kuschelte. »Gut geschlafen?«

»So gut wie schon lange nicht mehr. Und du?«

»Ich auch.«

Sie lagen eine Weile eng aneinandergekuschelt da und genossen die Nähe des anderen. Caroline war rundum glücklich und zufrieden. Es zogen zwar noch immer dunkle Wolken über den Horizont, doch es schien ihr, als könnten sie ihr hier und jetzt nichts anhaben, solange Jonathan bei ihr war.

Irgendwann musste sie dann doch aufstehen, sie hatte Durst und musste aufs Klo. Nackt, wie sie war, schwang sie die Beine über die Bettkante und griff nach Jonathans weißem Hemd, das zerknüllt auf ihrer Seite des Bettes gelandet war. Es reichte ihr fast bis zu den Knien. Sie knöpfte es ein Stück weit zu und sah Jonathan an. »Kaffee?«

»Oh ja, danke. Wie viel Calvados haben wir gestern Abend bloß getrunken? Mir brummt vielleicht der Schädel.«

»Genug«, antwortete Caroline trocken. Sie sah ihre etwas älteren Kunden bereits auf den Tischen tanzen, sollte der Calvados tatsächlich dauerhaft auf die Speisekarte kommen.

Sie schaute kurz im Bad vorbei und tappte dann die Treppe hinunter ins Restaurant. Dort nahm sie zwei Kaffeetassen vom Sideboard und machte sich daran, einen extrastarken Kaffee zu kochen. Während sie wartete, goss sie sich ein Glas Wasser ein und dann noch eins für Jonathan. Sie ging zurück nach oben und stellte Kaffee und Wasser auf den Nachttisch, aber bevor sie etwas trinken konnte, hatte Jonathan sie zurück ins Bett und auf sich gezogen und knöpfte geschickt das Hemd auf. »Vergiss den Kaffee«, sagte er heiser. »Ich kenn da ein viel besseres Mittel gegen einen Kater.«

Ihr kam der flüchtige Gedanke, dass das Serviceteam kommen würde, um den Mittagstisch vorzubereiten, und bevor sie sich Jonathans Händen, seinem Mund und noch ganz anderen Dingen hingab, überlegte sie kurz, ob sie den Riegel des Sicherheitsschlosses vorgeschoben hatte. Wenn Gino oder Emma oder, Gott behüte, Meredith sie auf frischer Tat ertappte, würde man sie für den Rest ihres Lebens damit aufziehen.

Es war schon fast halb elf, als Caroline Jonathan schließlich aus dem Bett warf. Als sie gemeinsam die Treppe herunterkamen, hörte sie, wie Gino in der Küche Gemüse oder Fleisch hackte, und im Hintergrund den örtlichen Radiosender, den er sich bei der Arbeit anhörte.

»Sch«, machte Caroline und begleitete Jonathan zur Tür.

Er sah sie fragend an. »Warum? Wir haben doch nichts zu verbergen.«

»Du vielleicht nicht, aber ich möchte lieber nicht als eine deiner Eroberungen abgestempelt werden.«

»Die einzige von Bedeutung«, sagte Jonathan vollkommen ernst. »Ruf mich an. Wenn du so weit bist.«

Caroline schloss die Vordertür hinter ihm und lächelte. Sie konnte noch immer nicht ganz glauben, dass sie nachgegeben hatte und wieder mit ihm im Bett gelandet war, auch wenn sie froh darüber war. Aber sie würde sich wohl noch bei Anna Rat holen müssen, wie sie mit den Nachwirkungen der Nacht mit Jonathan umgehen sollte. Sie hoffte, von ihrer Schwägerin Antworten zu erhalten, die sie davor bewahren würden, verletzt zu werden.

*

Das Gespräch mit Anna musste allerdings noch warten. Caroline hatte vergessen, dass sie um zwölf einen Termin mit einem Lieferanten von frei laufenden, mit Getreide gefütterten Biohühnern hatte. Zum Glück war das Treffen ebenso kurz wie produktiv, und irgendwie kam sie anschließend durch das Mittagsgeschäft, ohne ihre Gedanken allzu häufig ans andere Ende der Cider-Farm wandern zu lassen. Allerdings hatte sie das absurde Gefühl, die Nacht mit Jonathan würde ihr auf die Stirn geschrieben stehen und alle um sie herum könnten ihr ansehen, was sie getan hatte. Dabei hatte nur Gino sie erwischt, und der tratschte nicht. Trotzdem fühlte sich Caroline nach der letzten Nacht wie verwandelt. Sie hatte sich zum ersten Mal seit langer Zeit einfach gehen lassen. Ein One-Night-Stand auf der Hochzeit war eine Sache, aber jetzt wohnte Jonathan buchstäblich vor ihrer Tür. Wie sollte sie sich ihm gegenüber verhalten? Und vor allem, was genau wollte sie von ihm?

Nach einer kurzen Pause am Nachmittag, in der sie mit den Katzen gespielt und zu viel Kaffee getrunken hatte, bereitete Caroline sich auf die Abendschicht im Restaurant vor. Sie zog dasselbe Kleid an, das sie schon zur Eröffnung des Cider Kitchen getragen hatte. Sie hätte sich selbst ohrfeigen können, denn sie wusste, dass sie sich nur für das Kleid entschieden hatte, weil sie hoffte, Jonathan würde sie darin sehen, aber um sechs Uhr war es zu spät, sich noch einmal umzuziehen.

An dem Abend war viel zu tun, und Caroline war dankbar dafür. So hatte sie keine Zeit, ständig an Jonathan zu denken. Der Abend war etwa zur Hälfte um, und Caroline machte gerade die Rechnung für ein Paar fertig, das zu den Stammkunden des Restaurants zählte und gerne früh vorbeikam, um sich anschließend zu Hause *Midsomer Murders* oder *Death in Paradise* im Fernsehen anzuschauen, als sie plötzlich einen schweren, süßlichen und beängstigend vertrauten Geruch wahrnahm. Als sie die Zahlen der Rechnung ins Kartenlesegerät eintippte, begannen ihre Finger zu zittern, und die Haare im Nacken standen ihr zu Berge. Es war ein Geruch, den sie nur zu gut kannte, auf den sie unwillkürlich reagierte und von dem sie gehofft hatte, dass er ihr nie wieder in die Nase steigen würde.

Sie zwang sich zu einem Lächeln, gab den Gästen ihre Kreditkarte zurück und atmete tief durch. Sie hielt sich am Tresen fest und blinzelte ein paar Mal heftig, in der Hoffnung, sich alles nur eingebildet zu haben.

Aber nein.

Diesmal nicht.

Dort drüben, an einem Tisch in einer ruhigen Ecke des Restaurants, saß jener Mann, von dem sie gehofft hatte, ihn nie wiederzusehen. Er hatte sich kaum verändert, strahlte ein ähnliches Selbstbewusstsein aus wie Jonathan, doch während sie Jonathans Art attraktiv fand, hatte dieser Mann etwas Verstörendes, Bedrohliches an sich. In seinem kurz geschorenen, dunklen Haar zeigten sich erste graue Strähnen, und seine braune Lederjacke und die schwarze Jeans sahen sehr teuer aus. Doch in Anbetracht seines lukrativen Nebenverdienstes schien diese Kleidung durchaus angemessen.

Entsetzt beobachtete Caroline, wie er Meredith, die heute Abend für diesen Tisch eingeteilt war, ein einnehmendes Lächeln schenkte. Sie sah zu, wie Meredith nickte und ein paar Empfehlungen aussprach, bevor sie ihren Notizblock zückte und seine Bestellung aufnahm. Caroline hatte unwillkürlich die Luft angehalten, doch als Meredith in Richtung Küche verschwand, zwang sie sich, weiterzuatmen, und versuchte, ruhig zu bleiben. Ihn hier zu sehen, in ihrem Revier, wie er mit Annas Stieftochter, Jonathans Nichte, sprach, erfüllte Caroline mit Panik. Anscheinend waren der Zettel und die Nachricht auf dem Handy tatsächlich eine Warnung gewesen. Die Frage war nur, wovor?

Während sie das Restaurant in Richtung Küche durchquerte, wünschte sie, sie könnte einfach zur Hintertür hinauslaufen und für immer verschwinden, aber sie musste professionell bleiben. Es waren schließlich noch andere Gäste da, und während sie ihren Blick durch den Raum schweifen ließ, ohne ihn auch nur eine Sekunde aus den Augen zu lassen, vergewisserte sie sich, dass im Restaurant genug los war, sodass wohl keine unmittelbare Gefahr drohte.

»Alles in Ordnung, Chefin?«, fragte Gino, als sich Caroline haltsuchend an die Küchentür lehnte. »Du siehst aus, als hättest du ein Gespenst gesehen.«

Caroline schüttelte hastig den Kopf. »Mir geht's gut. Hast du die Bestellung für Tisch sechs schon bekommen?«

Gino nickte. »Hat Meredith gerade reingebracht. Gibt es noch eine Änderung?«

»Nein. Ich wollte nur schnell etwas prüfen.« Caroline nahm den Bestellzettel von der Theke und überflog Merediths großzügige, geschwungene Handschrift. Der Gast hatte einige Gerichte mittlerer Preisklasse bestellt und außerdem eine halbe Flasche des roten Hausweins. Offensichtlich hatte er nicht vor, sich diesen Besuch viel kosten zu lassen. Sie musste daran denken, wie er früher flaschenweise Dom Pérignon spendiert hatte, wenn sie mit den Kollegen ausgegangen waren. Aber in der Eventmanagement-Firma, für die sie beide gearbeitet hatten, war er damals auch für die Champagnerlieferungen zuständig gewesen. Glaubte er etwa, sie wäre noch immer an seiner sonstigen »Ware« interessiert? Die Ware, von der er ihr zusammen mit jener Nachricht eine Kostprobe geschickt hatte? Dann täuschte er sich gewaltig. Sie war heilfroh, dass sie dafür keine Verwendung mehr hatte.

Den Rest des Abends gab sich Caroline Mühe, sich unauffällig zu verhalten – was nicht einfach war, da ihre Stammkunden sie inzwischen sehr gut kannten. Sie behielt den unwillkommenen Gast aufmerksam im Auge, der sich auf den ersten Blick wie alle anderen zu verhalten schien. Als das Restaurant sich langsam leerte und sie kurz davor waren, zu schließen, kam Meredith zu ihr hinüber.

»Der Mann an Tisch sechs hat nach dir gefragt«, sagte sie.

Carolines Herz schlug ihr bis zum Hals. Sie schluckte. »Alles klar. Sag ihm, ich komm zu ihm, sobald ich Mr und Mrs Coopers Rechnung fertig habe.«

»Das kann ich gern übernehmen, wenn du möchtest. Sie haben an einem meiner Tische gesessen, also erledige ich das.«

Insgeheim verfluchte Caroline Merediths hilfsbereite Art. Sie zwang sich zu lächeln. »Danke.« Mit zitternden Knien, aber hocherhobenem Kopf ging sie zu Tisch sechs hinüber, wo der Gast gerade seinen Kaffee austrank. Als sie ihn erreichte, stellte er die Espressotasse auf die Untertasse und sah sie an. Sein Blick war kühl, abwägend und leicht amüsiert.

»Hallo, Caroline.«

Seine Worte verrieten keinerlei Akzent. So wie immer. Er hatte nie gern zu viel über sich preisgegeben. Sie wusste bis heute nicht, woher er eigentlich stammte, auch wenn sie manchmal ohne Weiteres geglaubt hätte, dass er direkt aus der Hölle kam.

Caroline nickte. »Hallo, Paul.« Ihre Stimme klang erstaunlich gelassen, aber insgeheim drehte sich ihr der Magen um. Mit Rücksicht auf die letzten Gäste im Restaurant zwang sie sich zu lächeln. »War alles nach deinem Geschmack?«

»Und wie. Besonders die süße Kellnerin, die mich bedient hat.« Paul Stone zog die Augenbrauen hoch. »Meredith – ungewöhnlicher Name. Hört man nicht allzu oft.«

Caroline lief es kalt den Rücken hinunter. Sie war nur zu vertraut mit der abschätzigen Art, mit der Stone Frauen bewertete, und sie wollte Meredith um jeden Preis davor beschützen. »Sie ist eine ausgezeichnete Kellnerin«, sagte sie wachsam.

»Mit ausgezeichnetem Stammbaum«, sagte Stone. »Wenn ich recht informiert bin, gehört ihrem Daddy das Gebäude, in dem wir sitzen. Muss ein bisschen was wert sein. Und dieser Akzent – ich nehme an, sie geht auf eine Privatschule. Viele … wohlhabende Kontakte.«

Caroline blinzelte. »Wie gesagt, sie ist eine gute Kellnerin. Wenn du mich jetzt entschuldigen würdest, ich muss mich um die Gäste kümmern.«

»Willst du mich denn gar nichts fragen?«, sagte Stone, als Caroline sich zum Gehen wandte.

»Was fragen?«

»Was mich in diesen Teil der Welt führt?«

»Um ehrlich zu sein, Paul, es interessiert mich nicht«, erwiderte Caroline, nachdem sie sich wieder zu ihm umgedreht hatte und ihm direkt in die Augen sah. Umgeben von ihren Angestellten und den anderen Gästen, fühlte sie sich sicher genug, bestimmt aufzutreten.

Stone grinste verschlagen. »Wird es aber. So wie ich dich kenne.«

»Kann ich mir nicht vorstellen.« Sie schüttelte den Kopf. »Ich bitte Meredith, dir die Rechnung zu bringen. Ich nehme an, du willst nichts mehr?«

»Fürs Erste nicht. Bis bald, Caro.«

Caroline zuckte zusammen. Niemand sonst kürzte ihren Namen so ab, und hier in ihrem neuen Leben kam es ihr so vor, als spräche er mit einer Fremden. »Verlass dich nicht darauf«, murmelte sie und ging. Kurz darauf sah sie, wie Meredith ihm seine Kreditkarte und die Quittung reichte. Sie stieß einen langen, erleichterten Seufzer aus, als er das Cider Kitchen verließ, ohne sich noch einmal umzudrehen.

Den Rest des Abends funktionierte Caroline wie eine Maschine, zählte mechanisch die Abendeinnahmen und schloss sie im Safe ein, bevor sie sich mehrfach vergewisserte, dass sie sowohl den Safe als auch die Vorder- und Hintertür abgeschlossen hatte. Wenn Paul Stone in der Nähe war, konnte sie nicht vorsichtig genug sein. Als sie schließlich zum dritten Mal alles kontrolliert hatte, war es weit nach Mitternacht, und sie war fix und fertig. Gino war noch lange geblieben, da er spürte, dass Caroline ziemlich durch den Wind war, aber vor einer halben Stunde hatte sie ihn widerstrebend nach Hause geschickt.

Sie wollte gerade nach oben gehen, als ihr Handy, das noch auf der Theke lag, vibrierte. Ihr Herz klopfte, und sie überlegte einen Moment, ob sie es ignorieren sollte, aber sie wusste genau, dass sie die halbe Nacht fragend wach liegen würde, wenn sie nicht nachsah, wer es war. Sie ging durch das Restaurant zur Bar, nahm das Handy in die Hand, wischte übers Display und wappnete sich.

Hoffe, du hattest einen guten Tag. Kann ich noch vorbeikommen?
J x

Jetzt klopfte Carolines Herz aus einem anderen Grund. Sie wünschte sich nichts sehnlicher, als sich in Jonathans Arme zu werfen und ihn um Hilfe zu bitten, aber sie war sicher, dass er meilenweit und so schnell er konnte in die andere Richtung laufen würde, wenn sie ihm von Paul Stone und ihrer Vergangenheit erzählte. Da er ein Frauenheld reinsten Wassers war, wollte sie ihm trotz seiner offensichtlichen Zuneigung gestern Abend keinen Grund liefern, das Weite zu suchen. Nein, für den Moment war es wohl besser, ihn auf Abstand zu halten. Sie konnte nicht riskieren, dass Stone Jonathan oder sonst jemandem aus der Familie Carter über den Weg lief. Mit seiner Anwesenheit im Dorf musste sie alleine klarkommen. Sie schickte eine knappe Absage, löschte das Licht im Restaurant und ging nach oben ins Bett, wobei sie unterwegs die kleine Solly einsammelte, die auf ihrem Lieblingsplatz am oberen Treppenabsatz des Zwischengeschosses lag. Auch wenn ihr heute Abend nicht nach menschlicher Gesellschaft war, die kleine Katze würde ihr guttun. Scrumpy ging sicher im Obstgarten auf die Jagd, wie so oft in letzter Zeit. Caroline dagegen wurde das Gefühl nicht los, selbst gejagt zu werden.

31

Auch am nächsten Morgen konnte Caroline ihr Unbehagen bei dem Gedanken, dass Paul Stone jetzt definitiv in der Gegend war, immer noch nicht abschütteln. Wohin sie auch ging, sie hatte das Gefühl, beobachtet zu werden. Sie war ungewöhnlich schroff zu ihren Angestellten und erleichtert, als die Mittagsschicht endlich vorbei war und sie ein paar Stunden für sich hatte, um sich zu sammeln und zu beruhigen. Als sie das Schild an der Tür zum Restaurant umdrehte, wurde ihr zum ersten Mal richtig bewusst, wie abgeschieden sie hier, am anderen Ende der Apfelplantage, lebte, weit entfernt vom Dorfzentrum. Ganz in Gedanken versunken vergaß sie, die Tür abzuschließen. Erst als sie das übrige Besteck, noch warm vom Geschirrspüler, zurück in die Kästen hinter der Bar brachte und hörte, wie die Tür zum Restaurant aufgeschoben wurde, fiel es ihr siedend heiß wieder ein. Sie begann zu zittern, als sie den vertrauten Geruch von Stones Aftershave roch, und hatte das Gefühl, zu ersticken.

»Verschwinde hier, bevor ich die Polizei rufe«, sagte sie, wobei ihre Stimme wesentlich kraftvoller klang, als sie sich fühlte.

»Das machst du ja doch nicht«, entgegnete Stone.

»Willst du es drauf ankommen lassen?« Als ihr bewusst wurde, dass das Geräusch, das sie wahrnahm, das Klirren des Bestecks in ihren zitternden Händen war, legte sie es hastig auf die Theke. Zu spät fiel ihr auf, dass sie vielleicht eines der Messer hätte in der Hand behalten sollen.

»Ich dachte, ich schau noch mal vorbei, wenn es hier etwas ruhiger ist.« Stone griff nach der Blumenvase mit den sorgfältig angeordneten Nelken, die auf einem der Tische neben ihm stand. Mit einer schnellen Bewegung hatte er eine der Blumen geköpft und rollte die zarten Blütenblätter zwischen den Fingern.

Caroline wurde übel. »Ich warne dich. Mach, dass du wegkommst, oder die Polizei ist schneller hier, als du gucken kannst.«

Stone lachte. »In diesem Kaff? Ich bin sicher, dass der örtliche Ordnungshüter, wenn es denn einen gibt, alle Hände voll damit zu tun hat, entlaufene Katzen nach Hause zu bringen und kleinen, alten Damen über die Straße zu helfen, als höfliche Besucher mit Gewalt aus dem Dorfgasthof zu entfernen.«

»Du würdest dich wundern.«

Stone starrte sie einen Augenblick zu lange an. Die Stille zwischen ihnen war zum Zerreißen gespannt. Caroline dachte voller Scham an die Momente totalen Vergessens, die sie diesem Mann zu verdanken hatte, und ihr kam die Galle hoch.

»Da du gestern Abend keine Zeit hattest, zu reden, dachte ich mir, ich lasse dich kurz wissen, dass ich jetzt hier in der Gegend arbeite«, sagte er. »Ich bin in die regionale Zweigstelle für den Südwesten in Bristol versetzt worden. Eigentlich hätte ich natürlich befördert werden sollen, aber dank deiner Einmischung ist es eher eine Versetzung geworden.«

»Ich weiß nicht, was du meinst.« Caroline warf einen Blick auf die Uhr an der Wand. Ihr Team würde erst in zwei Stunden kommen, aber das brauchte er ja nicht zu wissen. Sie würde ihm keinerlei Angriffsfläche bieten, wenn es sich irgendwie vermeiden ließ. »Was immer der Grund dafür war, dass du die Beförderung zum Regionalleiter in Surrey nicht bekommen hast, mit mir hatte es nichts zu tun.«

»Jetzt spiel hier doch nicht die Unschuldige«, entgegnete er bissig und köpfte eine weitere Blume, die er aus der Vase genommen hatte. »Jeder weiß, dass du Alan unter vier Augen bequatscht hast, mir die Stelle nicht zu geben. Was musstest du dafür tun? Mit ihm ins Bett gehen?«

»Warum sollte ich das wohl machen? Mir ist völlig egal, ob du befördert wirst oder nicht.« Sie ärgerte sich darüber, dass er davon ausging, sie hätte mit ihrem früheren Chef geschlafen. Er war glücklich verheiratet und liebte seine Frau aufrichtig. Ganz im Gegensatz zu Stone, der die Frauen so häufig wechselte wie seine äußerst teuren Socken. Aber Männer wie er gingen automatisch davon aus, dass eine Frau die Beine breit machen musste, um zu bekommen, was sie wollte. Schon der Gedanke daran machte sie wütend. Sicher, sie hatte mit Alan ein paar inoffizielle Gespräche darüber geführt, welche ihrer Teammitglieder für eine Beförderung geeignet wären, aber dabei wurde nichts gesagt, was dazu hätte führen können, dass jemand, der eine Beförderung verdiente, sie nicht bekam. Sie hatte einen anderen Kollegen für die Stelle des Regionalleiters vorgezogen, aber Alan war durchaus in der Lage, seine eigenen Entscheidungen zu treffen.

»Aber vielleicht ist es ja besser so.« Stones Gesichtsausdruck änderte sich blitzschnell. Früher hatten seine plötzlichen Stimmungsumschwünge Caroline verunsichert, aber jetzt wollte sie nur noch, dass er verschwand. »Immerhin bin ich nach Bristol versetzt worden, und ich wusste ja, dass eine meiner besten ehemaligen Kundinnen auch hier in der Gegend wohnt.« Er schwieg eine Weile und ließ die zerpflückte Blume achtlos auf den Boden fallen. »Nur dass du's weißt, ich betreibe mein anderes Geschäft weiter, falls du etwas … brauchst. Die Probe, die ich dir vor ein paar Wochen geschickt habe, war übrigens gratis.«

»Lieber sterbe ich«, fuhr Caroline ihn an. »Und jetzt geh bitte.«

Stone blickte sie mit einem hämischen, wissenden Grinsen an. »Du hast ja meine Handynummer, Caro. Du kannst sie gerne benutzen. Obwohl …« – er legte eine vielsagende Pause ein – »vielleicht sollte ich doch besser dich anrufen. Der Laden hier läuft offensichtlich wunderbar. Es wäre doch wirklich schade, wenn herauskäme, dass die bezaubernde Managerin dieses entzückenden Etablissements eine alles andere als blütenreine Vergangenheit hat. Das könnte deinem Ruf enorm schaden.«

Caroline spürte, wie eine Mischung aus Wut und Angst in ihr aufstieg. Wie konnte er es wagen, hier hereinzuplatzen und sich so aufzublasen? »Soll das etwa eine Drohung sein, Paul?«

Stone lachte. »Du hattest schon immer einen Hang zur Dramatik, Caro. Betrachte es doch lieber als Empfehlung. Immerhin werden ein paar Mäuse hier in dem Laden doch wohl kaum vermisst, oder? Ich nehme doch an, wir könnten uns irgendwie … einigen. Sagen wir, ein paar Tausend für mein Schweigen? Immerhin schuldest du mir was. Wenn du nicht gewesen wärst, würde ich jetzt eine ganze Reihe von Projekten in Surrey leiten, anstatt hier im West Country als Event-Veranstalter zu versauern.« Er nahm sein Handy aus der Jackentasche und hatte in wenigen Augenblicken die Datei gefunden, die er suchte. Ohne ein Wort reichte er Caroline das Telefon. Als sie sah, was auf dem Display war, sog sie erschrocken die Luft ein.

»Wo hast du das her?«

»Das weiß ich nicht mehr ganz genau – immerhin hatten wir beide so einige Nächte wie diese, als wir noch in Surrey waren, nicht wahr? Und es gibt da noch eine Menge anderer Aufnahmen, außerdem noch ein paar ziemlich interessante Videos.«

Caroline gab ihm das Handy so hastig zurück, als hätte sie sich verbrannt. Auf der einen Seite hatte sie das Gefühl, eine Fremde zu betrachten. Ihr frühes Leben schien jetzt so weit entfernt. Andererseits war es unverkennbar, dass die Frau auf dem Foto, die vom

Wohnzimmertisch in Stones Wohnung Kokain schnupfte, sie selbst war. Und mithilfe der sozialen Netzwerke wäre es ein Leichtes für ihn, dieses Foto und auch die anderen in der Öffentlichkeit zu verbreiten. Das Cider Kitchen war im Internet sehr präsent, und mit nur wenigen Klicks würde sie überall im Internet auftauchen. Der Firmenname würde beträchtlichen Schaden nehmen.

»Ich wette, jetzt tut's dir leid, dass du mir bei meiner Beförderung nicht geholfen hast, oder?« Stone feixte, als Caroline ihn ansah.

»Raus hier«, sagte sie und verwünschte sich für das Zittern in ihrer Stimme. »Oder ich rufe wirklich die Polizei.«

»Nein, tust du nicht.« Ohne Vorwarnung kam er näher, und sie wich zurück, bis sie mit dem Rücken gegen die Bar prallte. »Du erzählst keinem ein Sterbenswort. Das Ganze geht nur dich und mich was an, du brauchst auch gar nicht erst zu deinem Lover zu rennen.« Sie spürte seinen heißen, übel riechenden Atem auf ihrem Gesicht.

»Lover?«, entfuhr es ihr, und es ärgerte sie, dass ihre Stimme so brüchig klang.

»Du hast große Ziele, oder, Caro? Miterbe des Vermögens der Familie Carter? Mal was anderes als die Idioten, die du sonst gebumst hast. Aber ich wette, dieser Schönling im Pastellhemd würde genauso schnell k. o. gehen wie all die anderen.«

Carolines Übelkeit verschlimmerte sich. Die Selbstsicherheit in Stones Stimme ängstigte sie am meisten. »Denk doch mal nach, Caro. So wie der Laden hier aussieht, kannst du dir ein paar Pfund durchaus leisten, dass die Bilder an die Öffentlichkeit gelangen, dagegen weniger. Ich komm demnächst wieder vorbei.« Er machte auf dem Absatz kehrt und schlenderte aus dem Restaurant in das schnell schwindende Licht des Nachmittags.

Nachdem er gegangen war, stand Caroline noch lange wie versteinert da. *Stein, Stone. Was für ein Witz,* dachte sie. Es hatte eine

Zeit gegeben, da hätte sie sich gefreut, ihn zu sehen, hätte ihm nur zu gerne einen großen Teil ihres beträchtlichen Gehalts für das gegeben, was er ihr zu bieten hatte. Diese Zeit gehörte zwar der Vergangenheit an, aber sie erinnerte sich daran, als sei es gestern gewesen. Was als gesellschaftliches Ritual begonnen hatte, fast so gängig wie ein Kaffee mit Likör nach dem Essen, war nach dem Tod ihrer Eltern aus dem Ruder gelaufen. Es hatte ihr geholfen, den Schmerz über ihren Verlust zu betäuben.

Als James etwa zwei Monate nach dem Tod ihrer Eltern herausfand, dass sie Drogen nahm, rastete er völlig aus. Sie konnte sich noch genau an sein wutverzerrtes Gesicht erinnern, als er an einem späten Freitagabend bei ihr vorbeikam und sie gerade high durch ihre Wohnung schwirrte wie eine Wespe auf Steroiden. Er hatte an dem Abend nichts gesagt, war einfach wieder gegangen, aber zwölf Stunden später, am Samstag, war er zurückgekommen, und sie hatte die volle Wucht seiner Wut zu spüren bekommen. »Was zum Teufel hast du dir dabei gedacht?«, hatte er sie angebrüllt. »Wie kann man nur so verdammt verantwortungslos sein?« Und dann die Frage, die sie schließlich aus ihrer Umnachtung riss. »Was, glaubst du, würden Mum und Dad dazu sagen?«

»Sie sind tot, James, ist dir das noch nicht aufgefallen?«, hatte sie schließlich geantwortet, mit einem Blick, der so leer war wie ihre Worte. »Jetzt sind nur noch wir beide übrig.« Sie lehnte sich auf dem Sofa zurück und beschwor das Pochen in ihrem Kopf, zu verschwinden. »Und du hast Anna, also kommst du zurecht. Und wen zum Teufel habe ich?«

James hatte einen Moment lang dagestanden, ohne sich zu rühren, um ihre Antwort zu verdauen.

»Du hast immer noch mich.« Und mit diesen Worten hatte er sich umgedreht und ihre Wohnung verlassen.

Erst drei Tage später hatte sie ihn wiedergesehen. Er schaute nach der Arbeit bei ihr vorbei, mit einer Flasche Wein und einer großen Portion Pommes. Sie redeten die ganze Nacht, versuchten herauszufinden, wie es so weit hatte kommen können, dass sie sich ihr Gehalt durch die Nase zog. Sie hatte geweint, er hatte geweint, und am Ende hatte sie ihm versprochen, sich Hilfe zu holen und sich von den Leuten fernzuhalten, die sie mit sich in den Abgrund reißen wollten.

Und eine Zeit lang war es ihr auch gelungen. Sie mied alle Orte und Partys, wo sie, wie sie wusste, Kokain bekommen würde, suchte sich einen Suchttherapeuten und war immer vor Mitternacht zu Hause. Dann war James ums Leben gekommen. Und sosehr sie sich auch bemühte, sie brauchte einfach etwas, um den Schmerz zu betäuben.

Anfangs hatte sie nur ab und zu mal eine Prise geschnupft, aber noch bevor sie es selbst merkte, hatte sie Paul Stone auf der Kurzwahltaste und schnupfte regelmäßig Kokain, um irgendwie über die Runden zu kommen. Anna hatte nie davon erfahren. James hatte es ihr verschwiegen, weil Caroline ihn darum gebeten hatte. Sie wusste, dass sie normalerweise keine Geheimnisse voreinander hatten, aber sie hatte ihn geradezu angefleht, dieses zu bewahren. Wenn Anna in den Tagen zwischen James' Tod und der Beerdigung, überwältigt von ihrer eigenen Trauer, bei ihr vorbeigekommen war, war Caroline jedes Mal high gewesen. Sie hatte die Frage in Annas Augen gelesen, war jedoch nicht in der Lage gewesen, sie zu beantworten. Sie hatte gehofft, Anna würde sich ihr unberechenbares Verhalten durch ihre Trauer erklären.

Sechs Monate nach James' Tod begann sie schließlich, ihr Leben wieder in den Griff zu bekommen. Sie war bei ihrem Hausarzt gewesen, der ihr eine Überweisung geschrieben hatte, und sie ging wieder zu ihrem Therapeuten. Aber so nett der Therapeut auch war, Caroline hatte nie gern mit anderen über ihre Probleme gesprochen, und der Einzige, dem sie sich je anvertraut hatte, war James gewesen. Jetzt, wo er nicht mehr da war, fühlte sie sich gänzlich alleine. Wenn irgendjemand es schaffte, sie ein für alle Mal von Drogen fernzuhalten, dann nur sie selbst.

Aber sie hatte die Rechnung ohne ihre geliebte Nichte Ellie gemacht. Caroline hatte sich in dem Moment in Ellie verliebt, als sie sie das erste Mal sah. Sie war das Ebenbild ihres Vaters, und Caroline hatte gar keine andere Wahl. Ellies perfektes kleines Gesicht, die winzigen Zehen und kleinen Fingerchen und ihr resolutes Geschrei, wenn sie unzufrieden, hungrig oder müde war, schlugen Caroline in ihren Bann. Die Beziehung zu ihrer Nichte, die sie mehr oder weniger vom Tage ihrer Geburt kannte, war eine der bereicherndsten gewesen, die Caroline je gehabt hatte. Und so hatte sie sich und ihrer kleinen Nichte sechs Monate nach James' Tod, als Ellie zwei geworden war, etwas versprochen. Nie wieder Tütchen mit weißem Pulver, die ihr helfen sollten, zu vergessen. Keine Dealer mehr auf der Kurzwahltaste. Und sie würde sich so schnell wie möglich aus der Gefahrenzone begeben. Einen ganz neuen Anfang wagen. Genau das brauchte sie jetzt. Stone hatte sie aus der Entfernung beobachtet, abgewartet, jederzeit bereit, falls sie doch wieder schwach werden sollte, aber das war nie passiert. Und als Jonathan ihr im Frühjahr den Job im Cider Kitchen angeboten hatte, hatte sie gehofft, Stone endgültig los zu sein.

Und jetzt hatte es den Anschein, als wäre ihr Neuanfang ruiniert. Aber das würde sie nicht zulassen. Sie ging durch das Restaurant zur Kasse und öffnete sie. Die Frage war nur, konnte sie sich Paul Stones Schweigen wirklich leisten?

32

Das Cider Kitchen zu leiten, dachte Caroline ein paar Tage später, stellte sie vor ziemliche Probleme – sie konnte sich nirgendwo verstecken. Jeder wusste genau, wo sie war, sowohl tagsüber als auch nachts, da sie direkt über dem Restaurant wohnte, was zu den Öffnungszeiten durch die ständige Gegenwart anderer Menschen einen gewissen Schutz bedeutete. Doch in den frühen Morgenstunden fühlte sie sich unglaublich allein, und in dieser Zeit war es besonders schlimm, sich angreifbar zu fühlen. Es war nur Solly und Scrumpy zu verdanken, die mit jedem Tag zutraulicher wurden, dass sie nicht völlig außer sich war. Sie waren zwar schon ein gutes Stück gewachsen, schliefen jedoch nachts immer noch eng aneinandergekuschelt neben Carolines Kopf. Der Sinn eines Katzenkörbchens hatte sich ihnen anscheinend noch nicht erschlossen.

Caroline störte das nicht, allerdings fiel ihr auf, dass Jonathan ständig niesen musste, wann immer er vorbeikam. Seit ihrer spontanen gemeinsamen Nacht besuchte er sie nur noch tagsüber, und Caroline wusste nicht so recht, wie sie das finden sollte. Sie hatte ihn gebeten, es unverbindlich zu halten, und er schien das zu akzeptieren, andererseits hatte er ihr in jener Nacht, die sie zusammen verbracht hatten, so viel Persönliches von sich anvertraut. Hatte er Angst, dass sie die Dinge, die er ihr erzählt hatte, gegen ihn verwenden würde? Er war zuvorkommend wie immer, wenn sie sich trafen, um über geschäftliche Angelegenheiten zu sprechen, aber seine persönlichen Motive blieben ihr ein Rätsel. Vielleicht musste sie mal mit Anna darüber reden.

Es war ein arbeitsreicher Abend gewesen, und Caroline hatte nicht mitbekommen, wo sich die Katzen herumtrieben. Normalerweise schloss sie die beiden während der Öffnungszeiten oben ein, da sie den Lärm nicht leiden konnten. Sie konnten aber durch die Katzenklappe und über die Feuerleiter an der Rückseite des Gebäudes nach draußen gelangen, und wenn das Restaurant geschlossen hatte, fütterte Caroline sie und ließ sie oben laufen. Heute Abend hatte sich nur Solly kurz am oberen Ende der Treppe blicken lassen, um sich später auf Carolines Kopfkissen zusammenzurollen. Scrumpy war nicht aufgetaucht. Sie war die Abenteuerlustigere von beiden und hatte sich angewöhnt, im Obstgarten auf die Pirsch zu gehen, von wo sie Caroline in den vergangenen Wochen so manche tote Maus mitgebracht hatte. Caroline nahm sich vor, später noch einmal nach der Katze zu sehen und nach eventuellen »Geschenken« Ausschau zu halten, und machte sich daran, bei den letzten Gästen abzukassieren.

Sie war noch nie so erleichtert gewesen, als der Abend endlich zu Ende war. Obwohl es im Restaurant sehr voll gewesen und Gino bis weit nach Mitternacht geblieben war, um das Essen für den nächsten Tag vorzubereiten, und sich mit ihr unterhalten hatte, verspürte sie Panik, als sie schließlich das Restaurant durchquerte und die Tür verriegelte. Seit Paul Stones Besuch hatte sie beinahe wie besessen Einträge über das Restaurant auf Twitter, Facebook und Instagram überprüft, auf der Suche nach belastenden Postings oder Bildern. Was, wenn ihm das Geld eigentlich egal war und er sie einfach nur demütigen wollte? Obwohl sie im Laufe der Jahre eine Menge Kokain bei ihm gekauft hatte, waren sie nie ein Paar gewesen, was aber nicht daran gelegen hatte, dass er es nicht versucht hätte. Vielleicht war er immer noch sauer, dass sie ihn hatte abblitzen lassen. Sie wusste, dass sie zur Polizei gehen sollte, immerhin wurde sie von ihm erpresst, aber sie wusste auch, dass das alle möglichen Folgen für sie haben konnte, nicht zuletzt den Verlust ihres Jobs. Gab es irgendetwas, das sie tun konnte? Gab es eine Möglichkeit, ihm das Geld, oder zumindest einen Teil davon, zu beschaffen, ohne Aufmerksamkeit auf sich zu lenken? Und was würde er machen, wenn sie nicht zahlen konnte? Wie weit würde Stone gehen?

Caroline wartete, bis sich der Bewegungsmelder über der Tür zum Restaurant mit einem Klicken einschaltete. Er war so empfindlich, dass er bei jeder kleinsten Bewegung ausgelöst wurde, aber sie empfand das als äußerst beruhigend, wenn sie abends nach Feierabend allein war. Die Nächte, oder in diesem Fall die frühen Morgenstunden, wurden zunehmend kälter und dunkler, und sie konnte noch nicht mal das Licht des aufgegangenen Mondes nutzen, um etwas zu sehen, da er hinter einer dichten blaugrauen Wolkendecke verborgen war. Ihr Körper war todmüde, aber ihre Gedanken rasten noch immer mit Höchstgeschwindigkeit.

Stone konnte sie verletzen, konnte die Menschen verletzen, die ihr etwas bedeuteten. Caroline blieb das Herz bei dem Gedanken stehen, dass der Mistkerl sich Anna oder Matthew oder sogar Meredith nähern könnte. Und Jonathan. Dem lieben, irregeleiteten, arroganten Jonathan.

Als der Bewegungsmelder schließlich ausgelöst und der Bereich vor der Tür hell erleuchtet wurde, schrie Caroline auf, doch der Laut, der aus ihrem Mund kam, wurde lauter und lauter und immer hysterischer, bis sie nicht mehr konnte. Sie riss die Tür auf, kniete sich auf die Türschwelle, hob den kleinen Körper auf, der dort lag, und wiegte ihn in den Armen. Er war noch warm. Es war Scrumpy – jemand hatte der lauten, ungezogenen, abenteuerlustigen Katze das Genick gebrochen.

33

Caroline hätte am liebsten sofort die Polizei gerufen, aber sie war vor Angst wie erstarrt, und ihre Hände zitterten unkontrolliert, als sie das kleine Bündel in den Armen wiegte. Wie konnte Stone nur so etwas tun? Es konnte nur er gewesen sein. Sein Besuch vor ein paar Tagen war offenbar mehr als nur eine Drohung gewesen.

»Caroline?« Gino, der zurückgekehrt war, weil er sein Handy in der Küche vergessen hatte, eilte zu ihr. »Alles in Ordnung, Caroline?«

Aber sie brachte kein Wort heraus. Gino löste den Bewegungsmelder erneut aus, und einen Moment lang mussten sie beide im grellen Warnlicht blinzeln. Gino sah Caroline zusammengekrümmt auf der Schwelle sitzen und war sofort bei ihr. »Bist du verletzt?«

Caroline schüttelte den Kopf. »Ich nicht.« Sie öffnete die Arme ein wenig, sodass Gino Scrumpys leblosen Körper sehen konnte.

»Scheiße.« Er wollte ihr die Katze abnehmen, doch Caroline konnte sich nicht von ihr trennen. »Wer war das?« Er half ihr aufzustehen. »Komm, gehen wir erst mal rein.«

Irgendwie schafften sie es durch die Tür nach oben in Carolines Wohnung, und Gino setzte Wasser auf. Sie saß zusammengesunken auf einem der Küchenstühle und umklammerte noch immer heftig zitternd Scrumpys kleinen Körper.

»Du musst die Polizei rufen«, sagte Gino bestimmt, der in Krisensituationen einen überraschend kühlen Kopf bewahrte. »Das hat eindeutig jemand getan, um dir Angst einzujagen.«

»Nein.« Als Caroline das Wort »Polizei« hörte, war sie sofort wieder klar im Kopf. »Die Polizei würde sowieso nichts unternehmen.«

Gino reichte ihr eine Tasse heißen, gesüßten Tee und nahm selbst auch einen Schluck. »Du solltest das ernst nehmen. Was, wenn der Typ das nächste Mal hinter dir her ist?«

»Keine Polizei. Das war wahrscheinlich eine einmalige Sache.«

»Hast du eine Ahnung, wer es auf dich abgesehen haben könnte?« Gino machte ein besorgtes Gesicht und sah sie forschend an.

Obwohl sie nichts lieber getan hätte, fürchtete sie, ihn in Gefahr zu bringen, wenn sie sich ihm anvertraute, und so schüttelte sie erneut den Kopf.

»Soll ich jemanden anrufen?«

Wen konnte er schon anrufen?, dachte Caroline. Anna und Matthew lagen bestimmt schon gemütlich im Bett, Jonathan würde nur darauf bestehen, denjenigen zu finden, der dafür verantwortlich war, und sie wollte ihn da nicht mit hineinziehen. Und sonst gab es niemanden. »Ist schon gut«, antwortete sie, immer noch leicht zitternd. »Du solltest auch nach Hause gehen.«

»Ich bleibe so lange, wie du mich brauchst«, sagte Gino. Caroline war einen Moment lang überrascht über seine Entschlossenheit, bis ihr einfiel, dass er es ja aus der Küche gewohnt war, die Führung zu übernehmen. »Du gehst jetzt erst mal duschen, und ich mach dir eine heiße Milch, dann kannst du nachher besser schlafen.«

»Du wirst später mal jemandem eine gute Ehefrau sein«, bemerkte Caroline schwach lächelnd. Sie wickelte Scrumpys Körper in ein Handtuch und legte ihn vorsichtig in einen alten Schuhkarton. »Ich möchte sie heute Nacht hierbehalten.«

»Wie du willst«, sagte er sanft.

Caroline stellte den Schuhkarton auf den kleinen Tisch im Flur und trottete niedergeschlagen ins Bad. Als sie allein war und unter der Dusche stand, weinte sie hemmungslos. Anschließend hüllte sie sich in ihren Morgenmantel und schlug die Bettdecke zurück. Wie versprochen brachte ihr Gino, nachdem er vorsichtig an die Tür geklopft hatte, eine Tasse heiße Milch.

»Versuch ein bisschen zu schlafen«, riet er ihr. »Und mach dir keine Gedanken wegen des Restaurants morgen. Wenn es dir zu viel wird, ruf ich Emma an und bitte sie, eine Extraschicht zu übernehmen.«

»Danke.« Caroline nippte an ihrer Milch und spürte, wie ihr die Augen zufielen.

Am nächsten Morgen erwachte sie aus einem überraschend tiefen Schlaf. Im ersten Moment geriet sie in Panik, als sie jemanden in ihrem Wohnzimmer herumschleichen hörte, aber dann fiel ihr ein, dass es nur Gino war, der offensichtlich bemüht war, sie nicht zu wecken. Sie kletterte leise aus dem Bett, schlich zur Tür und lächelte zaghaft, als sie beobachtete, wie ihr muskulöser Küchenchef in sein zerknittertes T-Shirt schlüpfte.

»Du bist an Männer echt verschwendet«, bemerkte sie matt.

»Ich nehm das mal als Kompliment und nicht als sexuelle Belästigung am Arbeitsplatz, zumindest dieses eine Mal.«

»Sorry. Das liegt alles am Schock.« Caroline blickte auf den Schuhkarton mit Scrumpys Körper, den Gino taktvoll mit dem Deckel geschlossen hatte.

»Bist du sicher, dass du nicht doch die Polizei rufen solltest?« Er sah sie mit seinen ernsten, braunen Augen an.

Caroline schluckte. »Ich überleg's mir.« Aber ihr war klar, dass man ihr die Lüge deutlich anhörte. Auf gar keinen Fall konnte sie der Polizei erzählen, dass sie den Verdacht hatte, Scrumpy sei von ihrem ehemaligen Kokaindealer getötet worden. Das war ein Wespennest, in das sie auf keinen Fall stechen wollte. Sie rang sich ein Lächeln ab. »Danke, dass du geblieben bist. Das weiß ich wirklich zu schätzen.«

»Das war doch das Mindeste. Kommst du klar, wenn ich jetzt nach Hause verschwinde und mich frisch mache? Ich muss noch etwas erledigen, bevor das Mittagsgeschäft losgeht.«

Caroline nickte. »Kein Problem. Bis später dann.«

»Du musst heute Abend wirklich nicht runterkommen. Im Notfall geb ich Emma Bescheid.«

»Im Restaurant geht's mir besser, als wenn ich hier oben vor mich hin grübele und darauf warte, dass er wiederkommt«, sagte Caroline unbedacht.

»Hört sich an, als wüsstest du, wer es war.« Er sah sie fragend an.

Caroline nahm sich eine Tasse vom Tassenständer auf der Fensterbank und lachte nervös. »Nein, aber … es war doch bestimmt ein Mann, oder?«

»Wie du meinst, Chefin«, entgegnete er skeptisch. »Ich weiß, dass ich morgens um diese Uhrzeit besser nicht mit dir diskutieren sollte.«

Caroline nickte, konnte ihm aber nicht in die Augen sehen. »Geh jetzt nach Hause. Und danke, dass du dich so ritterlich um mich gekümmert hast.«

Gemeinsam stiegen sie die Treppe hinunter, und statt das Restaurant wie sonst durch die Küche zu verlassen, ging Gino direkt zur Vordertür. »Ich will nur sichergehen, dass niemand irgendwelche weiteren unangenehmen Überraschungen für dich hinterlassen hat«, erklärte er und öffnete den Riegel oben an der Tür.

Zum Glück war draußen nichts zu sehen. Caroline stand zögernd in der Tür. Sie wurde wieder nervös bei dem Gedanken, in dem großen, leeren Gebäude allein zu sein. »Nochmals danke«, sagte sie, und ohne darüber nachzudenken, umarmte sie ihn unbeholfen.

Gino lachte befangen. »Wenn du so weitermachst, erwirke ich ein Kontaktverbot!«, witzelte er, erwiderte aber kurz ihre Umarmung und drückte sie an sich. »Wir sehen uns dann in ein paar Stunden, okay?«

»Alles klar.«

Er ging zur Vordertür hinaus, schaute nach links und rechts und machte sich auf den Weg.

Zur gleichen Zeit war Jonathan auf dem Weg ins Büro, um zeitig mit der Arbeit zu beginnen, nachdem er sich die ganze Nacht im Bett herumgewälzt und über die mögliche Firmenübernahme nachgegrübelt hatte. Normalerweise ging er direkt ins Büro auf der anderen Seite des Geländes, doch heute wollte er vorher im Cider Kitchen vorbeischauen, in Ruhe mit Caroline, die jetzt bestimmt schon auf war, eine Tasse Kaffee trinken und schauen, wie es ihr ging. Als er sah, wie Gino das Restaurant verließ, eindeutig in den Sachen von gestern, und, noch schlimmer, Caroline in aller Öffentlichkeit in der Tür umarmte, verspürte er einen höchst ungewohnten Anflug von Eifersucht.

34

Jonathan war es nicht gewohnt, abgewiesen zu werden. Seit er alt genug war, um sich seiner Wirkung auf Frauen und auch auf manche Männer bewusst zu sein, hatte er gelernt, diese Gabe ständig weiterzuentwickeln. Sie hatte ihm zu vielen schönen Nächten, einigen wundervollen Tagen und manchmal auch zu einer gewissen Vorzugsbehandlung verholfen. Sein großer Bruder hatte es immer abgelehnt, seine Ziele durch geistreichen Witz und Charme zu erreichen, aber Jonathan hatte es in dieser Disziplin zu wahrer Meisterschaft gebracht. Er war nicht außergewöhnlich, er besaß nur das Selbstvertrauen eines vielgeliebten jüngeren Kindes. Seine Mutter hatte ihn nach Strich und Faden verwöhnt, und sein Vater hatte immer eine engere Beziehung zu ihm gehabt als zu Matthew.

Diese Einstellung sorgte auch dafür, dass er mit Zurückweisung gar nicht gut klarkam, und so empfand er eine Mischung aus Ärger und Scham, als er sah, wie dieser dämliche Gino Marshall in denselben Klamotten wie am Vortag aus dem Restaurant schlich. Hatte sich Caroline wirklich so schnell über ihn hinweggetröstet? Hatte ihr die gemeinsame Nacht denn gar nichts bedeutet?

Jonathan verfluchte sich; anscheinend verweichlichte er langsam. *Obwohl das ja neulich Nacht kein Problem war*, dachte er süffisant, aber dann musste er wieder an das denken, was er gerade gesehen hatte. Gino war immerhin fünfzehn Jahre jünger. Vielleicht war er selbst Carolines Erwartungen nicht gerecht geworden. Er überlegte sich das mit dem Kaffee anders und wollte gehen, als sich die Restauranttür noch einmal öffnete.

»Jonathan«, rief Caroline.

Unwillkürlich drehte er sich um. Caroline, die in der Tür stand, sah blass und verletzlich aus und hatte dunkle Ringe unter den Augen. *Vermutlich zu viel gevögelt*, dachte er, entschlossen, ihr nicht zu zeigen, dass es ihm etwas ausmachte.

»Hey«, sagte er, ohne auf sie zuzugehen.

Caroline stand immer noch zitternd in der Tür, eine Hand am Türrahmen. Diese Unsicherheit war so untypisch für sie, dass er plötzlich einen Stich der Sehnsucht verspürte und ihn die Ahnung beschlich, dass etwas nicht stimmte. Brüsk wischte er die Gefühle beiseite. Sie fühlte sich bestimmt nur schuldig, weil er sie mit dem jungen Koch erwischt hatte.

»Willst du nicht reinkommen?«, fragte Caroline, als er nicht reagierte.

Jonathan sah sie kühl an. »Lieber nicht.« Er schaute auf die Uhr. »Ich bin spät dran.«

Einen Augenblick lang wirkte Caroline verletzt, bevor ihr Gesicht wieder ausdruckslos wurde. »Okay, dann bis bald.«

»Ja, vielleicht. Es sei denn, du bist zu beschäftigt.«

»Was meinst du denn damit?«

Jonathan hielt ihrem Blick stand. »Gar nichts.« Er schwieg kurz. »Aber ich an deiner Stelle würde Geschäftliches und Privates nicht miteinander vermischen.«

»Ich glaub, ich versteh nicht ganz, was du meinst.« Caroline sah jetzt gereizt und verwirrt aus, aber immerhin war das Feuer in ihren Augen zurück.

»Ach, spielt keine Rolle«, antwortete Jonathan, bemüht, gelassener zu klingen, als er war. »Wir sehen uns dann bei der nächsten

Besprechung.« Er drehte sich auf dem Absatz um und ging schnell in Richtung Büro.

Caroline schüttelte frustriert den Kopf. Welche Laus war dem denn über die Leber gelaufen, dass er nicht einmal mehr einen Kaffee mit ihr trinken konnte? Sie beschloss, ihn ein andermal danach zu fragen. Sie hatte genug im Kopf, jetzt wo Paul Stone da war. Es hatte ihr gutgetan, dass Gino letzte Nacht auf der Couch geschlafen hatte, aber es lagen noch viele einsame Nächte vor ihr, und jetzt sah es ganz danach aus, als würde ihr Jonathan in keiner davon beistehen.

Sie wünschte sich, sie hätte jemanden, dem sie sich anvertrauen könnte, mit dem sie über all das, was gerade passierte, reden könnte, doch die einzige Person, der sie auch nur einen Bruchteil davon hätte erzählen können, war eben James, aber der war nicht mehr da. Ein Verlust, den sie schon lange nicht mehr so schmerzlich empfunden hatte. Vielleicht half es ja trotzdem, mit jemandem darüber zu reden. Sie holte ihr Handy raus und wählte nach einem kurzen Moment des Zögerns Paul Stones Nummer. Nach dem dritten Klingeln nahm er ab, als hätte er darauf gewartet, dass sie anrief.

»Okay«, sagte Caroline erschöpft, »du hast gewonnen. Wie werde ich dich wieder los?« Sie wurde schlagartig blass, als er ihr die Summe nannte. Das war ihre ganze Abfindung und noch eine ganze Stange mehr. Aber was hatte sie schon für eine Wahl? Sie atmete tief durch und stimmte zu. »Ich überweis dir die Hälfte heute Abend, die andere Hälfte gebe ich dir am Ende des Monats in bar. Und dann ist Schluss, Paul, oder ich gehe zur Polizei. Ich weiß, was du mit meiner Katze gemacht hast.« Ihre Hände zitterten, und der Klang seines selbstsicheren, tiefen Lachens hallte ihr noch lange in den Ohren, nachdem sie aufgelegt hatte.

Kurz kam ihr der Gedanke, dass sie zu Anna gehen könnte, aber die war hochschwanger und hatte genug um die Ohren. Trotzdem konnte sie ihr vielleicht dabei helfen, Jonathans plötzlichen Sinneswandel zu verstehen, dachte Caroline, wenn er sich schon so verdammt seltsam verhalten musste. Plötzlich wollte sie nur noch raus aus dem Restaurant, also beschloss sie, nach Cowslip Barn zu gehen. Doch zuerst würde sie dafür sorgen, dass ihr Kätzchen Solly in ihrer Wohnung in Sicherheit war.

*

Anna stellte die Tasse auf den Tisch und lehnte sich im Stuhl zurück, in dem Versuch, es sich mit dem ungeborenen Kind in ihrem Bauch halbwegs bequem zu machen. Die letzten Wochen waren die schlimmsten, das wusste sie aus Erfahrung. Dann sah sie Caroline an.

»Willst du wissen, was ich denke?«

»Hab ich denn eine andere Wahl?«, seufzte Caroline.

Anna grinste. »Klar.«

»Ach, na schön, dann schieß los«, forderte Caroline sie widerwillig auf. »Versuch noch mal, all das zu rechtfertigen, was er zu mir gesagt hat.« Caroline hatte ihr fast die ganze traurige Geschichte erzählt, von der unglaublichen Nacht bis zu dem, was vor der Tür des Restaurants passiert war. Wegen Annas Zustand hatte sie die Sache mit Scrumpy ausgelassen, ebenso wie die Tatsache, dass Gino bei ihr auf der Couch übernachtet hatte.

»Keine Rechtfertigungen und keine Entschuldigungen, versprochen.« Anna nahm die Tasse und nippte am Tee. »Wenn du mich fragst, hat er schreckliche Angst davor, sich fest zu binden, weil er glaubt, dass er es nicht wert ist.« Als sie Carolines sarkastisch hochgezogene Augenbraue sah, schüttelte sie nur den Kopf. »Lass mich ausreden. Er kann sich noch immer nicht für das verzeihen, was er Matthew vor Jahren angetan hat. Auch jetzt nicht, obwohl er weiß, dass Matthew ihm längst verziehen hat. Deshalb geht er von einer Frau zur nächsten, weil er weiß, dass er jederzeit einfach abhauen kann, sobald es schwierig wird oder die Mädels mehr wollen. Er hat sich nie erlaubt, sich zu verlieben, weil er glaubt, dass er es nicht verdient, geliebt zu werden. Aber du hast ihn komplett aus der Bahn geworfen, und jetzt weiß er nicht, was er tun soll. Er hat Angst davor, zuzugeben, dass er sich in dich verliebt hat, und noch größere Angst, dass er dir am Ende wehtut.« Anna stieß einen Seufzer aus. »Dann gib noch die Furcht dazu, wieder Teil der Familie zu sein, dann verstehst du vielleicht, warum er Panik schiebt. Die Carters waren sich so lange so fremd, dass sie alle etwas Zeit brauchen, um sich wieder an das Zusammensein zu gewöhnen. Und jetzt klingt es auch noch so, als hätte er starke Gefühle für dich …«

»Hast du schon mal überlegt, Therapeutin zu werden?«, fragte Caroline. Aber was, wenn Anna recht hatte? Was, wenn der Grund dafür, dass Jonathan so gleichgültig getan hatte, tatsächlich war, dass er sich nicht traute oder sich zu wertlos fühlte, um seine Gefühle zuzugeben? Oder lag es nur daran, dass er sie eben nicht so sehr wollte, wie sie gedacht hatte, und jetzt, wo er sie erobert hatte, war der Reiz für ihn verloren gegangen? »Scheiße«, sagte sie und merkte zu spät, dass sie es laut ausgesprochen hatte. »'tschuldigung!« Sie warf einen schnellen Blick auf Ellie, die am anderen Ende des Tischs zum Glück ganz in ihr Holzpuzzle vertieft zu sein schien. »Ich weiß einfach nicht mehr, was ich denken soll.«

»Vielleicht solltest du mit dem Denken aufhören«, meinte Anna leise. »Hör auf dein Herz.«

Caroline schüttelte den Kopf. »Mein Herz hat keine großen Erfolge vorzuweisen. Meine letzten Beziehungen waren nicht gerade ein Zuckerschlecken.« *Von Paul Stone ganz zu schweigen*, dachte sie.

»Jeder macht mal Fehler. Aber nur so kann man lernen. Vertrau dir selbst. Vertrau Jonathan. Ich meine, er hat's verdient, oder nicht?«

»Das Gespräch heute Morgen war einfach so wahnsinnig niederschmetternd, nachdem wir uns so nah gewesen sind.« Caroline streichelte Sefton, der ihr mitfühlend eine Pfote auf den Schoß legte. »Ich mein, monatelang hat er sich in meiner Nähe rumgedrückt, hat sich mir mal angenähert und ist dann wieder auf Abstand gegangen, und okay, das lag hauptsächlich daran, dass ich ihn auf Distanz gehalten habe, aber als ich mich schließlich dazu durchgerungen hatte, meine Schutzmauern fallen zu lassen … Na ja, den Rest kennst du.« Wegen ihrer Nichte verzichtete auf die Details.

»Er hat wahrscheinlich auch keine Ahnung, was er machen soll. Ihr beide habt nicht gerade viel Zeit als Liebende miteinander verbracht, und vielleicht solltest du wirklich ein bisschen auf Abstand gehen, damit er das Ganze in seinem eigenen Tempo verarbeiten kann. Du kannst ihm ja Verständnis und Freundschaft anbieten. Er ist wahrscheinlich gerade genauso verwirrt wie du.«

»Na toll«, schnaubte Caroline. »Also hat der Kerl mit dem größten Selbstbewusstsein und Selbstvertrauen im ganzen Universum nicht nur ein so gewaltiges Selbstwertproblem, worauf ich nie gekommen wäre, nein, ich muss mich auch noch mit der Tatsache herumschlagen, dass er keine Ahnung hat, wie er sich mir gegenüber verhalten soll. Das hilft *meinem* Selbstbewusstsein und Selbstwertgefühl auch nicht gerade!«

»Gab's denn irgendwelche Hinweise darauf, warum er so abweisend war?«, fragte Anna.

Caroline schüttelte den Kopf. »Nicht einen.«

»Wirklich nicht?«

»Du hast ja keine Ahnung, wie frustrierend das alles ist«, seufzte Caroline. »Für dich ist doch alles super! Du stehst kurz davor, den Sprössling eines gutaussehenden, grüblerischen Cider-Multimillionärs zur Welt zu bringen, aber Jonathan und ich waren uns so oft so nahe. Und das Frustrierendste daran ist, dass ich *weiß*, wie gut wir zusammenpassen. Ich hab versucht, es zu leugnen, aber ich glaube wirklich, dass es sich trotz allem lohnen könnte, wenn wir mehr als Kollegen wären. Und jetzt redet er nicht mal mehr offen und ehrlich mit mir.«

»Lass ihm ein bisschen Zeit. Er ist es wert, ehrlich. Er hat mir damals geholfen, nicht den Verstand zu verlieren, als Matthew und ich nach Merrys Unfall Schwierigkeiten hatten, und unter all seinem oberflächlichen Charme schlägt ein großes, weiches Herz. Er hat einfach nur zu viel Angst, es zuzugeben.« Sie sah ihre Schwägerin nachdenklich an. »Ich glaube, er hat tiefe Gefühle für dich.« Sie betrachtete Caroline nachdenklich. »Du und Jonathan, ihr seid euch ziemlich ähnlich, wenn ich das so sagen darf.«

»Wirklich?«

»Ihr seid beide einsam.«

Caroline zuckte zusammen. »Na, herzlichen Dank auch.«

»Du weißt schon, was ich meine.« Anna lächelte sanft. »Auch wenn ich damals, nachdem ich James verloren hatte, nicht wusste, wie es für mich weitergehen sollte, wusste ich doch, wie sehr auch du darunter gelitten hast. Vor allem nach dem Tod deiner Eltern. Du hast dich so lange von uns abgeschottet, aber ich wusste, du musstest es eben tun. Ich habe gehofft, dass du eines Tages zu Ellie und mir zurückkommen würdest. Ich weiß, wie hart das für dich war, und du bist auf deine eigene Art damit umgegangen.« Sie sah Caroline direkt in die Augen. »Jonathan ist auch allein. Er mag einen noblen Stammbaum haben, aber er tut sich schwer damit, hier seinen Platz zu finden. Er war so lange weg, aber jetzt, wo er wieder da ist, hat er wirklich damit zu kämpfen. In gewisser Weise seid ihr wie füreinander geschaffen. Ihr könntet euch gegenseitig Wurzeln geben.«

»Ha!«, schnaubte Caroline. »Versuchst du dich jetzt auch in Apfelbaumvergleichen?«

Anna lachte. »Das war keine Absicht. Aber ich meine es so. Verlier nicht den Glauben, Caroline. Am Ende ist es das vielleicht alles wert.«

»Du hast leicht reden«, murrte Caroline. »Ich weiß nicht, wie lange ich noch so weitermachen kann. Ich muss ihn weiterhin einmal in der Woche bei den Meetings sehen, und sogar mit Gino und Emma als Anstandsdamen ist das ziemlich schräg.«

»Die werden kaum wissen, wo sie hinschauen sollen!«, sagte Anna lachend und zuckte zusammen, als sie daraufhin von ihrem Baby einen heftigen Tritt kassierte. »Entschuldige mich kurz.« Sie stemmte sich hoch und verschwand in Richtung Klo.

»Ich muss eh zurück, die Mittagsschicht fängt an. Bis bald.«

Caroline ging durch die Küchentür nach draußen, und erst im Restaurant fiel ihr auf, dass sie die Teetasse noch immer in der Hand hielt. Vielleicht drehte sie jetzt schon genauso durch wie Jonathan.

35

An diesem Abend ging Jonathan nach der Arbeit schnurstracks in den Pub. Dort saß er und kippte ein Bier nach dem anderen, bis Vern Matthew diskret darauf hinwies, dass Jonathan gehörig einen über den Durst getrunken hatte. Matthew ging zwar normalerweise nicht in Pubs, doch jetzt machte er sich auf den Weg zum Stationmaster, um nach seinem Bruder zu schauen. Jonathan gab wegen der anderen Gäste in leisem, aber ruppigem Ton zurück, er möge sich doch bitte um seine eigenen Angelegenheiten kümmern und ihn in Ruhe lassen. Dann bestellte er noch ein Bier.

Hier saß er nun also, völlig betrunken, mit angekratztem Ego und einem im Vergleich zum Morgen deutlich schwereren Herzen. Und warum? Caroline war ganz offensichtlich über ihn hinweg. Warum war das bei ihm nicht ebenso? Er neigte eigentlich nicht zum Grübeln, aber sein Stolz war eindeutig von dem, was er heute Morgen vor dem Restaurant beobachtet hatte, verletzt worden, und der Streit danach hatte es auch nicht besser gemacht. Natürlich stand es Caroline frei, zu schlafen, mit wem und wie oft sie wollte. Es hatte nur zwei One-Night-Stands und ein bisschen Geplänkel zwischen ihnen gegeben. Beide Male hatte sie gesagt, sie sollten es ungezwungen angehen, und schließlich war er der König des ungezwungenen Sex. Warum also ging ihm das immer noch im Kopf herum? Er bedeutete dem Barkeeper, ihm noch ein Bier zu bringen, dann holte er sein Handy heraus und überlegte, ob er nicht einer seiner früheren Verabredungen mal wieder schreiben solle. Als er vom Handy hochschaute, sah er den vermutlich letzten Menschen, neben dem er jetzt am Tresen stehen wollte.

»Vern, gibst du mir bitte ein Amstel?«, fragte Gino, als der Wirt gerade vorbeikam. Er schenkte Jonathan ein freundliches Lächeln, das nicht erwidert wurde.

»Kommt sofort«, antwortete Vern. »Emma ist auch bald zu Hause, falls du noch mit ihr reden willst.«

Er nickte. »Vielleicht. Muss noch ein paar Dinge mit ihr besprechen.«

Jonathan schnaubte und murmelte dann halblaut etwas vor sich hin, das Gino aufhorchen ließ. Er warf ihm einen Seitenblick zu. »Entschuldigung, das hab ich akustisch nicht verstanden.«

Jonathan hob den Kopf vom Bierglas und sah den jungen Koch vor sich an. »Ich hätte gedacht, dass Sie ganz schön kaputt sein müssen nach der, äh, harten Nacht.«

Gino schaute ihn verwirrt an. »Wegen heute, meinen Sie? Emma hat heute im Cider Kitchen Dienst, ich weiß nicht, wie viel heute los war.«

Jonathan schüttelte den Kopf; von dem ganzen Bier wurde ihm schwummerig. »Ich meinte gestern Abend. Sie nehmen Ihre Pflichten im Restaurant vielleicht ein bisschen zu ernst, oder, wenn Sie die ganze Nacht dableiben. Bei Ihrer Chefin.«

Ein Ausdruck der Verärgerung zog über Ginos Gesicht, bevor er sich daran erinnerte, mit wem er sprach. »Ich habe keine Ahnung, wovon Sie reden.«

»War sicher ganz nett, die ganze Nacht, mit Ihnen und Caroline, so ganz allein.«

Ginos Hand verkrampfte sich um das Bierglas, doch er antwortete nicht.

»Los, nicht so schüchtern«, sagte Jonathan sanft. »Ich hab gesehen, wie ihr heute Morgen da rausgekommen seid. Umarmung an der Tür, verdammt kollegial, fand ich.«

Gino nahm einen Schluck von seinem Bier, um Zeit zu gewinnen. »Ich glaube, ich verstehe nicht ganz, was Sie da andeuten wollen, Mr Carter.«

»Dann spreche ich es für Sie aus«, sagte Jonathan mit leicht erhobener Stimme. »Haben Sie die ganze Nacht in Carolines Wohnung verbracht oder nicht?«

Gino knallte das Bierglas auf den Tresen. »Weil Sie mein Boss sind«, sagte er leise, »tu ich mal so, als hätten Sie mich nicht gerade beleidigt. Weil ich für Sie arbeite, sag ich Ihnen nicht, dass es Sie einen Scheißdreck angeht, was ich nachts mache. Schließlich mag ich meine Arbeit.«

»Ach, erspar mir doch den Scheiß«, höhnte Jonathan, »ich bin schon ein großer Junge, ich komm damit klar.«

Gino sah Jonathan an. Seinem Gesichtsausdruck nach zu urteilen, war es keine gute Idee, ihn jetzt zu reizen. Er holte tief Luft. »Sie haben das völlig falsch verstanden, was auch immer Sie glauben, gesehen zu haben. Und es geht Sie auch gar nichts an, denn soweit ich weiß, haben Sie an Caroline kein Interesse, das über die Arbeit hinausgeht. Ich sage Ihnen das nur, weil ich diese Tatsache respektiere. Und Sie wissen doch auch, dass Caroline nicht mein Typ ist, oder? Ja, ich habe die Nacht bei ihr verbracht, aber nicht so, wie Sie anscheinend glauben.«

Jonathan schwieg, das Bierglas halb auf dem Weg zum Mund. »Wer's glaubt, wird selig.«

»Ehrlich«, wiederholte Gino, »sie ist das komplette Gegenteil von meinem Typ.«

»Sie ist eine Frau, und sie ist wunderschön«, fuhr Jonathan ihn an, »was ist also Ihr Problem?«

Gino schüttelte den Kopf. »Gar nichts ist mein Problem«, sagte er behutsam. »Aber Sie haben eins, wenn Sie glauben, dass da zwischen Caroline und mir was läuft. Sie müssen sich keine Sorgen machen, wenn wir abends lange zusammenarbeiten. Ich hab sie wahnsinnig gern, aber nur als meine Chefin und eine Freundin. Sonst nichts. Und wenn Sie wirklich wissen wollen, warum …« Er sah Jonathan in die Augen. »Na ja, sie hat einfach das falsche Geschlecht für mich. Ich steh nicht auf Frauen.«

Jonathans Magen krampfte sich zusammen, und er verschluckte sich an seinem Bier. »Warum erzählst du mir das?«, fragte er, als er wieder sprechen konnte und mit etwas klarerem Kopf.

Gino sah ihn kühl an. »Wir Köche bemerken so einiges. Unsere Liebe zum Detail macht uns so gut in dem, was wir tun. Sie haben ganz klar ein paar schwerwiegende Probleme zu klären, und bis Sie die geklärt haben, machen Sie allen anderen im Restaurant das Leben ganz schön schwer.« Er schüttelte den Kopf. »Sie haben jetzt jedes Recht, mich für meine Unverschämtheit zusammenzustauchen, aber so sieht's für mich nun mal aus.«

Jonathan sah den jungen Koch einen Moment lang an. »Also …«, sagte er schließlich, »ist zwischen Ihnen und Caroline nichts gelaufen?«

»Ganz ehrlich, ich würd eher Sie anbaggern. Hatte schon immer eine Schwäche für ältere Männer.«

Jonathans Stirnrunzeln schmolz zu einem Lächeln. »Wie seltsam. Und nicht dass Sie das jetzt in den falschen Hals kriegen, aber das hätte ich nie gedacht.«

»Warum, weil ich keine Lady-Gaga-Songs summe und ständig meine Bauchmuskeln trainiere? Es gibt wirklich gar keinen Grund, an die große Glocke zu hängen, mit wem ich gerne ins Bett gehe, oder?«

»Da haben Sie recht.« Jonathan, der spürte, dass Gino eher belustigt als verärgert war, lächelte weiterhin. »Und warum haben Sie Caroline dann an der Tür umarmt?«

»Hat Sie es Ihnen denn nicht erzählt? Irgendwer hat Scrumpy getötet und den Kadaver vor dem Restaurant liegen lassen. Ich hatte mein Handy vergessen, und als ich zurückkam, um es zu holen, habe ich sie mit der Katze vor der Tür stehen sehen.« Gino schüttelte den Kopf. »Danach konnte ich Caroline doch nicht einfach allein lassen. Es ging ihr ziemlich mies, also hab ich es mir auf der Couch bequem gemacht, um sicherzustellen, dass der, der das getan hat, nicht zurückkommt. Mein Freund war nicht gerade erfreut darüber, dass ich ihn an dem Abend versetzt hab, aber was sollte ich machen?«

»Warum hat sie mir das denn nicht erzählt?«, fragte Jonathan und bemerkte zu spät, dass er es laut ausgesprochen hatte.

»Sie wissen doch, wie sie ist. Sie glaubt immer, dass sie sich schützen muss.«

Jonathan schüttelte den Kopf. »Und ich hab ihr gar keine Chance gegeben, alles zu erklären. Hab einfach angenommen, dass sie über mich hinweg ist.«

»Und genau deshalb ist es so wichtig, dass Sie reinen Tisch machen«, gab Gino zurück.

Jonathan lächelte den jungen Koch an. »Ich weiß Ihre Ehrlichkeit zu schätzen, Gino. Sie sind ein verdammt guter Koch, und das Cider Kitchen wäre am Arsch, wenn wir Sie oder Emma verlieren. Und …« – er legte eine Pause ein und zwinkerte ihm zu – »ich fühle mich geschmeichelt. Aber ich fürchte, auch wenn Caroline so gar nicht Ihr Typ ist, meiner ist sie, aber so was von.«

»Was Sie nicht sagen!« Gino verdrehte die Augen. »Das haben Emma und ich schon vor einer Ewigkeit gecheckt.«

»Warum komme ich mir nur so komplett ausmanövriert vor?«, brummte Jonathan.

»Wenn Sie meinen Rat wollen«, verkündete Gino mit der ganzen Autorität seiner zweiundzwanzig Jahre, »sollten Sie heute Abend zu Caroline gehen und reinen Tisch machen. Es geht ihr immer noch mies wegen ihrer Katze, und ich glaube, sie wäre froh darüber.«

»Sie haben recht. Und danke, dass Sie so ehrlich zu mir waren. Sie haben da einen klugen Kopf auf den Schultern.« Jonathan verzog das Gesicht. »Sorry. Das war ganz schön gönnerhaft, oder?«

»Ach, keine Sorge. Wenn man als schwuler Junge in einem kleinen Dorf aufwächst und mit dieser Matt-Lucas-Figur im Fernsehen … Da lernt man schnell so einiges über die menschliche Natur.« Er stand vom Tisch auf. »Ich geh jetzt mal besser. Ich schulde meinem Freund noch ein bisschen Zeit, nachdem ich ihn gestern so hab hängen lassen.«

»Wir sehen uns dann bei der Arbeit«, sagte Jonathan, nach dem Gespräch wieder einigermaßen nüchtern. Als er den Pub verließ, sah er, wie Gino Vern zum Abschied zuwinkte, bevor er hinausging. Gino war eindeutig ein Gewinn für das Cider Kitchen. Jonathan hoffte, dass es für eine Aussprache mit Caroline noch nicht zu spät war.

36

Der Weg vom Stationmaster zum Cider Kitchen war gerade so lang, dass Jonathan langsam wieder nüchtern wurde. Er hoffte, dass er unbemerkt ins Restaurant schlüpfen konnte, bevor Caroline absperrte. Das Cider Kitchen machte allmählich zu. Eine große Gruppe von Gästen ging fröhlich zurück zum Parkplatz, und Jonathan konnte, unbemerkt vom Servicepersonal, ins Restaurant schleichen. Sofort erspähte er Caroline, die gerade die Kasse ausschaltete und hin und wieder dem Küchenpersonal etwas über die Schulter zurief. Er blieb stehen und bewunderte ihr tiefrotes Haar, das länger geworden war, ihr aber immer noch nur bis knapp über die Ohren fiel. Er stellte sich vor, wie er es anhob und ihren Nacken küsste, bis sie erschauderte. Ihre grünen Augen, die in einer Minute so hart werden konnten, aber mit diesen verräterischen Lachfältchen in den Augenwinkeln. Und ihr Körper unter dem schwarzen Etuikleid, das sie zur Arbeit trug, ein Körper, nach dem er sich verzehrte, den er jede Sekunde in seiner Nähe wissen wollte.

»Caroline?« Er sprach leise, da er sie nicht erschrecken wollte. Geistesabwesend zählte sie das Geld aus der Kasse.

Erst nachdem sie fertig gezählt hatte, sah sie auf. »Was willst du?«

Ihre Direktheit überraschte ihn. Er hatte sich so an ihre Wortgefechte gewöhnt, dass er das Vorgeplänkel vermisste. Er räusperte sich. »Ich, äh, ich wollte mich für heute Morgen entschuldigen. Das war völlig daneben.«

Caroline starrte wieder das Bargeld an. »Schön. Entschuldigung angenommen. Noch was?«

Jonathan spürte instinktiv, dass da noch mehr war als auf den ersten Blick erkennbar. Dann dachte er, dass er es wohl verdient hatte, dass sie ihn mit Schweigen strafte. »Das mit Scrumpy tut mir leid«, sagte er sanft.

Caroline hob den Kopf ruckartig. »Hat Gino dir das erzählt?«

»Ich hab ihn vorhin im Pub getroffen. Er hat mir erzählt, was gestern Nacht passiert ist. Es tut mir schrecklich leid, dass ich heute Morgen so launisch war. Wenn ich das mit der Katze gewusst hätte, wäre ich nicht so kurz angebunden gewesen.«

Caroline schob die Kassenschublade geräuschvoll zu. »Glaub ich nicht. Du wolltest eh nie, dass ich die Kätzchen behalte.«

»Caroline, bitte.« Jonathan war es nicht gewohnt, zu betteln. »Können wir nicht einen Kaffee trinken und uns unterhalten?«

»Ich bin einfach müde, Jonathan.« Caroline sah wirklich erschöpft aus. »Ich will nur noch ins Bett. Und wir haben morgen früh sowieso ein Meeting. Vielleicht sollten wir es von jetzt an dabei belassen. Das macht es vielleicht weniger kompliziert.«

Jonathan verspürte einen Stich der Enttäuschung. »Wenn es das ist, was du willst«, antwortete er leise.

»Ja, das will ich«, sagte sie in etwas sanfterem Ton. Sie rieb sich die Augen, und Jonathan bemerkte, dass ihre Wimperntusche verschmierte. Er sehnte sich danach, ihr Gesicht in beide Hände zu nehmen und sie zu küssen, bevor sie mit noch mehr Gründen ankommen konnte, warum er es nicht tun sollte. »Ich glaube, fürs Erste ist das besser so. Meinst du nicht auch?«

Nein!, wollte Jonathan schreien. *Nein, es ist nicht besser so.* Laut sagte er: »Na gut. Dann sehen wir uns morgen früh.«

Caroline nickte, ohne ihn eines weiteren Blickes zu würdigen.

Eilig verließ Jonathan das Restaurant, die Augen starr geradeaus gerichtet. Hätte er zu Caroline zurückgeschaut, hätte er die Tränen gesehen, die ihr übers Gesicht liefen, und dass sie sich die Hand auf den Mund gepresst hatte, um ihn nicht zurückzurufen.

37

Jonathan wusste, dass es unprofessionell war, trotzdem sagte er das Meeting mit Caroline am nächsten Morgen ab, hielt sich in den darauffolgenden Wochen so weit wie möglich vom Cider Kitchen fern und erledigte alles, was anfiel, per E-Mail. Obwohl er immer noch über den Tod der Katze entsetzt war, hatte Caroline ihm eine ziemliche Abfuhr erteilt, als er sie darauf angesprochen hatte. Er war sich sicher, dass viel mehr dahintersteckte, als auf den ersten Blick erkennbar war, aber er wollte sie nicht bedrängen, zumal ihre Beziehung ohnehin schon so spannungsgeladen war. Zum Wohle des Restaurants beschloss er, sich nach ihren Wünschen zu richten und die Dinge bis auf Weiteres auf einer rein geschäftlichen Ebene zu belassen.

Außerdem hatte Matthew Jonathan auch eine Menge Laufarbeit für das Buckthorn-Übernahmeangebot übertragen. Erschöpft von dem Krieg an allen Fronten, den er führen musste, lernte Matthew langsam, zu delegieren. *Nicht dass es auf lange Sicht einen großen Unterschied machen würde,* dachte Jonathan bei sich. Matthew würde sich nie bereit erklären, den Familienbetrieb an Buckthorn zu verkaufen, egal, wie viel Geld man ihnen anbot. Jonathan hatte noch einmal versucht, das Thema seinem Vater gegenüber anzusprechen, aber Jack hatte abgeblockt. An jenem Morgen waren sie nicht im Guten auseinandergegangen, und Jonathan wusste, wenn er an diesem Abend nach Orchard Cottage zurückkam, musste er Wiedergutmachung leisten.

Er hatte über den Quartalszahlen des Cider Kitchen gebrütet und war zufrieden, als er sah, dass der Umsatz beständig gestiegen war. Wenn er schon sonst nichts sagen konnte, das Caroline aufheiterte, dachte er, dann würde sie sich vielleicht wenigstens freuen, wenn er ihr mitteilte, dass das Restaurant einen ordentlichen Gewinn machte. Vielleicht war es an der Zeit, das Eis zu brechen und ein Meeting anzusetzen. Schnell schrieb er eine E-Mail und schickte sie ab, bevor er seine Meinung noch einmal ändern konnte. Als er anschließend den Kopf hob, sah er sehr zu seinem Erstaunen, dass Matthew auf der anderen Seite des Schreibtischs stand.

»Hey«, sagte Jonathan. »Ich hab noch gar nicht mit dir gerechnet.«

Matthew sah ihn ernst an. »Wir müssen über das Restaurant sprechen.«

Jonathan klappte den Laptop zu und setzte sich aufrechter hin. »Was ist los?«

»Darf ich?« Matthew deutete auf den Stuhl vor Jonathans Schreibtisch.

»Klar.«

Er ließ sich auf den Stuhl sinken. »Sam aus der Buchhaltung, der, wie du ja weißt, die Konten des Restaurants führt, hat in den letzten zwei Wochen ein paar seltsame Zahlungen bemerkt. Er hat ein bisschen rumgestöbert, und es sieht so aus, als hätte jemand Zahlungen veranlasst, die nicht zu den Rechnungen und Lieferungen passen. Das geht zum Glück noch nicht lange so, aber es sind ein paar ziemlich hohe Summen, für die Belege fehlen, und das schon nach so kurzer Zeit.«

»Vielleicht war es nur ein Versehen«, sagte Jonathan. »Du weißt, wie das ist, wenn man ein neues Geschäft aufzieht. Caroline hat vielleicht einfach nur vergessen, die Bestellung einzutragen, bevor sie den Lieferanten bezahlt hat.«

Matthew schüttelte den Kopf. »Normalerweise würde ich dir zustimmen, aber wenn ich hohe Summen sage, meine ich nicht nur ein paar Hundert Pfund. Ich meine Tausende.«

Jonathans Herz setzte einen Schlag aus. »Wirklich?«

Matthew nickte. »Ich denke, wir sollten sie zu einem Meeting einbestellen. Noch heute Nachmittag.«

Jonathans Gedanken rasten, und er setzte sich auf die Stuhlkante. »Lass mich zuerst zu ihr gehen und mit ihr reden. Vielleicht kann ich rausfinden, was da los ist, bevor du sie zum Verhör an einen Stuhl kettest.«

»Nach allem, was mir die Buchhaltung mitgeteilt hat, sind wir über nette Gespräche hinaus, Jonno. Ich glaube, wir müssen sie hierherbestellen, und vielleicht sollten wir auch die Rechtsabteilung hinzuziehen.«

Jonathan erhob sich ruckartig. »Du hast mir die Verantwortung für das Restaurant übertragen, Matthew, dann lass es mich auch zuerst auf meine Art versuchen. Ich fahr jetzt zu ihr, und wenn es etwas gibt, das dir oder der Firma ernsthaft Probleme bereiten könnte, dann lass ich es dich wissen.«

»Ist das dein Ernst?«, fuhr Matthew ihn an. Er sprang vom Stuhl und schritt vom Schreibtisch zum Fenster. »Hier geht es nicht um ein paar Pfund aus der Portokasse, Jonathan. Es fehlen mehrere Tausend, und Caroline ist, abgesehen von dir, die Einzige, die die Berechtigung hat, über so große Summen zu verfügen.«

»Hast du schon mit ihr darüber gesprochen? Oder glaubst du einfach diesem Erbsenzähler aus der Buchhaltung?« Jonathan wurde immer wütender.

»Das muss ich gar nicht.« Matthew war schon unter besseren Umständen launisch, aber sein Zorn darüber, *wieder einmal* von der Vermischung von Privatem und Familie überrumpelt worden zu sein, ging ihm sichtlich an die Nieren.

»Und was ist mit Anna? Weiß sie nicht irgendwas, das das Ganze erhellen könnte?«

»Ich wollte sie nicht damit belästigen.« Matthew drehte sich vom Fenster weg. »Sie wird schnell müde. Und sie steckt bis über beide Ohren in den Vorbereitungen für das Krimidinner. Außerdem hat sie Caroline schon seit einer Weile nicht mehr gesehen.«

»Verdammt noch mal, wir leben alle in demselben Kaff, Matt! Das Cider Kitchen ist nur einen Steinwurf entfernt. Wie konnten wir alle das nur übersehen?«

»Und was ist mit dir?« Matthew goss sich aus der Kanne auf Jonathans Schreibtisch einen Kaffee ein. »Es ist ja nicht so, als hättest du in letzter Zeit genug Zeit dort verbracht, um zumindest oberflächlich im Blick zu behalten, wie die Dinge dort in geschäftlicher Hinsicht stehen.«

Jonathan zuckte zusammen, als er an seine letzte Begegnung mit Caroline dachte und wie kurz angebunden sie ihm gegenüber gewesen war. Hatte das alles nur mit dem Tod ihrer Katze zu tun, oder gab es da etwas, das sie vor ihm verbarg? »Ich hab sie eine Weile nicht gesehen«, gab er zu.

»Also hast du wieder einmal das Interesse an einer Frau verloren, und der Rest der Welt muss jetzt den Scherbenhaufen zusammenkehren? Um Himmels willen, Jonathan, wann, verdammt noch mal, kapierst du's endlich?«

»Das hat nichts mit meinem Interesse an Caroline oder sonst was zu tun.« Jonathan hielt dem Blick seines Bruders nicht stand.

»Wirklich nicht? Denn von meinem Standpunkt aus sieht es schon so aus, als wärst du derjenige, der das Feld geräumt hat.« Matthew trank den Kaffee aus und schenkte sich einen weiteren ein. Anna war anscheinend nicht die Einzige, die müde war. »Kurz nachdem sie ins Dorf gekommen ist, warst du praktisch ständig dort, und jetzt willst du mir weismachen, dass du keine Ahnung davon hast, was passieren würde?«

»Was genau wirfst du mir eigentlich vor, Matthew?« Jonathans Ton war gefährlich scharf geworden. »Unterstellst du mir etwa, dass ich etwas mit dem verschwundenen Geld zu tun habe?«

»Na ja, es wäre schließlich nicht das erste Mal, dass du dir etwas aneignest, was dir nicht gehört, oder?« Kaum hatte Matthew die Worte ausgesprochen, schwieg er entsetzt. »Großer Gott, Jonathan, es tut mir so leid. Das war total daneben. Ich bin einfach zu Tode erschöpft. Verzeih mir.«

Jonathan stellte seine Tasse vorsichtig auf den Schreibtisch und sah seinem Bruder in die Augen. »Ganz recht. Das war total daneben. Also hörst du mir jetzt besser ganz genau zu. Ich fahre jetzt zum Restaurant und kläre das. Später reden wir.« Jonathan verließ das Büro, ohne seinen Bruder noch einmal anzusehen.

38

Matthew ist auf dem Kriegspfad. Ich hoffe, du kannst mir etwas sagen, das mir hilft, ihn zu beschwichtigen.«

Wie ähnlich sich doch die Carter-Brüder waren, dachte Caroline nicht zum ersten Mal, als Jonathan schnurstracks zur Kaffeemaschine hinter dem Tresen marschierte und zwei Caffè Latte machte.

»Was hat er denn?« Caroline reichte Jonathan zwei Tassen aus dem Regal über dem Tresen. »Gefällt ihm der Schlafanzug nicht, den ich für das Baby gekauft habe? Ich kann ihn allerdings nicht wieder umtauschen.«

»Er hat mit dem Mann gesprochen, der die Buchhaltung für das Restaurant macht.«

Bei diesen Worten rutschte Caroline das Herz in die Hose. Dann begann ihr Verstand zu rasen. Sie musste das irgendwie aussitzen. Vielleicht zog ja die Total-überarbeitete-Restaurantleiterin-Masche. »Du weißt doch, wie das ist, wenn man den ganzen Tag arbeitet. Da kann man schon mal was übersehen.«

»Vielleicht ein paar Rechnungen über ein paar Hundert Pfund, aber die Buchhaltung sagt, dass es um mehrere Tausend Pfund geht, für die es keine Belege gibt.« Jonathan nippte an seinem Caffè Latte und sah ihr direkt in die Augen. »Ich glaube, es ist besser, wenn du aufhörst, mir was vorzumachen, Caroline, und mir endlich die Wahrheit sagst. Sonst kommt Matthew mit der Rechtsabteilung, um sie aus dir rauszukitzeln.«

Als sie die Entschlossenheit in Jonathans Augen sah, gab Caroline sich geschlagen. Das Schweigen zog sich scheinbar endlos hin. Sie nahm die Tasse in die Hand, die jedoch so stark zitterte, dass sie sie gleich wieder abstellen musste, um nicht alles zu verschütten. Dies war der entscheidende Moment, wie ihr klar wurde. Gino nach Scrumpys Tod mit Lügen abzuspeisen war eine Sache, aber jetzt stand sie vor der Wahl. Sollte sie Jonathan einen Vertrauensvorschuss gewähren und ihm alles erzählen, oder sollte sie versuchen, es zu verschweigen? Sie war nie gut darin gewesen, zu entscheiden, welchen Menschen sie vertrauen konnte, aber jetzt drängte ihr Instinkt sie mit aller Macht dazu. Sie atmete tief durch. »Euer Buchhalter sorgt sich zu Recht. Es gibt tatsächlich eine Reihe von Unstimmigkeiten. Ich habe geglaubt, wenn ich nur vorsichtig genug wäre, würde niemand merken, was ich getan habe, aber jetzt ist es an einem Punkt angelangt, an dem es schwierig wird, es noch länger zu verheimlichen.«

»Was ist los, Caroline?« Jonathans Stimme war sanft im Vergleich dazu, wie forsch er das Restaurant betreten hatte.

»Jemand ist hinter mir her.«

»Was?«

Caroline schauderte. »Ein alter Bekannter namens Paul Stone. Vor langer Zeit, in einem anderen Leben, hat er mich mit Unmengen an Kokain versorgt.« Sie lachte bitter. »Vor zehn Jahren, als wir alle ungebunden und jünger waren, hat das jeder genommen. Es war normal, sich nach dem Abendessen eine Line Koks reinzuziehen. So hat alles angefangen. Ich war wild entschlossen, im Eventmanagement aufzusteigen, und er war ein erfahrener Veranstalter. Er war für den Champagner zuständig und wirkte immer so selbstbewusst. Und er hatte immer mehr Geld, als selbst bei einer wirklich großzügigen Provision möglich gewesen wäre. Es hat nicht lange gedauert, bis ich kapiert hab, woran das lag. Er hat mir hier und da ein bisschen was angeboten, und ehe ich michs versah, war ich voll und ganz in seine Welt eingetaucht und gab mehr Geld für seine Ware aus, als ich verdiente.« Sie trank einen Schluck Kaffee und zwang sich, weiterzureden. »Nachdem meine Eltern gestorben sind, hab ich immer mehr genommen. Manche trinken Schnaps, andere wenden sich härteren Sachen zu. Beides nimmt dir den Schmerz. Mein Bruder James« – sie schluckte schwer – »er hat rausgefunden, dass ich mir mehr als nur eine Spaß-Line reinziehe, und ist total ausgerastet. Er hatte gerade Anna geheiratet, aber es ist ihm trotzdem gelungen, mich wieder auf den rechten Weg zurückzubringen. Er war mein Fels in der Brandung.«

»Ich kann mir gar nicht vorstellen, wie sehr er dir fehlen muss«, sagte Jonathan sanft.

»Anna weiß von alldem nichts. Ich habe James schwören lassen, dass er ihr nichts verrät, und ich glaube, das ist das Einzige, was er ihr je verheimlicht hat. Als sie Ellie bekamen, habe ich beschlossen, ein für alle Mal damit aufzuhören. Ich habe mehr und mehr mit anderen Kunden gearbeitet, hab mich von Paul ferngehalten und bin ein bisschen zur Ruhe gekommen. James, Anna und Ellie haben nur ein paar Meilen weiter die Straße runter gewohnt, und ich war ganze achtzehn Monate clean.« Sie lachte. »Ich hab sogar mit dem Trinken aufgehört, denn dadurch wäre die Versuchung, mich wieder in diese Welt hineinziehen zu lassen, einfach zu groß gewesen. Ich hab viel Geld gespart, statt alles durch die Nase zu ziehen, und mir schließlich eine Wohnung gekauft.«

»Und dann ist James gestorben«, murmelte Jonathan.

Caroline nickte. »Ich hab noch nie so einen Schmerz empfunden. Zuerst hatten wir unsere Eltern verloren, und jetzt war auch James nicht mehr da. Ellie war noch ein Baby, sie konnte kaum laufen, als sie ihren Dad verlor, und Anna war so im Schock, dass ich mit ihr nicht reden konnte. Ich suchte Pauls Handynummer raus, und schon versorgte er mich wieder mit Stoff.«

»Aber warum ist er jetzt hinter dir her?«

»Die Eventmanagement-Agentur hatte zwei Büros, eins in Farnham und eins in Guildford. Ich bin nach Farnham gegangen, um von Paul wegzukommen, der immer noch in dem größeren Büro in Guildford arbeitete. In diesem Jahr war die Agentur von einer größeren Firma übernommen worden, die beschlossen hatte, umzustrukturieren. Wir alle bekamen die Chance, uns auf unsere alten Jobs zu bewerben und um Beförderungen zu konkurrieren. Es wurde ziemlich hässlich. Uns wurde auch die Versetzung in die Niederlassung in Bristol oder freiwilliges Ausscheiden angeboten. Nach elf Jahren bei der Agentur habe ich mich für das freiwillige Ausscheiden entschieden. Ich hatte die Nase voll davon, mit Leuten zu konkurrieren, mit denen ich so lange zusammengearbeitet hatte. Außerdem war mir klar, dass ich aus diesem Umfeld rausmusste, wenn ich weiterhin clean bleiben wollte. Paul wollte Regionalleiter für den Südosten werden, aber er wurde übergangen. Ich glaube, denen gefiel seine Einstellung nicht. Er hat mich beschuldigt, dass ich ihn bei seiner Bewerbung um die Beförderung nicht unterstützt habe, denn mein Wort hatte bei dem damaligen Manager in Guildford noch Gewicht, wo ich ja meine Karriere begonnen hatte. Er hatte etwas dagegen, dass ich mich absetzen wollte. Die Standorte in Farnham und Guildford wurden zusammengelegt, und das überzählige Personal wurde entweder entlassen oder versetzt. Ich dachte, Paul hätte den Job angenommen, den man ihm in Guildford angeboten hatte, aber offenbar hat er sich nach Bristol versetzen lassen. Seinen ›Nebenjob‹ hat er natürlich mitgenommen, aber ich schätze, dass seine Connections im West Country nicht gut genug waren, um sein Einkommen weiterhin so aufzubessern wie früher.«

»Und jetzt ist er hier und stellt dir nach.« Jonathan stellte seine Tasse geräuschvoll auf den Unterteller. »Kokst du immer noch?«

Caroline sprang auf. »Nein.« Sie schüttelte energisch den Kopf, und ihre Wangen röteten sich. »Das ist vorbei.«

»Kann ich dir vertrauen?«

»Ich hab seit mehr als einem Jahr kein Koks mehr angerührt, und ich hab auch nicht die Absicht, es je wieder zu tun.«

»Was will er dann von dir, wenn du ihm klargemacht hast, dass du nichts mehr kaufen willst?«

»Geld. Er sieht, dass wir Erfolg haben, und er will ein Stück vom Kuchen abhaben. Und ich glaube, er ist immer noch ziemlich angepisst, weil ich ihn damals nicht unterstützt habe, Gebietsleiter zu werden. Durch die Versetzung nach Bristol hat er leichtes Spiel, mich zu erpressen, und er verlangt Schweigegeld von mir, damit er meine Sucht nicht öffentlich macht.«

»Wie viel hat er schon von dir bekommen?«

Caroline holte tief Luft. »Ungefähr zehntausend bis jetzt, alles, was mir von der Abfindung noch geblieben ist, außerdem ein bisschen Geld aus dem Geschäft. Ich hab ihm noch weitere zehntausend versprochen, sobald ich meine Wohnung in Farnham verkauft habe, zusätzlich zu dem Geld, das ich dem Geschäft zurückgeben muss.«

»Großer Gott.« Jonathan stand auf und gab seiner Tasse auf dem Tresen einen Schubs. »Verdammt, warum hast du dich mir nicht anvertraut, als das Ganze anfing? Du spielst russisches Roulette mit einem Drogendealer und benutzt die Restauranteinnahmen als Sicherheit. Was zur Hölle hast du dir nur dabei gedacht?«

»Ich war völlig außer mir vor Angst!« Caroline wurde ebenfalls laut. »Ich dachte, wenn ich ihm gebe, was er will, haut er wieder ab. Wenn du gesehen hättest, wie er Meredith angestarrt hat, als er zum Essen hier war, würdest du ihm auch alles geben, was er will.«

»Was?« Jonathans Stimme war gefährlich leise geworden. »Ich

schwör dir, Caroline, wenn er meiner Nichte auch nur ein Haar krümmt, mach ich ihn höchstpersönlich kalt.«

»Das weiß ich doch«, entgegnete Caroline, wütend auf sich selbst, weil sie die Sache mit Stone so weit hatte kommen lassen. »Ich kann nicht glauben, dass ich mich so von ihm hab erpressen lassen.«

»Was hältst du davon, unterzutauchen?. Ein, zwei Wochen abzuhauen? Wenn du nicht da bist, kann er nicht einfach hier aufkreuzen und dich erpressen.«

»Das geht doch nicht. Wenn ich jetzt gehe, glaubt er doch, dass er mich verjagt hat.«

»Wenn Matthew rausfindet, dass du Geld aus dem Restaurant dazu benutzt hast, einen Drogendealer auszuzahlen, schmeißt er dich sowieso raus, egal, wie nahe du Anna und Ellie stehst«, gab Jonathan zurück. »Du musst ja keinem sagen, wohin du gehst – sag einfach, dass du auf dem Weg in den Last-Minute-Urlaub bist, irgendwohin, wo es schön heiß ist.« Er lächelte kurz. »Sorry«, sagte er, als er Carolines fragenden Blick sah, »ich war kurz abgelenkt, als ich mir dich im Bikini vorgestellt habe.« Wieder ernst, fuhr er fort: »Gibt es einen Ort, wo du hinkannst?«

Caroline ging nicht weiter auf das mit dem Bikini ein, das war jetzt nicht der richtige Zeitpunkt. »Na ja, ich kann mir eigentlich keinen Winterurlaub leisten, nachdem ich Paul das ganze Geld gegeben hab, aber meine Wohnung steht jetzt leer, weil meine Freundin ausgezogen ist. Schätze, da könnte ich jetzt hinfahren, ich kann ja so tun, als müsste ich ein, zwei Wochen lang renovieren oder so.« Sie fügte nicht hinzu, dass sie so oder so dorthin zurückgehen würde, wenn man sie im Cider Kitchen feuerte.

»Okay.« Jonathan hielt kurz inne. »Aber erzähl sonst niemandem, wohin du gehst. Paul könnte versucht sein, dir dorthin zu folgen, wenn er es rausfindet, und dann bist du richtig in Schwierigkeiten. Gib Solly in eine Katzenpension, dann bist du auf der sicheren Seite. Ich rede mit Matthew; ich finde schon eine Ausrede. Emma kann die Leitung übernehmen, und ich kann mich hier um den Bürokram kümmern, um ein Auge auf alles zu haben und sicherzugehen, dass der Typ hier nicht irgendwas versucht. Dein Team arbeitet jetzt so gut zusammen, dass die das auch ein, zwei Wochen ohne dich hinkriegen. Wir brauchen etwas Zeit, um darüber nachzudenken, wie wir das Problem lösen können.« Er legte eine warme Hand auf Carolines Schulter, strich mit dem Daumen über ihr Schlüsselbein. Die Berührung ließ sie erschaudern. »Du hättest gleich zu mir kommen sollen, als die ganze Geschichte angefangen hat. Aber wir kriegen das schon hin. Das verspreche ich dir.«

Caroline, die mühsam um Fassung rang, schluckte. »Wie kannst du nur so ruhig bleiben?«

»Weil ich schon früher solche Mistkerle wie Paul getroffen habe, und es macht mich wütend, dass er glaubt, dass er Menschen einfach so erpressen kann, ganz besonders eine Frau. Aber wir werden schon dafür sorgen, dass das aufhört.«

»Ich weiß die Ritter-in-glänzender-Rüstung-Nummer wirklich zu schätzen, aber du musst mir sagen, was du vorhast«, sagte Caroline, die ihre Selbstbeherrschung langsam wiedergewann.

»Ich hab da so eine Idee. Aber es ist vielleicht besser, wenn ich sie für den Augenblick noch für mich behalte. Wie kann ich diesen Typen erreichen?«

»Ich hab seine Handynummer. Aber ich bitte dich, triff dich nicht allein mit ihm. Geh zur Polizei oder so.« Sie konnte die Vorstellung nicht ertragen, dass Jonathan etwas zustieß.

»Genau das kann ich eben nicht tun«, bemerkte Jonathan trocken. »Du bist diejenige, die mit dem Gesetz in Konflikt gerät, weil du Geld für ihn abgezweigt hast. Wir können nicht beweisen, dass er es bekommen hat, aber es gibt belastende Dokumente, die zu dir führen. Wir müssen ihn auf andere Art loswerden.«

»Ich will, dass er aus meinem Leben verschwindet. Er hat mir viel zu lange Angst eingejagt.« Caroline knallte die Tasse nachdrücklich auf den Tisch, plötzlich wieder wütend. »Ich kann nicht glauben, dass ich zugelassen habe, dass er mich wieder so in der Hand hat. Das muss aufhören.«

»Es wird aufhören. Ruf mich an, wenn du in Farnham bist, oder wo immer du hingehst.« Er hob die Hände, als sie widersprechen wollte. »Wenn Emma Hilfe braucht, kann ich immer noch selbst einspringen und das Restaurant führen. Wie schwer kann das schon sein?« Er gab nach, als er Carolines aufmüpfige Miene sah. »Am wichtigsten ist, dass du hier jetzt mal ein bisschen rauskommst.«

»Und was erzählst du deinem Bruder?«

»Lass das meine Sorge sein«, gab Jonathan zurück. »Ich kann ihn ein paar Tage hinhalten, bis du aus dem Weg bist. Ich sag ihm, dass du total kaputt bist, einen Last-Minute-Urlaub gebucht hast, dass ich den ganzen Papierkram sichten und durcharbeiten werde, solange du weg bist.«

»Und das wird er dir abkaufen?«

Jonathan lachte humorlos. »Wahrscheinlich nicht. Aber das ist mein Problem, nicht deins. Ich werd schon mit ihm fertig.«

»Und ich kann die Vorbereitungen für den Verkauf der Wohnung treffen, wenn ich in Farnham bin«, sagte Caroline ruhig. »Ich muss das Geld zurückgeben, das ich Paul gegeben habe.«

»War die Wohnung nicht deine Absicherung für den Fall, dass hier alles den Bach runtergeht?«

»Ja, schon, aber genau das tut es doch gerade, oder nicht?«

»Abwarten. Vielleicht kann ich das Geld zurückholen.« Jonathan stand auf, beugte sich langsam vor und strich Caroline eine Haarsträhne aus dem Gesicht. »Ich will für dich da sein, Caroline. Das Ganze ist zwar ein Riesenschlamassel, aber du musst da nicht alleine durch.« Dann drehte er sich um und ging. Als er in der

Dunkelheit verschwand, atmete Caroline auf. Sie hätte nie gedacht, dass Jonathan unter diesen Umständen auf ihrer Seite stehen würde. Sie hatte geglaubt, wenn er herausfand, was sie getan hatte, würde er auf der Stelle ihren Vertrag auflösen. Dass er das nicht getan hatte und dass er alles daransetzte, ihr Paul Stone vom Hals zu schaffen, weckte die Hoffnung in ihr, dass sie vielleicht doch noch eine Zukunft im Restaurant hatte. *Und vielleicht,* dachte sie plötzlich, *auch mit Jonathan.*

39

Jonathan war schon immer gut darin gewesen, von einem Moment auf den anderen umzuschalten, und der Abend heute war keine Ausnahme. Sein Bruder war so zielstrebig, dass er jede Entscheidung bis zum bitteren Ende durchziehen konnte, doch Jonathans Gehirn arbeitete anders. Während ein Teil seines Verstandes noch darüber nachgrübelte, wie Carolines Problem mit Stone am besten gelöst werden konnte, beschäftigte sich ein anderer Teil schon damit, einen neuen Versuch zu starten, mit seinem Vater über die Buckthorn-Übernahme zu reden. Das Angebot würde schon bald ablaufen, und Jonathans Instinkt sagte ihm, dass Carter's Cider ein ganz neues Niveau erreichen konnte, wenn sie es ernsthaft in Erwägung zogen. Als er die Tür von Orchard Cottage aufschloss, bereitete er sich darauf vor, das Thema noch einmal mit seinem Vater zu besprechen.

»Gerade hat dein Bruder angerufen«, sagte Jack, als Jonathan durch die Küche ging. Er musste sich ein Grinsen verkneifen, als er Jack sah, der auf dem Herd Spiegeleier briet und ein kariertes Hemd, eine helle Cordhose und darüber die geblümte Schürze seiner verstorbenen Frau trug. »Meinte, es gibt ein Problem im Restaurant, das er lösen muss.«

»Mach dir deswegen keinen Kopf«, antwortete Jonathan. »Das ist alles unter Kontrolle.« *Oder wird es zumindest bald sein*, dachte er. »Hast du einen Augenblick Zeit, um über Buckthorn zu reden?«

»Nicht schon wieder, Jonathan.« Jack runzelte verärgert die Stirn, als er mit einem Löffel Öl über die zwei Eier in der Pfanne träufelte. »Ich hab's dir schon mehrmals gesagt. Ich werde nicht darüber diskutieren, bis wir alle drei an einem Tisch sitzen.«

Jonathan seufzte. »Das weiß ich doch. Aber wir haben den ganzen Papierkram jetzt schon seit Monaten auf dem Tisch liegen. So oder so, wir müssen allmählich eine Antwort geben.«

»Das hat noch Zeit.« Jack schob die Eier aus der Pfanne auf die Toastbrotscheiben, die er vorbereitet hatte. »Möchtest du auch was?«

»Nein, Dad. Ich möchte über Buckthorn reden.«

»Für heute hab ich alles gesagt, was ich dazu zu sagen hab. Jetzt mach dich mal nützlich und schenk mir ein Glas Rotwein zum Essen ein.«

»Der Deal ist wirklich gut, Dad!« Jonathan wusste, dass er laut wurde, aber der Starrsinn seines Vaters frustrierte ihn zusehends. »Buckthorn hat schon seit Jahren ein Auge auf uns geworfen. Die haben Zugang zu Märkten, von denen wir nur träumen können. Warum schaust du dir nicht einfach mal die Zahlen an und denkst darüber nach?«

»Ich werde meine Firma nicht an irgendeinen gesichtslosen multinationalen Konzern verkaufen«, sagte Jack bestimmt und ging zum Fenster. »Vier Generationen der Familie haben ihr Leben damit verbracht, diese Firma aufzubauen. Das geb ich nicht einfach so für einen schnellen Gewinn auf. Wir haben eine Belegschaft, Verantwortung.«

»Aber um die Belegschaft würden die sich doch kümmern«, gab Jonathan zurück, als er zu seinem Vater ans Fenster trat.

»Stell dich nicht dümmer, als du bist, Jonathan!« Jacks Stimme klang ungewöhnlich hart. Im Licht der Küche wirkte das Gesicht des alten Mannes grau, die Falten und Schatten scharf konturiert. »Du weißt so gut wie ich, dass es so nicht läuft. Bevor du auch nur geblinzelt hast, haben sie die Fabrik stillgelegt und die Hälfte des Dorfs rausgeworfen.«

»Sie haben sich dazu verpflichtet, die Fabrik weiterzubetreiben und fünfundsiebzig Prozent der Belegschaft zu behalten«, entgegnete Jonathan. »Die brauchen doch die Leute, um den Betrieb in den Obstplantagen und in allen möglichen anderen Abteilungen am Laufen zu halten.«

»Die haben eine ganz eigene Infrastruktur, die das verhindert«, gab Jack zurück. »Was soll aus unseren Fahrern werden, unseren Konservenarbeitern und Fassabfüllern, den Verpackern, dem Marketing und dem Vertrieb?«

»Sie sagen, dass sie jedem, den sie nicht behalten können, eine ordentliche Abfindung anbieten.«

»Die würden alles sagen, um uns an Bord zu kriegen.« Jack wischte die Vorstellung mit einer Handbewegung beiseite. »In dem Augenblick, in dem wir den Vertrag unterschreiben, schicken sie Leute wie Eli, den Nachtwächter, einfach in den Ruhestand, ohne um Erlaubnis zu fragen. Und all diejenigen im Dorf, um die wir uns so bemüht haben, damit sie ihre Arbeit behalten können, Joel, Trevor, Sophie und David, sie alle werden hochkant rausfliegen.« Jack schüttelte den Kopf. »So was unterschreibe ich nicht.«

»Die Dinge ändern sich, Dad.« Jonathan holte tief Luft. »Im Augenblick geht es uns gut, aber der Markt wird unbeständiger und unsicherer. Die Übernahme würde die Zukunft der Firma sichern, dafür sorgen, dass wir weiterhin Menschen aus der Region beschäftigen können.«

»Nein!«, widersprach Jack entschieden. »Das wird es nicht. Dein Urgroßvater würde sich im Grab umdrehen bei der Vorstellung, die Firma an einen Konzern wie Buckthorn zu verkaufen. So was unterzeichne ich nicht.«

»Da hast du vielleicht gar keine Wahl, Dad«, sagte Jonathan sanft. »Matthew und ich haben die Mehrheit der Anteile an der Firma. Wir können das auch ohne dich durchziehen.«

Jack seufzte, lang, tief und resigniert. »Ich habe keinen Zweifel daran, dass ihr das könnt.« Er drehte sich um und sah seinem jüngeren Sohn direkt in die Augen. »Aber vorher solltest du dich fragen, Jonathan, und denk gründlich darüber nach: Solltest du es auch wirklich tun?«

Jonathan senkte den Blick als Erster. Er hatte natürlich Verständnis für die Befürchtungen seines Vaters, aber ihm war auch klar, dass Carter's mit der Zeit gehen musste. Und Zeiten änderten sich nun mal. Genauso wie Mitte der Neunzigerjahre, als es darum gegangen war, die Technologisierung voranzutreiben und ins Internetzeitalter einzusteigen oder unterzugehen, so war heute vielleicht der Moment gekommen, an den größten Cider-Produzenten des Landes zu verkaufen.

»Ich überlass es dir«, sagte Jonathan leise.

»Was ist mit deinem Bruder?«

»Er denkt noch darüber nach.« Das stimmte nicht ganz. Matthew war kurz davor, die Übernahme rundweg abzulehnen, aber die Firma hatte mit einem gewaltigen Rückschlag zu kämpfen, seit die Supermarktkette Tesco entschieden hatte, ihre Produkte nicht mehr zu verkaufen. Auch wenn Matthew wusste, dass die Übernahme in finanzieller Hinsicht sinnvoll war, wollte er die Zügel nicht aus der Hand geben.

»Jonathan. Mein Sohn.« Plötzlich sah Jack sehr alt und sehr müde aus. »Du weißt, dass du das ohne meine Zustimmung durchdrücken kannst. Aber ich bitte dich noch einmal. Denk gut darüber nach. Denk an die Menschen, die bei uns arbeiten. Denk daran, was es wirklich bedeuten würde, mit Buckthorn zu fusionieren. Alles, was uns lieb und teuer ist, alles, was wir vier Generationen lang in der Familie aufgebaut haben, wird in einem Unternehmen aufgehen, dem es weniger um Qualität als um Quantität geht. Sind wir nicht groß genug? Wir brauchen das nicht.«

Jonathan nickte. »Ich verspreche, dass ich ernsthaft darüber nachdenken werde, Dad. Aber im Gegenzug schau dir bitte einfach mal an, was sie uns anbieten.«

Jack nickte zustimmend. »Geh und hol die Papiere aus meinem Arbeitszimmer. Ich seh sie mir später an.«

»Danke.« Jonathan streckte die Hand aus und berührte seinen Vater kurz am Oberarm. »Ich verspreche dir, Dad, es ist ein gutes Angebot.«

»Vielleicht auf dem Papier.« Jack berührte leicht Jonathans Hand. »Aber du musst dir darüber klar werden, dass es beim Geschäft um mehr geht als nur um ein paar Zahlen auf einem Blatt Papier.«

Den Rest des Abends verbrachten sie in einvernehmlichem Schweigen. Bevor Jonathan zu Bett ging, kramte er Jacks Kopie der Buckthorn-Papiere heraus und ließ sie auf dem Beistelltisch neben seinem Stuhl im Wohnzimmer liegen, in der Hoffnung, dass sein Vater endlich zur Vernunft kam.

40

Caroline hielt Wort und machte sich gleich am Morgen auf den Weg nach Farnham. Nach einem Treffen mit Gino und Emma – Gino hatte sie fragend angesehen, aber nichts gesagt – hatte sie ihrem Serviceteam mitgeteilt, dass sie verreisen würde, und anschließend Solly in eine Katzenpension gebracht. Eigentlich, dachte sie, waren das Service- und Küchenteam so daran gewöhnt, gut zusammenzuarbeiten, dass sie das bestimmt auch ohne sie prima hinbekamen, falls kein größeres Problem auftrat. Sie hatte das Cider Kitchen schweren Herzens hinter sich gelassen, doch zugleich hoffte sie inständig, dass Jonathan ihr vielleicht dabei helfen könnte, die Sache mit Paul Stone hinzukriegen. Sie versuchte, die Stimme in ihrem Kopf zum Schweigen zu bringen, die ihr ein ziemlich überzeugendes Gegenargument zuflüsterte, nämlich dass Stone Jonathan einfach nur ins Gesicht lachen würde. Ein Teil von ihr hasste sich selbst immer noch dafür, dass sie Jonathan ins Vertrauen gezogen hatte, aber sie hatte sich selbst so lange darüber, was wirklich los war, in die Tasche gelogen, dass die Erleichterung, die sie überkam, nachdem sie ihre Last mit ihm geteilt hatte, sofort dafür sorgte, dass die Dinge rosiger aussahen.

Als sie von Somerset nach Wiltshire fuhr und sich die Landschaft von grünen Hügeln und Feldern zu den kargeren Tälern mit kalkhaltigen Böden rings um Salisbury wandelte, hatte sie das Gefühl, in ein Leben zurückzukehren, das sie so nicht mehr wollte, ein Gefühl, das sie den ganzen Weg bis nach Surrey nicht mehr verließ, und als sie den Schlüssel zu der Wohnung aus der Tasche zog, in der sie nie wieder hatte leben wollen, geriet sie ernsthaft in Versuchung, die Tür einfach wieder zuzuwerfen, ins Auto zu steigen und schleunigst zum Cider Kitchen zurückzufahren.

Aber Jonathan, der liebe, reizende Jonathan, hatte ihr ein Versprechen abgenommen, und es war eine Frage der Ehre, dass sie ihren Teil der Abmachung erfüllte. Ob er auch seinen Teil erfüllen konnte? Sie zweifelte nicht daran, dass er sein Bestes tun würde, doch das hieß, dass er sich schon wieder mit seinem Bruder anlegte. Wenn Matthew herausfand, was wirklich mit dem fehlenden Geld passiert war, würde Jonathan dann, wie sie sicher auch, aus dem Paradies von Little Somerby vertrieben werden?

Als sie die Wohnung betrat, wurde sie von Erinnerungen überwältigt. Logisch betrachtet war dies der schlechteste Ort, an den sie hatte gehen können, aber solange Paul Stone in Bristol war und keine Ahnung hatte, dass sie nach Farnham zurückgekommen war, war sie hier sicher. Jonathan hatte ihr das Versprechen abgenommen, dass sie ihn anrufen würde, sobald sie angekommen war, aber sie war sich nicht sicher, ob sie mit ihm sprechen konnte, ohne die Fassung zu verlieren, also schickte sie ihm stattdessen eine Nachricht. Dann, nachdem sie einmal durch die Wohnung gegangen war, bezog sie das Bett mit der Bettwäsche, die sie mitgebracht hatte, und dachte über ihre Möglichkeiten nach. Sie hatte zwei volle Wochen vor sich, und es gab wirklich einige Renovierungsarbeiten, die sie angehen sollte, weil sie so überstürzt ausgezogen war, dass sie noch nicht mal zum Streichen gekommen war. Während sie noch versuchte, nicht ständig an das Restaurant zu denken, setzte sie sich hin und überlegte in aller Ruhe, wie sie am besten vorgehen sollte.

*

Jonathan hatte, entgegen allem, was er Caroline erzählt hatte, eigentlich noch keinen richtigen Plan, wie er mit Paul Stone fertigwerden sollte. Er hatte das Gefühl, dass es irgendwie nicht damit getan sein würde, ihn anzurufen und ihm zu sagen, wer er war. Und wenn sein Bruder Wind davon bekam, was los war, würde das dicke Ende erst noch kommen. Um unbequemen Fragen zuvorzukommen, hatte Jonathan Matthew kurz nach dem Gespräch mit Caroline angerufen und ihm gesagt, dass er dabei sei, den Vorgang zu untersuchen. Zum Glück war Matthew so beschäftigt mit anderen Dingen, dass es ihm nichts auszumachen schien, Jonathan erst mal machen zu lassen, zumindest für den Augenblick. Nach dem Treffen mit dem Personal im Restaurant, bei dem er allen versichert hatte, dass er in Carolines Abwesenheit jederzeit verfügbar sei, um eventuell auftretende Probleme zu lösen, hatte er damit begonnen, sich einen Plan zurechtzulegen.

Stone würde nicht einfach aufgeben und abhauen. Jonathan brauchte ein Druckmittel. Ein Vormittag Internetrecherche brachte ihn auf die richtige Spur. Auf der Seite der Eventmanagement-Agentur in Bristol fand er ein Bild von Paul Stone, und bei dessen coolem, selbstbewusstem Grinsen stellten sich Jonathan die Nackenhaare auf. Das also war der Mistkerl, der Caroline erpresste. Er verspürte das starke, primitive Verlangen, Stone zur Rede zu stellen und ihm die Zähne einzuschlagen, aber er wusste, dass er klüger vorgehen musste. Er schloss die Webseite und dachte nach. Er würde schnell handeln müssen, wenn er alldem ein Ende bereiten wollte. Dann hatte er einen Geistesblitz. Er suchte die Nummer der Firma heraus und tätigte einen Anruf. Es war fast zu einfach, ein Meeting auszumachen, bei dem ein erfundenes Event besprochen werden sollte, das er angeblich hier auf dem Gelände des National Trust veranstalten wollte. Jonathan gab vor, ein Mitarbeiter des National Trust zu sein, der einen Sektempfang für regionale Geschäftspartner auf dem Anwesen plane. Als er Stone zu sprechen verlangte, weil dieser ihm angeblich von einem Freund empfohlen worden sei, willigte die Dame am Telefon sofort ein. Nachdem ein Meeting am Dienstag in einer Woche vereinbart worden war, legte er auf. Nur Stone und er, auf neutralem Boden. Er hatte der Empfangsdame einen falschen Namen genannt, deshalb würde der Mistkerl mit ein bisschen Glück nicht den wahren Grund für das Treffen erfahren, bis es zu spät war.

Er hatte das Gefühl, dass der Anfang gemacht war, um Caroline und die Firma zu schützen, daher beschloss Jonathan an diesem Nachmittag, früh nach Hause zu gehen. In letzter Zeit hatte er sich krumm geschuftet. Die Sonne wanderte über die Mendip Hills, als er vom Büro aus zum Haus seines Vaters spazierte. Nicht zum ersten Mal dachte er daran, umzuziehen. Er konnte ja nicht ewig bei seinem Vater wohnen.

Orchard Cottage lag im Dunkeln, als Jonathan die Einfahrt hinaufging, aber da Jacks Wohnzimmer auf der Rückseite des Gebäudes lag, nahm Jonathan an, dass er in den anderen Räumen einfach kein Licht gemacht hatte. Er schloss auf, öffnete die Tür und machte sie leise zu, um Jack nicht zu erschrecken, dessen Herz vielleicht nicht mehr allzu viele Schocks verkraften würde. Nachdem er leise den Flur durchquert hatte, öffnete er die Tür zum Wohnzimmer. Der Sessel seines Vaters stand mit der Rückseite zur Tür, und Jonathan konnte den oberen Teil von Jacks Kopf über der Lehne sehen, als er den Raum betrat.

»Dad?«, fragte er leise. »Bist du wach?«

Jack antwortete nicht. Tatsächlich herrschte ohrenbetäubende Stille. Einen Herzschlag zu spät wurde Jonathan klar, dass er seinen Vater nicht atmen hörte, von schnarchen ganz zu schweigen.

»Dad?« Jonathan ging zu ihm. »Ich bin wieder da. Brauchst du irgendwas?«

Jack antwortete noch immer nicht. Jonathan stolperte fast über die Teppichfransen, und als er bemerkte, dass noch nicht mal Jacks Tischlampe an war, stürzte er zu dem alten Mann im Sessel. Als er sich aufrichtete, fiel ihm auf, dass Jack den Buckthorn-Vertrag in Händen hielt.

Jonathans Stimme klang vor Sorge höher als sonst, fast kindlich. »Dad? Hörst du mich?« Er beugte sich vor und berührte seinen Vater an der Schulter, doch der regte sich noch immer nicht. Jonathan bekam Panik, als Jack noch immer keine Reaktion zeigte. »Dad? Dad! Wach auf!« Alles, was er je über Erste Hilfe und Wiederbelebungsmaßnahmen gelernt hatte, schien er frustrierenderweise vergessen zu haben, als er hektisch den Kragen seines Vaters aufknöpfte. Er fummelte sein Handy aus der Hosentasche, wählte die Nummer des Notrufs und wartete, bis jemand abnahm.

»Rettungsdienst, ich rufe aus dem Orchard Cottage in Little Somerby an. Es geht um meinen Vater. Er … er rührt sich nicht mehr. Bitte kommen Sie schnell!«

Atemlos vor Angst versuchte Jonathan, sich ganz auf seinen Vater zu konzentrieren. Er hob Jacks rechten Arm an, um den Puls am Handgelenk zu messen, aber als er seine Haut berührte, überlief ihn ein Schauder. »Oh Gott«, flüsterte er. Er spürte keinen Puls mehr. Verzweifelt suchte Jonathan nach dem beruhigenden Herzschlag an Jacks Hals, doch da war nichts. Jacks Kopf hing seitlich herunter, die Augen waren halb geschlossen, als würde er gerade einnicken, aber als Jonathan sich vorbeugte und verzweifelt auf ein leises Atemgeräusch lauschte, wusste er, dass Jack weit davon entfernt war, zu schlafen. Sein Herz setzte einen Schlag aus. Warum hatte er ihn nur so wegen Buckthorn bedrängt? Warum hatte er nicht besser überprüft, ob sein Vater seine Medikamente auch wirklich nahm?

»Dad?«, fragte er noch einmal leise. Doch er wusste, dass es hoffnungslos war. Jack konnte ihn nicht mehr hören. Als er dem alten Mann sanft einen Kuss auf die Stirn drückte, sog er noch einmal den schwachen Duft seines Rasierwassers ein und holte dann tief und zitternd Luft. Dann zog er mit einer Geistesgegenwart, die ihn selbst überraschte, sein Handy wieder aus der Hosentasche.

»Matthew? Ich bin's.« Jonathan schwieg kurz, er wusste, dass das, was er als Nächstes sagen würde, das Leben seines Bruders für immer verändern würde, genauso wie es seins verändert hatte, Jack so zu finden. Er holte noch einmal tief Luft, doch die Worte blieben ihm fast im Hals stecken. »Es geht um Dad. Er ist tot.«

Kurz darauf kam der Rettungsdienst beim Orchard Cottage an. Matthew und Jonathan standen schweigend daneben, als Jacks Hausarzt, der vom Rettungsdienst benachrichtigt worden war, Jacks Tod bescheinigte und dann den Abtransport des Leichnams veranlasste. Alles ging bemerkenswert ruhig und schnell vonstatten. Dann fuhr der Rettungsdienst wieder los. Jack wurde in einem privaten Krankentransport zur Leichenhalle gebracht. Matthew drehte sich zu seinem Bruder um.

»Geht es dir gut?«, fragte er, als er sah, wie blass Jonathan war; sein Bruder hatte angefangen zu zittern, als Jacks Leichnam auf der Bahre aus dem Haus getragen wurde.

Jonathan schüttelte den Kopf. »Ich kann's nicht glauben.« Er wischte sich mit einer Hand über die Augen in dem Versuch, sich zusammenzureißen. »Ich hätte nicht …«

»Was?« Matthew legte eine Hand auf Jonathans Schulter.

»Der Buckthorn-Deal. Ich hätte ihn nicht damit behelligen sollen. Wir hatten heute Morgen eine Diskussion deswegen. Und gestern Abend auch. Großer Gott …« Jonathan verstummte allmählich und biss die Zähne zusammen, um nicht die Fassung zu verlieren.

»Das war nicht deine Schuld«, sagte Matthew. »Du hast doch gesagt, dass er seine Tabletten nicht regelmäßig eingenommen hat. Das hätte jederzeit passieren können.«

»Ich hätte dafür sorgen sollen, dass er sie regelmäßig nimmt! Ich war jeden Tag hier.« Jonathan wandte sich von seinem Bruder ab und ging zum Fenster. »Wenn ich nur …«

Matthew ging zu seinem Bruder ans Fenster und sah hinaus auf Jacks makellos gepflegten Garten. »Das war nicht deine Schuld, Jonno, wirklich nicht. Wir wissen doch beide, wie stur Dad sein kann. Sein konnte.« Er schluckte schwer. »Hör mal, bleib nicht alleine hier. Komm heute Abend mit nach Cowslip Barn.«

Jonathan schüttelte den Kopf. »Nein. Es geht mir gut. Ehrlich. Ich brauch nur ein bisschen Zeit, um das alles zu verdauen. Und Dad würde nicht wollen … Er würde nicht wollen, dass das Haus leer steht.«

»Bist du sicher? Anna kocht immer für ein ganzes Regiment, und mir gefällt der Gedanke nicht, dass du hier ganz allein bist.« Er legte Jonathan eine Hand auf die Schulter.

»Ich komm morgen vorbei. Heute Abend will ich erst mal wieder einen klaren Kopf bekommen, bevor ich den Mädchen gegenübertrete.«

Matthew sah seinen Bruder lange an, beugte sich dann vor und umarmte ihn kurz. »Okay«, sagte er unbeholfen. »Du weißt ja, wo du mich findest. Lass uns morgen gemeinsam die Vorbereitungen treffen.«

Jonathan nickte. Als Matthew schließlich ging, schenkte er sich bemerkenswert ruhig einen großzügigen Schluck Scotch aus Jacks Karaffe ein. Erst als er auf dem Regal Jacks Glas stehen sah, aus dem dieser nie wieder trinken würde, begann er zu weinen.

41

Der Tod seiner Mutter hatte Jonathan weniger getroffen. Eigentlich hatte ihn sogar viel mehr eine ganz andere Frau damals beschäftigt, die erste Frau seines Bruders, Tara. Die Beerdigung von Cecily Carter war ein Albtraum aus emotionalen Unterströmungen, Spannungen und Befremdlichem gewesen, der darin gipfelte, dass Jonathan seinen Vater zum Orchard Cottage zurückbegleiten musste, nachdem der beim Leichenschmaus deutlich einen über den Durst getrunken hatte. Als Jonathan mit ihm alleine gewesen war, hatte Jack betrunken vor sich hin gebrabbelt und ihm alle möglichen Sünden gebeichtet, die dem jungen Jonathan damals mehr oder weniger ebenso weit weg und irrelevant erschienen waren wie der unbeständige, von Schatten umwölkte Mond am Himmel über ihnen. Seine Mutter war im Januar gestorben, und die eisige Kälte der Nacht untermalte die Trauer der Familie. Nicht einmal der Organist, dessen Spiel an Les Dawsons talentierte, wenn auch einstudierte Unfähigkeit erinnerte, konnte etwas Licht ins Dunkel bringen.

Nachdem Jonathan seinen Vater samt Flasche und einer Decke auf das Sofa verfrachtet hatte, war er sofort zurück nach Pippin Cottage gefahren, wo er mietfrei lebte. Sein Vater hatte es in den frühen Siebzigern gekauft, und vierzig Jahre später sollte es das neue Heim von

Anna Hemingway werden, der zweiten Frau seines Bruders. Aber damals, in der Mitte der unerbittlichen Nullerjahre, war es Jonathans Zuhause. An dem Abend, als die Carters ihre Matriarchin zu Grabe trugen, gelang es Jonathan und Tara, ein paar verbotene gemeinsame Augenblicke zu stehlen, als Matthew Meredith, die damals noch klein war, nach Hause ins Bett brachte. Stürmische Momente, die ebenso sehr dem Schmerz entsprangen wie dem Begehren; danach empfand Jonathan nichts als ein fiebriges Verlangen nach mehr.

Wie sehr sich doch die Umstände und Menschen verändert hatten. Seit Jack Carter in der Leichenhalle lag, konnte Jonathan an nichts und niemand anderen mehr denken als an seinen Vater. Ihm war schmerzlich bewusst, dass er die Buckthorn-Papiere durchgesehen hatte, als er starb, weil er, Jonathan, ihn dazu gedrängt hatte, und das nagte an ihm. Er hätte ihm nicht so zusetzen dürfen, nie so eine große Sache aus etwas machen dürfen, das in Wirklichkeit bedeutungslos war. Aber er hatte es getan, und seine Hybris hatte ihn schließlich eingeholt.

Am Morgen danach war Jonathan wie gelähmt vor Trauer. Er ignorierte das Telefon, das nicht mehr stillstand, vermutlich weil Leute anriefen, die ihm ihr Beileid bekunden oder die schmutzigen Details in Erfahrung bringen wollten. Es war nicht unbemerkt geblieben, dass ein privater Krankentransport durchs Dorf gefahren war, und die Gerüchteküche in Little Somerby brodelte. Jonathan verriegelte die Tür.

Gegen Mittag klingelte sein Handy, und er sah Annas Nummer auf dem Display. Er schaute das Handy an, bis die Mailbox anging. Diese Erstarrung, die völlige Unfähigkeit zu funktionieren, machte ihm am meisten Angst. Als Matthew am Nachmittag vorbeikam, stimmte er lustlos allem zu, was sein Bruder für Jacks Beerdigung vorschlug, und als er die Tür hinter sich geschlossen hatte, war er erleichtert, wieder allein zu sein.

*

Auf der anderen Seite des Dorfes legte Anna das Handy beiseite und seufzte. Sie wusste nicht, ob es besser war, nach Jonathan zu sehen oder ihm etwas Ruhe zu gönnen. Matthew war zur Arbeit gefahren, um den Mitarbeitern mitzuteilen, dass Jack gestorben war, und um vom Büro aus Vorbereitungen für die Beisetzung zu treffen. Auch wenn er innerlich litt, musste er so etwas wie einen Anschein von Normalität aufrechterhalten. Sie ärgerte sich immer noch über seine Entscheidung, als die Hintertür aufging und Matthew in die Küche kam. Er sah genauso aus wie damals, als Meredith nach dem Unfall, der sie fast das Leben gekostet hatte, im Krankenhaus im Koma gelegen war. Anna blutete das Herz.

Bevor sie ihn etwas fragen konnte, sagte er: »Ich war drüben bei Jonathan.«

»Und wie geht's ihm?«

»Nicht gut.« Matthew ließ sich schwer auf einen Küchenstuhl sinken. Meredith war oben in ihrem Zimmer und lernte für ihre Probeprüfung über englische Literatur am nächsten Tag. Ellie war schnell eingeschlafen, nachdem Anna sie zu Bett gebracht hatte, erschöpft von all den Gefühlen, die sie noch gar nicht richtig begreifen konnte.

»Und wie geht's dir?« Anna ging von der Spüle zu Matthew, der auf seinem üblichen Platz saß.

Er sagte nichts, aber seine Hände, die auf dem Tisch lagen, verkrampften sich. Wortlos nahm Anna ihn in den Arm. Er schmiegte sich an sie und vergrub das Gesicht in ihrem weichen, warmen Kaschmirpulli. Schließlich löste er sich von ihr und sah zu ihr auf. »Ich bin so froh, dass ich dich habe«, sagte er mit heiserer Stimme.

»Und ich bin froh, dass ich da bin«, gab Anna zurück. Ihr brach das Herz, als sie die Traurigkeit in den Augen ihres Mannes sah.

»Dad war so … Er war so glücklich, als er das mit dem Baby erfahren hat«, sagte Matthew. »Er hatte nicht mehr damit gerechnet, noch ein Enkelkind zu bekommen. Ich wünschte, er könnte hier sein, um es kennenzulernen.«

»Ich auch«, pflichtete Anna ihm bei und streichelte Matthews dichtes, schwarzes, von Silberfäden durchzogenes Haar.

»Es hat ihn so glücklich gemacht, dass Jonathan und ich uns endlich gemeinsam ums Geschäft gekümmert haben. Es war gut, dass er sehen konnte, dass seine Träume wahr geworden sind, bevor er … bevor er gestorben ist.« Matthew schluckte. »Es war einfach nur traurig, dass Jonno und ich so lange gebraucht haben, um zu uns selbst zu finden und zu tun, was er gewollt hat.«

»Aber er hat es noch erlebt«, sagte Anna sanft. »Er hat es geliebt, dass ihr euch zusammengerauft und schließlich Frieden geschlossen habt.« Sie schüttelte den Kopf. »Und jetzt hat auch er Frieden gefunden.«

»Ich hoffe, Mum ist da oben bei ihm, gibt ihm ein Glas Sherry und hält ihm eine kräftige Standpauke!«, sagte Matthew mit zittriger Stimme. Er sah zu Anna hoch. »Sie hätte dich gemocht, glaube ich. Mit Tara ist sie nie ganz warm geworden.«

Annas Augen füllten sich mit Tränen. »So viele Verluste«, sagte sie sanft. »Glaubst du nicht auch, dass es jetzt langsam mal reicht?«

Matthew schüttelte den Kopf. »Wir haben immerhin einander. Und die Kinder.« Ein Schatten huschte über sein Gesicht. »Und wir werden uns eine Zeit lang um Jonathan kümmern müssen. Er glaubt, dass er hätte dort sein müssen. Dass er Dad nicht zu der Übernahme hätte drängen sollen. Er denkt, dass er für Dads Herzstillstand verantwortlich ist.«

Anna zog Matthew wieder an sich. »Das konnte er doch nicht wissen. Jack hätte jederzeit einen Herzstillstand haben können.«

»Weiß ich.« Matthew streckte die Hand aus und berührte Annas Wange. »Aber Jonathan hat Probleme, das zu glauben. Nicht dass es wegen Buckthorn jetzt noch die geringsten Zweifel gäbe. Wir können nicht mit ihnen fusionieren. Dad hatte recht.«

Anna nickte. »Scheint, als hättest du eine Entscheidung getroffen.« Sie machte eine Pause. »Ich hab Caroline heute Nachmittag geschrieben. Ich weiß, dass sie im Urlaub ist, aber sie muss erfahren, was passiert ist.« Sie verschwieg, dass Caroline noch nicht geantwortet hatte und sie deshalb beschlossen hatte, sie später anzurufen. Vielleicht hatte sie da, wo auch immer sie war, schlechten Empfang.

Erneut zog ein Schatten über Matthews Gesicht. Anna blieb das nicht verborgen. »Was ist?«, fragte sie.

»Nichts.« Matthew schüttelte den Kopf. »Dabei bleibt es, bis wir das mit Dad geregelt haben.« Er schluckte hart. »Großer Gott, Anna. Der alte Mistkerl und ich waren nicht in vielen Dingen einer Meinung, aber jetzt, wo er nicht mehr da ist …« Er legte das Gesicht in die Hände.

Schweigend umarmte Anna ihn wieder und streichelte ihm mit der warmen Hand beruhigend übers Haar. Schließlich sah er zu ihr hoch. »Ich geh hoch und schau mal nach Meredith«, sagte er mit heiserer Stimme. »Und dann sollten wir beide uns auch ein bisschen ausruhen.«

Anna legte den Arm um Matthews Taille, als er aufstand. Sie wusste, dass ihnen harte Tage bevorstanden, und sie war jetzt schon erschöpft, aber für ihre neue Familie musste sie die Stärke finden, alles zusammenzuhalten. Sie war sich noch nicht sicher, wie sie das schaffen sollte, aber sie wusste, dass sie es um ihrer aller willen versuchen musste.

42

Meredith hatte eine etwas direktere Art im Umgang mit ihrem Onkel. Sie hatte beschlossen, auf dem Heimweg von der Schule in Orchard Cottage vorbeizuschauen, nachdem sie gerade ihre erste Abi-Probeprüfung in Englischer Literatur geschrieben hatte. Sie hatte Matthews Schlüssel stibitzt, bevor sie zur Schule gegangen war, damit sie auf jeden Fall ins Haus konnte, falls Jonathan nicht aufmachte.

Sie war angenehm überrascht, dass es im Haus sauber und aufgeräumt aussah, denn sie hatte erwartet, Chaos vorzufinden, schließlich wusste sie, wie unordentlich ihr Onkel sein konnte. Doch sein Anblick, als sie in die Küche kam, schockierte sie. Offensichtlich hatte er schon seit Längerem nicht mehr geschlafen; er hatte dunkle Ringe unter den geröteten Augen, war unrasiert und stand nicht einmal vom Stuhl auf.

»Wie geht's dir, Onkel Jonno?«, fragte sie und ging auf ihn zu.

»Bestens, danke«, antwortete er leise. Schließlich erhob er sich doch noch und schloss sie in die Arme, und sie hielten sich einfach nur fest.

»Dein Vater würde wahrscheinlich einen Anfall kriegen, wenn ich dir einen richtigen Drink anbiete, deshalb ist es wohl besser, wenn du Tee aufsetzt«, sagte Jonathan, als sie sich voneinander lösten.

Meredith grinste. »Unter diesen Umständen würde er es vielleicht verstehen, aber ich hab gleich noch eine Fahrstunde, also ist es wohl besser, wenn ich nichts trinke.« Meredith gehörte zu den älteren Schülern in ihrem Jahrgang, und ihr siebzehnter Geburtstag war für ihren Vater und ihre Stiefmutter sowohl ein Anlass zum Feiern als auch für Angst gewesen, da sie sich nur zu gut an ihren schrecklichen Autounfall erinnerten.

»Wie läuft's denn damit?«, fragte Matthew, als Meredith durch die Küche ging und Wasser in den Kessel füllte.

»Ganz gut, aber ich krieg meine Hände und Füße nicht so richtig koordiniert, deshalb würge ich den Motor noch ziemlich oft ab.« Nachdem der Kessel voll war, drehte Meredith den Gasherd an.

»Wie viele Stunden hast du denn schon gehabt?« Jonathan holte zwei Tassen aus dem Schränkchen.

»Zwei«, sagte sie achselzuckend. »Das war noch nicht viel, denke ich.«

»Du weißt, dass es dein Vater nicht beim ersten Versuch geschafft hat?«

»Ehrlich?«, sagte Meredith überrascht. »Mir gegenüber hat er immer so getan, als ob er es gleich beim ersten Mal geschafft hätte.«

»Er gibt es nicht gerne zu, aber er ist durchgefallen, weil er auf den Bordstein gefahren ist und dann auch noch die Dreistigkeit besessen hat, sich deshalb mit dem Prüfer rumzustreiten.« Jonathan gab Teebeutel in die Tassen und holte die Milch aus dem Kühlschrank. »Ich glaube fast, dass er damit durchgekommen wäre, wenn er einfach den Mund gehalten hätte, aber er konnte nicht anders.«

»Hört sich ganz nach Dad an.«

»Na ja, der Prüfer war der Meinung, dass er viel zu aufgeblasen war, und hat deshalb entschieden, dass dein Vater sechs Wochen warten musste, bevor er es noch einmal versuchen durfte. Er war ziemlich sauer deswegen, vor allem weil er für eine Urlaubswoche mit seinen Kumpels in Devon nach dem Abschluss als Fahrer fungieren sollte, und dann bekam er den nächsten Prüfungstermin erst im September.« Jonathan grinste und gab Meredith die Tassen. »Aber das weißt du nicht von mir.«

»Meine Lippen sind versiegelt.« Sie goss Wasser in die Tassen.

Sie setzten sich an den Tisch, nippten an ihrem Tee und verbrachten eine Weile in einvernehmlichem Schweigen.

»Ich würde dir ja Kekse anbieten, aber ich hab leider keine mehr, und ich war nicht mehr einkaufen seit Granddad …« Jonathan verstummte und trank einen Schluck Tee.

»Macht nichts, ich hab eh spät zu Mittag gegessen.« Meredith sah ihren Onkel über ihre Tasse hinweg an und lächelte schwach.

Jonathan blinzelte. »Du bist nicht mehr das Kind, das du mal warst, oder?«

Meredith schüttelte den Kopf. »Ich bin viel erwachsener geworden in den letzten Jahren. Und es gab gute und schlechte Zeiten. Als ich damals im Krankenhausbett aufgewacht bin, ist mir klar geworden, dass ich vieles für selbstverständlich gehalten habe, und als ich dich und Dad am Abend nach dem Herbstball reden gehört habe, ist mir klar geworden, dass man nicht entweder ein Held oder ein Schurke ist. Wir alle sind Held und Schurke in einem und noch so viel mehr dazwischen. Und das von jemandem, der felsenfest davon überzeugt war, dass du und Dad unbesiegbar seid und keiner von euch je etwas Falsches tun würde.«

»Schätze, wir beide waren eine herbe Enttäuschung für dich«, sagte Jonathan nachdenklich.

Meredith schwieg kurz, bevor sie antwortete. »Nein.« Sie stellte die Tasse auf den Tisch. »Ich musste nur einsehen, dass wir alle nur Menschen sind, dass wir alle Fehler haben. Wenn du klein bist, glaubst du, dass dein Dad Supermann ist und er einfach alles tun kann. Dann wirst du erwachsen und musst einsehen, dass dein Dad auch nur ein Mensch ist, aber das macht ihn nur noch unglaublicher. Und das Gleiche gilt für dich, Onkel Jonno.«

Jonathan schluckte schwer. »Wahrscheinlich hab ich diese Lektion nie gelernt, wenn es um deinen Granddad ging.«

»Und ich kann mir auch vorstellen, warum«, sagte Meredith. »Aber ich habe auch gesehen, wie oft er und Dad in all diesen Jahren miteinander gestritten haben, und ich weiß genau, wie Dad sich jetzt deswegen fühlt. Er konnte nie die Gespräche mit Granddad führen, die er eigentlich mit ihm führen wollte, bis es fast zu spät war. Ich weiß, dass sie nach meinem Unfall vieles geklärt haben, trotzdem war da noch so viel, das sie noch zu besprechen hatten.« Ungeduldig wischte Meredith eine Träne weg, die ihr die Wange hinunterlief. Seit dem Tod ihres Großvaters hatte sie so viel geweint, aber sie durfte sich jetzt nicht gehen lassen, nicht jetzt, wo Jonathan so verletzlich war.

»Was würdest du ihm sagen, wenn du noch einmal mit ihm sprechen könntest?«, fragte Jonathan seine Nichte sanft.

Meredith nahm sich Zeit zum Nachdenken. Sie nippte an ihrem Tee. »Ich glaube, Granddad und ich brauchten vieles nicht auszusprechen«, sagte sie schließlich. »Wir haben einfach die Gesellschaft des anderen genossen. Ich glaube nicht, dass ich ihm wirklich etwas hätte sagen müssen, das er nicht schon längst wusste.« Sie sah Jonathan mit glänzend blauen Augen an. »Ich hätte ihm aber gern noch mal gesagt, dass ich ihn liebe und dass ich froh bin, dass er mein Granddad ist, doch ich hab das Gefühl, dass er auch das schon wusste. Was ist mit dir?«

Jonathan lachte freudlos. »Die Sache mit deinem Granddad war, dass er immer alles wusste, immer alles bemerkte, viel mehr, als wir ihm zugetraut haben.«

»Was zum Beispiel?«

»Zum Beispiel den wahren Grund dafür, warum sich deine Eltern getrennt haben«, sagte Jonathan ruhig. »Auch wenn er es nicht zugab, bis dein Dad kurz davorstand, deine reizende Stiefmutter für immer zu verlieren. Und dann hat er uns beiden die Hölle heißgemacht.«

»Ich war damals so wütend auf dich«, sagte Meredith nachdenklich. »An dem Abend habe ich dein Gespräch mit Dad belauscht, und als ich dann kapiert hab, dass du der Grund dafür warst, dass Mum und Dad sich getrennt hatten, wollte ich dich nur noch anschreien.«

»Ich weiß.« Jonathan ließ den Kopf hängen. »Und ich erinnere mich an das Essen im Stationmaster, als du mich im Flüsterton praktisch mit jedem unter der Sonne bekannten Schimpfnamen bedacht hast und ich die ganze Zeit Angst hatte, dass Vern uns gleich rausschmeißt, sodass ich dir einen Irish Coffee bestellt hab, nur um dich zum Schweigen zu bringen.«

»Stimmt«, grinste Meredith. »Und am Schluss hab ich kapiert, dass wenn Granddad zehn Jahre lang den Frieden wahren konnte, dann sollte ich das auch versuchen, egal, wie wütend ich auf dich war.«

»Du kannst dir gar nicht vorstellen, wie glücklich ich darüber bin, dass du immer noch mit mir sprichst«, sagte Jonathan leise. »Ich hab dich nicht verdient, Merry.«

Meredith wurde rot. »Da magst du recht haben, aber Granddad hat mir erklärt, wie hart es für Mum war, dass Dad so viel gearbeitet hat und dass ich nicht nur dir die Schuld an dem geben sollte, was passiert ist. Ihr alle drei hattet Schuld daran, auch wenn du dich wie ein Idiot aufgeführt hast.«

»Na, heißen Dank auch«, sagte Jonathan trocken.

»Und, was unternimmst du jetzt wegen Caroline?«

Überrascht, aber nicht völlig verblüfft über Merediths abrupten Themenwechsel, versuchte Jonathan, Zeit zu gewinnen. Er stand auf und stellte ihre Tassen in den Geschirrspüler. »Du redest nicht lange um den heißen Brei herum, was?«

»Das hab ich wohl von Mum«, grinste Meredith. »Aber hier geht's nicht um mich, sondern um dich.«

»Ach, ich weiß nicht, Schatz. Da gibt es eigentlich nichts, was ich tun könnte, oder?«

»Jetzt stell dich doch nicht so an. Du weißt, dass du verrückt nach ihr bist, das halbe Dorf weiß es. Aber die Einzige, die es wirklich wissen muss, ist Caroline.«

»Na ja, aber das wird nicht passieren, selbst wenn es so wäre. Sie muss sich gerade um andere Sachen kümmern.« Er verkniff sich die Bemerkung, dass Caroline sich bei ihm wegen Jacks Tod gemeldet hätte, wenn er ihr wirklich etwas bedeuten würde.

»Wie was zum Beispiel?«

»Ach, mach dir darüber keinen Kopf«, wich Jonathan aus. »Denk immer daran, dass nicht jeder nach deiner Pfeife tanzen kann.«

Meredith stand von ihrem Platz am Tisch auf und sah ihrem Onkel in die Augen. »Du würdest dich wundern. Immerhin bin ich ziemlich gut im Verkuppeln, und ich erkenne ein Paar, das gut zusammenpasst, auf den ersten Blick.«

»Ja, genau, ich erinnere mich nur zu gut an die Geschichten darüber, wie du deinem Dad und Anna zu ihrem ersten Date verholfen hast. Aber in diesem Fall liegst du falsch. Caroline und ich werden nie ein Paar.«

»Für mich und alle anderen im Restaurant sieht das aber anders aus«, konterte Meredith.

»Caroline sucht niemanden für was Ernsthaftes. Wenn es so wäre, wüsste ich es.«

»Ich glaube wirklich, dass du mit ihr reden solltest, Onkel Jonno«, sagte Meredith sanft. »Und überzeug sie davon, dass du es ernst meinst.«

»Vielleicht wenn die Beerdigung vorbei ist«, entgegnete Jonathan. »Lass uns das erst mal hinter uns bringen, Schatz.«

»Na gut. Aber Granddad hätte nicht gewollt, dass du eine Gelegenheit verstreichen lässt. Also warte nicht zu lange.«

Nachdem Meredith gegangen war, schwankte Jonathan zwischen Tränen und hilflosem Lachen. Sie war manchmal wirklich unverbesserlich. Aber egal, was seine Nichte sagte, es lenkte ihn nicht von der Tatsache ab, dass Caroline ihn wegen Jack nicht angerufen hatte, und ob es ihm nun gefiel oder nicht, das verletzte ihn mehr als alles andere seit langer Zeit.

43

Die Carters hatten Glück, dass der Gerichtsmediziner nicht viel zu tun hatte. Weil Jack unerwartet und zu Hause verstorben war, musste eine Obduktion durchgeführt werden, aber das war schnell erledigt, nachdem Jacks Hausarzt dem Gerichtsmediziner seine Krankenakte hatte zukommen lassen. Die Todesursache lautete Herzversagen, was für niemanden eine Überraschung darstellte. Daher wurde Jacks Leichnam recht schnell für die Beisetzung freigegeben. Der alte Mann hatte oft davon gesprochen, wie er sich seine Beerdigung vorstellte, deshalb konnten Jonathan und Matthew sie für den folgenden Dienstag ansetzen – jenen Tag, an dem Jonathan sich eigentlich mit Paul Stone treffen wollte. Als der Pfarrer das Datum bestätigte, fiel Jonathan siedend heiß ein, dass er Stone völlig vergessen hatte. Er sagte das Treffen bedauernd ab und schwor sich, es so schnell wie möglich nachzuholen. Caroline würde es schon verstehen. Seit sie ihm die Nachricht geschickt hatte, dass sie sicher in Farnham angekommen war, hatte sie sich nicht mehr bei ihm gemeldet. Am Tag nach Jacks Tod hatte er versucht, sie anzurufen, aber es war nur die Mailbox rangegangen. Sie hatte ihn gewarnt, dass ihre Wohnung in einem Funkloch liege, aber er war schon ein wenig überrascht und verletzt, dass sie sich nach seiner Nachricht vor fast einer Woche nicht bei ihm gemeldet hatte. Irgendwann musste sie doch sicher die Möglichkeit gehabt haben, auf ihr Handy zu schauen, dachte er. Sie hatte sich ja wohl nicht die ganze Zeit in der Wohnung eingeschlossen.

Trotz Jacks Beliebtheit und der Versuchung, seine Beerdigung auf ausgefallenere Weise zu feiern, waren die Brüder froh darüber, dass Jacks letzte Wünsche vergleichsweise schlicht und unkompliziert waren. Der Sarg würde nicht auf einem Laster mit dem Carter's-Logo gefahren werden, es würde keine traditionellen Moriskentänze geben, und nur die beiden Brüder, ihre Familien und die Leute aus dem Dorf, die ihm die letzte Ehre erweisen wollten, würden dabei sein. Gegen Ende seines Lebens hatte Jack in ruhigeren Momenten immer gesagt, dass er nur Cecily wiedersehen wolle.

Matthew und Anna, gastfreundlich und besorgt wie immer, hatten Jonathan eingeladen, die Nacht vor der Beerdigung in Cowslip Barn zu verbringen, doch er hatte abgelehnt. Er liebte seine Familie, aber er musste einfach allein sein. Trotzdem war Matthew bei ihm gewesen, um noch einmal mit ihm über die Trauerrede zu sprechen.

»Du bist der Ältere, du solltest sie halten«, sagte Jonathan. »Das ist dein gutes Recht.«

Matthew schüttelte den Kopf. »Ich glaube, wir beide wissen, dass du das besser machst. Und Dad hätte es so gewollt.«

»Das ist jetzt nicht der richtige Zeitpunkt, um wieder damit anzufangen«, sagte Jonathan müde. »Aber wenn du es wirklich so willst, halte ich die Rede.«

Matthew nickte. »Danke.« Er sah seinen Bruder an. Jonathan hatte es geschafft, sich zu rasieren, sah jedoch immer noch sehr müde aus. »Kommst du heute Abend zum Abendessen?«

Jonathan lächelte zum ersten Mal seit vielen Tagen. »Du gibst einfach nicht auf, oder?«

»Daran ist meine Frau schuld«, gab Matthew zu. »Sie hat sich die verrückte Vorstellung in den Kopf gesetzt, dass du hier in diesem Haus dahinsiechst, und du weißt doch, wie gern sie andere Leute aufpäppelt.«

»Na ja, sie weiß auch, dass du nichts isst, wenn sie oder Meredith nicht für dich kocht.« Jonathan schob die Ärmel des Pullovers hoch, den er trug. Einer von Jacks Pullovern, wie Matthew traurig feststellte.

»Du kommst also heute, damit sie mir nicht mehr damit in den Ohren liegt?«

»Nein, heute nicht«, sagte Jonathan, ein schwaches mitfühlendes Lächeln im Gesicht. »Ich hab wirklich keinen Hunger.«

Zum ersten Mal an diesem Tag erwiderte Matthew sein Lächeln. »Dad würde nicht wollen, dass du hier alleine rumsitzt«, sagte er mit rauer Stimme. »Komm besser zu deiner Familie.«

»Er hätte mir schon längst einen Arschtritt verpasst. Vermutlich auch wegen ein paar anderen Dingen.«

»Es geht nicht nur um Dad, oder? Du hast das Problem mit den verschwundenen Geldern immer noch nicht mit Caroline geklärt, stimmt's?« Matthew sah seinen Bruder verständnisvoll an. »Versteh mich nicht falsch«, fügte er hastig hinzu, »im Augenblick interessiert mich das gerade wenig. Aber irgendetwas sagt mir, dass du Zeit schindest, weil es um mehr geht als nur um Geld.«

Jonathan lachte freudlos auf. »Ich kann darüber jetzt nicht mit dir reden, Matthew. Und überhaupt, in den kommenden Tagen müssen wir ein paar schwierigere Sachen durchstehen. Aber ich werde dem auf den Grund gehen, wenn der morgige Tag endlich vorbei ist.«

»Wenn es nur um Geld geht, ist das schon in Ordnung«, Matthews Stimme war immer noch sanft, »aber selbst wenn es um mehr geht, kannst du es ruhig zugeben, das weißt du doch.«

»Es ist zwecklos. Du kennst mich doch. Ich kann mich kaum für ein Shampoo entscheiden, von einer Frau ganz zu schweigen. Der ewige Junggeselle.« Als er Matthews skeptischen Blick sah, musste er lachen. »Und nebenbei bemerkt, hält sie mich hartnäckig auf Abstand.«

»Das passiert den Besten unter uns«, erinnerte Matthew ihn. »Oder muss ich dich an meine erste Ehe erinnern?«

»Lieber nicht«, gab Jonathan zurück. »Ich hab gehört, dass irgend so ein Idiot sie zerstört hat.«

»Ach, das hab ich schon selbst geschafft.« Unbeholfen tätschelte Matthew Jonathan die Schulter. »Komm heute Abend zu uns. Iss einen Teller Eintopf und trink ein paar Gläschen Wein dazu. Es wird dir guttun.«

Jonathan schüttelte den Kopf. »Nein danke. Ich muss einen klaren Kopf behalten, damit ich die Beerdigung morgen überstehe. Ich weiß immer noch nicht, was zur Hölle ich sagen soll.«

»Mach keine großartigen Pläne«, sagte Matthew sanft, die Hand auf Jonathans Schulter gelegt. »Lass dein Herz sprechen. Das kannst du am besten.« Er schluckte schwer. »Dad hätte nicht gewollt, dass du stundenlang darüber nachgrübelst, was du sagen sollst.«

»Ich wünschte, ich hätte ihm sagen können, was ich empfinde, als er noch am Leben war.« Jonathans Stimme zitterte, und er versuchte erfolglos, den Kloß im Hals herunterzuschlucken. »Statt ihm ständig mit Buckthorn in den Ohren zu liegen.«

Matthew rieb sich die Augen, und Jonathan bemerkte zum ersten Mal, wie hart der Tod ihres Vaters auch seinen Bruder getroffen hatte. »Er wusste es«, sagte Matthew erschöpft. »Er hat es vielleicht nicht gesagt, aber er wusste es.«

»Jetzt geh schon«, sagte Jonathan, der sich ebenfalls schnell die Augen wischte. »Geh zurück zu deiner Familie. Deine Frau kann jeden Augenblick Wehen kriegen. Du musst bei ihr sein.«

Matthew schenkte ihm ein trauriges Lächeln. »Dann sehen wir uns morgen auf Cowslip Barn. Denk daran, dass Dad gegen halb zehn … Sei um die Zeit da.«

Jonathan nickte. »Ich werde pünktlich sein.« Er wollte noch mehr sagen, hielt sich jedoch im letzten Augenblick zurück. Sie beide mussten um der Familie willen jetzt stark sein, zumindest bis Jack beigesetzt war. Für Tränen gab es später noch reichlich Zeit. Er hatte den Rest seines Lebens Zeit, um seinen Vater zu trauern – und um Caroline, dachte Jonathan, als Matthew schließlich ging.

44

Caroline konnte nicht schlafen. Sie fühlte sich in ihrer Wohnung nicht mehr zu Hause. Es half auch nicht gerade, dass es außer dem Bett und der Couch im Wohnzimmer praktisch keine Möbel mehr gab. Es wäre gemütlicher gewesen, wenn sie einfach in eine Pension gezogen wäre oder bei Freunden hätte bleiben können, aber sie wollte schließlich untertauchen. Sie hatte nicht das geringste Verlangen, jemanden, der auch nur entfernt mit Paul Stone oder ihrem alten Leben in Verbindung stand, wissen zu lassen, dass sie wieder in Surrey war. Sie wollte einfach nur das mit der Wohnung regeln und dann darüber nachdenken, wie sie das unterschlagene Geld zurückzahlen konnte.

An ihrem ersten Vormittag in Farnham hatte sie zwischendurch ihre E-Mails vom Restaurant auf dem Handy gelesen und die Nachrichten auf der BBC-Webseite verfolgt, aber die Handyverbindung war zeitweise unterbrochen, und sie musste das Gebäude verlassen, um einigermaßen guten Empfang zu haben. Schließlich hatte sie es aufgegeben und wollte ihr Handy erst wieder überprüfen, wenn sie sich später in den Supermarkt wagte. Weil Emma und Gino ja dachten, dass sie außer Landes sei, rief sie nicht im Cider Kitchen an, sondern schickte ihnen eine E-Mail, um ihnen mitzuteilen, dass sie gut angekommen war.

Nach einer ersten schlaflosen Nacht strich sie am Tag darauf das Wohnzimmer neu, nach der zweiten und dritten schlechten Nacht vergaß Caroline, benommen von wirren Träumen und dem unterbrochenen Schlaf (sie hatte sich an die Ruhe und Dunkelheit ihrer Wohnung über dem Restaurant gewöhnt und machte wegen der Straßenlaternen kaum ein Auge zu), dass sich ihr Handy in der Brusttasche ihrer Hemdbluse befand, als sie wieder zu streichen anfing. Als sie sich hinkniete, um den Pinsel in den Eimer zu tauchen, fiel das Handy aus der Tasche direkt in den vollen Farbeimer.

»Scheiße!« Sie griff in den Eimer und holte das Handy so schnell wie möglich wieder heraus, doch ein Blick auf die mit Farbe verklebten Anschlüsse genügte, um zu wissen, dass es hinüber war. Es war auch kein Trost zu wissen, dass, selbst wenn das Handy nicht irreparabel beschädigt gewesen wäre, sie so oder so keinen Empfang hatte. Kurz überlegte sie, von der Telefonzelle beim Laden an der Ecke aus das Cider Kitchen oder vielleicht Jonathan anzurufen, aber dann fiel ihr ein, dass sie seine Nummer nicht hatte, da sie sie ja im Handy gespeichert hatte. Man wusste ja praktisch keine Nummern mehr auswendig, dachte sie frustriert. Sie fand sich damit ab, von der Welt abgeschnitten zu sein, und strich weiter die Wohnung. Immerhin würde Paul Stone sie so auch nicht erreichen können.

An diesem Abend legte sie sich auf die Couch, um zu entspannen. Sie hatte den ganzen Tag über an den Wänden gearbeitet und merkte, dass sie gut vorankam. Vielleicht würde sie sogar früher nach Little Somerby zurückfahren können. Jonathan hatte ihr gesagt, sie solle sich so lange fernhalten, bis er die Sache mit Stone geklärt hatte, aber nachdem sie ein paar Tage nachgedacht und nichts als cremefarbene Wände gesehen hatte, gewann sie einen besseren Überblick über ihre Lage. Sie durfte nicht zulassen, dass Stone sie aus ihrem neuen Job und ihrem neuen Zuhause vertrieb. Eigentlich sollte sie diese ganze blöde Situation allein lösen können. Außerdem, dachte sie unbehaglich, je länger sie nicht im Restaurant war, desto wahrscheinlicher wurde es, dass Stone ihr folgte. Sie hatte ihre Aussagen darüber, wo sie hinfuhr, absichtlich vage gehalten, als sie das Personal darüber informiert hatte, dass sie sich eine Auszeit nehmen würde, aber Stone war nicht auf den Kopf gefallen. Es würde ihm nicht schwerfallen, zu erraten, wo sie war. Der Gedanke daran, ihm hier alleine gegenüberzustehen, machte sie ganz krank.

Nachdem sie entschieden hatte, alle noch unerledigten Arbeiten in der Wohnung am folgenden Tag abzuschließen und dann nach Hause zu fahren, beschloss sie, sich abzulenken, und nahm, nachdem sie zweimal überprüft hatte, dass die Wohnungstür fest verschlossen war, ihren großen Skizzenblock von der Couch. Der Zeichenkurs lief zwar noch, aber diese Woche hatte sie den Unterricht verpasst, weil sie weggefahren war. Jetzt war vielleicht ein guter Zeitpunkt zum Üben. Vor ein paar Wochen hatte Anna sie gefragt, ob sie eine ganz besondere Bleistiftzeichnung anfertigen könne, die ausgestellt und anschließend auf einer Auktion beim Krimidinner, das Ende November auf dem Hof veranstaltet würde, versteigert werden sollte. Sie hatte Caroline ein paar Fotos gegeben, die sie aus den Umzugskartons der Carters ausgegraben hatte, und hatte ihr freie Hand gelassen, welches sie zeichnen wollte. Sie schaute sie durch und wählte das aus, das ihr am besten gefiel und von dem sie dachte, dass es eine gute Vorlage für eine Zeichnung abgab, und nahm den Bleistift zur Hand.

45

Am Morgen von Jacks Beerdigung war es bedeckt. Regen lag in der Luft, und ein kühler Wind aus Nordost trug wenig dazu bei, die niedergeschlagene Stimmung der Familie zu heben. Jonathan hatte sich die ganze Nacht in seinem Bett hin und her gewälzt; zu viel im Cottage erinnerte ihn an seinen Vater.

Jetzt war er viel zu früh wach und trug bereits den dunkelgrauen Anzug und das weiße Hemd, die er für die Beerdigung ausgewählt hatte, und war froh über den Mantel aus dicker Wolle und Kaschmir, den er darüber trug. Seit dem Tod seines Vaters hatte er kaum etwas gegessen und war schon völlig durchgefroren, noch bevor er das Cottage verließ. Da er auch heute keinen Bissen hinunterbekam, beschloss er, zu Fuß nach Cowslip Barn zu gehen. Es hatte keinen Sinn, sich weiter düsteren Grübeleien hinzugeben, er wollte bei seiner Familie sein.

Auf dem kurzen Weg von Jacks Cottage nach Cowslip Barn fragte er sich wieder, warum Caroline sich nicht bei ihm gemeldet hatte. Er wusste, dass Anna ihr eine Nachricht geschrieben und versucht hatte, sie anzurufen, um sie über Jacks Tod zu informieren, aber laut Anna hatte Caroline bisher nicht darauf reagiert. Caroline, die eigentlich ständig am Handy hing, würde ihre Schwägerin doch nicht absichtlich ignorieren, oder? Und selbst wenn sie nicht wusste, was sie sagen sollte, dachte Jonathan, hätte er doch zumindest von ihr erwartet, dass sie ihm so etwas wie »Mein Beileid« schrieb. Plötzlich kam er sich seinem Vater gegenüber treulos vor, weil er am Tag von dessen Beerdigung mit anderen Dingen beschäftigt war, also versuchte er, den Gedanken an Caroline zu verdrängen. Er musste die Trauerrede halten und den Rest des Tages überleben und hoffte, sich, sobald die Beerdigung vorbei war, einfach hemmungslos besaufen und den Schmerz für eine Weile betäuben zu können. Danach, dachte er, würde er sich mit Paul Stone befassen müssen. Aber jetzt sollte sich alles nur noch um Jack drehen.

Nachdem sich die gesamte Familie in Cowslip Barn eingefunden hatte, machten sich alle gemeinsam auf den Weg zum Gottesdienst in der Dorfkirche. Es regnete nicht, und als sie aus dem Auto stiegen, das hinter dem schwarzen Leichenwagen hergefahren war, ließ sogar der Wind nach. Die Trauergäste fanden sich nach und nach in der Kirche ein, und als Jonathan seinen Platz am Sarg neben seinem Bruder einnahm, wurde ihm kurz schwindelig.

»Alles in Ordnung?«, flüsterte Matthew, als er sah, wie die Farbe aus Jonathans Gesicht wich. Die Ringe unter seinen Augen waren so dunkel wie seine Krawatte, und Jonathan sah seinen eigenen tiefen Schmerz in den Augen seines Bruders gespiegelt.

»Ja«, sagte Jonathan.

Die meisten von Jacks Bekannten waren zu alt und gebrechlich, um seinen Sarg zu tragen, deshalb übernahmen Matthews Freund Patrick Flanagan, Jacks Neffe Robin, der in Devon lebte, wo sich seine Mutter, Jacks Schwester, vor ein paar Jahren zur Ruhe gesetzt hatte, und zwei der langjährigsten leitenden Angestellten, die Jack noch selbst vor Jahren eingestellt hatte, diese Pflicht. Meredith hatte sich ebenfalls erboten, den Sarg zu tragen, aber schließlich hatte Matthew sie dazu überredet, bei Anna zu bleiben und dafür zu sorgen, dass Ellie ruhig blieb. Das kleine Mädchen war auch bei der Beerdigung dabei und starrte die Trauergemeinde ernst an, ohne ihre eigenen Gefühle angesichts der Situation in Worte fassen zu können, auch wenn es nicht ihre erste Beerdigung war, wie Jonathan plötzlich bewusst wurde, als ihm Annas erster Mann, Carolines Bruder, wieder einfiel.

Der Sarg lastete schwer auf seinen Schultern, und als ihm ganz plötzlich klar wurde, dass darin ein einstmals unverwüstlicher und starker, jetzt stiller, lebloser Mann lag, strauchelte er kurz. Der linke Arm seines Bruders, der unter dem Sarg mit seinem verschränkt war und gegen seine Schulter drückte, stützte ihn. Er konnte Matthews Gesicht nicht sehen und war froh darüber, weil er sonst wahrscheinlich die Fassung verloren hätte.

Irgendwie schafften sie es durch das Kirchentor und den Mittelgang nach vorn. Dann halfen ihnen die Bestatter dabei, den Sarg mit dem Kopfende zum Altar abzusetzen. Als Jonathan die physische Last von den Schultern genommen wurde, spürte er die emotionale Last wieder stärker. Würde er die Trauerrede gut hinter sich bringen können?

Der Pfarrer, der Jack lange gekannt hatte, auch wenn der nicht gerade ein regelmäßiger Kirchgänger gewesen war, hieß die Trauergemeinde willkommen. Seine sanfte, freundliche Stimme hatte eine wohltuendere Wirkung auf die Menschen, als ihm vielleicht bewusst war, und seine sorgfältig ausgewählten Anekdoten brachten die Trauergemeinde zum Lächeln. Doch Jonathan konnte nur an die Rede denken, die er gleich halten sollte. Würde sie den Erwartungen gerecht werden, die sein Vater in ihn gesetzt hatte?

Der Trauergottesdienst war schnell vorbei, und bevor Jonathan wusste, wie ihm geschah, war es an der Zeit, die Trauerrede für Jack zu halten. Mit zitternden Knien stand er auf, sein Mantel bauschte sich, als er die Kirchenbank verließ, in der die Familie saß, und er stieg auf die Kanzel. Anna, die in der ersten Reihe saß, hatte den Arm um Ellie gelegt. Matthew saß neben ihr, den dunklen Schopf gedankenverloren gesenkt, Meredith, die seine Hand hielt, saß neben ihm. Die Kirche war voll mit Freunden, Dorfbewohnern und Angereisten, die alle gekommen waren, um seinem Vater die letzte Ehre zu erweisen.

Er war lange in sich gegangen, um seine Gefühle auf den Punkt zu bringen. Er hatte stundenlang wach gelegen und herauszufinden versucht, wie er seinen Vater am besten würdigen konnte. Wie er am besten beschreiben konnte, was Jack ihm persönlich bedeutet hatte. Und nicht nur ihm selbst. Jack war ein Aushängeschild für die Gemeinde gewesen und im ganzen Land als angesehener Geschäftsmann bekannt. Gelegentlich aufbrausend, immer verfügbar und stets ansprechbar war Jack ein Mann mit vielen Facetten gewesen.

Jonathan räusperte sich und ließ den Blick auf der versammelten Trauergemeinde verweilen. Er hatte sich in den frühen Morgenstunden Notizen gemacht, doch da er sie praktisch auswendig kannte, beschloss er, frei zu sprechen. Er holte tief Luft.

»Mein Vater, Jack Carter, war ein ganz besonderer Mensch. Vielen von uns hat er sehr viel bedeutet. Für meinen Bruder und mich war er Dad, der hart arbeitete, uns lehrte, was richtig und falsch war, uns zeigte, dass es sich lohnt, sich für das einzusetzen, was man will, und der mir ganz persönlich zeigte, dass nichts unmöglich ist oder außerhalb unserer Reichweite liegt.« Er warf einen Blick in die Trauergemeinde, und als er die Unterstützung in den Gesichtern sah, fiel eine große Last von ihm ab.

»Er fühlte sich stets der Vergangenheit verpflichtet, dennoch hatte er immer auch die Zukunft im Blick. Auch wenn viele von euch in ihm nur den Herrscher über ein Cider-Imperium sahen, so war er doch immer auch so viel mehr. Mein Vater war ein charmanter, gebildeter, kultivierter Mann. Als mein Bruder ihm gestand, dass er Anwalt werden wolle, riet er ihm, diesen Traum zu verwirklichen. Er sagte, die Firma werde immer noch da sein, wenn Matthew so weit sei, um sie zu übernehmen. Es war sein Traum, dass Matthew und ich eines Tages die Firma gemeinsam führen würden, und ich bin stolz, heute sagen zu können, dass sich auch dieser Traum im letzten Jahr erfüllt hat.«

Jonathan schaute verstohlen zu seinem Bruder hinüber, doch Matthew hielt den Kopf weiterhin gesenkt. »Mein Vater war die Art Mann, die es schafft, einem das Gefühl zu geben, man sei der einzige Mensch auf der Welt, wenn er mit einem sprach, oder zumindest der einzige Mensch, der zählt. Ich hatte das große Glück, dass er mich bedingungslos unterstützt hat, wohingegen andere hart um seine Unterstützung kämpfen mussten. Aber wenn man sie sich einmal verdient hatte, gewährte er sie ohne zu zögern.« Jonathans Stimme war fester geworden, seine Selbstsicherheit kehrte mit jedem Wort mehr zurück. Er würde seinem Vater die letzte Ehre erweisen.

»Auch mein Vater durchlebte, sowohl in beruflicher als auch privater Hinsicht, Höhen und Tiefen, aber durch seinen Charme, seinen Esprit und sein Durchhaltevermögen überstand er das meiste davon unbeschadet. Er wollte nur, dass seine Familie glücklich, gesund und in Frieden leben kann. Nach vielen Jahren sah er uns endlich dahin zurückkehren, wo wir hingehörten, in die Firma, die er liebte, und in die Familie, die er noch mehr liebte.«

Er holte noch einmal tief und ruhig Luft, schaute auf die Trauergemeinde und lächelte, als er sah, wie Miss Pinkham sich verstohlen eine Träne abwischte. »Mein Vater war einer der lebendigsten, liebevollsten Männer, die ich je kennenlernen durfte. Er wird mir für immer fehlen.«

Kurz schloss Jonathan die Augen und wandte sich dann Jacks Sarg zu. Er ging hinüber, legte die linke Hand auf den Deckel und hielt einen Moment inne. Als er den Blick wieder hob, um die Trauergemeinde anzusehen, sah er, dass Matthew ebenfalls den Kopf gehoben hatte, das Gesicht nass vor Tränen, Regenwasser auf

Granit. Als Jonathan zu seiner Familie zurückging, war er so erschöpft wie lange nicht mehr.

Nach der Trauerrede begab die Trauergesellschaft sich geschlossen zum Friedhof, um Jack zu dem Grab zu geleiten, das er sich von nun an mit seiner Frau Cecily teilen würde. Der leuchtend grüne Kunstrasen, der das Grab umrahmte, wirkte im Kontrast zu der dunklen Somerset-Erde und den dräuenden dunklen Wolken unpassend fröhlich, und die Trauergesellschaft zog die Mäntel fester um sich, als der Pfarrer ein paar letzte feierliche Worte sprach. Jonathans Herz klopfte, als Jacks Sarg behutsam in das Grab hinabgesenkt wurde, und er stählte sich, in dem Versuch, sein Gleichgewicht wenigstens ein Stück weit zurückzugewinnen. Sein Kiefer schmerzte, und das Prickeln in seinen Augen wurde schier unerträglich, als Meredith einen kleinen Blumenstrauß auf den Sarg warf. Er trat vor, nahm eine Handvoll Erde, warf sie in das Grab und sah, wie sie auf den Blumen landete.

Dann stand er plötzlich vor der Kirche neben seinem Bruder und schüttelte den Trauernden die Hände. »Bis später«, sagte er zu Matthew, nachdem sie die letzten Gäste verabschiedet hatten. »Ich möchte noch …« Er schluckte. »Ich möchte noch eine Weile hierbleiben. Ein letztes Mal mit ihm reden.«

Matthew nickte nur, unfähig, etwas zu sagen. Anna gesellte sich dazu, wie immer mit perfektem Timing. »Wir trinken ein Glas für dich mit.«

Jonathan sah Anna, Matthew und ihren Töchtern nach, als sie den abschüssigen Weg zum Kirchentor hinuntergingen, und wandte sich dann müde und schrecklich einsam dem Grab zu.

46

Ich wünschte, ich wüsste, was ich tun soll, Dad.« Jonathan sah in das frisch ausgehobene Grab hinunter und kam sich flüchtig dumm vor, weil er seine Gedanken laut aussprach. »Zum allerersten Mal in meinem Leben habe ich keinen blassen Schimmer.«

Der auffrischende Wind fuhr unter seinen Mantel. Jonathan hatte genug stürmische Herbstzeiten im Westen des Landes erlebt, um zu wissen, dass der feuchte, leicht warme Wind der Vorbote eines Unwetters war, aber es war ihm egal. Das trostlose Wetter passte zu seiner Stimmung, bildete den perfekten Hintergrund für den Mahlstrom seiner verwirrten Gefühle.

»Ich wünschte, ich wäre bei dir gewesen, Dad«, sagte er leise. »Ich wünschte, ich hätte deine Hand halten können, als du uns verlassen hast.«

Eine einsame Elster krächzte in den hohen Bäumen, deren Äste sich über seinem Kopf im Wind bewegten, ein urtümlicher Laut, der sich wie Lachen anhörte. Jonathan wusste, dass er dumm gewesen war, ein echter Idiot. Selbst jetzt, wo er die Beziehung zu Matthew wieder in Ordnung gebracht hatte, Zeit mit Jack verbracht und versucht hatte, all die vergeudeten Jahre nachzuholen, plagten ihn immer noch gewaltige Schuldgefühle, weil er so viel Zeit weit weg von zu Hause verschwendet hatte.

»Ich hoffe, du kannst mich hören, wo auch immer du jetzt bist. Ich entschuldige mich für all den Schmerz, den ich dir im Laufe der Jahre zugefügt habe. Und ich bitte dich dafür um Verzeihung, dass ich so lange weg war. Ich wünschte, dass ich schon eher kapiert hätte, dass ich mehr Verantwortung übernehmen muss, aber vor allem wünschte ich mir, dass wir uns öfter unterhalten hätten, als du mich noch hören konntest.« Jonathan spürte Regentropfen auf seinem Gesicht und war froh darüber, denn sie würden die Tränen verbergen, die sich schmerzlich danach sehnten, vergossen zu werden.

»Du hast immer an mich geglaubt, auch wenn du es manchmal besser nicht getan hättest. Matthew war derjenige, der im Hintergrund dafür gesorgt hat, dass alles reibungslos funktioniert, während ich die Lorbeeren eingeheimst habe. Er hat immer so hart für dich gearbeitet, Dad, und ich glaube, am Ende ist dir das auch klar geworden.« Er atmete erneut tief ein, versuchte sich zu beruhigen. »Das beschreibt die Art Mann, die er ist, Dad, und auch die Art Mann, die ich bin. Ich habe das Vertrauen, das du in mich gesetzt hast, nicht verdient. Und jetzt habe ich es schon wieder verbockt, Dad, und ich weiß einfach nicht, was ich jetzt machen soll.«

Jonathan schluckte hart und zog den Mantel enger um sich. »Ich hab versprochen, dass ich etwas kläre, von dem ich nicht die geringste Ahnung habe, wie ich es anpacken soll. Und ich habe es nur versprochen, weil ich sie liebe. Und sie ist eine reizbare, rechthaberische, zielstrebige Frau, die keinen Schimmer von gar nichts hat.« Er schüttelte den Kopf und lachte bitter, überrascht, wie dicht Fröhlichkeit und Trauer beieinanderlagen. »Ich wünschte, da wärst jetzt hier, damit ich mit dir darüber reden kann. Ich wünschte, ich hätte dich um Rat gefragt, als du ihn mir noch geben konntest.«

Seine Hände fingen an zu zittern, zum einen weil ihm kalt war, aber hauptsächlich von der Anstrengung, sich zusammenzureißen. »Was soll ich nur tun, Dad?« Er senkte den Kopf, um das letzte bisschen Fassung ringend, das ihm verblieben war. Plötzlich hatte er das Gefühl, von allen Seiten umzingelt zu werden, Emotionen prasselten auf ihn ein wie Schläge in einem Kampf. Er fühlte sich erschöpft, bedrängt und schrecklich einsam, und schließlich, als der Himmel seine Schleusen öffnete und dumpfer Donner über die Mendip Hills rollte, ergab er sich den Tränen.

*

Als Jonathan nicht zum Leichentrunk erschien, schrillten bei Matthew alle Alarmglocken. Als erstgeborener Sohn konnte er die Gesellschaft nicht einfach so verlassen, weil ihn die Leute, die alle über seinen Vater reden wollten, ständig in Gespräche verwickelten, und die Tatsache, dass Jonathan immer noch nicht da war, als der Himmel sich verdunkelte und der Tag immer weiter voranschritt, war ebenso ärgerlich wie besorgniserregend.

Langsam löste sich die Gesellschaft auf, und immer mehr Gäste verabschiedeten sich. Matthew nahm Abschied von seinem Cousin Robin, der seine Tante Clare, Jacks Schwester, noch am selben Abend nach Devon zurückbringen würde. »Ich grüße Jonathan von dir«, sagte er, als er Robins Hand schüttelte.

»Tu das«, gab Robin zurück. Er war schmächtiger als Jonathan, aber etwa genauso groß. Die drei hatten sich als Kinder sehr gemocht und später auseinandergelebt. »Wir sollten uns bald mal wiedersehen. Nicht nur zu solchen Anlässen.«

»Ja, das sollten wir«, pflichtete Matthew ihm bei. »In ein paar Monaten wird es eine Taufe geben – ich schick dir eine Einladung.« Sein müder Blick wurde sanft, als er Anna sah, die sich noch mit den letzten Gästen unterhielt.

»Die Ehe scheint dir gutzutun«, sagte Robin. »Du machst einen sehr glücklichen Eindruck. Aktuelle Ereignisse natürlich ausgenommen.«

»Das stimmt«, erwiderte Matthew mit einem Lächeln. »In der Familie hat sie wahre Wunder bewirkt. Und Dad mochte sie sehr.«

Nachdem die Cousins sich die Hände geschüttelt und endgültig voneinander verabschiedet hatten, wanderten Matthews Gedanken wieder zu Jonathan. Sein Bruder wirkte so verletzlich und schrecklich einsam. In den Jahren vor ihrer Entfremdung hatte Matthew immer geglaubt, dass Jonathan ein sorgenfreies Leben ohne jegliches Verantwortungsgefühl führte, aber seit seiner Rückkehr ins Dorf nahm er eine gewisse Tiefgründigkeit und Ernsthaftigkeit bei seinem Bruder wahr. Er hoffte, dass der Tod ihres Vaters Jonathan nicht in ein tiefes Loch fallen ließ.

»Ich geh los und versuche, Jonathan zu finden«, flüsterte er Anna zu, als sie zu ihm zurückkam. »Ich schau kurz im Cottage vorbei, vielleicht ist er ja da.«

»Sei nicht so streng zu ihm, weil er nicht beim Leichentrunk war.« Anna legte eine Hand auf Matthews Arm. »Er steht wegen eurem Vater noch unter Schock. Vielleicht konnte er sich dem hier einfach nicht stellen.«

Matthew schüttelte den Kopf. »Er ist es zu sehr gewohnt, sich vor Dingen zu drücken, denen er sich nicht stellen will«, sagte er verärgert. »Er ist sein ganzes Leben lang weggelaufen, wenn es schwierig geworden ist. Wir alle haben mit … dem hier zu kämpfen.« Er blinzelte wütend, versuchte, die Kontrolle, die er den ganzen Tag so mühsam aufrechterhalten hatte, nicht zu verlieren. Später, hinter verschlossenen Türen, konnte er seinen Gefühlen freien Lauf lassen, aber nicht hier, wo immer noch alle Augen auf ihn gerichtet waren. Seiner Meinung nach war das der Unterschied zwischen ihm und Jonathan. Er fragte sich immer noch, wer von ihnen beiden wohl der Stärkere war. »Vern will hier sowieso bald abräumen«, sagte er leise, beugte sich vor und küsste Anna kurz auf den Mund. »Bring du die Mädchen nach Hause, und ich sehe mal nach ihm. Nimm den Land Rover, wenn du müde bist.«

»Ein Spaziergang wird uns guttun. Mit ein bisschen Glück fällt Ellie heute früh ins Bett. Es war ein langer Tag.«

Matthew runzelte die Stirn. »Ich weiß«, sagte er sanft. »Das muss für euch beide ganz schön schwierig sein, nicht nur wegen Dad.« Er zog sie noch einmal eng an sich. »Ich bin so froh, dass du bei mir bist.«

Anna sah zu ihm hoch und lächelte. »Ich werde immer bei dir sein«, sagte sie leise. »Und ganz im Ernst. Sei nachsichtig mit Jonathan.« Sie drehte sich zu Ellie und Meredith um. »Seid ihr zwei so weit?«

Meredith grinste. »Flynn bringt mich später nach Hause. Wir treffen uns noch mit ein paar Freunden.«

»Kein Alkohol, wenn kein Erwachsener dabei ist«, warnte Matthew.

Meredith verdrehte die Augen. »Na klar. Heute Nachmittag hatte ich genug Sherry für den Rest meines Lebens.« Sie umarmte ihren Vater und ihre Stiefmutter zum Abschied und schlenderte dann zur Bar am anderen Ende des Pubs.

»Na, Zwerg, dann sind wohl nur wir beide übrig«, sagte Anna und drehte sich zu ihrer Tochter um.

»Ich kann euch auf dem Weg absetzen«, sagte Matthew, als die letzten Trauergäste gingen. »Mir gefällt die Vorstellung nicht, dass du ohne Meredith, die ein Auge auf dich hat, im Dunkeln nach Hause gehst.«

»Da sag ich nicht Nein«, gab Anna zurück. »Der hier wird langsam ganz schön schwer.« Liebevoll streichelte sie ihren Bauch.

Nachdem sie den Pub verlassen hatten, gingen Matthew, Anna und Ellie den kurzen Weg zum Land Rover, anschließend setzte Matthew sie auf Cowslip Barn ab. »Ich bin nicht lange weg«, sagte er, als sie aus dem Auto stiegen. »Wahrscheinlich sitzt er zusammengesunken in Dads Stuhl vor dem Kamin.«

Trotz Annas Bitte wuchs Matthews Frust über Jonathan noch, während er die kurze Strecke von Cowslip Barn nach Orchard

Cottage fuhr. Sie hätten die Gäste heute beim Leichentrunk gemeinsam empfangen sollen, aber, wie so oft in letzter Zeit, hatten sie auch den heutigen, wichtigen Tag voneinander getrennt verbracht. Außerdem ärgerte sich Matthew insgeheim darüber, dass er die Verantwortung für Jacks Trauerrede auf Jonathan abgewälzt hatte. Seine Rede war wunderbar gewesen, und Matthew war deshalb ein wenig neidisch auf ihn und schämte sich zugleich dafür. Lag es daran, dass er, tief in seinem Inneren, wusste, dass er seinen Vater enttäuscht hätte, wenn er die Rede gehalten hätte? Dass Jack gewollt hätte, dass Jonathan sie hielt?

Orchard Cottage war dunkel, als Matthew die Einfahrt hinauffuhr, und einen flüchtigen Moment lang konnte er erahnen, wie es für Jonathan gewesen sein musste, als er an jenem Abend Jacks Leichnam gefunden hatte. Er zitterte im aufkommenden Wind, als er aus dem Land Rover stieg und zum Cottage ging. Er suchte in der Dunkelheit nach dem Schlüssel für die Vordertür, schloss sie auf und betrat das Haus.

»Jonathan?« Die Luft war kühl und still, nun, da die Heizung im Flur nicht lief. »Jonno?«, rief Matthew. »Bist du da?«

Nichts. Kein Laut, kein Licht in der Küche. Matthew schaute im Wohnzimmer nach, das jedoch still und leer vor ihm lag. Obwohl er schon ahnte, dass es nichts bringen würde, warf er einen Blick ins Zimmer seines Bruders und, automatisch, auch in das ihres Vaters, aber beide waren verlassen. Wo konnte Jonathan nur sein? Er fluchte leise und holte sein Handy aus der Tasche. Er wollte Anna nicht beunruhigen, aber sie rechnete damit, dass er schnell wieder nach Hause kam, daher hielt er es für besser, ihr Bescheid zu geben, was er vorgefunden beziehungsweise nicht vorgefunden hatte.

»Es ist alles in bester Ordnung«, sagte er, nachdem er Anna alles erklärt hatte. »Ich glaube, ich weiß, wo ich suchen muss. Bereite am besten schon mal das Gästezimmer vor.« Mit grimmiger Miene legte er auf, ging die Treppe hinunter und verließ das Cottage durch die Vordertür. Es hatte erneut angefangen zu regnen, und als er wieder im Land Rover saß, hoffte er, dass er mit seiner Vermutung richtiglag.

Matthew parkte den Land Rover nach kurzer Fahrt. Er hielt einen Moment inne, um eine Taschenlampe aus dem Handschuhfach zu holen, dann warf er die Autotür zu, schloss sie aber nicht ab. An einem Abend wie diesem würde sich hier niemand freiwillig herumtreiben, dachte er bei sich. Oder zumindest niemand, der halbwegs bei Verstand war. Er ging den bewaldeten Hügel hinauf und sah sich dabei die ganze Zeit um. Der Regen, der jetzt stärker fiel, durchnässte seine Anzugjacke und sein Haar. Er schritt zügig voran und hoffte, dass sein Bruder nicht allzu weit gegangen war, denn für eine Wanderung waren sie beide nicht passend gekleidet.

»Jonathan!« Der Wind verwehte Matthews Stimme. Der eisige Novemberregen prasselte ihm auf den Kopf, bis seine Haare klatschnass waren. Schließlich erklomm er den Gipfel des Hügels, doch dann rutschte er mit seinen Lederschuhen aus und stolperte über die Wurzeln, die über den breiten Pfad wuchsen.

Ein Blitz erhellte den tiefschwarzen Himmel, als Matthew über die Kuppe des Wavering-Down-Hügels wanderte, und tauchte die Schafe, die sich vor dem dunklen Grün der Weide eng aneinanderschmiegten, in helles Licht. Wo zur Hölle war sein Bruder?

»Jonno!« Der Donner grollte Unheil verkündend, gleich darauf zuckte ein weiterer gleißender Blitz über den Himmel.

»Verdammt«, murmelte Matthew, da seine Jacke ihm kaum Schutz vor dem tosenden Sturm bot. Er war ohne seine wetterfeste Jacke aus dem Land Rover gestiegen, was er nun, da er in diesem Novembersturm zu zittern begann, bitter bereute. »Jonathan, wo bist du?« Wieder rollte Donner über den ungeschützten Hügel; es blitzte. Der Regen peitschte ihm ins Gesicht, und er hob eine Hand, um seine Augen zu schützen, das Licht der Taschenlampe, die er mitgenommen hatte, reichte kaum einen Schritt weit.

Matthew ging weiter. Als sie noch klein waren, hatten sie diesen Weg oft genommen, wenn sie, den Familienhund im Schlepptau, die Strecke zwischen Kings Wood und Crook Peak hin- und wieder zurückgewandert waren. Matthew kannte jeden Fußbreit des Weges wie seine Westentasche, und er hatte sich seither kaum verändert. Tagsüber konnte man vom Cheddar-Stausee bis nach Glastonbury Tor und über die Ebenen von Somerset schauen, aber in einer Nacht wie dieser war alles schwarz. Sogar der Verkehrslärm der A38, die nur etwa eine Meile entfernt lag, schien verstummt zu sein.

Der Sturm wütete jetzt direkt über ihm, ohrenbetäubender Donner ertönte, und ein Blitz tauchte alles in taghelles Licht. Matthew ging, ungeachtet seines unpassenden Schuhwerks, zügig weiter, und schließlich konnte er eine Gestalt ausmachen, die still und, zum Glück, fest in einen schwarzen Mantel gewickelt, am Stamm eines Weißdornbaums am Wegrand lehnte, neben sich eine leere Flasche Carter's Cider. Das unverwechselbare rote Etikett leuchtete erst im Licht des Blitzes, dann in dem der Taschenlampe auf. Er rannte los und kam rutschend und schlingernd vor dem Baum zum Stehen.

»Du gottverdammter Mistkerl!« Matthew erstarben die Worte auf den Lippen, als er das Gesicht seines Bruders sah. Jonathan war offensichtlich sternhagelvoll, sein kastanienbraunes Haar klebte ihm am Kopf, die Augen fest gegen Wind und Wetter verschlossen. Er war bewusstlos. Matthew verfluchte das Gewitter, seinen Bruder und alles, was ihm gerade in den Sinn kam, setzte sich neben ihn und rüttelte ihn am Arm.

»Uff«, entfuhr es Jonathan, und er versuchte, Matthews Hand abzuschütteln.

»Was zur Hölle machst du hier?«, schrie Matthew gegen den Wind an, der über die Hügelkuppe fegte. »Willst du dir den Tod holen?«

»Verschwinde und lass mich in Ruhe«, lallte Jonathan. »Geh zurück zu deiner Familie.«

Matthew wollte ihn an sich drücken und zugleich verprügeln. »Du bist meine Familie.« Unter gewaltiger Kraftanstrengung und einem besorgniserregenden Knacken in seinem verletzten Knie zog er Jonathan auf die Füße.

»Jetzt komm verdammt noch mal endlich mit, damit wir aus diesem Scheißregen rauskommen.« Er ging zu dem bewaldeten Abhang des Hügels und trug Jonathan dabei halb. Selbst durch den Mantel hindurch konnte er Jonathans Hüftknochen spüren, als er einen Arm eng um seinen Bruder schlang, um ihn an größeren Baumwurzeln vorbeizulotsen. Wenn sie auf dem abschüssigen Gelände stürzten, konnte das böse ausgehen, dachte Matthew.

Jonathan stolperte und zog Matthew fast in den Schlamm. »Ich kann selber gehen«, lallte er. Er stieß seinen Bruder von sich und geriet sofort ins Straucheln.

»Das entscheide wohl besser ich«, fuhr Matthew ihn an und stützte seinen Bruder.

»So wie alles andere auch, was?« Jonathans Stimme klang rau. »Wieso kannst du dich nicht einfach aus Sachen raushalten, die dich einen Scheiß angehen.« Der abklingende Rausch machte ihn reizbar.

»Wenn du dich wenigstens hin und wieder wie ein verantwortungsvoller Erwachsener benehmen würdest, müsste ich jetzt nicht hier sein.« Matthew drehte Jonathan um, sodass er ihn ansehen musste.

»Ich bin ein beschissener Erwachsener!«, gab Jonathan scharf zurück. »Und du bist nicht für mich verantwortlich.«

»Natürlich. Und ich wette, Dad wäre sehr zufrieden mit dir, wenn er dich jetzt so sehen könnte, hackedicht und durchgefroren im kalten Regen, was?«

Jonathan verzog das Gesicht. »Nein, wäre er nicht. Und trotzdem geht es dich einen Scheißdreck an.«

»Weißt du eigentlich, wie kindisch du klingst?«, rief Matthew gegen den Wind an. »Du bist ein Erwachsener, aber du hörst dich an wie ein blöder Teenie. Jetzt komm gefälligst mit nach Hause, klar?«

»Ich klinge, wie ich will«, schoss Jonathan zurück. »Das geht nur mich was an.«

»Und genau da liegst du falsch«, entgegnete Matthew wütend. »Wenn du nicht mit nach Hause kommst, ist Anna krank vor Sorge, Meredith flippt total aus, und ich darf mir das alles anhören. Jetzt hab mal ein bisschen Mitleid mit deinem Bruder und komm mit.«

»Warum zur Hölle kannst du mich nicht einfach in Ruhe lassen?«, schrie Jonathan. »Ich hab keinen von euch darum gebeten, sich um mich zu kümmern.«

»Zum Teufel noch mal!« Matthew packte Jonathan am Arm und zerrte ihn grob zu sich herum, damit er ihm ins Gesicht sehen musste. »Das reicht jetzt. Dad ist tot. Es war nicht deine Schuld. Du kannst nichts dafür. Jetzt hör auf, dich selbst dafür verantwortlich zu machen, und kümmere dich stattdessen um dein Leben. Um die Dinge, die du ändern kannst.«

»Ich hab's ja versucht«, schrie Jonathan. »Gott weiß, dass ich es versucht hab, aber es ist einfach nie genug, oder? Was auch immer ich in der Firma tue, du kannst mich nicht einfach mal machen lassen und mir vertrauen, und selbst wenn du mir ein winziges bisschen Kontrolle abgibst, freust du dich doch diebisch, wenn ich scheitere.« Jonathan rieb sich die blutunterlaufenen Augen. »Wag ja nicht, es zu leugnen, Matthew. Du genießt es, wenn ich grandios scheitere.«

»Das stimmt nicht.« Matthews erschüttert klingende Stimme ging im Wind fast unter. »Dir muss doch klar sein, dass das nicht stimmt.« Er trat einen Schritt zurück. »Ich liebe dich. Ich will dich nicht scheitern sehen.«

»Schwachsinn.« Jonathan sah seinem Bruder direkt ins Gesicht. »Du kannst es nicht ertragen, wenn ich bei irgendwas Erfolg habe. Du denkst, dass ich es nicht verdiene.«

»Und warum zur Hölle sollte es dich scheren, was ich denke?« Matthew runzelte die Stirn, seine Hände zitterten, nicht nur vor Kälte. »Du hast nie meine Anerkennung gebraucht, und du hast sie auch nie gesucht.«

Jonathan schüttelte den Kopf. »Da liegst du komplett falsch.« Er sah seinen Bruder an. »Seit ich nach Hause gekommen bin, wollte ich einzig und allein deine Anerkennung und die von Dad. Der Deal mit den Händlern, das Übernahmeangebot, sogar die ersten Monate in dem verdammten Restaurant … Ich wollte euch beiden beweisen, dass ich es schaffen kann.«

»Uns oder dir selbst? Oder vielleicht Caroline?«

Eine lange, unangenehme Pause entstand. Matthew umfasste Jonathans Schulter fester, was ihn auf fast unerträgliche Art daran erinnerte, wie sie den Sarg ihres Vaters getragen hatten. »Jetzt komm«, sagte er schroff, plötzlich wieder den Tränen nah. »Lass uns diesen Hügel verlassen, bevor wir hier noch erfrieren.«

Jonathan sah seinen Bruder erschöpft an. »Du gibst keine verdammte Ruhe, was?«

»Nein.«

Er ließ den Kopf hängen, gab sich geschlagen und begann, den Hügel hinunterzugehen. Als sie den Parkplatz an der Waldgrenze erreichten, öffnete er wortlos die Tür des Land Rovers und setzte sich auf den Beifahrersitz. Er legte nicht einmal den Gurt an, deshalb beugte sich Matthew zur Seite und erledigte das für ihn, während er sich leise über die Unvernunft kleiner Brüder beschwerte. Erst als sie unterwegs waren, sah Jonathan Matthew an.

»Wo fahren wir hin?«

Matthews Lippen waren zu einem grimmigen, unerbittlichen Strich zusammengepresst. »Wenn du glaubst, dass ich dich zurück ins Cottage bringe, wo du dir weiter die Kante geben kannst, dann hast du dich geschnitten. Du kommst mit zu mir nach Hause.«

»Das kann nur ein Witz sein.«

»Nein.« Matthew umklammerte das Lenkrad fester. So sauer er auf Jonathan war, er würde es sich nie verzeihen, wenn ihm etwas zustieße.

»Du kannst heute Nacht im Gästezimmer deinen Rausch ausschlafen.« Er warf einen Blick auf seinen Bruder. »Und wenn Ellie oder Meredith dich morgen nicht aufwecken, wird es Anna tun. Vielleicht kann sie dich wieder zur Vernunft bringen, nachdem ich dabei so kläglich gescheitert bin.«

Jonathan machte den Mund auf, um zu widersprechen, aber nach einem Blick auf den entschlossenen Gesichtsausdruck seines Bruders und seine verkrampften Hände schwieg er. Er fror erbärmlich, er bekam einen Kater, und er wollte sowieso nicht zurück in das kalte, leere Cottage, auch wenn er es nie zugegeben hätte. Seit Jacks Tod fühlte es sich nicht mehr wie sein Zuhause an.

Sie legten den Weg nach Cowslip Barn in unbehaglichem Schweigen zurück. Matthew parkte den Land Rover, und Jonathan sprang schon vom Beifahrersitz, noch bevor der Motor aus war. Es hatte aufgehört zu regnen, ein paar letzte graue Wolken hingen noch am düsteren Himmel und verdeckten den Mond. Jonathan schauderte. Sein schwarzer Mantel war komplett durchnässt, und nun, da die Wirkung des Alkohols nachließ, spürte er, dass er bis auf die Knochen durchgefroren war.

»Du lässt die Mädchen doch nicht sofort auf mich los, oder?«, sagte er, als sie beide zur Hintertür gingen, die in die Küche führte.

»Wäre wahrscheinlich keine gute Idee«, erwiderte Matthew schroff. »Dusch erst mal und geh ins Bett.«

Jonathan nickte, erleichtert, dass niemand da war, als sie die Küche betraten. »Wir sehen uns morgen früh«, sagte er auf dem Weg durch die Küche.

Matthew nickte nur.

Als Jonathan die Treppe hochging und auf dem Treppenabsatz verschwand, kamen Meredith, die schon vom Pub zurück war, und Anna aus dem Wohnzimmer. Beide sahen zutiefst besorgt aus.

»Wie geht es ihm?«, fragte Anna leise.

»Nicht so gut.«

»Woher wusstest du, wo du suchen musst?« Meredith sah die Treppe hoch.

»Als wir noch Kinder waren, sind wir immer auf den Hügel gestiegen. Ich hatte so ein Bauchgefühl, dass er dort oben sein könnte.«

»Was machen wir jetzt mit ihm?« Meredith seufzte. »Er ist immer noch wahnsinnig traurig wegen Granddad, oder?«

Matthew nickte. »Er braucht etwas Zeit, um alles zu verarbeiten.« Er streckte die Hand aus und strich Merediths langen, dunklen Zopf über ihre Schulter. »Ihn hat es am meisten getroffen, glaube ich.«

»Aber es hätte geholfen, wenn Caroline sich bei ihm gemeldet hätte«, fuhr Meredith fort. »Soweit ich weiß, hat sie nichts mehr von sich hören lassen, seit sie weggefahren ist. Ich meine, wie konnte sie ihm das nur antun? Das mit Granddad zu wissen und ihm nicht mal eine Nachricht zu schicken?«

»Ich bin sicher, dass da mehr dahintersteckt, als wir ahnen, Merry«, sagte Anna sanft. »Sie würde ihn nicht absichtlich zappeln lassen.« Sie sah besorgt aus. »Seit dem Tod deines Granddads hab ich mehrmals versucht, sie anzurufen, aber sie nimmt einfach nicht ab.«

»Und Emma hat seit dem Tag, an dem sie weggefahren ist, keine E-Mail mehr bekommen«, sagte Meredith. »Gott sei Dank kann Emma das Cider Kitchen im Schlaf führen, sonst wären wir ziemlich im Arsch.« Sie sah Anna entschuldigend an. »Sorry, böse Stiefmutter. Ich hab einfach die Schnauze voll von blöden Erwachsenen, die sich das Leben versauen. Und Granddad fehlt mir.«

»Das weiß ich doch.« Matthew legte den Arm um Meredith. »Die nächsten Wochen und Monate werden schwierig, aber wir werden das schon schaffen. Wir sind gut darin, schwierige Zeiten durchzustehen, schon vergessen?« Die düsteren Wochen nach Merediths Autounfall waren ihnen noch in bester Erinnerung.

»Ich versuch jetzt noch mal, sie anzurufen«, sagte Anna. »Es beunruhigt mich, dass sie sich bei niemandem mehr gemeldet hat, seit sie weggefahren ist. Das sieht ihr überhaupt nicht ähnlich.« Sie ging durch die Küche und nahm ihr Handy vom Tisch. Sie runzelte die Stirn, als sie ein paar Knöpfe drückte, und legte es wieder hin. »Der Akku ist leer. Ich muss eine halbe Stunde warten. Bei allem, was mit Jack war, habe ich aus den Augen verloren, wie lange sie jetzt schon weg ist. Großer Gott, Matthew, was, wenn ihr etwas zugestoßen ist?« Sie setzte sich auf einen Stuhl.

»Ich bin sicher, es geht ihr gut«, sagte Matthew, obwohl ihm durch den Sinn ging, dass Caroline sich wegen des fehlenden Geldes im Cider Kitchen vielleicht absichtlich rarmachte oder sogar ganz abgehauen war. Er hatte Anna noch nichts davon erzählt, was die Buchhaltung herausgefunden hatte, weil er befürchtete, dass sie das in dem fortgeschrittenen Stadium ihrer Schwangerschaft nur stressen würde, doch er fragte sich, ob das nicht der Grund war, warum Caroline sich nicht gemeldet hatte. Jonathan hatte gesagt, er werde das regeln, aber dann hatte Jacks plötzlicher Tod sie alle kalt erwischt, und Matthew bezweifelte, dass Jonathan die Gelegenheit gehabt hatte, sich um die Sache zu kümmern. »Leg die Füße hoch und ruh dich aus«, sagte er sanft. »Jonathan schläft garantiert wie ein Toter, und wenn wir alle ausgeruht sind, klären wir das in aller Ruhe.«

»Okay. Lass uns irgendwas Hirnloses im Fernsehen schauen, ja? Es war ein langer Tag.« Sie legte einen Arm um Meredith. »Worauf hast du Lust?«

»Ich muss noch für die Prüfung morgen lernen.« Meredith befreite sich sanft. »Das lenkt mich etwas ab von …« Sie schluckte und wischte die einzelne Träne ab, die ihr über die Wange rann. »Granddad würde nicht wollen, dass wir Trübsal blasen. Und er würde mich umbringen, wenn ich ihn als Ausrede dafür benutze, dass ich in der Geschichts-Probeprüfung durchgefallen bin.«

Anna zog Meredith kurz an sich und flüsterte: »Schon gut, wir verstehen das.« Sie ließ sie wieder los. »Lern nicht die ganze Nacht. Komm noch kurz rein und sag Gute Nacht, wenn du fertig bist.«

»Mach ich.« Sie umarmte auch Matthew und ging dann nach oben auf ihr Zimmer.

»Sie hat ihre Gefühle wie immer am besten im Griff«, sagte Matthew leise. »Aber wir behalten sie besser im Auge. Sie neigt dazu, alles in sich hineinzufressen und dann zu explodieren.« Beide wollten verhindern, dass Meredith erneut wegen des Babys zu kurz kam. Sie machten sich immer noch Vorwürfe, weil sie es nicht hatten kommen sehen.

»Sie ist dir ähnlicher, als sie zugeben würde«, lächelte Anna trocken und legte den Arm um Matthew. »Komm, lass uns einen Krimi anschauen oder so. Irgendwas, um all das hier für eine Weile zu vergessen.«

Er nickte. »Nur wenn du mir versprichst, dass du mir verrätst, wer der Mörder war, falls ich einschlafe. Ich bin todmüde!«

»Und klatschnass«, bemerkte Anna, als sie sich von ihm löste. »Wie wär's mit einem heißen Bad und einem Glas Whisky?«

»Hört sich gut an. Wir können auch im Bett fernsehen.«

»Guter Plan. Wir sehen uns oben.«

Matthew sah Anna nach, die die Treppe hinaufging, und rieb sich, als die Müdigkeit nach einem der emotionalsten Tage in seinem Leben wie eine Welle über ihm zusammenschlug, die Augen. Jonathan, Caroline, Jacks Nachlass, all das würde bis morgen warten müssen. Heute Abend wollte er nur in der sanften Umarmung seiner Frau einschlafen. Seine Beine trugen ihn kaum noch, als er sich schließlich ebenfalls auf den Weg ins Bett machte.

47

Caroline musste zugeben, dass sie nach ihrer anfänglichen Panik über das kaputte Handy den Mangel an mobiler Kommunikation eher befreiend fand. Es war wie eine digitale Entgiftung. Zwar fing sie langsam an, sich um das Cider Kitchen Sorgen zu machen, da sie nun schon seit mehr als einer Woche weg war, aber Emma hatte ihr ja versichert, dass sie sich bei größeren Problemen an Jonathan wenden würde. Weil sie nicht ständig von E-Mails, Anrufen und Nachrichten abgelenkt wurde, gelang es ihr, die Wohnung in Rekordzeit zu renovieren, und so beschloss sie nun, da sie langsam ruhelos wurde, nach Somerset zurückzufahren. Wenn es hart auf hart kam, konnte sie die Tür zu ihrem Wohnbereich abschließen und sich dazu zwingen, eine Auszeit zu nehmen, aber eigentlich vermisste sie das Restaurant, außerdem wollte sie sich unbedingt mit Jonathan in Verbindung setzen, weil sie wissen wollte, wie es mit Paul Stone gelaufen war. Sie beschloss, zurückzufahren und sich mit Jonathan zu treffen, sobald sie wieder in Somerset war. Zumindest würde sie ihm mitteilen können, dass sie die Wohnung hatte verkaufen können, sodass sie das Geld, das sie Paul Stone gegeben hatte, zurückzahlen konnte. Der Makler hatte gemeint, es würde recht schnell gehen, was wiederum bedeutete, dass die Löcher in den Finanzen des Cider Kitchen schnell wieder gestopft werden konnten.

Wenn das Cider Kitchen sie entlassen würde, wäre natürlich alles umsonst gewesen. Sie musste unbedingt einen Weg finden, um Jonathan davon zu überzeugen, dass sie vertrauenswürdig war, dass sie sich, wenn Paul Stone erst einmal aus dem Weg und keine Bedrohung mehr war, mit Leib und Seele in die Arbeit stürzen würde. Sie war einigermaßen zuversichtlich, Jonathan überzeugen zu können, doch ob ihr das auch bei Matthew gelingen würde, wenn der erst einmal die Wahrheit kannte, war mehr als ungewiss.

Während sie ihre Sachen im Auto verstaute, warf sie einen Blick auf die Uhr. In zweieinhalb Stunden wäre sie wieder zu Hause. Sie konnte kaum glauben, wie sehr sie sich darauf freute, das Cider Kitchen und ja, auch Jonathan wiederzusehen.

*

Ungefähr zur gleichen Zeit, als Caroline sich auf den Weg nach Somerset machte, wachte Jonathan am Morgen nach Jacks Beerdigung mit einem Kater epischen Ausmaßes auf. Das Gästebett in Cowslip Barn war zwar mittlerweile ziemlich durchgelegen, trotzdem war er nach der heißen Dusche rasch eingeschlafen und erst wieder aufgewacht, als Anna an die Tür klopfte, eine Tasse Tee mit Honig in der Hand.

»Guten Morgen, schöne Frau«, sagte er, öffnete die Augen und versuchte, sich im Bett aufzusetzen.

»Wie geht's dir?«, fragte Anna, als sie die Teetasse auf den Nachttisch stellte.

»Erinnerst du dich an den überfahrenen Dachs, der vor ein paar Tagen auf der Straße lag?«, sagte Jonathan gähnend. »Ungefähr so fühle ich mich.«

»Überrascht mich nicht«, erwiderte Anna trocken. »Selbst unter den besten Umständen ist Calvados tödlich. Und nach dem zu urteilen, was Matthew erzählt hat, war nicht mehr viel übrig in der Flasche, die er bei dir gefunden hat.«

»Schuldig im Sinne der Anklage.« Jonathan setzte sich auf und streckte die zitternde Hand nach der Tasse aus. »Ich muss sie wohl ausgetrunken haben, als ich den Hügel hoch bin. Das hier wird mir helfen. Danke.«

»Eigentlich wollte Ellie schon um sechs Uhr reinplatzen und dich aufwecken, aber ich habe es geschafft, sie abzulenken«, sagte Anna, die sich auf die Bettkante gesetzt hatte. »Ich dachte mir, mit uns anderen würdest du klarkommen.«

»Noch mal vielen Dank.« Vorsichtig nahm Jonathan einen Schluck Tee und bemühte sich, nicht das Gesicht zu verziehen. Er mochte keinen gesüßten Tee, aber er wusste Annas Umsicht zu schätzen. Nach der letzten Nacht war sein Blutzuckerspiegel praktisch nicht mehr existent.

»Nimm dir ein paar von Matthews Sachen. Der Schrank ist voll mit Jeans, Hemden und Pullovern, von denen er sich nicht trennen kann. Irgendwas davon wird dir schon passen.«

»Ach, keine Umstände, ich werf mich einfach in den Anzug, den ich gestern anhatte. Ich hab's ja nicht so weit.«

»Aber der ist immer noch nass. Und er muss dringend in die Reinigung. Um diese Jahreszeit ist der Schlamm auf Wavering Down einfach schrecklich.«

»Er hat dir also erzählt, wo er mich gefunden hat.«

»Oh ja.« Annas besorgter Blick ließ Jonathan erröten. »Du hättest dir eine schwere Unterkühlung holen können.«

»Ich weiß. Das war wirklich verdammt blöd von mir, nicht wahr?« Jonathan starrte auf seine Tasse. »Aber du musst dir keine Sorgen machen, ich mach das nicht noch mal. Matthew hat mir gestern einen Rieseneinlauf verpasst, jedenfalls nach allem, woran ich mich erinnern kann, und wie üblich hatte er recht. Es ist sinnlos, den Selbstzerstörungsknopf zu drücken. Dad hätte das nicht gewollt.

Und ich hab weiß Gott genug andere Dinge zu klären, auch ohne dass ich mich im Alkohol oder in einem Sturm auf dem Hügel zu ertränken versuche.« Reumütig lächelnd sah er Anna an. »Schätze, du hast seit gestern immer noch nichts Neues von Caroline gehört?«

Anna schüttelte den Kopf. »Langsam mache ich mir wirklich Sorgen. Das ist untypisch für sie, dass sie sich so gar nicht meldet. Emma hat erzählt, dass sie vor einer Woche angerufen und gesagt hat, dass sie am Tag darauf wieder anrufen würde, aber das hat sie nicht getan.«

»Dann weiß sie das mit Dad vielleicht gar nicht?« Jonathan war erleichtert. Sicher hätte Caroline ihm zumindest eine Nachricht geschickt, wenn sie das mit Jack erfahren hätte, oder?

Anna schüttelte den Kopf. »Ich glaub nicht. Ganz offensichtlich hat sie da, wo auch immer sie ist, einen grottenschlechten Empfang.«

Jonathan nahm noch einen Schluck Tee und schwang dann die Beine aus dem Bett. Er trug nur seine Boxershorts und überlegte kurz, ob ihm das peinlich sein sollte, aber Anna schien es nicht unangenehm zu sein, auch wenn sie besorgt aussah.

»Du bist ganz schön dünn geworden«, sagte sie, als er zum Kleiderschrank ging.

»Ich dachte, Hausgäste lüstern anzuglotzen ist unhöflich«, scherzte Jonathan und war überrascht, dass er sich tatsächlich wieder wie er selbst anhörte.

»Oh, keine Sorge«, gab Anna zurück, »ich will nur nicht, dass du dahinsiechst. Mein Interesse gilt einzig und allein deiner Gesundheit.«

»Ich fall schon nicht vom Fleisch. Ich war lange genug untätig. Ich zieh mich jetzt an, würge eine Scheibe Toast runter, wenn du erlaubst, und dann hab ich das eine oder andere zu erledigen.« Er öffnete den Schrank und nahm eine Jeans, ein Hemd und einen Pullover heraus. Die Jeans war ihm ein wenig zu groß, aber für den

Heimweg würde es reichen. Irgendwie hatte er den Verdacht, dass es Miss Pinkham und den anderen älteren Damen des Dorfes nicht gefallen würde, wenn sie ihn nur mit Boxershorts bekleidet nach Hause zockeln sehen würden.

»Wir sehen uns unten«, sagte Anna und fügte, als sie das Zimmer verließ, hinzu: »Ich bin froh, dass es dir anscheinend ein bisschen besser geht.«

»Du kennst mich doch«, erwiderte Jonathan sarkastisch. »Unkraut vergeht nicht.«

Als Anna gegangen war, ließ er die Maske fallen. Er hatte seine Rolle so überzeugend gespielt, dass er sich fast selbst geglaubt hätte.

*

Caroline fuhr in Rekordzeit zurück nach Somerset, und weil sie auf der Fahrt keine Musik auf dem Handy abspielen konnte, schaltete sie sich durch die lokalen Radiosender. Als sie durch die verschiedenen Countys fuhr, änderte sich der Dialekt, aber nicht die Musik, und sie genoss die Bruchstücke von Lokalnachrichten, die sie aufschnappte. Die Uhr in ihrem Auto zeigte Mittag an, als sie Shepton Mallet auf der Cheddar Road erreichte. Die landesweiten Nachrichten waren zu Ende, danach folgten die lokalen. Bei der dritten Meldung, die in feierlichem Tonfall verlesen wurde, trat Caroline auf die Bremse und bog auf einen Parkplatz ab. Sie musste sich verhört haben. Sie hätte es doch mitbekommen müssen, wenn etwas so Ernstes geschah. Laut Breeze FM, der in ganz Somerset zu empfangen war, hatte Little Somerby gestern eine lokale Legende, den Cider-Magnaten Jack Carter, zu Grabe getragen.

Carolines Herz schlug so schnell, dass sie ein paar Mal tief Luft holte. Als sie sich so weit beruhigt hatte, dass sie weiterfahren konnte, ließ sie den Motor wieder an. Sie musste sofort zu Jonathan.

48

Als Jonathan im Cottage ankam, dachte er kurz darüber nach, sich umzuziehen, aber drinnen war es kalt, und Matthews Pulli war warm. Er ging in die Küche, nahm eine Tasse vom Regal und füllte den Wasserkessel, um sich Kaffee zu machen. Als das Wasser zu kochen anfing, begann Jonathan sich zu fragen, was wohl mit Orchard Cottage passieren würde. Die Anwälte würden das sicher bald regeln, aber vielleicht war es jetzt an der Zeit, sich etwas Eigenes zu suchen.

Trotz des ganzen Aufruhrs nach Jacks Tod ärgerte es ihn, dass er sich noch nicht um Paul Stone gekümmert hatte. Auch wenn Caroline sich nicht bei ihm gemeldet hatte, war er es ihr doch schuldig, dass er zumindest versuchte, die Sache zu klären. Aber wie? Er konnte zwar schnell einen neuen Termin für ein Treffen ausmachen, aber Stone war kein Dummkopf und hielt ein zweites Treffen vielleicht für Zeitverschwendung, nachdem er das erste abgesagt hatte. Was konnte er tun? Frustriert schüttelte er den Kopf. Der ganze Calvados hatte wohl doch mehr Gehirnzellen abgetötet, als er gedacht hatte.

Als er durch den Flur ins Wohnzimmer gehen wollte, klopfte es an der Vordertür. Er erwog, es zu ignorieren, denn er hatte keine Lust, mit jemandem zu reden. Doch etwas Rotes, das vor dem herbstlichen Himmel durch das Milchglas der Tür schimmerte, weckte seine Aufmerksamkeit. Hatte er sich das nur eingebildet? Es war bestimmt nur ein Blatt, das von einem der Bäume im Garten gefallen war und jetzt an der nassen Scheibe klebte. Das konnte nicht Caroline sein. Oder etwa doch?

Es klopfte erneut, und damit war die Sache klar. Er eilte zur Tür, stolperte vor lauter Hast auf dem Läufer, riss die Tür auf, und da, auf der Türschwelle, stand, unsicher wie nie zuvor, Caroline.

»Ich bin, so schnell ich konnte, gekommen«, sagte sie sanft. »Jonathan, es tut mir ja so leid.«

Er sagte nichts, zog sie ins Haus, spürte, wie sie gegen ihn sank, als er mit dem Fuß die Tür schloss, und nahm sie in die Arme. Er zitterte so stark, dass er fast hyperventilierte, und er hielt sie fest, als befürchtete er, sie würde in tausend Stücke zerspringen, wenn er sie losließ.

»Gott sei Dank bist du wieder da«, murmelte er, als er sie schließlich freigab. »Ich war so sauer auf dich, weil du dich nicht gemeldet hast, aber jetzt, wo du wieder hier bist, bin ich einfach nur erleichtert.«

»Ich wusste nichts davon.« Carolines Stimme zitterte. »Der Empfang in meiner Wohnung ist echt mies, und dann ist mir auch noch das Handy in einen Eimer Farbe gefallen, und ich dachte, ich bestell mir erst ein neues, wenn ich wieder hier bin. Die Telefonzelle in der High Street war kaputt, und du kannst dir gar nicht vorstellen, wie schwierig es ist, im einundzwanzigsten Jahrhundert eine funktionierende Telefonzelle zu finden. Jeder hat heutzutage ein Handy. Und ich konnte mir auch nicht einfach ein Prepaid-Handy kaufen, weil ich die ganzen Nummern nicht auswendig weiß. Obwohl«, sie schlug sich gegen die Stirn, »ich hätte einfach noch einmal im Cider Kitchen anrufen können. Wegen Paul Stone war ich so neben der Spur, dass ich nicht mehr klar denken konnte, und der Gedanke, nicht erreichbar zu sein, vor allem für ihn, hat mir eigentlich ganz gut gefallen. Bis ich das mit deinem Dad im Radio gehört habe, als ich heute Morgen nach Hause gefahren bin, hatte ich keine Ahnung, dass er gestorben ist.« Sie sah Jonathan besorgt an. »Wenn ich es gewusst hätte, wäre ich wie der Blitz nach Hause gekommen«, sagte sie sanft. »Bitte glaub mir, Jonathan, ich will nicht, dass du denkst, dass es mir egal war.«

»Ich bin einfach nur froh, dass du jetzt da bist«, entgegnete Jonathan, als sie sich voneinander lösten.

»Wie ist es … Ich meine, wie ist er …«

»Sein Herz hat einfach aufgehört zu schlagen. Das war keine große Überraschung, er hatte ja schon seit Jahren Herzprobleme. Es sah aus, als würde er nur schlafen, als ich ihn gefunden habe.«

»Das muss schrecklich für dich gewesen sein. Ich kann mir gar nicht vorstellen, wie schlimm das gewesen ist.« Sie legte eine Hand an seine Wange. »Und es tut mir so leid, dass ich nicht für dich da war.«

»Jetzt bist du ja da. Das ist das Einzige, was zählt.« Ein Schatten huschte über sein Gesicht, der Caroline nicht verborgen blieb.

»Was ist los?«

»Es gibt da noch was, das du wissen solltest.«

Sofort war sie auf der Hut. »Was?«

Jonathan strich über Carolines Arm und nahm ihre Hände in seine. »Ich hab mich noch nicht so richtig um Paul Stone gekümmert. Wegen der Sache mit Dad habe ich meinen großartigen Plan, ihn zu vertreiben, erst einmal auf Eis gelegt.« Als er sah, wie beunruhigt sie war, fuhr er schnell fort. »Aber mach dir keine Sorgen. Ich hab einen noch besseren Plan.« Und im selben Augenblick wusste er, was er zu tun hatte. Wenn Caroline zustimmte, war die Sache geritzt. »Hör zu. Lass uns einen Kaffee trinken, und ich erläutere dir meinen neuesten Geistesblitz.«

Caroline nickte. »In Ordnung. Aber wenn er mir nicht gefällt, kannst du ihn gleich wieder vergessen.« Sie ging in Richtung Küche.

»Oh, ich glaube, er wird dir sehr gefallen«, sagte Jonathan. Langsam kehrte seine Energie zurück, nun, da Caroline wieder da war, und er war fast wieder ganz der Alte. Jonathan das Schlitzohr war wieder da, und wenn sein Plan funktionierte, würde Paul Stone für immer von der Bildfläche verschwinden. »Könntest du ihn anrufen?«

»Sobald ich ein neues Handy habe«, sagte Caroline. »Ich brauche auch eine neue SIM-Karte, weil die durch die Farbe auch kaputtgegangen ist.«

»Na toll. Klär das noch heute mit deinem Anbieter. Und dann musst du ein Treffen mit ihm vereinbaren.«

»Okay«, sagte Caroline argwöhnisch. »Wo genau?«

Jonathan grinste breit und erinnerte sie dabei wieder an die Grinsekatze. »An einem ganz bestimmten Ort. Folgendes schwebt mir vor …«

49

Nicht einmal Agatha Christie hätte eine stimmungsvollere Kulisse entwerfen können, dachte Caroline eine Woche später, als sie die Gläser in der improvisierten Bar in einem der Hauptlagerhäuser auf dem Gelände von Carter's Cider kontrollierte. Das Krimidinner am folgenden Abend sollte der Höhepunkt des Jahres im Cider Kitchen sein, vorausgesetzt, dass heute alles nach Plan verlief. Gino und Emma hatten sich mit dem fantastischen Galamenü selbst übertroffen, es gab Forellen-Tatar, in Cider geschmortes Schweinefleisch und eine Auswahl an köstlichen Desserts, darunter ein Sahnedessert mit Brombeeren aus dem vergangenen Jahr (Gino hatte letzten September körbeweise Brombeeren eingefroren, als sie überall auf der Strawberry Line in rauen Mengen wuchsen) und eine große Auswahl an Käsesorten aus der Region. Die beiden Köche hatten immer größere Erfolge zu verzeichnen, und Caroline hoffte, dass sie, wenn die Sache mit Paul Stone endlich vorbei war, langfristig auf die Unterstützung der beiden im Restaurant zählen konnte. Und wenn es heute Abend gut lief, würde er für immer aus ihrem Leben verschwinden. Sie hoffte, dass Matthew die Sache ähnlich zuversichtlich sah wie Jonathan, der optimistisch war, dass es funktionieren würde. Immerhin stand ihr Wort gegen das von Stone, und wenn heute etwas schiefging, konnte er sehr ungemütlich werden. Sie musste dafür sorgen, dass er nach heute Abend nie wieder zurückkam.

Jonathan hatte Matthew überzeugen können, die Untersuchung der Konten des Cider Kitchen erst einmal nicht weiterzuverfolgen. Sie hatte keine Ahnung, wie er das angestellt hatte, aber sie wusste, dass ihre Zeit hier zu Ende war, wenn es ihr nicht gelang, Stone ein für alle Mal loszuwerden. Da die Veranstaltung am morgigen Abend zwei Monate lang geplant worden war, war sie ins Restaurant zurückgekehrt und hatte sich in die Vorbereitungen für das Krimidinner gestürzt, die jetzt fast abgeschlossen waren. Und als letztes Puzzlestück hatte Stone fast zu schnell zugestimmt, sich mit ihr zu treffen. Entweder brauchte er dringend noch mehr Geld, oder er wollte sie in falscher Sicherheit wiegen.

Caroline warf einen Blick auf die improvisierte Bar, die morgen Abend mit hauseigenem Cider, Sekt und Calvados bestückt sein würde. Die Bühne für ein wichtiges Ereignis war bereitet, nun, da Anna eine meisterhafte Version der Geschichte von der Leiche im Fass geschrieben hatte, aber die Gefahren, die ihnen heute Abend drohten, waren ihr deutlich näher als ein hundert Jahre alter Krimi. Paul Stone war gefährlich, und sie musste ihn von hier fernhalten, bevor jemand verletzt wurde.

Der Hauptgang würde im Cider Kitchen serviert werden, nachdem das Drama vorbei war, und Caroline überprüfte alles bis ins letzte Detail, damit am nächsten Tag alles glattlief. Dann wartete sie in dem dunklen Lagerhaus, wo das Treffen stattfinden sollte, auf Stone und zitterte in der kalten Novemberluft. »Nun komm schon«, murmelte sie, als sie die Jacke enger um sich zog. Kälte hatte sie noch nie gut vertragen, und es kam ihr vor, als würde er sie absichtlich warten lassen. Sie hatte seine Erheiterung gespürt, als sie darauf bestanden hatte, sich hier, auf Jonathans und Matthews Grund und Boden, im Herzen ihres Reiches, mit ihm zu treffen. Vermutlich entsprach es seinem Sinn für Humor, zu versuchen, sie hier zu demütigen.

»Guten Abend, Caroline.« Sie zuckte zusammen, als jemand ihr unangenehm nah etwas ins Ohr flüsterte und sie seinen Atem im Nacken spürte. »Schön, dass wir uns hier treffen.«

Sie ging einen Schritt von ihm weg, abgestoßen von seiner körperlichen Nähe. »Da, nimm das Geld und verschwinde«, sagte sie. »Übermorgen bin ich hier weg. Carter's hat mich rausgeworfen, dann kannst du auch gleich verschwinden.«

Stone lachte. »Sag bloß, du hast dir in deiner eigenen Küche die Finger verbrannt? Schon ganz witzig.«

»Ich warne dich, Paul.« Carolines Stimme klang mutiger, als sie sich fühlte. »Wenn ich weg bin, kommst du nie mehr nach Little Somerby zurück. Ich hab dir gegeben, was du wolltest, also lass die Leute hier in Ruhe. Die wissen jetzt, dass ich sie bestohlen habe. Ich hab alles verloren.«

»Was für ein Jammer«, sagte Stone in ironischem Ton. »Wirklich eine Schande, dass unsere nette kleine Vereinbarung nicht länger gültig ist. Es wäre sehr lukrativ gewesen, dich so lange wie möglich hierzubehalten.« Als er hörte, wie sich das Tor des Lagerhauses hinter ihm öffnete, drehte er sich um und sagte gereizt: »Ich hab dir doch gesagt, du sollst allein kommen.«

»Das glaub ich dir gern, Freundchen, aber ich suche nach Caroline, nicht nach dir.« Jonathan öffnete das Tor und trat ein.

»Was machst du hier?«, fauchte Caroline, wie sie es abgesprochen hatten. Stone sollte denken, dass Jonathan rein zufällig hergekommen war, auch wenn sie nicht glaubte, dass er ihnen das abkaufen würde.

Jonathan schenkte Caroline ein kurzes, unschuldiges Lächeln. »Ich bin nur hier, um ein letztes Mal nachzuschauen, ob die Vorbereitungen für morgen perfekt sind. Und da du nicht im Restaurant warst, hab ich mir gedacht, dass du hier bist, um zu überprüfen, ob die Bar auch gut bestückt ist.« Er warf einen Blick auf Stone. »Schätze mal, du bist der Schuldeneintreiber, richtig? Das würde jedenfalls die Unregelmäßigkeiten in der Buchführung des Restaurants in letzter Zeit erklären.«

Carolines Atem entwich mit einem Mal, als Stone sie packte und sie an sich zog. »Mach jetzt bloß kein Theater. Ich bin nur hier, um mir zu holen, was sie mir schuldet. Hat nichts mit dir zu tun.«

»Ich denke schon.« Jonathans Stimme war kalt. »Das Cider Kitchen gehört Carter's, verstehst du? Das heißt, wenn du Caroline etwas wegnimmst, nimmst du es mir weg.«

»Jonathan, verschwinde, bevor er dir noch was antut.« Caroline erstarrte, als sie kalten, blanken Stahl an ihrem Rücken spürte. Stone zog sie fester an sich, und ihre Furcht vor dem Mann nahm eine ganz neue Dimension an. Plötzlich kam ihr der nette, kleine Plan, den Jonathan sich ausgedacht hatte, unglaublich naiv und dumm vor.

»Ich geh nirgendwohin.« Jonathan wich nicht von der Stelle. »Er wird dich loslassen, abhauen und aus unserem Leben verschwinden.«

»Ist das so?«, entgegnete Stone höhnisch. Caroline war ihm so nah, dass sie das Glitzern in seinen Augen sehen konnte, und ihr wurde klar, dass er Kokain geschnupft hatte, bevor er hergekommen war. Das machte ihr noch mehr Angst.

»Jonathan, bitte«, sagte sie mit leicht schriller Stimme. »Ich hab's mir anders überlegt. Du musst jetzt wirklich gehen, ich werd schon allein mit ihm fertig.« Sie zuckte zusammen, als er den Druck der Klinge an ihrem Rücken verstärkte. »Ich habe das, was er will. Verschwinde jetzt.«

»Entschuldige bitte die Unflätigkeit, Schätzchen, aber das kann nicht dein Scheißernst sein. Auf gar keinen Fall lasse ich dich mit diesem Irren hier allein.« Jonathan ging auf Caroline und Stone zu, aber als Caroline aufschrie, weil Stone den Druck mit dem Messer verstärkte, blieb er wieder stehen.

»Das Geld ist in meiner Handtasche oben auf der Abfüllanlage, Paul«, sagte sie schnell. »Nimm es und verschwinde.«

Stone hielt inne und sah mit bedrohlichem Lächeln auf Caroline hinunter. »Du verarschst mich hoffentlich nicht.«

»Nein, ich schwöre es.«

»Mach dich mal nützlich, du Schönling.« Stone deutete mit dem Kopf zu der Stahltreppe, auf deren oberem Absatz Carolines Handtasche lag. »Hoch mit dir und bring mir die Tasche.«

Jonathan sah den Mann gelassen an. »Lass sie los und hol sie dir selbst.«

Caroline zuckte zusammen, als sich die Spitze des Messers tiefer in ihr Fleisch bohrte. »Er hat ein Messer hinter meinem Rücken, Jonathan. Bitte, tu, was er sagt.«

Auf Jonathans Gesicht zeichnete sich erst Furcht, dann Wut darüber ab, dass Caroline, die lebhafte, flatterhafte, schwierige Caroline, die Frau, die er liebte, vor Angst wie erstarrt und mit einem Messer im Rücken vor ihm stand.

»Okay, okay«, sagte er sanft, »mach keine Dummheiten, ich hol's ja schon.«

»Ich krieg das Geld, du das Mädchen, das kann man fast schon poetisch nennen.« Stones Stimme troff vor Ironie. »Falls sie das denn wert ist. Ich persönlich bin ja der Meinung, dass ich den besseren Gewinn mache.«

Jonathan sah rot. »Ich warne dich«, sagte er gefährlich leise, »das reicht jetzt. Du solltest besser verschwinden.« Er stieg die Stufen hoch, um Carolines Tasche zu holen.

»Ach, komm schon«, knurrte Stone und verstärkte den Griff, mit dem er Caroline festhielt. »Sei ein guter Junge.«

»Lass Caroline los.« Jonathans Stimme hallte zwischen den riesigen Cider-Fässern. Er stieg die Stufen wieder hinunter. »Ich geh keinen Schritt weiter, wenn du sie nicht loslässt.«

Stone schubste Caroline auf die erste Stufe des Fasslagers und streckte die Hand nach der Tasche aus, doch Jonathan warf sie blitzschnell ganz nach oben auf die Abfüllanlage. »Hol sie dir doch.«

»Sonst noch was?«, fragte Stone, der nun nach oben ging und Caroline mit sich zog. »Glaubst du nicht auch, dass du jetzt lange genug den heldenhaften Retter gespielt hast?« Er stieg weiter die Treppe hinauf, wobei er Jonathan nicht aus den Augen ließ. Trotz des Kokains war er trittsicher, seine Augen glitzerten gefährlich, und auf Caroline hatte er noch nie zuvor so bedrohlich gewirkt. »Dann bringt sie mir eben das, weshalb ich gekommen bin, oder ich nehm's mir einfach.«

»Unwahrscheinlich.« Jonathan ging auf Stone zu und schob sich trotz des Messers vor Caroline, um ihren Körper mit seinem abzuschirmen. Kurz blitzte der Stahl des Messers im orangefarbenen Licht des Schuppens auf, als Stone damit herumfuchtelte. Jonathan, der darauf nicht vorbereitet war, wich zurück, doch Stones Messer schlitzte ihm das Hemd und den Unterarm auf. Jonathan verlor kurz das Gleichgewicht.

Stone warf sich nach vorne und stach wie wild auf Jonathan ein. Seine Augen verengten sich im Dämmerlicht. »Ich meine, was ich sage«, zischte er und kam noch näher. »Sie muss bezahlen, auf die eine oder andere Art.«

»Hau ab, Caroline!« Jonathan stieß sie weg. »Lauf und ruf die Polizei.«

»Sie geht nirgendwohin.« Stone hatte Jonathan fast erreicht, doch trotz des Messers machte das Kokain ihn waghalsig. Er warf sich erneut nach vorne.

Leichtfüßig wich Jonathan auf der Plattform zurück, versetzte ihm mit einer Hand einen Stoß und versuchte, mit der anderen das Messer zu fassen zu bekommen. Blut rann ihm übers Handgelenk und spritzte auf Stones Jacke, als der seine Hand zurückzog. Jonathan bekam ihn erneut zu fassen und schob ihn mit seinem ganzen Gewicht zum Geländer der Plattform. Stone setzte sich energisch zur Wehr.

»Caroline, hau ab!«, wiederholte Jonathan, weil er sah, dass sie sich immer noch auf der Plattform befand. »Ruf die Polizei!«

Caroline stieg die Treppe hinunter, stolperte und stürzte auf die harten Stahlstufen. Benommen rappelte sie sich wieder auf, gerade noch rechtzeitig, um zu sehen, wie Stone erneut ausholte, um auf Jonathan einzustechen.

»Paul, nein!«, schrie sie, als sie wieder klar sehen konnte. »Lass ihn in Ruhe. Ich geb dir, was du willst, und noch mehr, wenn du nur aufhörst.«

Stone schüttelte den Kopf. »Zu spät.«

Dass er sich von Caroline hatte ablenken lassen, wurde ihm zum Verhängnis. Jonathan packte ihn und stieß ihn in Richtung des riesigen Eichenfasses auf der anderen Seite der Plattform. Er war auf der Cider-Farm aufgewachsen und wusste ganz genau, wie die Technik funktionierte. Blitzschnell öffnete er die Klappe auf dem Fass. Stones Beine knickten ein, als sich sein Schwerpunkt verlagerte, und er fiel rücklings in die Flüssigkeit. Jonathan griff nach dem Deckel, um ihn zuzuwerfen.

»Nein, nicht!« Caroline rannte die Treppe hinauf und packte Jonathan am Arm. »Er ertrinkt.«

Er drehte sich mit einem Funkeln in den Augen zu ihr um. »Jetzt sag bloß, ich soll ihn wieder rauslassen.«

Stone tauchte wieder auf und suchte nach Halt an der Innenseite des Fasses, mit brennenden Augen, weil der Alkohol im Cider so stark war.

Jonathan schloss die Klappe ein Stück weit. »Bist du dir auch ganz sicher, dass du diesen Mistkerl wieder freilassen willst?«

Caroline wühlte in ihrer Tasche und fand schließlich ihr Handy. »Soll die Polizei sich um ihn kümmern.« Sie wählte den Notruf.

Stone spuckte und prustete. »Lass mich raus, du Arschloch.«

»Na, na, so solltest du aber nicht mit jemandem reden, der dein Leben in Händen hält.« Jonathan beugte sich zu Stone hinunter. »Es wäre so leicht, die Klappe einfach zuzumachen und dich dadrin schmoren zu lassen, nach allem, was du getan hast. Erpressung ist ein ziemlich ernstes Vergehen, weißt du. Von Stalking ganz zu schweigen.«

»Dazu hast du nicht die Eier.«

»Willst du wetten?« Jonathan warf die Klappe zu.

»Jonathan, nein!«, rief Caroline. »Um Himmels willen, du kannst ihn doch nicht einfach dadrin lassen.«

»Entspann dich«, antwortete Jonathan, als er die Treppe hinunter zu Caroline ging, die die Polizei angerufen hatte. »Im Fass gibt es eine Leiter. Hoffen wir, dass er sie findet.«

Sie schüttelte den Kopf. »Du bist so ein Idiot.« Dann blickte sie auf sein Handgelenk, das wegen der Wunde am Unterarm, die Stone ihm zugefügt hatte, blutüberströmt war. »Du musst das unbedingt untersuchen lassen.«

»Das wird schon wieder. Ich verbinde es, wenn wir zu Hause sind.«

»Wir?« Caroline trat einen Schritt zurück.

»Ja, wir. Du kommst mit mir ins Cottage, verstanden?« Jonathans Augen schimmerten im orangefarbenen Licht des Schuppens, und obwohl er lächelte, konnte Caroline eine Entschlossenheit, eine Härte in seinen Augen sehen, die vor sechs Monaten noch nicht da gewesen war. Der Protest erstarb auf ihren Lippen, als er ihren Mund mit einem Kuss verschloss, der alle Gedanken aus ihrem Kopf vertrieb. Erst als sie das Klopfen aus dem Inneren des Fasses hörten, lösten sie sich voneinander.

»Ich mach mal besser die Luke auf«, sagte Jonathan widerwillig. »Wär doch schade, wenn ich wegen Mordes an dem Mistkerl angeklagt werde.« Er lief die Stufen hoch, zog die Klappe wieder auf und packte Stone am Kragen seiner Lederjacke.

»Die Polizei ist gleich da«, sagte er, als er den triefnassen Drogendealer aus dem Fass zog. »Ich schlage vor, du bleibst friedlich, sonst werf ich dich wieder rein.« Er zog ihn zur Treppe, und als sie unten ankamen, flog die Tür auf, und die Umrisse von zwei Polizisten zeichneten sich im Gegenlicht ab. Sekunden später tauchten ihre Taschenlampen die drei Personen im Raum in helles Licht. Jonathan übergab ihnen Stone und erklärte ihnen kurz die Situation, wobei er Carolines weniger ersprießliche Vergangenheit sorgfältig ausließ.

»Ich verstehe.« Der ältere Polizist sprach kurz in sein Funkgerät, wartete auf die Antwort und erhielt schließlich die Bestätigung, die er brauchte. »Wir nehmen ihn mit.«

»Lassen Sie ihn nicht aus den Augen«, sagte Jonathan. »Er ist ein schlüpfriges kleines Arschloch.«

Der jüngere Polizist warf einen Blick auf Stone, der triefend und zitternd neben ihm stand, und lächelte knapp. »Das sieht man, Sir.« Er nickte Jonathan und Caroline zu: »Wir melden uns.«

Caroline stieß den Atem aus, den sie unbewusst angehalten hatte, und lächelte. »Jetzt können wir nach Hause gehen.«

»Dann kommst du also mit ins Cottage?«, fragte Jonathan.

»Heute schon«, sagte sie vorsichtig. »Und über alles andere denken wir später nach.«

50

Jetzt komm schon«, flüsterte Jonathan. »Hör auf, dagegen anzukämpfen. Hör auf, gegen *mich* anzukämpfen.«

»Ich weiß nicht, Jonathan«, hauchte Caroline. »Ich weiß gar nichts mehr.«

Sie senkte den Blick und sah den Verband, mit dem Jonathans Arm in der Notaufnahme vor weniger als einer Stunde bandagiert worden war. Ein Arzt hatte die Wunde genäht und ihm etwas gegen die Schmerzen gegeben, aber er hatte nur widerwillig zugestimmt, dass Jonathan die Nacht nicht im Krankenhaus bleiben musste, und das auch nur unter der Bedingung, dass die ganze Zeit über jemand bei ihm war.

Für Jonathan war die Sache ganz einfach, Caroline war sich dagegen nicht so sicher. Sie versuchte ihn dazu zu überreden, doch besser bei Matthew und Anna auf Cowslip Barn zu übernachten, doch weil Matthew der Polizei bei den Ermittlungen helfen sollte, da der Vorfall auf seinem Firmengelände stattgefunden hatte, und weil Jonathan Anna wegen der Kinder nicht noch eine zusätzliche Belastung aufbürden wollte, hatte er entschieden, nach Orchard Cottage zurückzukehren. Er hatte Caroline noch nicht gebeten, bei ihm zu bleiben, aber da sie keine Anstalten machte zu gehen, beschloss er, es zu versuchen.

»Bis morgen früh muss jemand bei dir bleiben«, sagte sie. »Also schnapp ich mir das Gästebett und lass die Tür offen, wenn du nichts dagegen hast.«

»Jetzt komm schon.« Jonathans Stimme war leise, voller Versprechungen, obwohl das auch an den Schmerzmitteln liegen konnte, die ihm verabreicht worden waren. »Fällt dir nichts Besseres ein?«

»Was zum Beispiel?«

»Bleib bei mir.« Langsam nahm er ihre Hand und legte sie auf seine Brust, genau dahin, wo der Stoff seines früher weißen Hemdes auf die nackte Haut an seinem Hals traf. »Bleib«, wiederholte er und drückte ihre Hand auf seine Haut. »Bei.« Er hob ihre Hand zu seinen Lippen. »Mir.« Er küsste ihre Fingerspitzen.

Das bisschen Entschlossenheit, das Caroline noch besaß, schwand zusehends. Sie ließ die Hand an seinem Hals hinabgleiten, während sie mit der anderen sein Hemd aufknöpfte. »In deinem Zustand bist du nicht in der Lage, das selbst zu tun«, murmelte sie, als sie mit bewundernswert ruhiger Hand die Knöpfe öffnete. Sie entblößte seine hell behaarte Brust. »Schließlich hast du eine schlimme Verletzung.« Ihre Augen schimmerten im Abendlicht.

Jonathan war wie immer überrascht von ihren Stimmungsumschwüngen. Er konnte einen leisen Laut der Erregung nicht unterdrücken, als ihre Hände ein wellenförmiges Muster auf seine nackte Brust zeichneten und eine heiße Spur zu hinterlassen schienen. Ihre Berührung war warm, ruhig und selbstsicher, und er drängte sich ihren Händen entgegen.

Caroline setzte ihre Erkundung fort, ließ die Hände um Jonathans Taille und seinen Rücken hinauf- und hinuntergleiten. »Na schön«, gab sie schließlich nach, »ich gehe nicht weg, versprochen.«

»Dann tu's auch nicht«, sagte er plötzlich in die Dunkelheit hinein. »Caroline, bitte, geh nie wieder weg.« Er hörte die Verzweiflung in seiner Stimme und schämte sich dafür, aber jetzt war es an der Zeit, dass sie endlich ehrlich zueinander waren; alles andere war sinnlos.

Carolines Hände hielten inne, und sie schloss die Arme unwillkürlich fester um ihn. An ihrer Wange spürte sie, wie schnell sein Herz klopfte, als sie sich an ihn schmiegte, und einen Moment lang fehlten ihr die Worte. Ihr schwirrte der Kopf, und sie lehnte sich an Jonathan.

»Das meinst du doch nicht so«, sagte sie sanft. »Nicht nach allem, was passiert ist.«

Jonathan umarmte Caroline trotz der Verletzung an seinem Arm fester. »Doch, das tue ich. Du kannst dir gar nicht vorstellen, wie ernst es mir ist. Ich will nie, nie wieder ohne dich sein.«

»Aber ich mache nur Ärger«, widersprach Caroline. »Jedes Mal, wenn wir zusammen sind, passiert etwas Schreckliches. Im Grunde war ich, seit ich hier angekommen bin, auf der Flucht vor einem Drogendealer, und jetzt hast du eine Narbe am Arm, die du wahrscheinlich für den Rest deines Lebens behalten wirst. Warum solltest du noch mehr Zeit mit mir verbringen wollen?«

»Erstens hast du im Cider Kitchen verdammt gute Arbeit geleistet – mal abgesehen von der Sache mit Paul Stone natürlich. Und zweitens will ich nicht mehr Zeit mit dir verbringen, ich will meine ganze Zeit mit dir verbringen, den Rest meines Lebens, um genau zu sein.« Er schob sie sanft ein Stück von sich, damit er ihr in die Augen sehen konnte. »Wird es nicht langsam Zeit, dass du das endlich kapierst und aufhörst, wegzulaufen?«

Caroline senkte den Blick, weil sie die nackte Wahrheit in Jonathans Augen kaum ertragen konnte. »Ich glaube, du solltest jetzt besser keine Versprechungen mehr machen«, sagte sie sanft. »Wahrscheinlich bist du high von den Schmerzmitteln, außerdem hast du eine ganze Menge Blut verloren. Lass uns morgen darüber reden, ja?« Sie nahm seine Hand und zog ihn in Richtung Bett.

»Ich bleib bei dir, aber du behältst deine Hände schön da, wo ich sie sehen kann.«

»Mann, bist du stur«, knurrte Jonathan, doch er wusste, dass ihm im Moment keine andere Wahl blieb, also gab er Ruhe. Innerhalb kürzester Zeit lag er praktisch bewusstlos im Bett.

Caroline, die nach allem, was in dieser Nacht passiert war, immer noch aufgewühlt war, sah ihn lange Zeit einfach nur an. Als ihre Augenlider schließlich schwer wurden und das Adrenalin langsam abflaute, schmiegte sie sich an ihn. »Ich liebe dich«, murmelte sie und fühlte sich zum ersten Mal seit Monaten wieder sicher.

51

»Ein Krimidinner auf dem Firmengelände? Warum habt ihr das nicht schon vor Jahren gemacht?«, fragte Chris McIvor, der Vertriebsleiter von FastStream. »Der Vorstand findet die Idee auch toll.«

»Na ja, das Lob gebührt meiner Schwägerin Anna«, sagte Jonathan. »Als sie die Geschichte von Tom Sykes' Tod im Fass gehört hatte, konnte sie nicht mehr widerstehen, darüber zu schreiben.«

»Ah ja«, gab Chris zurück, »ich glaube, jedes Familienunternehmen hat sein eigenes Gespenst, und Carter's ist da keine Ausnahme.« Er trank einen Schluck trockenen, spritzigen Cider aus dem Glas, das er in der Hand hielt. »Sagen Sie, ist der Fall je gelöst worden?«

Jonathan schüttelte den Kopf. »Höchstwahrscheinlich hat es Sykes einfach beim Testen des Produkts übertrieben und ist in das Fass gestürzt. Das ist die Art von Unfall, die damals, als es noch keine Arbeitssicherheitsvorschriften gab, niemanden überrascht hat. Böse Zungen behaupten allerdings, kurz vor dem Unfall hätte es einen Streit zwischen Sykes und der rechten Hand meines Urgroßvaters, Ernest Shallcross, gegeben.« Er nahm ebenfalls einen Schluck aus seinem Glas. »Aber eigentlich sollte ich Ihnen das nicht verraten. Sie erfahren alles noch früh genug, wenn das Dinner losgeht.« Und vielleicht, überlegte Jonathan, würde auch der Cider-Farm-Erpresser in Zukunft zu einem Teil der Mythen und Legenden werden, die sich um das Familienunternehmen rankten. Die Polizei hatte Caroline heute Morgen angerufen und sie zur formellen Vernehmung einbestellt, die in ein paar Tagen stattfinden würde, und Stone war wegen des Besitzes harter Drogen, Erpressung und gefährlicher Körperverletzung angeklagt worden. Man hatte ihn gegen Kaution wieder auf freien Fuß gesetzt, weshalb Caroline sich große Sorgen machte, doch nur unter der Auflage, sich von Little Somerby fernzuhalten, sonst käme er wieder ins Gefängnis.

Wie aufs Stichwort überquerten zwei Schauspieler in Kostümen der Jahrhundertwende lautstark diskutierend den Hof, wo die versammelten Kunden und Partygäste einen Aperitif zu sich nahmen.

»Sie kosten diese Firma viel Geld, Sykes!«, rief der Ältere, besser Angezogene der beiden und deutete mit ausladender Geste zum Tor des Lagerhauses. »Wir können uns nicht noch einen Ihrer Fehler leisten. Der letzte hat uns ein Drittel der Ernte gekostet!«

»Ohne mich kommt ihr nicht weit«, sagte der andere Mann. »Sie wissen es, und Samuel Carter weiß es auch, da können Sie sich beschweren, so viel Sie wollen, Mr Shallcross, aber es ist die Wahrheit. Und wir alle wissen doch auch um *Ihr* kleines Geheimnis, nicht wahr?«

»Wagen Sie es nicht, mir zu drohen, Sykes«, erwiderte der erste Mann eindringlich. »Die Firma wird ohne Sie nicht untergehen.« Er wandte sich um und ging weg, wobei der Schauspieler, der Sykes spielte, ihm auf dem Fuß folgte.

Die Gruppe auf dem Hof verharrte in erwartungsvollem Schweigen, das Jonathan noch ein paar Augenblicke in der Luft hängen ließ, dann trat er vor. Mit dem Glas prickelndem Cider in der Hand, dem modischen, dunkelblauen Anzug und dem weißen Hemd, das am Hals nicht zugeknöpft war, sah er aus, als wäre er gerade den

Seiten eines stylishen Modemagazins entstiegen. Doch unter dem Jackett und dem eng anliegenden weißen Hemd pulsierte immer noch die frisch verbundene Wunde. Aber mit der Liebe eines Showmasters für sein Publikum ließ Jonathan sich nichts anmerken, als er darauf wartete, dass die Menge verstummte.

»Meine Damen und Herren.« Er schaute in die Runde der circa fünfzig Dinnergäste. »Es ist mir ein großes Vergnügen, Sie alle hier heute Abend bei Carter's Cider begrüßen zu dürfen! Dieser Abend ist ein Dankeschön an Sie für Ihre Unterstützung in den letzten zwölf Monaten, und er soll Sie zugleich daran erinnern, warum Sie eigentlich mit uns Geschäfte machen.« Er lächelte, und die Gäste lachten höflich. »An diesem Abend wird sich vor Ihren Augen eine Geschichte entwickeln, eine tragische Geschichte voller Verrat, exzessivem Alkoholgenuss und dem, was passiert, wenn man sich nicht so gut auskennt, wie man glaubt!« Er ließ den Blick einen Moment über das Publikum schweifen, bis er Caroline fand, die neben Anna und Matthew stand. »Manchmal muss man Gelegenheiten beim Schopf packen, und manchmal muss man Risiken eingehen, um die Wahrheit herauszufinden.«

Es schien, als suche er nach den richtigen Worten, als er seine Familie ansah, vor allem, als sein Blick auf das mit Bleistift gezeichnete Bild fiel, das ganz in der Nähe auf dem Tisch mit den Tombola-Preisen stand.

»Es wäre nachlässig von mir, wenn ich heute Abend nicht noch jemandem Respekt zollen würde, meinem Vater, Jack Carter. Wie Sie alle wissen, ist er kürzlich von uns gegangen, aber es ist zum Teil seine Vision und zum Teil die meines Bruders Matthew, die uns heute hier zusammengeführt hat. Er war ein Mann, der alles über Äpfel und die Cider-Herstellung wusste, aber er war noch so viel mehr als das. Aus diesem Grund wurde die Zeichnung dort hinten in Auftrag gegeben, denn er hätte heute liebend gern mit Ihnen zusammen gefeiert. Wir hoffen, demnächst ein richtiges

Gemälde von ihm zu bekommen, das im Hauptgebäude hängen wird, um uns daran zu erinnern, was für einen großartigen Mann wir in diesem Jahr verloren haben. Aber heute ist ein Tag zum Feiern.«

Der nachdenkliche Ausdruck auf seinem Gesicht wich einem breiten Grinsen. »Dieser Abend wäre jedoch nicht möglich gewesen ohne den unermüdlichen Einsatz zweier Damen. Die wunderbare Frau meines Bruders, Anna, deren gründliche Erforschung der Familiengeschichte einen wichtigen Teil der Geschichte der Carters enthüllt hat, und Caroline Hemingway, deren Restaurant uns heute Abend mit exzellentem Essen versorgt. Halten Sie Ihre Augen und Ohren offen, vielleicht können Sie ja das Rätsel lösen, das dieses Gelände seit fast hundert Jahren heimsucht, und genießen Sie dabei das fantastische Dinner!«

Unter donnerndem Applaus zog sich Jonathan zurück und ging hinüber zu Caroline, Matthew und Anna. Matthew klopfte ihm auf die Schulter: »Gut gemacht, Jonno.«

»Danke. Ich tue mein Bestes.«

»Du kannst echt gut vor Publikum reden«, sagte Caroline mit einem Glas Cider in der Hand. »Auch wenn das Cider Kitchen Carter's gehört und nicht mir.«

Jonathans Gesichtszüge wurden weich, als er den Stolz in ihren Augen sah. »Unter der Leitung von jemand anderem wäre es sicher nicht so erfolgreich geworden.« Er drehte sich zu seinem Bruder und Anna um. »Macht es euch was aus, wenn wir schon zum Restaurant rübergehen? Ich muss noch ein paar Dinge mit Caroline besprechen.«

Matthew lächelte. »Nur zu.«

Anna sah Caroline und Jonathan nach, als sie gingen. »Glaubst du, dass er es jetzt endlich gebacken kriegt?«

»Das will ich doch stark hoffen!«, sagte Matthew. »Auch wenn ich zugeben muss, dass ich immer noch mehr als nur ein bisschen misstrauisch bin. Ich weiß, dass dieser Paul Stone schuld war, trotzdem hat sie ihm einen ganzen Batzen Geld gegeben, bevor Jonathan alles herausgefunden hat.«

Anna schüttelte den Kopf. »Sie hatte Angst, Matthew. Sie ist nicht wie du, hat nicht viele Menschen um sich herum, auf die sie sich verlassen kann, wenn Not am Mann ist. Sie hatte niemanden, an den sie sich wenden, niemanden, dem sie vertrauen konnte. Ja, sie hat einen Fehler gemacht, aber kannst du ehrlich von dir behaupten, dass du an ihrer Stelle anders gehandelt hättest?«

Matthew sah zu seiner Frau hinunter. »Du siehst in jedem Menschen das Gute, oder?«, sagte er barsch. »Selbst wenn sie es gar nicht verdient haben.«

»Ich glaube daran, dass jeder eine zweite Chance verdient hat«, antwortete Anna sanft. »Schließlich hat es uns ja auch nicht geschadet, oder?«

Matthew schüttelte den Kopf. »Und dafür werde ich wirklich auf ewig dankbar sein.« Seine Miene hellte sich auf. »Und wer hätte gedacht, dass das Familienarchiv uns so viel Unterhaltung liefern würde?«

»Es ist schon Wahnsinn, was so ein bisschen Recherche zutage fördern kann.« Anna schmiegte den Kopf an den Arm, den ihr Matthew um die Schultern gelegt hatte. »Und es hat mir wahnsinnig viel Spaß gemacht, endlich mal wieder meine akademische Ausbildung sinnvoll zu nutzen.« Manchmal, dachte Matthew, vergaß er einfach, dass sie, in einem anderen Leben und mit einem anderen Mann, eine Karriere als Universitätsbibliothekarin gehabt hatte.

»Wie viel davon ist denn nun wahr und wie viel erfunden?« Nachdem Matthew ihr von seiner Idee erzählt hatte, hatte er Anna bei der Gestaltung des Abends ziemlich freie Hand gelassen.

Sie überlegte einen kurzen Augenblick. »Na ja, ein Mann namens Sykes, der zu Zeiten deines Urgroßvaters einer derjenigen war, die für den Geschmack zuständig waren, wurde 1913 kopfüber in einem der Fässer schwimmend aufgefunden. Und es war gut dokumentiert, dass er und Shallcross nicht gut miteinander auskamen. Ob das so war, weil Sykes Samuel Carters Tochter Jane zu nahe kam und Shallcross dazwischenging, wer kann das heute schon sagen? Dein Urgroßvater und Shallcross waren enge Freunde, es hätte gut sein können, dass Shallcross Samuels Tochter beschützen wollte. Wie du aus den Briefen weißt, ist es durchaus plausibel, dass da was zwischen Jane und Tom Sykes lief, aber ich habe Elsies Briefe an deine Großtante nicht vollständig gesichtet. Es kann sein, dass es in der Generation deines Vaters noch ein Kind gegeben hat, aber er oder sie hätte nicht Janes Namen getragen, wenn er oder sie als Baby weggegeben wurde.«

»Vielleicht ist es besser so, dass wir es nie ganz sicher wissen werden«, sagte Matthew. »Es war schon schwierig genug, in diesem Jahr Aufgaben an Jonno abzugeben. Stell dir nur vor, es gäbe da noch einen dritten Zweig der Familie, den man berücksichtigen muss! Und wegen der Leiche im Fass: Die offizielle Todesursache lautete am Ende der Ermittlungen, dass es ein Unfall war, wenn ich mich recht erinnere, oder?«

»Ja, aber aus dramaturgischen Gründen mussten wir ein bisschen Ungewissheit einfügen. Und soweit ich weiß, hat Shallcross deinen Urgroßvater nicht betrogen, auch wenn es da einige Unregelmäßigkeiten in den Büchern gab, die nie so richtig geklärt werden konnten.«

»Vielleicht kann ich da etwas Licht in die Sache bringen. Mein Urgroßvater liebte Rennpferde, und anscheinend hat er ein Pferd gesponsert, das drüben in Kings Lyndon stand. Ich nehme an, dass es eine gewisse Menge Geld brauchte, um die Unterbringung im Stall zu bezahlen und hin und wieder eine Wette abzuschließen.«

»Es grenzt an ein Wunder, dass diese Firma bis in die vierte Generation überlebt hat!«, schnaubte Anna. »Hat das Pferd wenigstens gewonnen?«

Matthew grinste breit. »Keine Ahnung, aber nach allem, was ich weiß, war meine Urgroßmutter ein wahrer Drache – ich wage zu behaupten, dass er die Gewinne für sich behalten hat!« Er zog seine Frau an sich. »Egal, wie viel Wahrheit in der Geschichte steckt, das hast du gut gemacht. Es läuft super, und ich glaube, wir sind dabei, neue Lieferanten zu gewinnen und die alten an Bord zu behalten.«

»Das hoffe ich sehr.« Anna schmiegte sich an Matthew. »In ein paar Wochen werde ich ganz mit dem Baby beschäftigt sein, es ist schön, dass ich noch etwas anderes machen kann, solange es noch geht.«

Ein Schatten huschte über Matthews Gesicht, was Anna nicht verborgen blieb. »Was ist?«

»Ach, ich weiß auch nicht. Es ist vielleicht nur der Alkohol, aber ich kann nicht aufhören, an Dad zu denken.« Er schluckte. »Ihm hätte die Idee gefallen.« Matthew betrachtete das Porträt. »Caroline hat ihn mit der Zeichnung wirklich gut getroffen.«

Anna legte ihm eine Hand auf die Wange. »Er hätte einen Mordsspaß gehabt.« Sie hielt kurz inne und sah Matthew tief in die Augen. »Weißt du, ich habe nachgedacht.«

»Worüber?«

»Na ja, ich weiß, dass wir noch nicht wissen, was es wird, aber wenn es ein Junge wird, wie wäre es, wenn wir ihn nach deinem Vater benennen? Um wieder einen Jack in der Familie zu haben.«

Einen Moment lang fehlten Matthew die Worte, dann sagte er mit rauer Stimme: »Ich glaube, das hätte ihm gefallen. Und ich glaube auch, dass er sich sehr darüber gefreut hätte.« Er zog Anna wieder an sich. »Ich liebe dich, Anna Carter.«

»Und ich liebe dich.« Sie waren so abgelenkt, dass sie gar nicht bemerkten, wie Meredith eine Flasche Cider von der Bar stibitzte, um sie mit ihrem Freund Flynn oben auf der Plattform im Fasslager zu trinken.

52

»Wir sollten uns beeilen, ich muss noch so viel vorbereiten, bevor die Gäste zum Essen kommen«, sagte Caroline, als Jonathan mit ihr den kurzen Weg vom Hauptschuppen zurück zum Cider Kitchen ging.

»Ach, mach dir deswegen keine Gedanken. Emma hat den ganzen Tag hart gearbeitet, und Gino hat mehr oder weniger alles vorbereitet, es geht nur noch darum, das Essen rechtzeitig rauszubringen und fantastisch dabei auszusehen. Und das tust du, Schatz.«

»Wie kannst du nur so verdammt gönnerhaft sein?« Fassungslos blieb Caroline stehen. »Ich bin nicht nur hier, um hübsch auszusehen, wie du weißt.«

»Wohl wahr«, stimmte Jonathan sanft zu. Mit einer Hand ergriff er Carolines, mit der anderen wühlte er in der Innentasche seines Jacketts. »Und das würde ich gerne offiziell machen.«

Caroline wollte einen Schritt zurückweichen, doch er hielt ihre Hand fest. »Was tust du da? Du fällst jetzt aber nicht vor mir auf die Knie, oder? Ich glaube nicht, dass ich damit jetzt umgehen kann.«

Jonathan, der immer noch damit beschäftigt war, etwas aus seiner Jackentasche zu fischen, hielt inne und sah sie an. »Zum Glück wollte ich das gar nicht tun.« Schließlich zog er seine Hand hervor. Er hielt einen dicken, cremefarbenen Umschlag. Schweigend überreichte er ihn Caroline.

»Was ist das?«

»Mach ihn auf.«

Caroline schob einen zitternden Finger unter die Umschlaglasche und zog einen Packen Dokumente heraus. Als sie sie auseinandergefaltet und gelesen hatte, schnappte sie erschrocken nach Luft.

»Ist es das, was ich glaube?«

»Was glaubst du denn?«, zog er sie auf.

Sie sah von den Papieren auf und starrte Jonathan an, der breit grinste. Er sah so zuversichtlich und selbstbewusst aus wie damals, als sie ihn zum ersten Mal gesehen hatte, bei Matthews und Annas Hochzeit vor so vielen Monaten. Doch er wirkte auch ruhiger, irgendwie gesetzter.

»Das ist die Besitzurkunde für das Restaurant«, flüsterte Caroline. »Sowohl für das Unternehmen als auch für das Grundstück und das Gebäude. Darin steht, dass beides auf mich überschrieben wird.«

Jonathan nickte. »Jetzt gehört alles dir, Caroline, jeder Ziegelstein, jede Tischdecke, bis hin zum letzten Weinglas. Und auch die Marke ›Cider Kitchen‹. Das ist mein Geschenk an dich. Was ich vorher darüber gesagt habe, dass es dein Restaurant ist … das war kein Versprecher. Jetzt gehört es wirklich dir. Wenn du es willst.«

»Aber … das kannst du doch nicht machen«, stammelte Caroline. »Was ist mit Matthew? Was mit dem restlichen Geschäft?«

Jonathan räusperte sich. »Wir beide haben von Dad geerbt«, sagte er ruhig. »Auch wenn es wahrscheinlich Monate dauert, bis der ganze Papierkram erledigt ist, habe ich meinen Anteil an der Firma, den ich von Dad erhalten habe, an Matthew zurückgegeben, im Austausch für alles, was mit dem Cider Kitchen zu tun hat.

Und jetzt gebe ich es dir. Dadurch bekommt Matthew die Mehrheit der Anteile an Carter's Cider, und das gibt ihm die Unabhängigkeit, die er immer schon haben wollte, und du erhältst alles, was mit dem Cider Kitchen zu tun hat. Und mach dir keine Gedanken«, fügte er schnell hinzu, als er die Sorge in Carolines Gesicht sah, »mir gehört immer noch ein kleiner Anteil an der Cider-Farm, und ich behalte auch Orchard Cottage als Teil der Vereinbarung, ich stehe also nicht auf der Straße.«

»Aber das ist dein Geburtsrecht«, gab Caroline zurück, die immer noch nicht glauben konnte, was sie da in Händen hielt. »Warum gibst du das alles auf?«

»Weil es Dinge gibt, die wichtiger sind«, sagte Jonathan sanft. »Und für mich bist du das.« Er legte seine Hände auf ihre Schultern und sah ihr in die Augen. »Ich will, dass du weißt, dass ich dir das Restaurant ohne jegliche Verpflichtung überlasse. Du führst es so, wie du es für richtig hältst, und ich werde dir nicht ständig über die Schulter schauen oder Dinge infrage stellen. Es gehört jetzt komplett dir. Und ich erwarte keine Gegenleistung dafür. Nicht das Geringste.« Er verstummte und wartete darauf, dass Caroline etwas sagte, aber weil sie völlig sprachlos zu sein schien, fuhr er fort: »Aber wenn du mich brauchst, wenn du mich dort haben willst, dann würde ich sehr gerne dort mit dir arbeiten.«

»Warum?«, stotterte Caroline. »Warum tust du das für mich?«

Jonathan schüttelte den Kopf. »Du bist die anstrengendste, widerspenstigste, halsstarrigste, übellaunigste, nervigste Frau, die ich je das Pech hatte, kennenzulernen. Du hinterfragst alles, was ich sage, du bist unbelehrbar, du hast einfach alles ignoriert, was ich unternommen habe, um dir das Leben leichter zu machen, und an meinem Arm habe ich eine Narbe, weil ich dich vor einem Drogendealer beschützen musste.« Er holte tief Luft. »Aber trotz allem habe ich mich in dich verliebt. Und nun stehe ich hier und frage mich, warum, verdammt noch mal, ich dir das unbedingt sagen will, denn wahrscheinlich schmeißt du mich hochkant raus, weil ich dich gerade zutiefst beleidigt habe.«

Caroline, der immer noch die Worte fehlten, brachte schließlich heraus: »Ich hinterfrage nicht *alles*, was du sagst.«

»Das ist so typisch für dich.« In gespieltem Erstaunen sah er sich um. »Und trotzdem steh ich immer noch hier.«

»Ja.« Caroline trat einen Schritt auf ihn zu. »Das tust du.« Sie legte eine Hand an seine Wange und zitterte, als er sich an ihre Hand schmiegte. Wie ein streunender, unkastrierter Straßenkater, der jede Katze, die ihm über den Weg lief, bespringen musste. Aber stimmte das überhaupt noch? Seit dem ersten Tag hatte sie ihn auf Abstand gehalten, emotional, wenn schon nicht körperlich. Sein Ruf als Schwerenöter hatte sie so misstrauisch gemacht, dass sie sich vorgenommen hatte, nicht als weitere Kerbe in seinem Bettpfosten zu enden, und dabei in ihrem Streben nach Distanz fast schon grausam gewesen war. Und was hatte er denn schon getan, das ihr Verhalten rechtfertigte?

»Du hast mir schon so oft die Haut gerettet«, sagte sie sanft. »Willst du das wirklich weiterhin tun?«

»Von ganzem Herzen«, flüsterte Jonathan.

»Ich bin mir da nicht so sicher«, gab sie schief lächelnd zu. »Ich mochte es nie, wenn jemand in mein Revier eindringt, und du bist wie Rauch, ich kann dich sogar riechen, wenn du nicht da bist, und auch wenn du schon lange weg bist, bin ich mir deiner Anwesenheit immer noch bewusst. Ich glaube nicht, dass du je wieder verschwindest, Jonathan. Aber ich liebe dich auch. Wider besseres Wissen und weil ich nach all dieser Zeit einfach nicht mehr anders kann.«

Er lächelte. »Ich weiß.« Er legte seine Hand auf ihre, die immer noch auf seiner Wange lag, und drückte sie. »Ich weiß es schon seit einer Weile, aber ich dachte, ich lasse es dich selbst herausfinden.«

»Bist du eigentlich immer so unerträglich arrogant?«, fragte Caroline. Seine Nähe und Wärme ließen ihre Hand prickeln.

»Wahrscheinlich schon«, gab Jonathan zu. »Aber jetzt will ich, dass du weißt, dass ich es absolut ernst meine, Caroline.« Er zog sie an sich und beugte sich vor, bis seine Lippen nur noch Zentimeter von ihren entfernt waren. Bevor sie Luft holen konnte, um zu protestieren, küsste er sie so innig, sanft und vorsichtig, dass sie es kaum spürte.

»Heirate mich, Jonathan«, hauchte Caroline, als sie sich voneinander lösten. »Nicht in einem Jahr, nicht in einem Monat, sondern nächste Woche. Heirate mich, liebe mich und lass uns das Restaurant gemeinsam führen.«

Jonathan lächelte. »Machst du mir etwa einen Antrag, Caroline Hemingway?«

»Was glaubst du? Und ich werde ihn nicht wiederholen, also überleg dir gut, was du jetzt antwortest.«

»Dann überlass mir das«, sagte Jonathan, auch wenn er sich geschworen hatte, dass er das niemals tun würde. »Ob du's glaubst oder nicht, im Grunde meines Herzens bin ich altmodisch.« Er sah ihr in die Augen. »Ich liebe dich. Willst du meine Frau werden?«

Caroline, der es bis jetzt hervorragend gelungen war, ihre Gefühle unter Kontrolle zu halten, flüsterte: »Ja, ja, ich will, für immer und ewig.«

Jonathan grinste breit, als er die Arme um sie legte. »Ich wusste, dass du Ja sagen würdest.« Und bevor Caroline protestieren konnte, küsste er sie erneut. Er zog sie näher an sich, als ihre Küsse inniger wurden, bis plötzlich sein Handy klingelte und beide zusammenfuhren. »Oh nein, doch nicht jetzt«, murmelte er, als er kurz seine Lippen von Carolines löste.

»Diesmal solltest du rangehen«, sagte sie schief lächelnd und erinnerte sich an Halloween, als ein Anruf von Jonathans Verabredung sie unterbrochen hatte. »Es könnte wichtig sein.«

»Wirklich?« Er grinste, während er sie küsste, und das Handy klingelte weiter. »Na schön.« Er fischte es aus der Jackentasche und nahm den Anruf an. »Hallo?« Er hörte konzentriert zu, dann erhellte ein breites Grinsen sein Gesicht. »Das ist eine fantastische Nachricht. Okay, Liebes, danke, dass du mir Bescheid gesagt hast. Wünsch den beiden alles Gute von mir, wenn du sie siehst. Ach, und Liebes?« Jonathan hielt kurz inne und sah Caroline an. »Du hast recht. Du solltest dir ein neues Kleid kaufen. Ja, stimmt. Bis später, tschüss.«

»Wer war das?«

Jonathan steckte das Handy weg und nahm Carolines Hand, als sie den Weg zum Restaurant hinaufgingen. »Merry. Bei Anna haben die Wehen eingesetzt, deshalb werden sie und Matthew nicht beim Dinner dabei sein. Sie sind schon auf dem Weg in die St.-Michael's-Geburtsklinik.«

Carolines Bauch kribbelte. »Ich dachte, der Kaiserschnitt war erst für nächste Woche geplant?«

»Tja, anscheinend geht es jetzt doch schneller. Aber ich bin sicher, dass es ihnen gut geht. Oh, und ich soll dir von Merry Glückwünsche ausrichten.« Er hielt kurz inne. »Sie ist begeistert davon, dass du sowohl ihre neue Tante als auch ihre neue Chefin wirst.«

»Sie soll bloß nicht glauben, dass sie eine Sonderbehandlung bekommt«, sagte Caroline und öffnete die Tür zum Cider Kitchen. »Erst die Arbeit, dann das Vergnügen und so.«

»Solange du die Regel jetzt für mich brichst«, sagte Jonathan leise, als sie über die Schwelle traten. »Wir haben schließlich lange genug gewartet.«

53

Ja, jetzt oder nie!« Caroline stand vom Frisiertisch auf und holte tief Luft.

»Du weißt, dass Anna total ausrastet, wenn sie das rauskriegt, oder?«, sagte Jonathan, der hinter ihr im Bett lag. »Das wird sie dir nie verzeihen, dass du sie nicht in dein Geheimnis eingeweiht hast.«

»Oh, ich glaube, dass sie ziemlich genau weiß, was Sache war. Ich meine, wir waren ja nicht gerade *subtil*, als wir uns beide freigenommen haben, nicht wahr?« Sie nestelte an ihrem Ehering aus Platin herum, der hinter dem großen Solitär-Diamanten steckte, den Jonathan ihr gegeben hatte, kurz nachdem sie sich im November gegenseitig einen Antrag gemacht hatten. »Außerdem hat sie im Augenblick alle Hände voll mit Klein Jack zu tun. Es ist einfach nicht möglich, dass sie mit einem vier Monate alten Baby und natürlich Ellie im Schlepptau nach Mauritius fliegt.«

»Mag sein.« Jonathan glitt vom Bett und ging durch das Zimmer zu seiner frischgebackenen Ehefrau, um ihr einen langen, leidenschaftlichen Kuss zu geben. »Und um ganz ehrlich zu sein, ich fand es auch viel besser so, nur du und ich ganz allein am Strand. Wie ich damals, als wir uns kennengelernt haben, schon sagte, hab ich für Hochzeiten nicht viel übrig.«

Caroline warf einen Blick auf den Wecker neben dem Bett. »Wir sollten besser nach unten gehen – die Gäste kommen gleich.«

Jonathan schnappte sich sein Jackett von dem Stuhl in der Ecke des Schlafzimmers und drehte sich zu ihr um. »Bist du so weit?«

Caroline nickte. »Japp.« Sie hatte Schmetterlinge im Bauch wie damals bei der Eröffnung des Cider Kitchen vor fast einem Jahr. Heute hatten sie das Restaurant mittags für alle anderen Gäste geschlossen und sich dazu entschieden, Freunde und Familie einzuladen, um ihre Eheschließung bekanntzugeben. Sie alle hatten eine Einladung für halb eins im Cider Kitchen erhalten, aber niemand wusste genau, wieso. Caroline hatte Emma und Gino, die das Menü zubereiteten, gesagt, es handle sich um ein ganz besonderes Osterfest, doch sie freute sich schon darauf, ihnen zu sagen, dass sie den Nachmittag freihatten und als Gäste eingeladen waren.

Als sie die Wohnräume verließen, die sie sich im Moment teilten, weil Jacks Haus noch renoviert wurde, bevor sie einzogen, schloss Jonathan die Tür hinter sich. Caroline schaute über das Geländer hinunter ins Restaurant, das sie stundenlang geschmückt hatte.

Die Tische waren ganz an den Rand geschoben und mit Vasen voller Narzissen, Hyazinthen und anderen Frühlingsblumen dekoriert worden. Darüber schwebten weiße, rosafarbene und gelbe Luftballons, auf den Tischen standen Flaschen mit Wein, Cider und anderen ausgesuchten Getränken. Ganz am anderen Ende des Restaurants standen weitere Tische, die sich unter verlockend aussehenden Naschereien bogen. Es gab köstliche Cupcakes in frühlingshaften Farben, kleine Sandwiches und Mini-Karfreitagsbrötchen, die Gino gebacken hatte. Erdbeermarmeladentöpfe und Gläser mit luftig rosafarbenen und weißen Marshmallows, die vom Etikett als »Hasenschwänzchen« ausgewiesen wurden, kämpften mit Kanapees, Blinis mit Räucherlachs und leichten Käsestangen um den Platz.

An der Eingangstür stand ein Schild, auf dem »Start der Eiersuche« stand und das auf den Obstgarten wies. Zuvor hatte Caroline eine Unmenge an gefärbten Eiern rund um das Gebäude und die Bäume versteckt, die nur darauf warteten, dass die Kinder sie fanden. Jonathan hatte pastellfarbene Wimpel in den Fenstern und zwischen den Balken aufgehängt und einige sogar um das Geländer gewickelt. Gepunktete Servietten und Pappteller stapelten sich auf den Tischen, und Marmeladengläser mit frisch gepflückten Schlüsselblumen aus dem Obstgarten standen auf Regalen und in Nischen.

Anna, Matthew, Meredith und Ellie trafen als Erste ein. Anna hatte den kleinen Jack auf dem Arm, der in seinem blauen Strampler mit Osterhasenmuster unglaublich süß aussah. Sie setzte ihm die Kapuze auf, um die Hasenohren darauf zu zeigen. »Ich dachte, er sollte dem Anlass entsprechend gekleidet sein!«, sagte sie schmunzelnd. Jacks Augen waren noch immer blau, und als sie seine Tante erspähten, schenkte er ihr ein zahnloses Lächeln.

»Er sieht so süß aus, dass er glatt als Topping auf den Osterkuchen passt«, sagte Caroline, die ihn Anna abnahm und drückte. Als sie den linken Arm um das Baby legte, erblickte Anna den Ehering.

»Ich glaub's nicht«, sagte sie langsam. »Oder vielleicht glaube ich es doch!«

Caroline lächelte und war plötzlich wieder nervös. »Wir wollten keinen großen Wirbel machen, vor allem nachdem der andere Jack vor nicht allzu langer Zeit von uns gegangen ist. Und wenn wir ehrlich sind, hätten auf meiner Seite nicht viele Leute in der Kirche gesessen, oder?«

»Ihr beide seid nicht gerade das, was man als konventionell bezeichnen kann. Aber ich verstehe euch.«

»Und diese Party entschädigt hoffentlich alle dafür, dass wir nichts gesagt haben.« Caroline lachte, als Ellie, die das Gespräch der Erwachsenen langweilte, zu den voll beladenen Tischen lief und blitzschnell eine Hand in das Glas mit den Marshmallow-Hasenschwänzchen steckte.

»Herzlichen Glückwunsch«, sagte Matthew und beugte sich vor, um Caroline auf die Wange zu küssen und Jonathan die Hand zu schütteln. »Nach den jüngsten Ereignissen habt ihr beide euch etwas Glück mehr als verdient.« Er lächelte Caroline an. »Und es sieht so aus, als ob auch Anna bekommen hätte, was sie wollte, jetzt bist du ja doch wieder ihre Schwägerin!«

Caroline lachte. »Ich glaube, ich komme nicht mehr los von ihr.« Sie gab Jack an Anna zurück und ging die eintreffenden Gäste begrüßen, darunter Annas Eltern, Charlotte, mit der sie den Kunstkurs besucht hatte, Simon und Evan, Kelli aus dem Weinladen, mit der sie seit Kurzem ziemlich gut befreundet war, das Service- und Küchenpersonal, die alle freihatten, Gino und Emma, die sich anscheinend ein wenig unwohl dabei fühlten, als Gäste statt als Köche dabei zu sein, und ein paar Stammgäste des Cider Kitchen.

Als alle Gäste da waren und jeder etwas zu trinken hatte, warf Caroline einen Blick in die Runde und räusperte sich. »Bevor wir weiteressen und -trinken und vor all den unausweichlichen Fragen zu meinem neuen Ring würden mein Mann und ich«, sie musste kurz innehalten, als Applaus und Hochrufe ertönten, »Jonathan und ich möchten uns bei euch dafür bedanken, dass ihr uns in diesem sehr aufregenden, manchmal dramatischen und emotionalen Jahr beigestanden habt. Und auch wenn wir uns dazu entschieden haben, ganz alleine an einem Strand auf Mauritius zu heiraten, hoffen wir doch, dass dieses Fest euch ein wenig dafür entschädigt.« Caroline drehte sich zu Jonathan um, der sie mit demselben feierlichen Blick bedachte, den sie zuletzt anlässlich von Annas und Matthews Hochzeit gesehen hatte.

»Ich habe Jonathan im Frühling getroffen, als die Bäume blühten und der Duft von Flieder in der Luft lag, und ich habe mich verliebt. Nicht dass mir das damals schon klar gewesen wäre. Ich habe mich nicht nur in ihn verliebt, sondern auch in diesen Ort. Er hat wahre Wunder bei mir bewirkt, und dadurch, dass ich das Cider Kitchen übernommen habe, fühle ich mich jetzt auch wirklich als Teil dieser Gemeinschaft. Und genau hier will ich bleiben. Diese Jahreszeit wird immer etwas Besonderes für mich sein, weil für mich hier im letzten Frühling ein ganz neues Leben angefangen hat. Und ich hoffe, dass wir uns noch sehr oft im Frühling an diesem wunderbaren Ort wiedersehen.« Sie drehte sich wieder zu Jonathan um. »In einer Million Jahren hätte ich mir nicht träumen lassen, dass ich hier stehen und eine Rede halten würde, aber ich bin unglaublich froh darüber.« Sie stellte sich auf die Zehenspitzen und küsste ihn, und dieses Mal war der Applaus so ohrenbetäubend, dass das ganze Gebäude zu beben schien.

Caroline wandte sich wieder an die Gäste. »Und jetzt, da meine Rede endlich vorbei ist, lade ich die Kinder und alle im Herzen Junggebliebenen dazu ein, im Obstgarten die Ostereiersuche zu eröffnen. Dem- oder derjenigen, die als Erste ein regenbogenfarbenes Osterei findet, winkt der Osterhase auf dem Tisch da drüben als Gewinn.« Sie zeigte auf das große, flauschige Kuscheltier, das auf einem Tisch in der Nähe der Tür saß.

»Ich, ich!«, quiekte Ellie und lief zur Tür. »Komm schon, Mama!«

»Auf gar keinen Fall, Zwerg, der Hase gehört mir!«, sagte Meredith, schnappte sich Ellies Hand und lief mit ihr nach draußen.

Als sich die Gäste im Obstgarten zerstreuten, der wieder in voller Blüte stand und in dessen grünem Gras gelbe Schlüsselblumen leuchteten, hielt Caroline inne und sah Jonathan an. »Hab ich irgendwas vergessen?«

»Nein, eigentlich nicht, wie üblich. Aber ich hab auch nichts anderes erwartet.« Er hob sein Glas mit Somerset-Prosecco auf seine frischgebackene Ehefrau. »Auf Caroline Carter, meine Frau, Geschäftspartnerin und die einzige Frau, die ich je lieben werde.«

Danksagung

Nochmals ein herzliches Dankeschön an Caroline Ridding, Sarah Ritherdon, Melanie Price und das wundervolle Team von Aria für ihre Unterstützung, ihre Ermutigung und ihren Enthusiasmus für diese Geschichte. Ich hätte mir kein besseres Team wünschen können! Und wie immer tausend Dank der wunderbaren Sara Keane, die ohne jeden Zweifel die beste Agentin der Welt ist. Meine Freunde und Familie waren auch diesmal wieder hilfreich und nachsichtig mit mir, wenn ich monatelang pausenlos über eingebildete Leute geredet habe. Ihr wisst, wer ihr seid, und ich bin euch unendlich dankbar. Ich hätte das definitiv nicht ohne euch geschafft! Von medizinischen Ratschlägen bis hin zu Katzenanatomie, Untersuchungsrichtern und kulinarischen Genüssen habe ich auf jede Frage eine Antwort von jemandem bekommen!

Für meine wundervollen Töchter Flora und Roseanna, ohne die ich meine Guilty-Pleasure-Motivation, zu schreiben, nicht gehabt hätte. Für Bertie, der mir einen ausgezeichneten Grund geliefert hat, meinem Schreibtisch zu entfliehen und frische Somerset-Luft zu schnappen. Und für Nick, der es vielleicht von Anfang an gewusst hat – ich liebe dich.

Und schließlich für Sie, liebe Leserinnen und Leser, die Sie zurückgekommen sind, um sich eine zweite Portion Little Somerby zu gönnen; ich kann nicht in Worte fassen, wie viel es mir bedeutet, dass Sie wieder mit von der Partie sind. Ich danke Ihnen von Herzen, und kommen Sie bald wieder vorbei.